ROLF OSANG

# Algarve-Rache

KRIMINALROMAN



emons:

**Bibliografische Information der Deutschen Nationalbibliothek**
Die Deutsche Nationalbibliothek verzeichnet diese Publikation in der Deutschen Nationalbibliografie; detaillierte bibliografische Daten sind im Internet über http://dnb.d-nb.de abrufbar.




Umschlagmotiv: were/photocase.de
Umschlaggestaltung: Tobias Doetsch
Gestaltung Innenteil: César Satz & Grafik GmbH, Köln
Lektorat: Susann Säuberlich, Neubiberg
Druck und Bindung: CPI – Clausen & Bosse, Leck
Printed in Germany 2017
ISBN 978-3-7408-0071-0
Originalausgabe

Für meine Söhne Andreas, Joscha und Tomás

# Algarve-Rache

Der Schwarzwälder Rolf Osang studierte Werbung und Marketing in München, dann Philosophie in Zürich und finanzierte sein erstes Kulturmagazin im Saarland mit der Herausgabe einer Bundesliga-Stadionzeitung – zusammen mit Felix Magath. Er hat schon fünfzehn Bücher über Portugal verfasst, darunter Reiseführer, Bildbände und Kurzgeschichten. Sein erster Algarve Krimi »Süßer Mord« erschien 2015 bei Emons.

# 1

*Liebster Diniz, als ich heute Morgen deine Papiere wegen der Versicherung durchsehen musste, entdeckte ich zufällig diesen merkwürdigen Ordner. Warum um alles in der Welt hast du nie mit mir darüber gesprochen? Wir hatten doch nie Geheimnisse voreinander – das dachte ich zumindest. Vielleicht, weil du mich lieber nicht mit diesem heiklen Thema konfrontieren wolltest? Ich will mich mit dieser Erklärung zufriedengeben. Denn so habe ich dich immer erlebt: rücksichtsvoll, fürsorglich, vorausschauend.*

Diana unterbrach ihr Tippen in den Laptop und ließ ihren Blick durch das altmodische Kaffeehaus in der Altstadt von Loulé schweifen. Immer wenn sie Ablenkung suchte und unter Menschen sein wollte, die sie nicht kannte, besuchte sie diesen gemütlichen Zufluchtsort. Oft schrieb sie dann in ihr Tagebuch, so wie heute einen Brief an Diniz, oder beobachtete die Gäste an den Tischen oder die Passanten draußen auf der Rua 5 de Outubro, einer Hauptschlagader der Fußgängerzone nahe der sarazenischen Burganlage, und dachte sich gern zu Menschen, die ihr Interesse weckten, Geschichten aus. Wo kamen sie her, wo gingen sie hin, was machten sie beruflich, wie sah ihr Privatleben aus?

Aber heute fehlte ihr dazu die innere Gelassenheit. Sie war in Aufruhr. Die Tatsache, dass Diniz ihr diesen Ordner und damit seine Pläne vorenthalten hatte, ärgerte sie. Sie musste weiterschreiben. Sie musste eine Lösung finden, wie sie die neuen Fakten verarbeiten konnte. Sie nahm das Tippen wieder auf:

*Natürlich habe ich mich sofort gefragt, warum du diesen Ordner angelegt hast. Hattest du vor, einen Artikel oder vielleicht sogar ein Buch zu schreiben? Oder wolltest du die darin gesammelten Prozesse noch einmal aufrollen, was mir wahrscheinlicher*

*erscheint, weil es dir einfach widerstreben musste, diese Halunken ungestraft davonkommen zu lassen? Womöglich hast du auch schon Schritte dazu in die Wege geleitet, und sie haben davon Wind bekommen? Seit diesem Fund bin ich mir sicher, dass einer von denen dein Mörder ist. Deshalb werde ich dein Projekt aufgreifen und es für dich und mich und um unserer Liebe willen zu Ende führen.*
*Diniz, ich werde mich an diesen Männern rächen. Ich weiß noch nicht, wie. Aber diese Rache soll so konzipiert sein, dass sie sich nur dir und mir erschließt. Und was besonders wichtig ist: Sie muss ohne jede Gewalt auskommen, weil jede Gewalt nur neue Gewalt erzeugt. Einverstanden? Schön, dann fahre ich jetzt ans Meer. Vielleicht kommt mir dort die zündende Idee, wie ich diese Rache realisieren kann. Fühle dich, trotz meiner leichten Erzürnung, lieb umarmt und geküsst.*

Diana Marques lehnte sich erleichtert zurück und las die Zeilen noch einmal durch. Zufrieden nickend sicherte sie mit einem Mausklick den Text, klappte den Laptop zu, zahlte ihren Espresso und verließ das Kaffeehaus.

Um zu ihrem Landhaus zu kommen, musste sie etwa fünfzehn Minuten lang fahren. Sie wollte nur rasch ihre Kamera abholen und anschließend Fotos schießen, in der Hoffnung, dass ihr bei der Jagd nach schönen Motiven die richtige Idee für ihre Art von Rache einfiele.

Zu Hause angekommen, blieb sie für einen kurzen Moment in ihrem riesig großen Wohnzimmer stehen. Vom parkähnlichen Garten her fiel grelles Sonnenlicht durch die sich im Wind wiegenden Palmenblätter. Das Schattenspiel verwandelte die Wände in bebende Riesenbilder. Wie ein Ruhepol hing an der Westwand eine impressionistisch anmutende Fotografie eines französischen Künstlers. Ihr Lieblingsbild.

Ihre Augen trübten sich. Wenig später spürte sie, wie eine Träne an ihrem Nasenflügel entlangkullerte. Sie musste schleunigst raus aus diesem Haus. Sie musste in die Natur, nur dort würde sie sich gleich wieder besser fühlen. Sie wusste genau, wohin sie fahren wollte, um sich inspirieren zu lassen: an die wilde Westküste, die Costa Vicentina.

Sie hängte die Kameratasche um, obwohl sie inzwischen viel lieber mit ihrem neuen Smartphone fotografierte. Außerdem brachte sie ihr Tablet, das ebenfalls über eine brauchbare Kamera verfügte, in einem gepolsterten Seitenfach unter. Derart gut ausgerüstet betrat sie die geräumige Doppelgarage durch den direkten Zugang vom Haus aus. Das breite Tor war geöffnet.

In der mit weißem Kies bedeckten Auffahrt stand ihr Halbbruder Hugo, der nun schon seit Monaten bei ihr lebte, neben einem Mann, den Diana nicht kannte. Sie ging auf die beiden zu, grüßte von Weitem und gab durch kurzes Kopfschütteln zu verstehen, dass sie es eilig hatte. Doch bevor sie sich einem Gespräch entziehen konnte, ergriff Hugo das Wort.

»Hallo Diana, darf ich dir Senhor José vorstellen? Alle nennen ihn Zé. Zé, das ist meine Schwester Diana …«

»Halbschwester«, korrigierte Diana.

»Diana ist die Hausherrin. Sie hat hier das Sagen. Natürlich bestimmt sie auch, wie der Garten zu pflegen ist. Diana, ich habe Zé gebeten, vorbeizukommen, da du sicher Ersatz für deinen alten Gärtner suchst, der neulich in Rente gegangen ist. Und Zé ist ein ausgezeichneter Gärtner.«

»Sehr freundlich, dass Sie gekommen sind, Senhor Zé, vielen Dank. Hugo, es wäre wirklich ratsam, solche Dinge vorher mit mir abzusprechen, denn ich habe jetzt leider keine Zeit. Ich fahre an die Westküste«, sagte Diana vorwurfsvoll. »Senhor Zé, trauen Sie sich denn zu, ein über zwanzigtausend Quadratmeter großes Grundstück in Schuss zu halten? Modernste Maschinen und ein perfektes automatisches Bewässerungssystem erleichtern Ihnen zwar die Arbeit, aber trotzdem kommen jede Menge Aufgaben auf Sie zu. Hier in der Algarve wächst ja alles wie in einem Treibhaus.«

Zé war ein schlanker Mann. Unübersehbar war seine zähe Kraft. Die Muskeln unter seiner braunen, vom Wetter gegerbten Haut sprachen Bände von jahrelanger Arbeit in der freien Natur. Auch seine schwieligen muskulösen Hände bewiesen, dass er zulangen konnte. Seine Erscheinung schuf bei Diana auf der Stelle Vertrauen – und die Gewissheit, dass der Mann der Aufgabe gewachsen war. Sie wartete seine Antwort gar nicht erst ab.

»Meinetwegen können wir eine Probezeit von vier Wochen vereinbaren. Einverstanden? Dann können Sie gleich nächsten Montag beginnen, Senhor Zé. Zusätzlich zum Mindestgehalt zahle ich pro Monat dreihundert Euro in bar. Samstags und sonntags sowie an allen Feiertagen haben Sie selbstverständlich frei.« Diana beobachtete den Mann genau und stellte fest, dass ihm der Zusatzverdienst mehr als willkommen war.

»Das hört sich gut an«, meinte er gelassen.

»Hugo, dann zeige Senhor Zé doch bitte das Anwesen und den Maschinenpark. Ich bin erst am Abend wieder zurück. Senhor Zé, es freut mich, dass Sie in wenigen Tagen schon anfangen können. Bis dann …«

***

In der Garage glänzte neben einem alten Jeep ein weinroter Mercedes 220 d, Baujahr 1959. Diana liebte das elegante Fahrzeug. Mit dem Oldtimer durch die Gegend zu gondeln war ihr liebster Zeitvertreib. Sie stieg in den Wagen, startete den Motor und verließ das Grundstück.

Als sie bei Boliqueime auf den Algarve-Highway N 125 stieß, kurbelte sie das Seitenfenster herunter. Der Fahrtwind umstrich ihre Stirn und ließ ihre halblangen schwarzen Haare flattern, die sie mit einem zusammengerollten feuerroten Kopftuch wenigstens zum Teil zu bändigen versuchte. Ihr linker Ellenbogen ragte aus dem Fenster. Mit der rechten Hand hielt sie das elfenbeinfarbene Lenkrad umschlossen.

Sie genoss den lauen Wind, der sie umschmeichelte und ihr Dekolleté umwehte. Sie lächelte vor Freude – für einen kurzen Moment waren ihre Gedanken frei. Doch schon kurz darauf mündeten sie, wie so oft, in den stets gleichen unseligen Erinnerungen, den Eckpfeilern ihrer Vergangenheit:

Den alten Mercedes hatte sie von ihrem leiblichen Vater geerbt. Geerbt, weil ihr Ehemann Diniz den Alten per Gerichtsbeschluss gezwungen hatte, sie als Tochter und damit als Erbin seines beträchtlichen Vermögens anzuerkennen.

Sie hatte ihren Vater nur selten zu Gesicht bekommen, und wenn, dann durch Zufall, mal auf der Straße, mal in einem der Geschäfte. Quarteira war keine große Stadt, da konnte man sich kaum dauerhaft aus dem Weg gehen. Wenn ihre Mutter diese seltenen Gelegenheiten nutzte, ihn um Alimente anzugehen, verbat er sich das vehement, wurde laut und unflätig, bis die Mutter resigniert in Tränen ausbrach und sich mit ihr und dem zwei Jahre älteren Sohn Hugo an der Hand wie ein geprügelter Hund davonschlich. Ihr fehlte das Geld, eine Vaterschaftsklage einzureichen, und auch der Mut, gegen den reichen, mächtigen Mann gerichtlich vorzugehen.

Aber eines Tages war Einschneidendes geschehen: Ihre Mutter kündigte an, zusammen mit ihr, Diana, zu seiner Villa im Hinterland zu fahren. Auf dem Hinweg in einem rostfleckigen Renault Clio hielten sie vor einem billigen Chinaladen an, um Diana etwas Schöneres zum Anziehen zu kaufen. Ihre Mutter drängte ihr ein rotes Minikleidchen auf, das Diana gleich anbehalten sollte.

Eine halbe Stunde später erreichten sie das stattliche Landhaus ihres Vaters, die Quinta da Figueira. Diana fühlte sich unwohl in dem roten Fähnchen. Sie selbst hätte sich ein solches Kleid niemals ausgesucht. Außerdem verstand sie nicht, warum sie so herausgeputzt werden musste.

Sie blieb im Auto sitzen, während ihre Mutter die Klingel neben dem hohen Eingangstor drückte. Eine krächzende Stimme in der Gegensprechanlage fragte, was sie wolle.

»Post, Eilpost für Sie«, log ihre Mutter ungeniert.

Momente später rollte das Eisentor zur Seite. Sie fuhren die Auffahrt hoch und hielten vor der Haustür an. Ihre Mutter stieg erneut aus, blickte um sich und zog an dem Glockenstrang neben der geschnitzten Holztür. Als niemand öffnete, schlug sie mit der Faust gegen die Tür. Sie schrie und bettelte, dass er endlich Unterhalt für seine fast dreizehnjährige Tochter zahlen solle, wenigstens das gesetzlich festgelegte Minimum, ein Klacks für ihn, denn er war ein wohlhabender Mann, hatte diesen pompösen Landsitz und vier Pferde im Stall, hatte mehrere Autos in der Garage und Personal, eine Frau für die Küche, einen Mann für den Garten, und erhielt jeden Monat eine fette Apanage aus dem niemals versiegenden Pott seiner Familie, einer der legendären reichen Portweinfamilien.

Vom Auto aus konnte Diana sehen, dass der hagere, hoch aufgeschossene Mann schon eine ganze Weile hinter der gerafften Gardine eines Fensters im ersten Stock gestanden und dem Schauspiel ungerührt zugesehen hatte. Die wenigen Male, die sie ihn bisher zu Gesicht bekommen hatte, war er ihr immer unheimlich vorgekommen in seiner überheblichen Unnahbarkeit. Niemals hatte sie ihn lächeln sehen. Auch an jenem Tag hatte er angsteinflößend ausgesehen.

Als ihre Mutter ihn ebenfalls erspäht hatte, rief sie: »Diana, komm her. Jetzt komm schon!«

Zögernd stieg Diana aus und bewegte sich langsam auf ihre Mutter zu. Die packte sie an den Schultern, schüttelte sie, präsentierte sie und schrie in Richtung Fenster: »Schau her, du Halunke, ist sie nicht bildhübsch, deine Tochter? Dieses Prachtstück hier – dein Fleisch und Blut!«

Es war schrecklich für Diana gewesen, den abschätzigen Blicken dieses Mannes ausgesetzt zu sein. Trotzig warf sie ihre schwarze Lockenmähne nach hinten und fixierte den Mann, der die Gardine sofort fallen ließ.

»Steig ein!«, hatte ihre Mutter sie bald darauf angeherrscht. Dann startete sie den Motor und fuhr so rasant los, dass der Kies wegspritzte.

Zwei Wochen später war der Nachmittag gekommen, an dem ihr Vater sie völlig unerwartet von daheim abgeholt hatte. Er parkte seinen Mercedes vor der Eingangstür, suchte den richtigen Namen unter achtzig Schildern an der Klingeltafel des verwahrlosten Hochhauses und drückte den Knopf. Dann trat er zwei, drei Schritte zurück und spähte nach oben.

Im fünften Stock wurde das Küchenfenster geöffnet. Ihre Mutter streckte ihren Kopf heraus. Sie schien überhaupt nicht überrascht. »Einen Moment, deine Kleine kommt gleich runter«, rief sie ihm zu. »Hier, zieh das an«, befahl sie Diana, die widerstrebend das neue rote Kleid überzog.

Das Ergebnis schien ihrer Mutter zu gefallen. Mit ihren zwölf Jahren war Diana gertenschlank und schon ein paar Zentimeter größer als ihre Mutter, die mit den Jahren etwas pummelig geworden war.

»Du hast es doch gut ...«, versuchte sie, ihre Tochter aufzumuntern. »Du wirst ein paar ganz tolle Stunden bei deinem Vater verbringen. Benimm dich nur, hörst du? Sicher lässt er dich dann auch auf einem seiner edlen Pferde reiten. Das wär doch was, oder? Vielleicht bekommst du sogar was ganz Feines zu essen. Ein dreigängiges Menü ... Das soll bei den reichen Leuten so üblich sein. Sei also lieb zu ihm.«

Diana hatte sich auf die Rückbank des weinroten Mercedes gesetzt. Ihre Mutter hatte in der Haustür gestanden und zum Abschied gewinkt, als der Wagen losfuhr. Diana hatte sich in das Polster der Rückbank gedrückt, hatte das Leder und den Wohlstand gerochen, hatte sich wie eine Prinzessin gefühlt.

Als sie auf der Quinta ihres Vaters ankamen, rollte das Garagentor wie von Geisterhand zur Seite. Der Mercedes glitt in den dunklen Raum, und schon schloss sich dahinter das Tor. Sie war daheim bei ihm. Ihr wurde ganz komisch zumute. Ihre Bauchmuskeln zogen sich zusammen. Sie traute sich kaum, nach links oder rechts zu gucken. Aus Marmor der Boden. Im Haus kein Personal. Opernmusik von irgendwoher.

Im riesigen Wohnzimmer angelangt, zog der Mann die dunkelblauen Gardinen zu. »So, Dianchen, du kannst dich jetzt frei entscheiden: Entweder bist du lieb zu mir – dann kriegt deine Mutter jeden Monat eine Menge Geld, dann kann sie dir auch kaufen, was dein Herz begehrt. Oder du bist nicht lieb zu mir – dann kriegt ihr nichts. Gar nichts. So ist das Leben, merk dir das! Geben und nehmen. Haben oder nicht haben. Gut oder schlecht. Oben oder unten. Man muss sich rechtzeitig entscheiden, wo man im Leben stehen will. Hast du das kapiert?«

Da hatte sie geahnt, was er von ihr wollte, und schüttelte angewidert den Kopf. Vor lauter Schreck und Angst bekam sie keinen Ton heraus. Wie gelähmt stand sie da. Schloss die Augen. Wollte diesen Widerling und diese dreckige Welt nicht länger sehen.

Während er über sie herfiel, krallte sie die Finger in ihre Handballen, bis er endlich fertig war. Sie öffnete die Lider. Ihre Augen nagelten den Vergewaltiger ans Kreuz. Ihren eigenen Vater. Und ihre Augen schworen Rache. Ewige Rache.

Er brachte sie zurück nach Quarteira. Enge Straßen, hohe Wände, überall Beton. Sie schleppte sich die Treppen zur Wohnung im fünften Stock hinauf. Alles schmerzte. Der Unterleib, der Bauch, der Kopf, die Schultern.

Als die Mutter fragend auf das zerrissene rote Kleid zeigte, sagte Diana, sie habe nicht aufgepasst, sei an der Autotür hängen geblieben. Es täte ihr leid.

Ihr Halbbruder Hugo stand auch im Flur und starrte sie entsetzt an. Er schien die Situation zu durchschauen. »Hat er an dir rumgegrabscht?«, fragte er aufgebracht.

Ihre Mutter stieß ihn zur Seite, dann stand sie vor ihrer Tochter und verpasste ihr die nächste Ohrfeige.

Schlagartig war Diana in diesem Moment klar geworden, welchen Plan ihre Mutter verfolgt hatte, als sie sie diesem Widerling stundenweise überlassen hatte. Aus Not, aus Verzweiflung? Ganz egal. Ihr Plan war nicht aufgegangen, der Geldregen würde weiterhin ausbleiben. Sie verabscheute die beiden Menschen, denen sie ihr Leben verdankte, gleichermaßen.

Sie stürzte in ihr winziges Zimmer, schloss ab und taumelte in eine grenzenlose Einsamkeit, aus der sie lange nicht mehr herausfand.

Die Bilder von damals stiegen immer und immer wieder in Diana hoch. Selbst beim gemütlichen Dahinrollen durch die herrliche Landschaft der Algarve. Sie schüttelte sich. Konzentriere dich!, verlangte sie von sich selbst und lächelte sich im Rückspiegel aufmunternd zu. Lass neue Ideen aufblitzen – keine alten Erinnerungen!

In diesem Moment erreichte sie die Kreuzung im Städtchen Vila do Bispo, an der sie immer in Richtung Aljezur abbog. Auf dieser Strecke gelangte man zu zahlreichen Stränden der Westküste. Einer schöner als der andere.

Eine Strecke, die Diana schon zigmal gefahren war und die ihr jedes Mal aufs Neue bewusst machte, von welch grandioser Natur sie umgeben war. Eine Welt aus Wasser und Wellen, weiten Buchten und senkrecht aufragenden Klippen. Schroffes und Gefährliches neben Wiesen und Wäldern. In dieser Welt der Kontraste fühlte sie sich geborgen, denn Kontraste spiegelten sich auch in ihrem Inneren.

Kurz vor Aljezur bog Diana zur nahen Küste ab. Sie rollte südlich und oberhalb eines breiten Tales der Praia da Amoreira entgegen. Die Straße machte kurz vor den Klippen einen Knick in Richtung Süden und führte zu dem Dörfchen Monte Clérigo, das ihr wegen der niedlichen, bunt angestrichenen Holzhäuser schon immer besonders gut gefallen hatte.

Sie stellte den Mercedes an einem Parkplatz direkt vor einem Strandcafé ab, setzte sich an einen Tisch in die Sonne und bestellte einen Milchkaffee. Zog ihr Tablet heraus. Wollte eine Idee finden. *Die* Idee. Blätterte die Fotogalerie durch. Diniz. Immer und überall Diniz. Hunderte von Fotos.

Mit ihm war ihr Leben von heute auf morgen anders geworden. Eigentlich hatte es mit ihm erst begonnen. Die Schule hatte sie als Klassenbeste beendet und ein Stipendium für ihr Wunschstudium Medizin erhalten. Dafür war sie in die Traumstadt aller Studenten Portugals gezogen, in das intellektuelle und kulturelle Zentrum des Landes: Coimbra. Ein Name mit einem vielversprechenden Klang, der der Auftakt zu einer Arie sein könnte, ein Stoßgebet oder ein wehmütiges Fado-Lied, jene Musik, die in dieser Stadt einen akademisch-poetischen Stil angenommen hatte und hier ganz anders gedieh als der liebestrunkene Fado in Lissabon.

In Coimbra hatte für Diana ein neues, freieres Leben begonnen. Ihren Vergewaltiger aus ihrem Gemüt, aus Erinnerungen und Gefühlen zu verbannen war ihr dennoch nicht gelungen. Verborgen und feige war er untergeschlüpft, hauste irgendwo in ihrem Kopf, im Bauch, in ihrem Herz, ihrer Seele. Fast ständig war er rührig.

Auf Männer ließ sie sich kaum ein. Wenn, was selten vorkam, Sexualität mit ins Spiel zu kommen drohte, zog sie die Notbremse. Immer. Schluss. Mit einundzwanzig war sie noch Jungfrau, von dem einen Mal abgesehen, dem verheerenden Mal, dem Vatermal.

Aber dann war *er* gekommen. Diniz Andrade hatte wie sie auf der Treppe zur grandiosen Universitätsbibliothek von Coimbra gesessen. Er war ihr schon oft aufgefallen, aber er war stets in Begleitung seines Freundes Ricardo Calapaz gewesen. Manche munkelten, die beiden seien schwul.

Diniz war nicht schwul gewesen. Er war schlank und groß und trug einen Schnauzbart. Er hatte Augen wie ein Clown. Diana hätte nie mit Gewissheit sagen können, ob sie traurig oder humorvoll schimmerten. Auch nicht, als sie sich gegenseitig in die Augen geschaut hatten und zueinandergerückt waren. Sie hatte ihre dünngliedrige linke Hand so auf den Treppenstein gelegt, dass Diniz herüberreichen und seine starke darüberlegen konnte. Noch näher kamen sie sich. Diniz durfte sogar einen Arm um sie legen, und sie konnte sich an ihn drücken und die verhasste Visage des Vaters aus diesem sicheren Kreis der Zweisamkeit verbannen.

Als sie am Abend immer noch zusammen gewesen waren, inzwischen in einer Studententaverne unten am Rio Mondego, hatte sie ohne Ekel das Drücken seines Schenkels gegen ihren Schenkel ertragen, und sein Verlangen hatte ihr Verlangen geweckt – mehr noch, ihr Vertrauen.

Erstmals hatte sie einem anderen Menschen erzählt, was sie mit ihrem Vater erlebt hatte. Diniz war fassungslos gewesen. Er hatte mit den Zähnen geknirscht. Die Höcker seiner Backen standen vor.

Zwei Jahre später schloss Diana ihr Studium der Medizin ab und wollte sich anschließend als Kinderärztin spezialisieren. Zur selben Zeit beendete Diniz sein Studium der Jurisprudenz. Wurde Anwalt. Sein Freund Ricardo, der inzwischen auch ihr Freund geworden war, wurde Staatsanwalt. Er hatte eine Zeit lang versucht, Diniz die hübsche Freundin auszuspannen, aber da biss er auf Granit. Sie hatte sich für ein Leben mit Diniz entschieden. Sie heirateten, und zwar dort, wo viele Portugiesen und speziell *algarvios* heiraten: in der Fischerkapelle Nossa Senhora da Rocha bei Armação de Pêra, auf einem Felsplateau gelegen, umspült von Atlantikwellen, die im Zusammenspiel mit Wind und Wetter an den fast dreißig Meter hohen Klippenwänden nagten. Ein sagenumwobener, romantischer und gleichzeitig wilder Ort. Hier erbitten Fischer und ihre Familien die Hilfe der Heiligen Jungfrau auf hoher See bei Prozessionen, und hier erbitten junge Paare den Schutz der Muttergottes, auf dass sie sie sicher durch das Auf und Ab ihrer Ehe steuere und gesunden Kindersegen beschere. In dieser Kapelle zu heiraten ist auch heute noch Tradition. Und Diniz kam aus einem Haus, in dem Tradition großgeschrieben wurde.

Ricardo hatte die Rolle des Trauzeugen vor der Kulisse der Kapelle scheinbar genossen. Dass es in ihm jedoch bebte, dass er schier verrückt wurde vor Eifersucht, dass er gute Miene zu diesem für ihn so bösen Spiel machen musste, ahnte niemand. Außer Diana. Während der Zeremonie hatten sich ihre Blicke kurz getroffen. Da sah er für die Dauer eines Lidschlags in ihren Augen ein entsetztes Staunen aufblitzen, denn sie hatte in seinem Blick eine rasende Wut erkannt, vermischt mit schierer Verzweiflung. Er fühlte sich regelrecht ertappt, und sie fühlte sich, als hätte sie etwas wahrgenommen, das nicht für sie gedacht war.

Diniz spezialisierte sich auf Familienrecht. Für viele Kinder erstritt er den Unterhalt und die Erbanteile. Sie war sein erster Fall. Die Tatsache, dass ihr Erzeuger einer namhaften Familie angehörte, machte die Sache letztendlich einfacher: Das Ansehen der namhaften Familie durfte keinen Schaden nehmen.

Nach einer DNA-Analyse mit eindeutigem Resultat zahlte man die Alimente in Höhe von siebenhundert Euro pro Monat plus Zinsen für einundzwanzig Jahre nach. Sie gab ihrer Mutter einen ordentlichen Batzen davon ab. Als der unverheiratete und ansonsten kinderlose Mann kurz darauf an Speiseröhrenkrebs verstarb, erbte sie sein gesamtes Vermögen, darunter auch das stolze Anwesen in der Agrarregion des Barrocal in der Algarve.

Das Paar zog in der Quinta da Figueira ein. Beide arbeiteten jetzt im nahen Faro. Diniz' Karriere nahm einen steilen Verlauf, und Diana arbeitete als Kinderärztin im großen Distrikthospital von Faro, bis sie endlich und heiß ersehnt schwanger wurde. Leider kam es nicht lange danach zu einer Fehlgeburt, die ihr und auch Diniz sehr zu schaffen machte. Sie blieb danach zu Hause, um sich auf eine erneute Schwangerschaft optimal vorzubereiten.

Ab sofort nahmen gesunde Ernährung und viel Sport sowie ein ausgeklügeltes Krafttraining im hauseigenen Fitnessstudio in ihrem Tagesablauf einen großen Raum ein. All diese abertausend Erinnerungen, gute, weniger gute. Immerhin eine stach als besonders angenehm heraus: Diniz durfte sich unbändig über einen Neuzugang am Amtsgericht in Faro freuen. Es war kein anderer als Staatsanwalt Dr. Ricardo Calapaz, der alte, der beste Freund aus Coimbra.

Jedes Foto, das Diana anklickte, weckte weitere Erinnerungen. Sie musste lächeln, als sie einen Schnappschuss betrachtete, der Diniz und Ricardo von hinten zeigte, beide nackt, beide auf dem Weg in den Duschraum des feudalen Landhauses.

Sie erinnerte sich genau, wie das Foto entstanden war: Wie fast jeden Samstagvormittag war Ricardo gegen neun Uhr bei ihnen eingetroffen. In seinem schnieken Joggingdress hatte er wie aus dem Ei gepellt gewirkt, während Diniz noch mit der Morgentoilette beschäftigt gewesen war, bevor die beiden zu ihrem üblichen Zehn-Kilometer-Lauf aufbrachen. Ricardo stand wie immer im Türrahmen des Badezimmers und erzählte seinem Freund den neuesten Klatsch aus dem Amtsgericht, von diesem und jenem Fall, einem Urteil, einem Freispruch. Natürlich gab Ricardo keine Dinge preis, die noch in der Schwebe waren – er hielt sich als Staatsanwalt hundertprozentig an die Vorschriften.

An jenem Tag – Diniz war inzwischen bei der Nassrasur angelangt – hatte er besonderes Interesse an einem Fall gezeigt, bei dem es um den sexuellen Missbrauch einer Minderjährigen ging, die ihren Vater angezeigt hatte. Ricardo ging nicht auf Einzelheiten ein, zeigte sich aber erbost über die Tatsache, dass der Fall zu den Akten gelegt worden war, weil die Tochter ihre Anzeige zurückgenommen hatte, wahrscheinlich auf Druck der eigenen Mutter hin, die, wie so viele den eigenen Ehemann schützenden Frauen, den »heiligen Frieden in der Familie« wiederherstellen wollte.

Als die Freunde nach zwei Stunden schweißgetränkt in der Quinta eingetroffen und bereits auf dem Weg ins Badezimmer gewesen waren, um ihre feuchte Sportkleidung auszuziehen, diskutierten sie schon wieder über den Fall.

Diana hatte die Antwort nicht mehr hören können, weil sie in jenem Moment die Tür zu dem rundherum gekachelten Duschraum schloss.

Auf der sonnigen Terrasse des Cafés sitzend, suchte sie in der Bildergalerie ihres Tablets ein weiteres Foto aus. Es zeigte die Kunstfotografie des Fotografen Luc Gautier, die in ihrem Wohnzimmer hing. Als sie zum ersten Mal davorgestanden hatte, war sie sofort fasziniert gewesen von der Besonderheit dieses Kunstwerks. Es war bei einer der VIP-Vernissagen gewesen, die die reiche Galeristin Teresa Guedes geschickt dazu genutzt hatte, ihr Netz aus einflussreichen Persönlichkeiten noch enger zu knüpfen.

Diana hatte Diniz zu dem Bild geführt. »Ist es nicht wunderbar?« Mit ihrem Zeigefinger war sie über die Stelle gefahren, wo bunte Wäschestücke über einer Dorfgasse im atlantischen Wind flatterten. Scharf war nur ein Rock abgebildet, unscharf dagegen der Rest des impressionistisch anmutenden Bildes. »Rock the Wind« war der Titel des auf eine Aluminiumplatte montierten Fotoabzugs.

Wenige Wochen später hatte sie Geburtstag gehabt. Mit verbundenen Augen wurde sie von Diniz mit seinen Händen auf ihren Schultern ins Wohnzimmer geführt, die Augenbinde hatte er ihr dann abgenommen und mit warmer Stimme gesagt: »Guck!« Da hatte es gehangen. »Rock the Wind«, ihr Lieblingsbild. Sie umarmte ihn. Sie küsste ihn. Sie liebte ihn. Sie führten ein gutes Leben.

Und dann war es plötzlich vorbei gewesen. Ihr Mann hatte zusammen mit Ricardo vor dem Gerichtsgebäude in Faro gestanden, beide im schwarzen Amtstalar, als ein Mann auf einem Moped auf sie zugerast kam. Manche Zeugen sagten aus, es seien zwei Personen gewesen. Der Fahrer richtete jedenfalls eine kleinkalibrige Pistole auf sie und schoss, schoss zweimal, traf zweimal und fuhr mit Vollgas weiter. Gefasst wurde er nie. Ricardo hatte das Glück, dass er seitwärts hinter Diniz stand. Er trug keine Schramme davon. Diniz fing die Kugeln ein. Eine senkte sich in seinen Hals, die andere ins Herz. Beide blieben stecken. Die Notärzte konnten Dianas Mann nicht retten. Er starb noch am Tatort.

Jetzt war sie wieder allein. Das Leben hat mich betrogen, hatte sie in den ersten Wochen nach dem schrecklichen Ereignis gedacht. Wie sollte sie jemals weiterexistieren? Aber sie hatte sich wieder aufgerafft, wild entschlossen, ihre große Liebe einfach weiterleben zu lassen. Fortan schrieb sie jeden Tag einen Eintrag in ihr digitales Tagebuch. Sie schrieb an ihn, sie schrieb für ihn, sie lebte von nun an für sie beide.

Dann fand sie in seinen Unterlagen diesen dubiosen Ordner, aus dem hervorging, dass Diniz, rein privat und nicht von Amts wegen, über sechs Männer Recherchen angestellt hatte, die sich an ihren eigenen Töchtern vergangen hatten, aber aus Mangel an Beweisen oder wegen Rückzugs der Anzeige seitens der Klägerin nicht verurteilt worden waren. Hatte ihr Kindheitstrauma ihn dazu getrieben? Was hatte Diniz vorgehabt? Was hatte er vielleicht sogar schon in die Wege geleitet?

Manchmal war sie kurz davor, Ricardo ins Vertrauen zu ziehen. Aber jedes Mal kamen ihr Zweifel, denn sie wusste nicht, ob Diniz' private Recherche rechtens gewesen war. Und Ricardo war ein hundertprozentig rechtstreuer Jurist. Ob unter einem König, einem Diktator oder einem demokratischen Präsidenten – Recht war Recht, Recht war absolut, und Dr. Ricardo Calapaz war sein Vertreter. Sie wollte nicht riskieren, dass Diniz' Verhalten Ricardos Missbilligung fand. Außerdem ging sie ihm neuerdings bewusst aus dem Weg, um zu verhindern, dass er sich nach Diniz' Tod erneut falsche Hoffnungen auf sie machte, so wie damals in Coimbra. Der kurze Blick in seine Augen auf ihrer Hochzeit hatte sie schockiert. Dass solche Eifersucht in ihm tobte, hatte sie bis dahin nie vermutet. Nein, entschied sie, sie durfte ihn nicht ins Vertrauen ziehen.

Im Laufe der Monate nach dem Mord war sie zu der Einsicht gelangt, dass sie vollenden musste, was ihr Mann anscheinend angestrebt hatte: die Bestrafung dieser Männer. Jeden Tag las sie einige Akten durch. Sie kannte sie bald in- und auswendig. Sie zermarterte sich den Kopf auf der Suche nach einem Plan für einen gewaltlosen Rachefeldzug der ganz besonderen Art. Dafür musste sie die richtigen Komponenten finden, das richtige Bühnenbild, den richtigen Plot.

Das wurde ihr auch in diesem Moment wieder bewusst, als sie vom Tablet aufblickte und die Wellen keine zweihundert Meter entfernt am Strand von Monte Clérigo aufschlagen sah. Und hörte. Ihr Blick senkte sich, fiel auf »Rock the Wind«, jenes Luc-Gautier-Foto, das inzwischen zum Symbol ihrer großen Liebe geworden war. Plötzlich klingelte es in ihrem Kopf. So unaufhaltsam, wie eine Luftblase im Wasser nach oben trudelt, so stieg in ihren Gedanken und Vorstellungen die perfekte Lösung auf: Sie würde sechs Fotos von Luc Gautier erstellen lassen, um damit eine komplette Fotoausstellung zu arrangieren. Lucs typische Stilelemente Schärfe und Unschärfe kämen ihr gerade recht. Sie würde sie sich zunutze machen. Was scharf abzubilden war, war keine Frage. Die Idee war geboren.

Diana stand auf und legte das Geld für den Kaffee auf den Tisch. Voller Elan schritt sie zurück zu ihrem Mercedes. Kaum fuhr sie die imposante Atlantikküstenlandschaft entlang, da verspürte sie seit Langem wieder einen gesunden Appetit. Ihr Blick fiel auf das Tablet auf dem Beifahrersitz, auf dem »Rock the Wind« noch immer leuchtete.

In diesem Moment erinnerte sie sich an die köstliche *cataplana*, die sie damals an ihrem Geburtstagsabend verspeist hatten. Bei dem Gedanken daran bekam sie Appetit auf das Nationalgericht der Algarve. Auf der Heimfahrt kaufte sie kurzerhand in einem Supermarkt bei Lagoa die frischen Zutaten ein.

Zu Hause angekommen legte sie »Wohltemperiertes Klavier« von Johann Sebastian Bach auf, gespielt von Glen Gould. Diese Musik gab ihr stets Ruhe und Tiefe, Besonnenheit und Kraft zugleich.

Während sie Kartoffelwürfel, Zwiebelringe, Knoblauch und frischen Koriander in die Kupferpfanne gab, Olivenöl und ein Glas Weißwein darüberschüttete, außerdem Venusmuscheln, Brocken von Teufelsfischfilet und Garnelen vorsichtig daruntermischte und alles mit dem aufklappbaren Deckel der Cataplana-Pfanne abschloss, die wie eine fliegende Untertasse aussah und sich wie in einer Zeitmaschine über die Jahrhunderte seit der maurischen Herrschaft herübergerettet hatte, stellte sie fest, dass die heute geborene Idee jeder Prüfung standhielt, jedem noch so kritischen Aspekt. Dass es bei ihrer Art von Rache keinen Platz für Gewalt gab, war ihr am allerwichtigsten, und diese Prämisse wurde voll erfüllt. Die Betrachter der Fotokunstwerke würden nur Ästhetik und Harmonie, Schönheit und Frieden für sich herausziehen.

Welch Trugschluss! Sechs Verbrecher würden gezeigt werden, darunter ein Mörder – scharf herausgehoben aus der umgebenden Unschärfe und somit an einen imaginären Pranger gestellt. Und niemand würde das durchschauen – außer sie selbst und Diniz.

Sie musste schmunzeln. Die Idee gefiel ihr immer besser.

Und die abgebildeten Männer selbst? Sie würden davon nichts mitbekommen, weil sie garantiert keine Kunstgalerien besuchten. Außerdem durften diese Bilder während der Ausstellung nicht fotografiert werden, auch die Medien durften sie nicht zeigen. Ja, damit war der Plan besiegelt.

Im Laufe des Abends wurde Diana immer beschwingter. Zwei Gläschen über zwanzig Jahre alten Portweins förderten ihre gute Laune ungemein. Nach dem Festessen setzte sie sich an ihr MacBook. Über Facebook fand sie die Telefonnummer des Fotografen Luc Gautier heraus. Es war schon spät am Abend, aber sie wollte es wissen.

Sie hatte Glück, er meldete sich gleich nach dem ersten Klingelzeichen, und sie kam ohne Umschweife zur Sache: »Monsieur, ich habe einen interessanten Auftrag für Sie. Können wir uns treffen? Sie leben doch bei Lagos? Morgen? Sagen wir, elf Uhr? An der Marina? Die Sitzbänke vor den Cafés? Ich werde einen breitkrempigen Strohhut tragen. Ich bin pünktlich. Immer.«

***

Schon seit ein paar Jahren war sie nicht mehr in Lagos umhergeschlendert, obwohl sie diese Stadt so sehr mochte. Früher, nach ihrem Studium in Coimbra, wäre sie viel lieber in diesen überaus lebendigen Ort als in den Großraum Faro gezogen, auch wenn es hier im Westen der Algarve viel windiger war.

Sie mochte die Gassen von Lagos, die mächtige mittelalterliche Stadtmauer, die vielen kleinen Kneipen und Restaurants und nachts den Betrieb in Jazzclubs und Bars. Nachmittags lockten die Strände direkt vor der Stadt und noch mehr die kleinen und teils versteckten Praias, die sich in der nahen, über zwei Kilometer langen Felsenformation Ponta da Piedade eingenistet hatten, von bizarren, vom Wind und dem Wetter gemeißelten Portalen und Domen, wahren Naturkathedralen, umgeben.

Außerdem war man von Lagos aus im Nu an der wilden Westküste. Selbst von ihrer Quinta aus fuhr sie oft zu diesem Küstenabschnitt, den viele für den schönsten Europas halten. Hatte sie ein paar Wochen lang die Westküste nicht besucht, fehlte ihr etwas: das Ungestüme der brechenden Wellen, die

Schwaden von Gischt, die an manchen Tagen den gesamten Küstenstrich einhüllten, wenn gigantische Wellen gegen die Klippen schlugen und der Sprüh weit über hundert Meter in den Himmel hochjagte und sich über das Land legte.

Ganz besonders mochte sie die Architektur in dieser Stadt. Lagos war ab 1577 fast zweihundert Jahre lang die Hauptstadt der Algarve gewesen, als der Hafen florierte und mit dem aufkommenden Sklaven- und Gewürzhandel satter Wohlstand ausbrach. Als das katastrophale Erdbeben des Jahres 1755 den Süden Portugals verwüstete, stand auch hier kein Stein mehr auf dem anderen. Dem Beben, das nur zweihundert Meilen südwestlich sein Epizentrum hatte und bis Finnland registriert wurde, war ein Tsunami gefolgt, der das Grauen perfekt gemacht hatte.

Als sie durch die Straßen bummelte, musste Diana daran denken, was sie als Studentin über das Beben und insbesondere über dessen Auswirkungen auf die Philosophie Europas gelernt hatte. Die kontroverse Frage, die seinerzeit heftig diskutiert wurde und in Voltaire und Kant, aber auch später im jungen Goethe und anderen großen Geistern ihre wichtigsten Vertreter hatte, war diese: Wie konnte ein allmächtiger und gütiger Gott – dass er ein solcher war, war damals die gängige Weltanschauung – eine solche Katastrophe zulassen? Ganz Europa zerbrach sich den Kopf.

Immer mehr kritische Stimmen wurden laut. Warum hatte das Beben ausgerechnet ein streng katholisches Land getroffen, das die Verbreitung des Christentums wie kein anderes verfolgte? Warum war die Katastrophe am Festtag der Allerheiligen ausgebrochen und hatte allein in Lissabon im Handumdrehen über sechzigtausend Menschenleben ausgelöscht? Warum waren vor allem Kirchen und Klöster eingestürzt, Lissabons Rotlichtviertel Alfama aber unbeschadet geblieben? Nicht nur Gelehrte waren sich uneins gewesen. Auch Diana und ihre Freunde hatten darüber leidenschaftlich in den Studentenkneipen von Coimbra diskutiert.

In den Jahren nach 1755 wurde mit aller Kraft, die das Land

aufbringen konnte, wiederaufgebaut. Auch Lagos. Auch hier entstand alles in einem homogen wirkenden Stil, dem schlichten klassisch-eleganten portugiesischen Barock mit seinen wunderbaren Harmonien in schlanken, hohen Türen oder in teils pagodenhaft geformten Dächern. Das nahezu einheitliche Gesicht des 18. Jahrhunderts wirkte aber nicht gezwungen, denn es ließ jedem Bauherrn die Erfüllung seiner eigenen Vorlieben und Vorstellungen zu. Dem Zauber dieser Architektur erliegen heute fast alle Besucher von Lagos, das inzwischen in einigen Insider-Publikationen unter Europas zehn interessantesten Destinationen für einen faszinierenden Kurzurlaub rangiert.

Hatte Diana Freunde zu Besuch in ihrer Quinta, waren ein Ausflug nach Sagres und zu Europas südwestlichstem Kap Cabo de São Vicente und auf der Rückfahrt ein Aufenthalt in Lagos ein Muss. Eines der schönsten Ziele in der Altstadt war der Platz Praça Gil Eanes, benannt nach einem der legendären Seefahrer des frühen 15. Jahrhunderts, die Portugal binnen einer Generation eine neue Ausrichtung gaben: hinaus aufs Meer.

An der linken Seite des Platzes ragte ein dreistöckiges Gebäude auf, das von barocken Fenstern geprägt war. Seine Besonderheit war indes die Hausecke zum Platz hin. Sie war rund und hatte in jeder Etage ein Fenster mitten in der Rundung integriert. Nicht genug: Die Hausfassade wurde oben von einem Band aus von Hand bemalten Kacheln mit rankenden Blumen umschlossen. Auch der Rest des stattlichen Gebäudes war mit Kacheln verkleidet, und zwar in einer ins Auge springenden flaschengrünen Farbe.

Im späten Frühling blühten die davor aufragenden Jacaranda-Bäume sattblau. Der grün-blaue Kontrast verführte natürlich jeden Fotografen. Aber auch in allen anderen Monaten war der Platz sehr beliebt. Hier spielten Straßenmusiker von morgens bis abends, hier verkauften einige Kunsthandwerker ihre selbst gemachten Gürtel oder Schmuck, ein englischer Künstler zeichnete ulkige Porträts, während über diesem Betrieb die Möwen ihre Kreise in der windigen Luft drehten und hungrige Schreie ausstießen.

Diana machte sich auf den Weg zum Yachthafen, kam an dem beliebten Restaurant »Adega da Marina« vorbei, dem Hofbräuhaus von Lagos sozusagen, und überquerte auf einer Hebebrücke den Kanal, der zur Marina führte, einem von Stegen wie von einem starren Netz durchzogenen mondänen Hafen. Einige hundert Boote waren angedockt und bewegten sich bei jeder noch so kleinen Welle. Dann klackerten die Wanten der vielen Yachten, während Menschen prallvolle Einkaufstüten zu ihren seetüchtigen Villen schleppten und Hunde, an der Reling wartend, mit ihren Schwänzen wedelten.

Wie vereinbart, setzte sich Diana auf eine Bank vor dem »Café Artesão« und beobachtete, wie zahllose Fische seelenruhig im Hafenwasser umherschwammen und dann und wann ihre Silberbäuche zeigten. Der nach Südwest gerichtete Blick hinüber nach Lagos zeigte ein Gemenge aus übereinandergeschachtelten Gebäuden, aus dem der Turm der Kirche São Sebastião herausragte – unter sich ein mächtiges rosafarbenes Gebäude aus dem 18. Jahrhundert. Darunter breitete sich die alte Markthalle längs der Uferpromenade aus. Zahlreiche Palmen reihten sich entlang eines Kanals aneinander, auf dem bunte Fischerboote vertäut lagen.

Diana trug wie angekündigt einen breitkrempigen Florentiner und ein luftiges Kleid im Millefleurs-Dessin. Das sonnige Wetter an diesem erstaunlich lauen Januartag hatte sie dazu verführt. Sie bemerkte, dass einige Männer zu ihr herüberschauten.

Zweiundvierzig Jahre war sie alt. Ihre Körpersprache verriet Stolz und einen Anflug von Arroganz, dennoch war sie eine sehr höfliche und freundliche Frau, zuvorkommend und doch bestimmend. Seit dem Tod ihres Mannes versteckte sie gern ihre hellen grünblauen Augen, die im Kontrast zu ihrem schwarzen Haar standen, hinter einer Sonnenbrille mit auffallend großen Gläsern. Denn selbst Monate nach Diniz' Tod traten ihr bisweilen aus heiterem Himmel Tränen in die Augen.

Jemand berührte sie von hinten an der Schulter. Sie drehte sich um und blickte zu einem Mann empor, den sie sich so nicht vorgestellt hatte. Sie hatte einen typischen Künstlertyp erwartet, mit grau gelocktem Haar und vom Nikotin braun verfärbten Fingerspitzen, mit einem lässigen Schal um den Hals und von Ölfarbe verschmierten Jeans.

Bei genauerer Betrachtung stellte Diana fest, dass der Mann vor ihr von diesem Klischee gar nicht so weit entfernt war. Die Kuppe seines rechten Zeigefingers war tatsächlich braun verfärbt, nur dass ihm etwas Wildes, fast Jähzorniges anhaftete, das bei Bohemiens eher seltener anzutreffen ist. Und weil er Fotograf war, war seine Hose auch nicht von Ölfarben verschmiert.

Er sah verdammt gut aus, hatte große Zähne und ein blendendes Lachen, mit dem er sein Gegenüber verführerisch anstrahlte. Ob das eine eingeübte Masche oder sein natürlicher Charme war, hätte Diana zu diesem Zeitpunkt noch nicht sagen können. Frauen fühlen sich auf der Stelle begehrenswert. Von einem Mann wie diesem lassen sie sich dieses angenehme Gefühl nur zu gern mal vermitteln, dachte sie. Sich selbst schloss sie da nicht aus.

»Luc Gautier?«, fragte Diana und erhob sich.

»Der bin ich. Und wie ist Ihr Name?«

»Diana. Hallo Luc. Ich bewundere Ihre Bilder. Schon seit zwei Jahren etwa. Ich habe Ihre Werke in der Galerie der leider verstorbenen Teresa Guedes erstmals gesehen. Wollen Sie sich nicht zu mir setzen?«

»Ich würde gern ein Gläschen Wein trinken, wenn Sie nichts dagegen haben«, sagte Luc Gautier.

Er hat was, dieser Typ, dachte Diana. »Gern«, sagte sie. »Hier im ›Artesão‹?« Sie zeigte hinter sich.

»Warum nicht. Die haben einen guten Rosé.«

»Für mich bitte eine *bica*. Ich muss noch fahren.« Sie zeigte zu einem soeben frei gewordenen gusseisernen Tisch ganz in ihrer Nähe und schlenderte hin. Luc rückte galant einen Stuhl für sie zurecht, sie setzten sich hin.

Er schwieg eine Weile, ungeduldig auf den Wein wartend. Als er den ersten kräftigen Schluck genommen hatte, fragte er: »Was wollen Sie von mir?«

»Sie sollen Fotos schießen. Sechs an der Zahl. Jedes Bild zeigt einen anderen Mann in seiner heimischen Umgebung. Er ist als Einziger scharf abgebildet, alles andere kommt unscharf. Fotos in typischer Luc-Gautier-Manier ... Ich schicke Ihnen per E-Mail Schnappschüsse von den Probanden. Dann wissen Sie, wo diese sechs Männer jeweils anzutreffen sind und was sie so treiben. Auf dem Kuvert, das ich Ihnen gleich geben werde, steht die Adresse eines Hotmail-Kontos, das ich für Sie eingerichtet habe. Das Passwort steht darunter, wie auch meine Hotmail-Adresse. Wir kommunizieren ausschließlich über E-Mail.«

Luc Gautier gab sich cool und unbeeindruckt, obwohl ihm zig Fragen auf den Lippen brannten. Doch der Staccato-Stil dieser Lady amüsierte ihn, sodass er sich ein Grinsen nicht verkneifen konnte. Er beugte sich vor und ahmte ihre Sprechweise nach: »Wann?«

»Bald.«

Sie kamen überein, das Projekt innerhalb des Monats Februar durchzuziehen.

*»How much?«*

»Zweitausend für jedes Foto. Format sechzig mal sechzig Zentimeter. Ich muss jedes vorab genehmigen, Sie müssen es mir also per Mail schicken, bevor Sie es drucken und auf Aluminium montieren lassen. Ich zahle dann jedes fertige Bild.«

Er pfiff durch die Zähne. Das waren phantastische und völlig unverhoffte Perspektiven. »Okay. Aber nur gegen Vorkasse.« Er wusste, dass Zocken gefährlich war. Aber Diana wirkte verdammt entschlossen, da konnte er ruhig etwas riskieren.

»Die erste Hälfte. Die zweite bei Lieferung«, sagte Diana und leerte den Espresso in einem Schluck. Mit ihrer rechten Hand ergriff sie den Strohhut an der Krempe, ohne ihn zu bewegen. Sie lächelte ihr Gegenüber auf eine Art und Weise an, dass ihm ganz anders wurde. In der Kunst der Verführung war sie ihm durchaus ebenbürtig.

Sie erhob sich, ging zielstrebig zur Theke und bezahlte beide Getränke. Danach schritt Luc Gautier neben ihr in Richtung Hebebrücke.

Diana blieb plötzlich stehen und reichte ihm ein Kuvert. »Hier ist die Anzahlung für das erste Foto. Sie akzeptieren große Scheine?«

Bestimmt so 'ne High-Society-Tante, die nicht weiß, wohin mit ihrem vielen Geld. Na, auf so eine hab ich schon lange gewartet, dachte Luc und nahm das Kuvert entgegen.

»Bitte zählen Sie nach«, forderte Diana ihn auf.

Luc öffnete den Umschlag, der zwei der sich nicht häufig im Umlauf befindlichen violetten Scheine enthielt. Er nickte anerkennend und zwinkerte Diana freudestrahlend zu. Im selben Moment wurde ihm bewusst, dass sie den Betrag vorbereitet und demnach geahnt hatte, wie das Gespräch verlaufen würde. Er hatte sie unterschätzt.

Diana zwinkerte zurück. »Ich schicke Ihnen also bald die Schnappschüsse für das erste Foto unserer Serie zu«, wiederholte sie noch einmal, um ganz sicherzugehen, dass Luc alles verstanden hatte.

»Haben diese Personen keine Namen?«

»Doch, haben sie. Aber die spielen keine Rolle, weder für Sie noch für andere.«

# 2

Bei einheimischen Anglern war die fast zehn Kilometer lange Ilha de Tavira sehr beliebt. Wann immer die Hobbyfischer per Fahrrad, Moped oder Pick-up herkamen, hofften sie, einen Silberbarsch, eine Dorade oder eine Meeräsche aus dem Atlantik zu ziehen.

»Schon Glück gehabt?«, fragte Diana einen Angler, der soeben heftig an der Rolle kurbelte und Schnur einholte. Am anderen Ende tat sich aber nichts, also wieder kein Fang. Der Mann griff nach dem nackten Haken und befestigte einen frischen Köder. Dianas Frage beantwortete er nicht. Er nahm auch keine Notiz davon, dass sie zahlreiche Fotos von ihm schoss.

Dass der Angler Mário Baptista hieß, wusste sie. Außerdem war ihr vertraut, was in Diniz' Akten über ihn stand. Sein Gesicht war nicht sehr markant. Das Auffälligste an ihm war seine rote Brille. Sie war dem Mann, der hergekommen war, um fern der Menschen und nahe bei sich selbst zu sein, anscheinend lästig.

Genervt antwortete er schließlich: »Heute noch nicht. Später vielleicht. Oder morgen. So ist es halt, das Leben, *pois é.*« Er befestigte einen Klumpen mit Brot vermengter Sardinenpaste am Haken und warf die Angel aus. Die Dame mit dem eleganten Strohhut beachtete er nicht länger.

Diana wandte sich ab und schaute im eigenen Körperschatten die bisher geschossenen Fotos auf dem Handy an. Sechzehn Megapixel sorgten für brillante Schärfe. Sie hatte Mário Baptista mehrmals aus verschiedenen Positionen gut getroffen. Trotzdem wollte sie später weitere Fotos aufnehmen und hoffte, dass sie ihm in der Innenstadt von Tavira noch einmal begegnen würde. Vielleicht würde er sich gegen Abend wie allgemein üblich mit seinen Freunden auf ein Gläschen treffen.

Mit solch umfangreicher Vorarbeit konnte sie dem Fotokünstler Luc Gautier ausreichende Informationen über den

Mann liefern, den er dann auf seine Art aufs Korn nehmen sollte. So würde sie es mit allen halten. Und zwar so bald wie möglich. Bis Ende März sollte Luc diese Aufgabe gemeistert haben. Alle sechs Männer würden an die Reihe kommen, einer nach dem anderen.

***

Der Angler wurde nicht argwöhnisch, als er die Frau mit Strohhut am späten Nachmittag desselben Tages zufällig in der Innenstadt von Tavira wiedersah. Auch nicht, als er seine Freunde traf und die Frau sie alle zusammen fotografierte, wie sie vor einem Café saßen und Karten spielten. Sie benahm sich in seinen Augen wie eine typische Touristin. Sie knipste diesen und jenen Kamin oder von den Wänden abblätternden Putz, die Strukturen des Zerfalls, die die darunterliegenden alten Farbschichten zutage brachten. Sie bat eine alte Frau, die gerade einen Stuhl vor ihre Hauswand stellte, um die letzten Strahlen der Abendsonne zu genießen, ihren schwarzen Hut auf das schwarze Kopftuch zu setzen. Als Nächstes konnte sie gar nicht genug bekommen von der mit Schnitzereien verzierten Tür einer alten Hausruine. Ein Feigenbäumchen wuchs aus der brüchigen Türschwelle und verwandelte die Ruine durch dieses Detail in ein Bild der Hoffnung.

Der Angler schaute weg. Er mochte es nicht, wenn die Fremden alles abfotografierten. Ihm kam es manchmal so vor, als würden sie damit etwas von den Dingen und Menschen, die hier lebten, fortnehmen. Er schüttelte den Kopf, vielleicht auch, weil er sich wunderte, dass er solche moralisierenden Gedanken hatte.

Er wandte Diana den Rücken zu. So sah er nicht, wie sie die Männerrunde noch einmal ins Visier nahm, den nächsten Schnappschuss machte und danach zurück zu ihrem weinroten Oldtimer schlenderte.

»Warum guckst du so mürrisch, Mário? Hast heute wohl nix gefangen? Da hilft nur ein *bagaço*, was, mein Alter?«, sagte einer der Männer, die mit Mário Baptista am Tisch saßen, und schnipste mit den Fingern nach der Bedienung.

Das Wasserglas voll klarem Schnaps, das sie prompt brachte, schob der Mann zu Mário Baptista hinüber. »Auf unsere Gesundheit«, sagte er freundlich lächelnd.

***

Die Maus klickte. Auf dem Bildschirm des Laptops erschien ein neues Foto. Bilder von Tavira waren zu sehen, Schnappschüsse von einem Angler, der lachend seine rote Brille zurechtrückte, von ihm und seinen Kumpels im Café, von einem Wohnblock, von einem Feigenbäumchen, das in einer Ruine gedieh. Diana griff zur nächsten Zigarette und zündete sie an. Rauch wehte am Laptop vorbei. Sie hob das halb volle Glas, prostete dem Angler auf dem Bildschirm zu und nahm einen Schluck Wein. Wirst schon sehen, dachte sie.

Mehrere Fotos hatte sie in die engere Wahl gezogen und in einen speziellen Ordner verschoben. Sie lächelte zufrieden. Sie hätte nie gedacht, dass sie an dieser Arbeit so viel Freude haben würde. Nach einem weiteren Klick erschien ein Dokument mit juristischer Terminologie auf dem Bildschirm. Diana überflog es und lachte kurz und trocken. Dann klappte sie den Computer zu, stand auf und ging durch eine offene Glastür auf die Terrasse.

Sie blickte in Richtung Süden, wo in etwa zwölf Kilometer Entfernung der Atlantik glitzerte und einen angenehmen Kontrast zu den im Wind raschelnden Blättern von über einem Dutzend hoher Palmen bildete. Wie nimmermüde Wachsoldaten markierten sie die Grenzen ihres über zwei Hektar großen Grundstücks. Sie bewachten einen der herrschaftlichen Landsitze in der Region Barrocal im Herzen der Algarve. Alter Familienbesitz, alter Reichtum.

Diana fragte sich, ob dieser Reichtum sich inzwischen auf sie ausgewirkt hatte. Sie war in äußerst bescheidenen Verhältnissen aufgewachsen. Ihre Mutter war von einer Beziehung in die nächste getaumelt, und mit jeder weiteren war alles noch komplizierter geworden. In keiner Wohnung hatte sie es länger als ein Jahr ausgehalten, nicht zuletzt deshalb, weil der Gerichtsvollzieher seine Marken hinterlassen hatte oder das Wasser und der Strom abgestellt worden waren.

Und jetzt lebte Diana hier. Sie besaß einen exquisiten Fuhrpark und ein beträchtliches Bankguthaben, von dem sie nicht einmal wusste, wie viele Nullen hinter den ersten Ziffern standen. Sie war sorglos. Aber ohne Diniz.

Sie ging zurück an ihren Laptop, klappte den Deckel wieder auf und holte die Fotos vom Angler erneut auf den Schirm. Ist er der Mörder? Egal. Alle, die ihr Mann aufgelistet hatte, kamen in Frage.

Sie beendete »iPhoto«, öffnete ihr Tagebuch, besann sich für einen Moment und fing an zu schreiben:

*Mein Liebster, Rachegelüste haben mich eingeholt. Mit Vorstellungen und Einfällen, die mir bisher fremd waren.*
*Ich will dir nicht verheimlichen, dass mir meine völlig gewaltfreie Rache auf einmal nicht mehr ausreicht. Denn dieses gewaltlose Manifest unserer Liebe wird diesen Schurken nicht wehtun. Lediglich wir beide wissen, um was für eine Bilderserie, genauer gesagt: Verbrecherserie, es sich da handelt. Für alle anderen sind es nur ausgezeichnete Fotografien eines interessanten Künstlers. Reicht das? Immer häufiger stichelt in mir diese Stimme: Vergiss deinen Edelmut! Bestrafe sie hart, lass sie leiden, so wie sie ihre Opfer haben leiden lassen! Triff diese Männer mit voller Wucht! Lege ihnen ein für alle Mal das Handwerk! Mir wird dabei vor mir selbst angst, Diniz. Himmel, steh mir bei! Ich gehe jetzt besser an die frische Luft, um mich im Pool wieder etwas abzukühlen. Komm doch mit, bitte. Unsere Körper schweben im Wasser, wir umschlingen einander um unsere Hüften und Schenkel. Alles geschieht wie in Zeitlupe, und ich spüre dich wieder überall. Komm, Liebster, komm, schnell, schnell!*

***

Luc Gautier, der nordwestlich von Lagos bei dem Dorf Barão de São João lebte, steuerte seinen alten Renault in Richtung Ostalgarve und erreichte nach über eineinhalb Stunden die Stadt Tavira. Einst war sie, nachdem Lagos an Bedeutung verloren hatte, weil der rasant wachsende Gewürz- und Sklavenhandel nach Lissabon abgewandert war, die Metropole der Provinz geworden.

Lucs Zielfigur, dieser Angler, musste sich laut der Angaben seiner Auftraggeberin, deren kompletten Namen er nicht einmal kannte, um diese Zeit auf der Ilha aufhalten. Er wollte ihn vor allem zusammen mit seinen Freunden zeigen, wenn er oben bei der Burg sein erstes Gläschen am späten Nachmittag trank. Das schien ihm pittoresker, es zeigte die Lebenslust der Einheimischen, eine der herausragenden Charakteristika der *algarvios*, wie sich die Einheimischen selbst bezeichnen.

Also hatte er Zeit. Als genussfreudiger Franzose wusste er, wo köstliches Essen winkte: Neben dem großen Parkplatz bei der Ilha, wo gleich daneben das Fährboot zur Insel übersetzte, befand sich etwa zwei Kilometer südlich von Tavira das Restaurant »Quatro Águas«. Er labte sich an Austern, die ihm hier in der Algarve viel besser schmeckten als zu Hause in Frankreich, und rundete das Festessen mit Seebarsch auf Kartoffelstampf ab. Dazu genoss er einen weißen Bauernwein aus der Umgebung.

Er schaute auf seinem Smartphone noch einmal die Schnappschüsse an, die ihm diese crazy Lady geschickt hatte. Die waren fast profihaft gut.

Gestärkt verließ er gegen sechzehn Uhr das Restaurant und machte sich an die Arbeit. Dafür brauchte er das umgehängte Stativ, seine Canon 70D und die phantastische, aber von anderen Fotografen wenig verwendete Carl-Zeiss-fünfunddreißig-bis-hundertfünfunddreißig-Millimeter-Zoomlinse. Luc Gautier grinste selbstgefällig in sich hinein.

Die Aufnahme würde eine knappe Stunde in Anspruch nehmen, anschließend musste er das Bild noch etwa zwei oder drei Stunden am Rechner bearbeiten, dann ausdrucken, den Leinenbogen auf Aluminium laminieren – und fertig. Mit ihrem Angebot von zweitausend Euro für ein Foto hatte die geheimnisvolle Dame bewiesen, dass sie seinen Marktwert ganz gut einzuschätzen verstand. Er gehörte zu den Spitzenleuten. Zumindest in dieser Region.

Vergnügt zündete er sich eine Zigarette an. Heute fühlte er sich endlich wieder einmal richtig gut. Mit Schrecken stellte er bei diesem Gedanken fest, was das bedeutete: Sein Leben war beängstigend freudlos geworden. Woran mochte das liegen? Am Suff? Am Altern? An beidem? Egal.

Er schloss die Wagentür auf und fuhr an Salinen entlang zurück zum nahen Städtchen Tavira. Ein Café beim Uhrturm in der Burg, hatte die Dame ihm als Lokation mitgeteilt. Hier traf sich der Mann, den er abzulichten hatte, regelmäßig am späten Nachmittag mit seinen Freunden.

Luc parkte den Renault, setzte einen Strohhut auf und machte sich an die Arbeit. Er musste nicht lange warten, bis die Männer eintrafen, Platz nahmen und Getränke bestellten – Bier und *bagaço*, einen klaren Schnaps, dem italienischen Grappa ähnlich und nicht weniger stark und gut.

Aus fünfzig Metern Entfernung konnte Luc durch seine erstklassige Linse alles beobachten. Und festhalten. Er konzentrierte sich auf den Mann mit der roten Brille. Es machte klick und klick, als würden Kinder mit Murmeln spielen.

Zurück in seinem Haus in der Westalgarve, goss er sich ein großes Glas Rosé ein, setzte sich an den Rechner und begann mit der Bearbeitung. Kurz vor Mitternacht schickte er das finale Foto an die Hotmail-Adresse seiner großzügigen Auftraggeberin. In freudiger Erwartung der zweiten Hälfte des Bildhonorars reckte und streckte er sich auf dem Weg zu seinem Bett und machte ein paar Dehnübungen, um lästigen Verspannungen vorzubeugen.

***

Lucs Mail war knapp gewesen. »Das erste Foto ist fertig. Bitte genehmigen. Soll ich es Ihnen bringen? Wollen Sie das Bild bei mir abholen? Oder sollen wir uns irgendwo treffen?«

»Das Foto ist sehr gut. Genehmigt. Ich komme zu Ihnen, hole es ab. Morgen, elf Uhr, passt das?«, lautete Dianas nicht weniger knappe Antwort.

»Passt«, war Lucs prompte Reaktion. Eine Wegbeschreibung zu seinem Haus hatte er hinzugefügt.

Diana genoss die Fahrt in den Westen der Algarve, obwohl sie in Gedanken schon mit dem nächsten Foto beschäftigt war, und diese Gedanken waren nicht angenehm, wenn sie sich in Erinnerung rief, warum der Mann, der als Nächster dran war, auf ihrer Liste stand.

Auf der Strecke von Lagos nach Aljezur bog sie nach ein paar Kilometern links ab und erreichte auf einer schmalen Landstraße das kleine, beschaulich wirkende Bauernhaus des Fotografen. Ein sandfarbener Renault R4 stand davor.

Luc hatte den Mercedes-Oldtimer offensichtlich schon kommen hören. Er war bereits vor das Haus getreten. Mit galanter Handbewegung bat er sie, einzutreten.

Diana war angenehm überrascht, als sie die gemütliche kleine Küche in Augenschein nahm, die von einem Holzofen, einer schrägen Decke aus Bambus- und runden Eukalyptusstangen sowie einem uralten Boden aus Terrakotta-Ziegeln geprägt war. Ein dunkelrotes Sofa und zwei wacklige Stühle rund um einen dunkelgrünen alten Holztisch zauberten eine gemütliche Stimmung.

Auf dem Sofa prangte die auf eine Aluminiumplatte laminierte Fotografie, wie bestellt. Sie hatte die vorgegebene Größe von sechzig mal sechzig Zentimetern und zeigte einen Mann mit roter Brille im Kreis seiner Freunde. Alle rauchten und spielten Karten. Im Hintergrund sah man einen barocken Turm mit einer großen Uhr. Ein stimmungsvolles Algarve-Bild.

»Ein Volltreffer«, freute sich Diana, die die diversen Details wahrnahm. Genau so wollte sie es haben. »Ich rufe Sie bald wieder an«, sagte sie lächelnd, schlug das Foto in eine mitgebrachte Decke ein und wollte schon zur Tür hinauseilen, als sie abrupt stehen blieb. »Na, so was, das hätte ich jetzt fast vergessen. Bitte zählen Sie nach«, sagte Diana und reichte Luc ein weiteres Kuvert.

Er riss den Umschlag auf. Seine Mundwinkel hoben sich automatisch, als ihn die zwei violetten Scheine anlachten.

»Wo und wann soll ich das nächste Foto produzieren?«, fragte er.

»In zwei, drei Tagen. Ich bereite derzeit alles vor. Der Hintergrund ist wieder eine sehr schöne Umgebung: die Lagune von Alvor, Westseite. Kennen Sie die Gegend bei der Austernfarm?«

»Und ob! Austern und Franzosen, was für eine Frage …«

***

Die Sonne färbte die Abendwolken blutrot. Mário Baptista nahm das Himmelsspektakel jedoch nicht wahr. Sein Blick klebte am Boden. Ziellos schlenderte er südlich der alten Markthalle am Ufer des Rio Gilão, der Tavira durchfloss, umher, während er die letzten Stunden Revue passieren ließ.

Wie fast jeden Tag hatte er mit seinen Freunden Karten gespielt. Er hatte ein paar Euro gewonnen und deshalb einige Flaschen Bier mehr als sonst getrunken. Er hatte gut gespielt!

Grinsend näherte er sich einer dunklen Hauswand. Er musste mal. Breitbeinig baute er sich auf und ließ es laufen. Bis hinter ihm ein leiser Pfiff ertönte.

In dem Moment, als er sich umdrehte, traf ein Prügel mit voller Wucht auf seinen Kopf. Wie einen Kegel haute es ihn um. Vorsichtig öffnete er die Augen und registrierte verschwommen, wie eine vermummte Gestalt sich über ihn beugte. Er achtete auf alles, was dieses Wesen verraten konnte. Aber da war nichts. Sogar die Augen waren hinter einer dunklen Brille verborgen.

Eine schwarze Kapuze wurde ihm über den Kopf gezogen. Er sah nichts mehr, spürte nur, wie ihm die Hände mit einem Kabelbinder festgezurrt wurden. Mit einem spitzen Gegenstand an den Rippen wurde er zum Aufstehen gezwungen, dann zu einem Fahrzeug bugsiert. Ein heftiger Stoß gegen seinen Rücken ließ ihn durch eine offene Tür unsanft in ein Auto fallen. Seine Beine wurden hineingezwängt. Die Tür schlug zu. Mit aufheulendem Motor setzte sich der Wagen in Bewegung.

Mário Baptista versuchte verzweifelt, seine Hände zu befreien, doch bei jeder Bewegung schnitt der Kabelbinder tiefer in seine Unterarme. Blut troff ihm vom Kopf herab und lief am Hals entlang in seinen Hemdkragen. Er krümmte sich zusammen. Wenn er wenigstens wüsste, warum er hier lag! Er suchte nach einem Grund, wollte einen Zusammenhang erkennen, eine Erklärung. Aber er fand keine. Er hatte doch keine Leiche im Keller. Geld hatte er auch nicht, eine Immobilie besaß er nicht, sein Konto war überzogen. Er hatte nichts.

In den Kurven wurde Mário Baptistas Körper hin und her geworfen, er musste inzwischen übersät von blauen Flecken sein. Aber er spürte sie nicht. Er spürte nur Angst.

Plötzlich ging es über einen holprigen Untergrund. Langsam. Immer langsamer. Das Fahrzeug kam zum Stehen. Dann wurde die Tür geöffnet und gleich darauf Mário Baptista die Kapuze vom Kopf gerissen. Er wurde an den Haaren gepackt und unter der Achsel wie ein Sack Kartoffeln aus dem Wagen gezerrt, sodass er vor Angst schlotternd auf einen breiten Waldweg fiel.

Zunächst sah er neben dem Weg nur Bäume. Dann hörte er, wie der Wagen ein Stück wegfuhr und gewendet wurde. Jetzt sah er ihn von vorn, einen olivgrünen alten Landrover. Wie ein Raubtier stand er ihm gegenüber. Der rostige Kühler war das dreckige, weit aufgerissene Maul. Das Tier kroch durch den Wald auf ihn zu – und Mário Baptista ahnte, was da drohte.

Wie ein Embryo krümmte er sich zusammen, als der Wagen beschleunigte. Zwei Schritte vor ihm kam er jedoch zum Stillstand. Der Fahrer stieg aus, zog langsam weiße Plastikhandschuhe an und trat Mário Baptista in den Bauch, zwischen die Beine, gegen die Rippen. Mit einer Wäscheleine wurden seine

Füße an einem Baumstumpf links am Wegrand festgebunden, die ausgestreckten Hände rechts an einem Felsbrocken.

Quer über dem Fahrweg lag der angstblasse Mário Baptista, die Augen weit aufgerissen gen Himmel gerichtet, den tintenblauen Himmel der aufsteigenden Nacht. Der Fahrer stieg zurück in den Jeep. Rüttelte am Schaltgestänge. Rammte den ersten Gang rein.

Mário Baptista sah, wie die Person die Nase an die Scheibe drückte, um dem kommenden Geschehen noch näher zu sein. Dann fuhr der Jeep los. Das linke Vorderrad rollte haarfein an seinem Kopf vorbei. Das rechte zermalmte seine Unterbeine, Wadenknochen, Muskeln. Langsam fuhr der Jeep rückwärts, um erneut Anlauf zu nehmen.

Nach vollbrachter Tat stieg die vermummte Gestalt aus und hörte sich in aller Ruhe Mário Baptistas irre Schreie an. Dabei musterte sie ihn prüfend und tauchte ihren Zeigefinger kurz in das Blut des zerquetschten linken Beins. Mit einer raschen Handbewegung malte sie einen Haken auf die Stirn des Opfers. Dann holte sie aus dem Jeep eine vorbereitete Pappe mit der Aufschrift »KEINE POLIZEI – WENN DIR DEINE ARME LIEB SIND!« und hielt sie ihm dicht vor die Augen.

Mit einem mühsamen Nicken gab Mário Baptista zu erkennen, dass er verstanden hatte. Die Gestalt steckte daraufhin den Karton unter ihr Gewand, zerschnitt mit einem Messer die Fesseln, zog Mário Baptista das Handy aus der Tasche und legte es in seiner Reichweite ab. Die Geste war unmissverständlich. Er sollte sich befreien und Hilfe rufen. Der Spuk war vorbei. Dem Opfer stand ein elendiges Leben bevor. Ein gebrochenes Leben.

Die Person bestieg den Jeep und verschwand im Wald wie eine Hyäne nach der Jagd.

***

Die Nacht war bereits hereingebrochen, als Senhora Baptista ihren geschundenen Mann mit Hilfe einiger Freunde endlich fand. Er hatte sie mit seinem Handy angerufen, hatte etwas von einem Unfall gestammelt, von einem Waldweg in der Gegend nördlich von Tavira. Wie die Umgebung beim Wasserfall von Pego do Inferno sähe es aus, hatte er gesagt, da, wo sie so gern mit Freunden am 1. Mai Picknick machten.

Als seine Frau ihn dort am Boden liegen sah und entsetzt auf ihn herunterschaute, war von ihrem stolzen Mário Baptista nicht viel übrig. Er war inzwischen bewusstlos geworden. Mit zitternden Händen rief sie den Notarzt an, der bald darauf mit zuckendem Blaulicht eintraf.

Glücklicherweise war Mário Baptista nicht verblutet, weil die Gefäße in den Waden zerquetscht, aber nicht zerschnitten worden waren. Er wurde ins Krankenhaus von Faro gebracht, wo man ihm noch in derselben Nacht beide Beine knapp oberhalb vom Knie amputierte.

»Aber du lebst«, sagte seine Frau, nachdem alles überstanden war, und drückte liebevoll seine Hand. »Ich habe Cristina benachrichtigt. Ich hoffe, dass sie morgen herkommen kann. Mit ihr zusammen können wir dann planen, wie es mit dir weitergeht. Wir müssen dir einen Rollstuhl besorgen. Hoffentlich hilft uns das Sozialamt.«

»Cristina kommt? Meine Tochter?«, sagte Mário Baptista schwach. Er schloss die Augen. In diesem Moment wurde ihm klar, dass er doch eine Leiche im Keller hatte.

***

Keine dreihundert Meter von Luc Gautiers Haus entfernt war ein Auto unauffällig unter Pinienbäumen nahe der Straße abgestellt. Es war mit seinen Rostflecken so gut camoufliert, dass man es im Vorbeifahren nur schwer erkennen konnte. Diana achtete allerdings auch gar nicht auf ihre Umgebung. Sie saß schmunzelnd hinter dem Steuer.

Luc Gautier hatte mit seiner Anspielung auf Austern und Franzosen den geborenen Gourmet herausgekehrt. Sie mochte ihn inzwischen ganz gern, er zeigte Humor und Schlagfertigkeit und war alles andere als ein Kind von Traurigkeit. Sie beschloss, ihn demnächst zu einer Dinnerparty einzuladen. Diese Soireen waren früher in ihren Kreisen heiß begehrt gewesen, doch seit Diniz' Ermordung hatte sie keine mehr gegeben. Nach der Ausstellung würde sie wieder damit beginnen.

Ihre Gedanken schwenkten zu dem nächsten Foto, das sie für Luc bei der Lagune von Alvor vorbereiten wollte, damit er auf seine Art den nächsten Verbrecher künstlerisch verarbeiten konnte. Sie war glücklich. Die Idee mit den Fotografien war realisierbar, und auch die Umsetzung funktionierte ausgezeichnet.

***

Als Dianas Mercedes hinter der nächsten Kurve verschwand, kletterte ein groß gewachsener Mann aus der ramponierten Rostlaube unter den Pinienbäumen. Er holte eine Plastiktasche aus dem Kofferraum und schleppte sie zu einem Busch am Rand des Grundstücks von Luc Gautier.

Er musste nicht lange warten: Nach einer halben Stunde verließ der Fotograf das Haus, laut pfeifend und gut gelaunt. Was Luc vorhatte, konnte der Mann nur ahnen. Wie er den Fotografen inzwischen einschätzte, würde der in Lagos ein Gläschen trinken gehen und die nächste Frau aufreißen.

Er verließ sein Versteck, nachdem Luc Gautier mit seinem R4 davongefahren war, und öffnete die Tür des angebauten kleinen Lagerraums zu Lucs Haus mit einem kräftigen Fußtritt. Er schlüpfte hinein und gelangte durch den Minischuppen in die Küche.

Nachdem er sich kurz umgesehen hatte, griff er in die Tasche. Alles war bestens vorbereitet. Er holte eine Minikamera heraus, nahm aus der Küche einen Stuhl mit nach draußen, stellte ihn unter den Dachfirst, stieg hinauf und klemmte die Kamera fest. Er stellte sie so ein, dass sie den Platz vor dem niedrigen Häuschen erfasste. Die zweite installierte er in der

Küche neben einem Deckenbalken, die dritte in Lucs Schlafzimmer.

Fortan würde er mitverfolgen können, was im Hause Gautier vor sich ging. Wer ihn besuchte. Was dann geschah. Er war zwar kein Voyeur, aber was Luc mit den Damen in seinem Haus so trieb, interessierte ihn brennend. Vorsichtig vergewisserte er sich, dass er keine Spuren hinterlassen hatte, und eilte zurück zu seinem Auto.

Er konnte es selbst kaum fassen. Alles war so einfach gewesen. Wollte man Kontrolle ausüben, musste man es nur tun.

***

Das alte Zündapp-Moped ratterte und holperte durch Faros Altstadt. Diana hatte sich auf den viel zu engen Sitz hinter den Fahrer gezwängt und hielt sich an seinen Hüften fest. Sie sah die Stadt vorbeiflitzen. Sie hatte keine Ahnung, warum alles so schnell gehen musste.

Plötzlich versteifte sich der Körper des Fahrers. Er zog ein schweres schwarzes Ding aus seiner Brusttasche, als er auf zwei Männer in schwarzen Talaren zuraste, die vor dem Justizpalast standen.

Das Moped war keine fünf Meter mehr von den beiden Juristen entfernt. Plötzlich schien es, als bliebe es stehen, oder war es die Zeit, die stillstand?

Die beiden Männer blickten zu ihnen herüber. *Diniz, das bist ja du! Diniz, mein lieber Diniz!* Da krachte es, der erste Donnerschlag zerriss Diniz' Hals, der zweite Dianas Kopf.

Sie schrie gellend, erschrak vom eigenen Schrei. Sie saß aufrecht in ihrem Bett. Atmete schwer. Sog die Luft durch die Nase ein. Riss die Augen weit auf, damit sie nicht mehr sehen musste, was da in ihrem Inneren tobte und was sie eben in diesem Alptraum gesehen hatte. Nicht zum ersten Mal.

Ich muss es ihm sagen, dachte sie. Diniz sollte wissen, was sie im Schlaf quälte und ihre Rachegelüste nach jedem derartigen Traum aufs Neue entfachte.

Nachdem sie sich beruhigt hatte, stand sie auf, brühte sich einen Tee und holte ihren Laptop ins Bett. Sie machte es sich in den Kissen bequem und tippte los.

*Mein Geliebter, schon wieder hat er dich ermordet. Ich habe es genau gesehen. In diesem grässlichen, ständig wiederkehrenden Alptraum war ich erneut Augenzeugin – aber ich konnte auch diesmal nicht erkennen, wer da hautnah vor mir sitzend das Moped lenkte und auf dich schoss.*
*Ich würde so gern mit jemandem darüber reden. Am liebsten mit Ricardo. Ich könnte ihn auch fragen, was bisher bei den Ermittlungen herausgekommen ist. Er hat ja Anzeige wegen Mordes und wegen versuchten Mordes an ihm selbst erstattet. Ich wüsste nur zu gern, ob es offiziell einen Verdächtigen gibt. Aber ich gehe seit deinem Tod allen Begegnungen mit Ricardo aus dem Weg. Heute hat er mich wieder zum Essen eingeladen, und ich habe aus fadenscheinigem Grunde abgesagt. Warum, fragst du? Wie du weißt, vermute ich deinen Mörder unter den Männern aus deinem Ordner. Aber abgesehen davon habe ich noch eine weitere Person im Visier: Ricardo.*
*Ich weiß, dass du das lächerlich findest, und sehe dich ungläubig den Kopf schütteln. Aber ich könnte mir gut vorstellen, dass er dich aus dem Weg räumen ließ, um mich letztendlich doch noch zu erobern. Du musst doch auch mitbekommen haben, wie er damals in Coimbra so offensichtlich darunter gelitten hat, dass du »das Rennen« bei mir gemacht hast und nicht er. Wie diese Schmach ihn schier übermannte.*
*Und später dann sein irrer Blick, den ich zufällig während unserer Hochzeitszeremonie auffing. Der sprach Bände. Ich ertappte Ricardo, wie er uns mit einer geballten Ladung an Emotionen anstarrte. Leidenschaft war darin, Eifersucht und unbändige Wut, ein Blick, der mir jetzt noch, Jahre danach, kalte Schauer über den Rücken jagt, Schauer, die den Verdacht in mir erhärten, dass er mit deinem Tod zu tun haben könnte.*
*Sicher, du hast recht, er stand neben dir, als es geschah. Damit hat er ein hieb- und stichfestes Alibi. Zig Menschen sind*

*Zeugen. Doch was, wenn der Killer im Auftrag von Ricardo gehandelt hat?*
*Das Schreiben hat mich Gott sei Dank müde gemacht. Ich werde jetzt versuchen, weiterzuschlafen – in wohligen Gedanken an dich, mein Liebster.*

# 3

Für einen kurzen Moment spürte er den Elektroschocker am Hals. Aber da war es schon zu spät. Er stürzte zu Boden. Wurde mit Kabelbindern an Händen und Beinen gefesselt, in einen Jeep bugsiert, in die Dunkelheit gefahren. Als er langsam wieder zu sich kam, sah er Bäume im Lichtkegel der Autoscheinwerfer vorbeihuschen und in der Nacht verschwinden, einen nach dem anderen, spalierstehenden hämischen Gespenstern gleich. Ihm wurde schwindelig.

Endlich stoppte der Jeep. Er wurde herausgezerrt und auf den Boden gestoßen. Im fahlen Mondlicht konnte er eine große, vermummte Gestalt erkennen. Sie schleifte ihn über den Boden, über einen nicht asphaltierten Weg, Gras, Steinchen, Sand. Dann ging es über groben Schotter. Bis zu einer Bahnschiene.

Die Person zurrte ihn so am Eisenstrang fest, dass sein Oberkörper unverrückbar war. Dann spürte er, wie Blut von einer Schürfwunde genommen und ihm damit etwas auf die Stirn gezeichnet wurde. Danach zog das fremde Wesen ein vorbereitetes Stück Karton aus dem Hosenbund und hielt es ihm vor die Augen. Die Botschaft war eindeutig: »KEINE POLIZEI – SONST KOPF AB!«

Mit dem Elektroschocker wurde dann sein linkes Ohr traktiert. Sein festgebundener Körper zappelte wie ein ferngelenktes Spielzeug. Aber die Kabelbinder hielten. Er sank in Ohnmacht.

Als er wieder zu Bewusstsein kam, hörte er den Jeep wegfahren. Gefesselt lag er da, ohnmächtig, ohnmächtig wie noch nie in seinem Leben. Erst als das Eisen, an dem er festgebunden war, zu brummen und zu beben begann, ahnte er, was ihm bevorstand. Wie zur Bestätigung hörte er aus der Ferne das Warnsignal eines herannahenden Zuges.

***

Während der Lokführer mit seiner linken Hand das Warnsignal betätigte, biss er gleichzeitig in eine dicke Stulle mit gebratenem Schweinefleisch, Zwiebeln und Knoblauch, die ihm seine Frau für die Nachtschicht eingepackt hatte. Mayonnaise troff auf seine rechte Hand, er schleckte sie langsam ab.

Dann ging alles viel zu schnell. Im Scheinwerferkegel der Diesellok sah er in einer lang gezogenen Kurve einen Menschen neben den Gleisen liegen. War dieser Verrückte schon aus dem Gefahrenbereich? Oder würde der Zug ihn gleich zermalmen? Er konnte es nicht einschätzen, er konnte nicht mehr bremsen.

In diesem Moment fuhr der Zug schon über das Objekt. Es rumpelte nicht, denn Menschenknochen bringen einen Zug nicht zum Rumpeln. Der Lokführer hatte das schon mehr als einmal erleben müssen. Er griff zum Handy und rief erst den Notarzt an, dann die Bahndirektion in Lissabon. Danach übergab er sich in hohem Bogen.

# 4

Am Samstag, den 19. März, eröffnete Lisa ihre neue Galerie in Lagos. Wochenlang hatte sie darauf hingearbeitet, hatte ausgezeichnete Künstler aus der ganzen Algarve gewinnen können, die ihrerseits glücklich und voller Erwartung waren, gab es doch im Südwesten Europas nur wenige renommierte Galerien, wo Künstler ihre Werke verkaufen und damit ihre Existenz sichern konnten. Dieses Konzept hatte sie von ihrem Vater Jorge übernommen. Wegen der unmittelbaren Nähe zum Rio und der Marina hatte sie die Galerie »Galerio – Galeria do Rio« genannt. Hunderte von Besuchern strömten gleich an diesem ersten Tag herbei.

Pablo, der Lisa bei der Suche nach ihrem Vater in Portugal geholfen hatte, war seither ein guter Freund geworden. Vier Tage nach der Eröffnung saß er mit ihr in der Nähe des Eingangs. Rui Fernandes, ein blendend aussehender Kriminalinspektor in den Mittdreißigern, betrat soeben die Galerie und grüßte Lisa auf die Entfernung mit einem strahlenden Lächeln. Auch er war als Inspector-chefe ein Mitstreiter im vergangenen Sommer gewesen, als Lisa den Mann überführt hatte, der ihren Vater hatte töten wollen. Seither trafen sie sich immer wieder mal, meist bei einem grandiosen Abendessen in der Quinta do Monte, Jorges Landgut, wo Lisa aufgewachsen war – freilich nur vier Jahre lang, bis ihre Mutter urplötzlich Portugal verlassen hatte und mit ihrer Tochter nach Berlin gezogen war. Bei diesen Schlemmereien stellte die resolute Haushälterin Antonieta immer wieder ihre Kochkünste unter Beweis.

Rui Fernandes war ein häufig geladener Gast, er zählte fast »zur Familie«. Solche Abende waren wohltuende Entspannungsmomente in Lisas neuem Leben, das sich vorwiegend um Kunst und Künstler drehte. Der stetig zunehmende Besucherstrom bewies, dass ihre Galerie Anklang fand. Inzwischen liebte sie ihre Arbeit, auch wenn sie jeden Tag von Monchique aus über dreißig Kilometer nach Lagos und abends wieder zurückfahren musste.

An Kriminalinspektor Rui Fernandes vorbei kam eine elegante Dame mit zielstrebigem und eiligem Schritt auf Lisa zu. Sie trug ein edles weißes Leinenkostüm mit Bleistiftrock, der den Blick auf ihre langen Beine und schlanken Fesseln lenkte. Sie kokettierte jedoch nicht mit ihren Reizen, sondern strömte eine Souveränität aus, die ihr einfach gegeben schien und die andere Menschen unwiderstehlich in ihren Bann zog.

»Ihre Galerie ist sehr schön und sehr anspruchsvoll – nicht zuletzt dank dieser beachtlichen Vielfalt an Kunstwerken. Zu Ihrem Engagement möchte ich Ihnen herzlich gratulieren.« Sie reichte Lisa strahlend die Hand.

Lisa freute sich sichtlich über das Kompliment. »Schön, dass es Ihnen gefällt. Das Besondere ist, dass alle Künstler, deren Werke hier gezeigt werden, in der Algarve leben. Darunter sind Portugiesen, klar, aber auch Engländer, Holländer, Deutsche, Polen, Russen, Belgier, Franzosen, sogar eine Malerin aus Dubai ist dabei. Eine kosmopolitische Künstlerpalette, wenn Sie so wollen.«

»Sie machen das ganz großartig, junge Frau. Mein Name ist Diana Marques. Ich war mit Teresa Guedes, der Schwester Ihres Vaters, befreundet. Ich war entsetzt, als ich von ihrem Tod erfuhr. Es stand in allen Zeitungen und kam sogar im Fernsehen. Furchtbar. Mein verstorbener Mann und ich hatten des Öfteren in Teresas Galerie Kunstwerke gekauft, darunter eine großartige Fotografie von Luc Gautier. Kennen Sie diesen Künstler?«

»Er hat mal an einer Gruppenausstellung bei meinem Vater teilgenommen. Persönlich kenne ich ihn nicht, nur seine Arbeiten.«

»Ich habe diese Ausstellung damals gesehen. Einzigartig. Doch kommen wir zu meinem Anliegen: Ich lasse derzeit sechs Fotos von Gautier erstellen, alle in seinem signifikanten Stil. Ich möchte Sie bitten, eine Ausstellung mit diesen Fotokunstwerken in dem wunderschönen Castelo von Ferragudo zu organisieren. Für mich ist es eines der schönsten Bauwerke der Algarve. Für die Ausstellung ist es deshalb wie geschaffen.«

»Klingt vielversprechend. Können Sie mir bitte mehr über die Fotografien sagen?«

»Aber gern. In ihrer Gesamtheit stellen die sechs Bilder gewissermaßen eine Installation dar, die es verdient, der Allgemeinheit vorgestellt zu werden, wie ich finde. Menschen in der Algarve. Die Exponate sind übrigens nicht verkäuflich. Ich würde Sie für Ihre Arbeit in der Art unterstützen, dass ich Ihnen ein anständiges Honorar für die gesamte Organisation zahle. Sind Sie mit zehntausend Euro einverstanden?«

»Für das Arrangieren einer Ausstellung ist das eine respektable Summe. Für Ihr Anliegen lassen Sie ja ganz schön was springen. Es muss Ihnen sehr am Herzen liegen.«

»Wissen Sie, die Ausstellung ist meinem Mann Dr. Diniz Andrade gewidmet, dessen Ermordung sich im Juli jährt. Er war ein großer Kunstliebhaber und Kunstmäzen. Er hatte begonnen, Künstler zu fördern und zu unterstützen. Diese Aufgabe möchte ich in seinem Sinne weiterführen und mit Luc Gautier beginnen.« Diana machte eine Pause, besann sich kurz und fügte etwas leiser und mit brüchiger Stimme hinzu: »Diniz liebte das Castelo. Er kannte den Besitzer und war mehrmals dort eingeladen, wenn sich namhafte Politiker zu inoffiziellen Gesprächen trafen. Ganz und gar inkognito. Kein einziger Journalist wusste Bescheid ... Diese Ausstellung ist, wenn Sie so wollen, eine Hommage an ihn und unsere große Liebe.« Eindringlich schaute sie Lisa an. »Verstehen Sie?«

»Ich denke schon. Nun, was für mich ausschlaggebend ist, ist allein der künstlerische Anspruch der Exponate. Ohne den geht gar nichts. Gibt's denn schon ein Beispielfoto, das ich mir mal anschauen könnte?«

Diana lächelte angestrengt, weil sie lügen musste. Sie wollte das erste Foto ihrer großen Inszenierung auf keinen Fall herzeigen. »Nein, noch nicht. Luc Gautier muss sich erst einmal gründlich in dieses Projekt einarbeiten. Aber er ist ein großartiger Künstler, der einer Einzelausstellung allemal gerecht wird, da werden Sie mir doch sicher zustimmen? In einigen Wochen dürfte er fertig sein. Mir wäre es sehr recht, wenn wir das Ausstellungsdatum jetzt schon festlegen könnten.«

»Am besten wäre es Mitte Juli«, schlug Pablo vor, der bisher schweigend zugehört hatte. »Da sind noch viele Residenten hier, die im August fast alle das Feld räumen und es den Touristen überlassen.«

»Gute Idee, Pablo«, sagte Lisa und holte ihren Terminplaner hervor. »Wie wäre es mit Samstag, dem 16. Juli, da ist die Fußball-Europameisterschaft schon abgehakt.«

»Und Portugal wird Champion!«, sagte Pablo. In seiner Vorfreude rieb er sich schon mal kräftig die Hände.

Lisa und Diana sahen sich an. »Aber sicher«, bestätigten sie unisono.

»Jetzt gibt es also einen genauen Zeitpunkt, der im Übrigen auch meinem Ehemann gefallen hätte, weil das fast auf den Tag genau sein Todestag ist. Großartig. Ich kann jetzt mit Diniz darauf hinarbeiten.«

»Wie schon gesagt, ich muss die Exponate natürlich erst sehen, bevor ich mein endgültiges Okay geben kann. Brauchen Sie irgendeine Hilfe?«, fragte Lisa.

»Nein, vielen Dank. Wenn es etwas zu schleppen gibt, kann Hugo helfen. Das ist mein Halbbruder. Er wohnt bei mir. Außerdem habe ich einen Gärtner, der könnte auch mit anpacken.«

»Schauen Sie bitte, dass Sie alles pünktlich hinbekommen. Wir brauchen die Exponate spätestens sechs Wochen vor der Vernissage, also Ende Mai. Nur so können wir die Sonderausstellung in den Medien und auf unserer Homepage ankündigen. Ohnehin müssen wir möglichst lange vorher sehen, was ausgestellt wird, und beurteilen, ob wir das als Ausrichter auch vertreten können«, erklärte Lisa, die alles aufbieten musste, was ihr zur Verfügung stand, um sich von der Selbstsicherheit Dianas nicht einschüchtern zu lassen.

»Selbstverständlich. Danke, dass Sie sich Zeit für mich genommen haben.« Diana verließ die Galerie in stolzer, kerzengerader Haltung. Sie schwebte erhobenen Hauptes zu ihrem

Schmuckstück, dem weinroten Mercedes, der nahe beim Eingangstor des alten Bahnhofs und gleich gegenüber dem rückwärtigen Eingang zur Marina geparkt war. Mit vollendeter Grazie stieg sie ein.

»Ich stehe zwar nicht auf Mercedes, aber diesen Oldtimer hätte ich schon gern …«, murmelte Lisa vor sich hin, während sie Diana beobachtete. Nachdenklich fuhr sie sich mit einer Hand durch ihre blonden Haare. »Komische Frau. Seit wann kann man mit einem Toten auf etwas hinarbeiten?«

»Führst du Selbstgespräche, du in deinem jugendlichen Alter?«, fragte Rui Fernandes, der ihr nach draußen gefolgt war.

Erschrocken drehte sich Lisa um, denn sie war in ihren Gedanken noch ganz bei der Unterhaltung mit Diana Marques.

»Deine Galerie ist wirklich sehr schön. Ich habe mir alles angeschaut. Gratuliere«, lobte er. »Und sonst? Gibt es etwas Aufregendes zu berichten?«

»Wieso fragst du?«

»Weil man bei dir immer auf irgendetwas gefasst sein muss.«

»Okay, wie wär's damit: Du hast sie ja gesehen, die Dame, die soeben die Galerie verließ. Sie hatte ein ganz spezielles Anliegen. Sie wünscht sich eine private Ausstellung mit Fotografien von Luc Gautier. Im Castelo von Ferragudo. Und ich soll das für sie veranstalten. So was habe ich noch nie gemacht. Ich muss jetzt erst einmal in Erfahrung bringen, ob das überhaupt von den Eigentümern genehmigt wird. Und wenn ja, von wem. Oder gehört das Castelo dem Staat?«

»Es gehört einer der reichsten Familien des Landes. Uralter Adel«, erklärte Rui Fernandes. »Aber frag sicherheitshalber im Rathaus nach.«

»Mach ich. Diana Marques zahlt so viel Geld, dass es diese Recherche allemal wert ist. Aber irgendetwas kommt mir an der Sache nicht ganz koscher vor.«

# 5

Die Erde der Algarve hatte sich bei tagelangen Regenfällen zur Mitte des Monats Dezember vollgesogen. Dann hatte die Sonne wieder das Kommando übernommen, und mit ihr war neues Leben in Milliarden Triebe, Stämme und Stiele gestiegen und von dort in Blätter und Blüten. Wie im äußersten Südwesten Europas üblich, hatte der Frühling also schon im Winter begonnen.

Ab Ende Januar tauchte die märchenhafte Mimosenblüte ganze Wälder im Hinterland in eine zartgelbe Farbe und zauberte zudem einen betörend sanften Wohlgeruch herbei. Nahe bei den Klippen blühten und dufteten ausladende Büsche weißen Ginsters. Gleichzeitig setzte die Mandelblüte ein. Die gesamte Region wirkte von Ost bis West wie mit einer Prise Schnee bestreut.

Der Legende nach verdankt die Algarve diesen Zauber einer heimwehkranken Prinzessin, die aus dem hohen Norden stammte und mit dem König der Mauren verheiratet war. Sie wünschte sich nichts sehnlicher, als endlich wieder einmal Schnee zu sehen. Daraufhin ließ ihr guter Gatte Abermillionen Mandelbäume aus dem Maghreb herbeischaffen und verwandelte einen weiten Landstrich im Frühling in eine weiße Hügellandschaft mit leicht rosa Schimmer.

Diese geradezu impressionistische Landschaftsmalerei setzte sich im Hügelland mit sattroten Teppichen aus Mohnblüten neben solchen aus gelben oder blauen Blütengruppen zu einem üppigen Farbenpuzzle fort. Auch wilde Orchideen, andere Seltenheiten und Endemisches, nur hier Vorkommendes, spross wild, sodass Naturfreunde aus aller Welt diesen ausgedehnten Frühling, der in der Regel von Januar bis Mai dauert, als hohe Zeit betrachten und jedes Jahr die grandiose Natur beim Biken oder Wandern erkunden und erleben wollen.

Am Abend nach dem Besuch von Diana Marques in ihrer

Galerie fuhr Lisa durch diese grandiose Natur heim zur Quinta do Monte. Sie erinnerte sich wie so oft daran, wie sie vor einem Jahr in einem Mietwagen hier hochgefahren waren, ihre Mutter Joana und sie. Joana hatte überraschend einen zweiwöchigen Urlaub in der Algarve gebucht, nachdem sie das Land vor etwa fünfundzwanzig Jahren zusammen mit ihrer Tochter von einem Tag auf den anderen fluchtartig verlassen hatte. Lisa wusste bis heute nicht, was damals die Beweggründe ihrer Mutter gewesen waren, denn Joana hatte ihr nie eine Erklärung dafür gegeben. Darüber, wer Lisas leiblicher Vater war, hatte sie sie ebenfalls im Ungewissen gelassen.

Sie war zu Jorge Guedes gefahren, mit dem Joana früher zusammengelebt hatte und den Lisa als Kleinkind für ihren Vater gehalten und über alles geliebt hatte. Er wohnte nach wie vor in seinem Landhaus im Küstengebirge der Serra de Monchique. Auf dem letzten Stück des holprigen Feldweges zur Quinta hatte Lisas Herz bis zum Hals geklopft.

Als sie Jorge dann nach der endlos langen Zeit wiedergesehen hatte, konnte sie sich nicht mehr zurückhalten. Sie war ihm entgegengerannt, hatte sich ihm an die Brust geworfen, und er hatte sie mit seinen kräftigen Armen umschlossen. Wenig später hatte eine DNA-Analyse, die Erbstreitigkeiten mit Nachbarn erforderlich gemacht hatten, schwarz auf weiß ergeben, dass Jorge in der Tat ihr Vater war.

Lisa hatte den Rückflug zwei Wochen später verfallen lassen. War bei Jorge geblieben. Die herrliche alte Quinta, von Korkeichen-, Eukalyptuswäldern, Wiesen und Feldern umgeben, am Südhang von Südportugals höchstem Berg, der Fóia, gelegen, war ihre neue alte Heimat geworden. So vieles war ihr urvertraut, dass sie sich in keinem Moment wie in einer fremden Gegend fühlte. Der Ausblick auf die zwanzig Kilometer südlich in der Sonne glitzernde Küste und die hügelige Region zwischen Bergen und Atlantik war ihr jeden Tag aufs Neue wie ein Geschenk und verlieh ihr eine Kraft und eine Nähe zu sich selbst, ein Zustand, den sie sich schon immer gewünscht hatte.

Zunächst hatte sie in Jorges Kunstgalerie mitgearbeitet.

Dieses Jahr hatte sie dann ihre eigene Galerie eröffnet, nicht zuletzt, weil Jorge mit dem Gedanken spielte, sein Kunsthaus aufzugeben, um wieder mehr Zeit zum Malen zu haben. Er war nicht nur ein bedeutender Architekt, sondern hatte sich auch als Kunstmaler einen nationalen Namen gemacht. Mit ihm unter einem Dach zu leben, wollte Lisa vorerst nicht mehr missen.

Endlich näherte sie sich der Quinta do Monte. Sie sah Jorges alten Citroën DS 21 im Schatten des Johannisbrotbaumes neben dem Haupteingang stehen. Ihr Vater war also schon daheim.

»Na, haben Sie großen Hunger mitgebracht?«, rief ihr die Haushälterin Antonieta zu, als Lisa die Küche betrat, die gleichzeitig der große, urgemütliche Eingangsraum der Quinta war, die Schaltzentrale sozusagen.

»Und wie! Was gibt's denn heute Köstliches?«

»Lammschulter in Rotweinsoße mit Couscous.«

»Wow. Und wann ist es so weit? Ich habe seit dem Frühstück nichts mehr gegessen.«

»In zehn Minuten. Es gibt übrigens eine Überraschung: Wir haben einen Gast. Einen sehr lieben Gast.«

Lisa blickte erstaunt auf. »Ach was. Eine Frau oder ein Mann?«

»Eine Frau. Mehr sage ich aber nicht.«

»Also gut. Dann werde ich jetzt nach Jorge schauen und sehen, was er so macht. Ich bringe ihn dann gleich zum Essen mit.« Sie ging durch die Küche in den Flur und klopfte an die schwere Kastanienholztür zu Jorges Zimmer, dem ein von Licht durchflutetes Atelier angebaut war.

»Papa, ich bin's, darf ich rein?«

»Du doch immer, komm schon. Wollte sowieso gerade den Pinsel auswaschen. Was gibt's denn heute?«

»Antonieta hat Lamm gemacht. Sie weiß inzwischen, dass ich darauf abfahre. Sie ist die großartigste Köchin, die ich kenne. Aber wem sag ich das?«

»Ja, Antonieta ist einmalig. Deine Vorlieben kennt sie schon fast so gut wie meine«, sagte Jorge. »Bei mir weiß sie sogar, welchen Rotwein ich zu welchem Essen bevorzuge.«

»Ist ja auch kein Wunder, immerhin ist sie schon ein halbes Jahrhundert deine Haushälterin. Ich liebe sie. Sie ist ein einzigartiger Mensch. Immer so entschieden und gleichzeitig so feinfühlig ... Bin mal gespannt, welchen Wein sie uns heute auftischt.«

»Zum Lamm einen aus dem Anbaugebiet des Rio Dão. Wetten?«

»Lieber nicht, du gewinnst doch immer.« Lisa hatte inzwischen das große Zimmer durchquert und ihren Vater erreicht, der noch vor seiner Staffelei im Atelier saß. Während er mit einem Tuch den zuvor in Terpentin gesäuberten Pinsel sorgfältig abtrocknete, ließ er noch einmal einen kritischen Blick über sein Gemälde wandern. Die letzten Sonnenstrahlen fielen durch die deckenhohen Fenster und verliehen dieser Atelier-Szene einen goldenen Schimmer, der Jorges Löwenmähne regelrecht entflammen ließ.

»Wow«, sagte Lisa, »schade, dass ich keine Kamera dabei habe. Du solltest dich mal sehen, wie du dasitzt. Wie von Vermeer gemalt.« Sie beugte sich interessiert über die Schulter ihres Vaters und drückte ihm einen innigen Schmatzer auf die Wange. »Sehr gut«, meinte sie anerkennend, »da gelingt dir was wirklich Großartiges.«

Jorge malte seit Wochen an einem Werk, das den hohen und von Licht durchfluteten Innenraum der gotischen Kathedrale von Alcobaça nördlich von Lissabon zeigte.

Er erhob sich. »Komm, lass uns gehen.«

»Übrigens, Antonieta hat einen Gast angekündigt«, sagte Lisa auf dem Weg zur Wohnküche. »Eine Frau. Eine sehr liebe, angeblich.«

»Ich kann mir denken, wer das ist. Ich verrate aber nichts.«

Als hätten sie sich abgesprochen, wurde Lisa sowohl von ihrem Vater als auch von Antonieta auf die Folter gespannt. Warum nur?, fragte sie sich.

***

Der Gong schlug an. Vater und Tochter betraten kurz danach die gemütliche große Küche, in der am großen Tisch eine atemberaubend schöne dunkelhäutige Frau auf sie wartete. Als sie den Hausherrn erblickte, sprang sie auf.

»Oh Jorge!« Die Frau rannte auf ihn zu, umarmte ihn, küsste seine Wangen links und rechts und schielte gleichzeitig zu Lisa hinüber. Als sie Jorge endlich losließ, schnurrte dieser wie ein Kater.

»Moa, darf ich dir meine Tochter Lisa vorstellen? Und Lisa – das ist Moa, Antonietas Tochter. Ich bin so etwas wie ihr Onkel. Und verdammt stolz auf sie.«

Moa lächelte. »Meine Mutter hat mir schon viel von dir erzählt, Lisa.«

Die Angesprochene blickte verblüfft zu Antonieta, die sich die Hände an der Küchenschürze abtrocknete. Die stolze Haushälterin hatte ihr nie von einer Tochter erzählt, von einer dunkelhäutigen schon gar nicht. Voller Bewunderung betrachtete Lisa die unglaublich schöne Frau.

Moa. Ihre Haut war schokoladenbraun, leuchtend blond ihre krausen Haare und strahlend blau die Augen – eine faszinierende Mischung, wie man sie höchst selten zu Gesicht bekommt, am ehesten wohl in Brasilien. Weil die Augen ziemlich weit auseinanderstanden und die vollen Lippen sich fast ständig zu einem bezaubernden Lächeln verzogen, wirkte Moa außerordentlich freundlich. Ob sie das auch wirklich ist?, fragte sich Lisa, während sie Antonietas exotische Tochter genau beobachtete.

Antonieta wusste, dass sie Lisa eine Erklärung schuldig war. »Ich habe bisher nicht von Moa gesprochen, Lisa, weil sie viele Monate lang nicht zu Hause war. Und wenn ich in solchen Zeiten von ihr spreche, dann vermisse ich sie umso mehr. Also schweige ich lieber, aus Selbstschutz sozusagen.«

Moa nahm ihre Mutter gerührt in die Arme und drückte sie fest an sich. Dann wandte sie sich wieder Lisa zu. »Ich versuche es möglichst kurz zu machen: Meine leibliche Mutter hieß Sarah. Sie stammte von der Insel Sal auf den Kapverdischen

Inseln. Dieser Archipel liegt mit neun bewohnten Inseln westlich von Senegal mitten im Atlantik. Antonietas Ehemann José war dort während des Kolonialkriegs stationiert. Sind dir die Kapverden und ihre Geschichte etwas vertraut?«

Lisa schüttelte bedauernd den Kopf.

»Von Sal aus wurden in den frühen 1970er Jahren zahllose portugiesische Soldaten zu den Kämpfen in Angola, Mozambique und Guinea-Bissau transportiert. Nach der legendären Lissabonner Nelkenrevolution im April 1974 zog es dann Hunderttausende aus den Kolonien zurück ins Mutterland. Auch meinen Vater, der das einheimische Mädchen Sarah geschwängert hatte. Sarah versuchte einige Monate später, ihn in Monchique aufzustöbern, wo er angeblich herkam. Aber sie fand ihn nicht. Das war im Sommer 1975. In ihrer Not wandte sie sich an seinen Vorgesetzten, an José, von dem sie wusste, dass auch er aus der Serra de Monchique stammte. Den fand sie hier in der Quinta do Monte. Hier lernte sie auch Antonieta kennen. Antonieta kümmerte sich sehr liebevoll um meine Mutter, die damals im siebten Monat war. Sarah durfte in der Quinta bleiben. Gott, wie erleichtert und glücklich muss sie gewesen sein. Aber es war leider ein kurzes Glück. Nur zwei Wochen nach meiner Geburt starb sie an inneren Blutungen. Antonieta und José haben mich dann adoptiert. Antonieta wurde meine *mãe* und José mein *pai*, und ich heiße wie die beiden mit Nachnamen Gomes. Später bekam ich einen Ausweis, hieß offiziell Moa Gomes. Ich bin hier auf der Quinta do Monte aufgewachsen, Lisa. Hier ist meine Heimat.«

»Aber dann müssen wir uns doch früher laufend begegnet sein«, fiel ihr Lisa ins Wort.

»Sind wir auch. Aber unser Altersunterschied ist zu groß, als dass wir viel miteinander hätten anstellen können. Ich glaube, es sind zehn Jahre Differenz. Du gehst auf die dreißig zu, sagte mir Antonieta, und ich werde vierzig. Du warst damals wie eine wilde kleine Katze, eine dreifarbige Glückskatze, und Jorge hat dich abgöttisch geliebt und nach Strich und Faden verwöhnt. Er ist oft mit dir spazieren gegangen oder zur Westküste gefahren.

Da war ich ganz schön eifersüchtig. Damals war ich fast nur mit der Schule beschäftigt. Ich hatte für Spaziergänge und so was auch gar keine Zeit. Ich wollte nur lernen, lernen, lernen. Ich war sehr ehrgeizig, Lisa. Nun, eines Tages warst du mit deiner Mutter von einem Tag zum anderen spurlos verschwunden. Und Jorge war wochenlang neben der Spur. Warte mal ab, bestimmt werden dir bald ein paar Erinnerungen kommen.«

»Glaube ich nicht. Ich war seinerzeit ja höchstens vier Jahre alt. Aber schön, dass wir uns jetzt wiederbegegnen und endlich kennenlernen. Das muss gefeiert werden.«

»Der Meinung bin ich aber auch«, sagte Jorge. Er füllte die Gläser, die schon auf dem Tisch standen, und alle stießen an. »Jetzt lasst uns endlich mit dem Essen beginnen«, forderte er. »Ich komme sonst noch um vor Hunger.«

Nachdem alle Teller gefüllt und die ersten Bissen genommen waren, konnte Lisa ihre Neugier nicht mehr länger bezwingen: »Moa, wie ging es in deiner Lebensgeschichte dann weiter?«

»Ich bin erst in Monchique, dann in Portimão zur Schule gegangen. Als ich anschließend Medien und Journalistik studieren wollte, schickte mich der gute Jorge in die USA. Er finanzierte mein ganzes Studium. Meine ersten Jobs bekam ich dann an der Ostküste der Vereinigten Staaten.«

»Wie alt warst du bei deinem ersten Job?«, wollte Lisa wissen.

»Zweiundzwanzig. Ich arbeitete als Freelancer für Zeitungen und TV in Bedford und Boston. Ich spezialisierte mich auf meine Landsleute, auf kapverdische Familien, die an der Ostküste der USA schon seit Generationen leben. Die Männer waren einst als Fischer und Walfänger angeheuert worden. Hatten sie erst einmal Fuß gefasst, holten sie ihre Familien nach. Über dreihunderttausend Kapverdier leben dort.«

»Gott sei Dank zog es dich aber irgendwann wieder zurück in die Algarve, zu unserer großen Freude«, warf Jorge ein und füllte die Gläser nach. Er sah glücklich aus.

»Ja, ich arbeitete dann für Lissabonner Medien und habe einen Reiseführer über die Algarve für einen amerikanischen Verlag geschrieben. Ich kenne die Region also ziemlich gut.

Von der englischen BBC erhielt ich eines Tages ganz überraschend das Angebot, Reportagen für die World News zu produzieren. Mein letzter und bisher größter Auftrag war eine Serie von Features über kapverdische Ghettos in Lissabon.«

Moa trank einen kräftigen Schluck und prostete Antonieta zu: »*Mãe*, dein Lamm ist wirklich ein Gedicht, niemand kriegt das so hin wie du.«

Vater und Tochter stimmten in den Lobgesang mit ein, und Antonieta fühlte sich so wohl wie schon lange nicht mehr.

Dann nahm Moa den Faden wieder auf: »Dieser Auftrag war eine tolle Chance für mich. Sechs Monate lang war ich dafür in den *bairros de lata*, den Blech- oder Elendsvierteln der Metropole, unterwegs. Ich habe dort entsetzliche Armut gesehen, aber auch eine Menge Lebensfreude, die sich vor allem in einem äußert: Meine Landsleute tanzen – sie tanzen ständig. Selbst beim Warten in der Schlange beim Postamt wird getanzt, beim Friseur, in der Kirche, bei Beerdigungen, beim Plauschen im Schatten von Bäumen. Es sieht unglaublich sexy aus, die Paare bewegen sich hauteng und absolut synchron – aber sie berühren sich nie. Ich tanzte mit, meine Lieben, und wie.«

Schon war sie aufgesprungen und machte die typischen schwingenden Tanzbewegungen, die aus den Hüften kommen, wobei der Oberkörper fast unbewegt bleibt.

»Ja, und gestern war ich mit allem fertig, und heute bin ich in die Algarve gefahren. Nach Hause …«

Antonieta räumte ab, um Platz für den Nachtisch zu schaffen. Dabei kullerten ein paar Freudentränen über ihr schönes Gesicht, gleichzeitig strahlte sie alle der Reihe nach an. »Jetzt kommt der krönende Abschluss, *pudim flâm*!«, rief sie in die Runde und wischte mit dem Zipfel ihrer Schürze ungeniert ihre Tränen weg.

***

Als Lisa am nächsten Morgen die Küche betrat, saß Moa schon beim feudalen Frühstück, das Antonieta aufgetischt hatte.

Platten voller Käse und frisch aufgeschnittenem Schinken vom schwarzen Schwein, Honig, Feigen- und Orangenmarmelade, Omelette, ein Korb voll Brot und Brötchen und für jeden ein Glas frisch gepresster Orangensaft, dazu noch ein Smoothie aus Bananen, Kiwis, Birnen und Äpfeln, alles Früchte, die in den Gärten der Quinta gediehen.

»Guten Morgen, Lisa!«, rief Moa und zeigte auf den Tisch. »*Mãe* ist sich sicher, dass ich seit Monaten nichts Ordentliches zu essen bekommen habe.«

Entrüstet stemmte Antonieta die Hände in die Hüften. »Guck dich doch an. Du bist viel zu mager. Du bist kein junges Füllen mehr, Moa, du bist eine gestandene Frau. Ja, und Sie, Lisa, sollten auch ein bisschen mehr auf die Rippen kriegen. Das könnte gewiss nicht schaden.«

»Ich hätte ja nichts dagegen«, sagte Lisa und ließ sich von Antonieta ihre große gelbe Lieblingstasse mit Kaffee vollschenken. »Moa, was hast du in den nächsten Tagen vor?«, fragte sie.

»Eigentlich gar nichts. Ich will erst mal ausspannen. Wochenlang musste ich von Interview zu Interview hetzen, Termine mit der Crew abstimmen, texten, cutten, kommentieren, synchronisieren. In unserem Beruf gibt es eine einzige Grundregel: Alles muss *gestern* fertig sein. Immer ist Hektik angesagt, es ist irre fordernd – und es macht süchtig. Ich muss jetzt erst mal runterkommen. *Chilling out, you know?*«

»Schade. Ich hatte schon gehofft, dass du mir vielleicht mit deinem journalistischen Scharfsinn beiseitestehen könntest.«

»Oha. Worum geht es denn?«

»Ich plane eine Sonderausstellung, bei der ich allerdings ein ziemlich mulmiges Gefühl habe.«

»Also, ich verlasse mich immer auf meine Gefühle, und ich bin mein Leben lang gut damit gefahren. Na, dann schieß mal los.«

Lisa erzählte Moa von ihrer Begegnung mit Diana Marques und dem geplanten Projekt. Das war schnell abgehakt, aber dann musste sie doch weiter ausholen, denn Moa wusste noch nicht, dass Lisa erst in Jorges Kunstgalerie mitgearbeitet hatte und nun ihre eigene Galerie in Lagos betrieb.

»Kennst du den Fotografen, der die Ausstellung bestreiten soll?«, fragte Moa, nachdem Lisa ihr alles berichtet hatte.

»Nicht persönlich. Ich weiß nur, was auf Jorges Website über ihn steht. Luc Gautier lebte früher in Paris und ist erst seit fünf Jahren in der Algarve. Er stellte vorher in der Galerie von Jorges Schwester Teresa aus.«

»Teresa … eine geheimnisvolle, nach Macht und Einfluss strebende Frau. *Mãe* hat mir erzählt, dass sie ums Leben kam. Furchtbar. Ich kannte sie kaum. Aber ich glaube, dass sie Berührungsängste mit dunkelhäutigen Menschen hatte. Sie gehörte einer sehr anderen Generation an.«

»Jorge ja auch …«, murmelte Lisa. »Die beiden waren fast gleich alt. Aber er ist und denkt ganz anders. Jorge ist moderner als mancher Achtzehnjährige.«

»Das kannst du laut sagen. Du kannst stolz auf deinen Vater sein.«

»Bin ich ja auch. Doch zurück zu seiner Schwester: Ihr Tod ist nie aufgeklärt worden. Ob es Mord oder ein Unfall war, ist völlig ungewiss, auch ob Nachbar Caesário seine Finger im Spiel hatte.«

Moa ging vorerst nicht weiter darauf ein. »Wann soll diese Ausstellung stattfinden? Wann bekommst du die Exponate?«, fragte sie.

»Wir haben ausgemacht, dass Diana Marques die Exponate spätestens sechs Wochen vor Ausstellungsbeginn zur Galerie bringt, also Ende Mai.«

»Findest du nicht, dass du erst mal abwarten solltest, wie die Bilder aussehen, bevor du dich verrückt machst?«

»Da hast du wahrscheinlich recht. Irgendetwas macht mich ganz kribbelig, wenn ich an diese Ausstellung denke. Also gut, ich behellige dich erst wieder, wenn wir die Bilder haben.«

# 6

In den folgenden Wochen bescherte der April der Algarve überraschend kühles Wetter. Doch ab Mitte Mai begann endgültig der Sommer, und am Dienstag, den 24., war es endlich so weit: Diana Marques schickte schon zehn Tage früher als geplant eine E-Mail mit den angehängten Fotos der sechs Exponate und kündigte an, die Werke am nächsten Vormittag gegen elf Uhr zu Lisas Galerie zu bringen, also einen Tag vor Fronleichnam, dem für die Portugiesen hohen Feiertag Corpo de Deus, der sechzig Tage nach Ostern gefeiert wird. Viele nutzten den freien Tag für Picknicks mit der ganzen Familie.

Diana war pünktlich. Strahlend gut gelaunt betrat sie die Galerie im altehrwürdigen Bahnhof von Lagos. Heute war sie mit einem Transporter gekommen. Sie hatte den Fahrer angewiesen, die sechs in Noppenfolie verpackten Exponate in den Empfangsraum zu tragen.

Lisa ging ihr entgegen. »Wie schön, Sie zu sehen, Diana. Wenn nur alle meine Künstler so pünktlich wären. Sagen Sie, ist der Mann, der die Bilder trägt, Ihr Halbbruder, Senhor Hugo, von dem Sie sprachen?«

»Nein, nein. Das ist der Mann vom Taxiunternehmen. Ich habe keine Ahnung, was Hugo so treibt. Er ist in letzter Zeit ständig auf Achse, und wenn man ihn mal braucht, so wie heute, dann ist er nicht da. Wollen Sie sich die Kunstwerke gleich anschauen?«

»Natürlich«, sagte Lisa gut gelaunt und begrüßte Diana etwas verspätet mit Küsschen links, Küsschen rechts. Dann zog sie vorsichtig die erste, auf eine drei Millimeter dicke Aluminiumplatte laminierte Fotografie aus der Verpackung, lehnte sie gegen eine Wand und trat einen Schritt zurück.

Das Bild zeigte einen Mann, der den Kopf eines braunen Esels mit weißer Blesse streichelte. Nur er war scharf abgebildet. Um ihn herum verschwamm alles wie bei einem Aquarellbild.

Auch die am Boden sitzenden vier anderen Männer, die eine Vesperpause eingelegt hatten, waren unscharf abgebildet. Im Hintergrund war eine einsame hügelige Landschaft im Landesinneren der Algarve erkennbar. Das Bild strahlte eine wunderbare gravitätische Ruhe aus.

Lisa und Diana holten die anderen Fotografien aus ihren Verpackungen. Lisa betrachtete die Werke eingehend. Allen war die gleiche Machart zu eigen, die darin bestand, jeweils nur eine Person klar hervorzuheben, wohingegen alles andere im Hintergrund verschwamm.

»Sehr schön«, befand sie, als schlussendlich die gesamte Serie an der Wand lehnte. »Das ist Streetwork in einer neuen, sehr ländlichen Dimension. So würde ich es mal ausdrücken wollen. Soll der Betrachter darüber hinaus noch einen versteckten Sinn darin erkennen? Auffallend ist doch, zumindest für mich, dass ausschließlich einzelne Männer hervorgehoben werden. Keine einzige Frau ist darunter. Was hat es mit diesen sechs Auserkorenen denn auf sich? Ich bin sicher nicht die Einzige, die das wissen mö…«

»Ach Lisa, diese Ausstellung ist doch keine Denksportaufgabe«, fiel Diana ihr ins Wort. »Den tieferen Sinn dahinter verstehen nur mein verstorbener Mann und ich – und das soll auch so bleiben. Im Übrigen: Rätseln nicht alle Leute, die ein Kunstwerk betrachten, was ihnen der Künstler damit sagen will? Antworten auf diese Frage gibt es so viele, wie es Betrachter gibt. Denn jeder interpretiert nur das hinein, was in ihm selbst ist, nicht wahr?«

»So ist es, da haben Sie vollkommen recht.« Lisa sah dennoch skeptisch aus.

»Mit diesen Bildern will ich eine Art Denkmal für unsere unfassbar große Liebe setzen, sonst gar nichts«, setzte Diana erklärend hinzu. »Die Ausstellung soll auch einen Titel haben: ›From Here to Eternity‹.«

»Oh, là, là. Ein schöner und starker Titel. Gefällt mir.« Lisa klatschte in die Hände und wollte schon zum High five ausholen, konnte sich aber im letzten Moment noch bremsen. Mit dieser distinguierten Dame besser nicht … Stattdessen wurde sie wieder förmlich: »Wie stellen Sie sich die Hängung vor? Wünschen Sie eine bestimmte Reihenfolge?«

»Das überlasse ich Ihnen. Kein Bild ist wichtiger als das andere, und eine chronologische Reihenfolge gibt es nicht. Hier habe ich noch die Liste mit allen sechs Titeln und die technischen Daten. Ich habe sie Ihnen auch per E-Mail geschickt. Ach ja, und hier ist die erste Hälfte des vereinbarten Betrags.«

Diana zog ein Bündel Fünfhundert-Euro-Scheine aus ihrer bauchigen weißen Handtasche. »Fünftausend Euro. Bitte zählen Sie nach.« Sie reichte Lisa das Geld.

»In Ordnung. Fünftausend Euro«, bestätigte Lisa nach schnellem Zählen der zehn Scheine und steckte sie ungerührt in die Gesäßtasche ihrer ausgefransten Jeans, während Diana ihr die Hand entgegenstreckte, um sich zu verabschieden.

»Wir sehen uns dann spätestens bei der Vernissage am 16. Juli wieder. Das ist doch ein Samstag, nicht wahr?«

»Richtig. Wir öffnen die Castelo-Tore um zwanzig Uhr.«

»Ach Gott, ich freue mich ja so sehr. Dann gebe ich Ihnen die restlichen fünftausend Euro. Einverstanden?«

»Gern.«

»Auf Wiedersehen, Lisa.« Diana, auch heute wieder ausgesprochen elegant gekleidet, verließ die Galerie, der Chauffeur öffnete die Tür des Transporttaxis, und sie verschwand hinter den dunkel getönten Fensterscheiben.

Lisa stellte sich erneut vor die Fotografien von Luc Gautier. Sie betrachtete sie noch einmal in Ruhe. Einem hohen künstlerischen Anspruch genügten sie allemal.

Mit ihrem Smartphone fotografierte Lisa jedes Werk einzeln, denn die Fotos, die Diana ihr tags zuvor geschickt hatte, waren von mittlerer Auflösung, und für ihr Archiv brauchte sie eine bessere Qualität. Danach packte sie die Bilder wieder für das Lager ein. Zwei oder drei Tage vor der Vernissage würde sie die Werke im Castelo Ferragudo aufhängen.

***

Den ganzen Tag über war Lisa gespannt, wie Moa auf diese Fotos reagieren würde. Ob sie überhaupt reagieren würde. Neben der Tatsache, dass es großartige Aufnahmen waren, die auch die typisch portugiesische Zeitlosigkeit zum Ausdruck brachten, konnte Lisa absolut nichts Auffälliges an ihnen erkennen. Die Männer wurden in Alltagssituationen abgebildet, umgeben von pittoresken Landschaften oder idyllischen Orten der Algarve. Von einer versteckten Botschaft oder einer geheimen Mission keine Spur.

Als Lisa am frühen Abend in der Quinta do Monte eintraf, saß Moa auf einer Steinbank des gemütlichen Vorplatzes, der so etwas wie ein nach außen verlegtes Wohnzimmer darstellte. Abertausend lila Bougainvilleablüten zierten die Hausfassade. Im Sommer würde daraus ein wahrer Blütenschaum werden, aber jetzt, gegen Ende Mai, war die Pracht auch schon sehr ansehnlich.

Die Frauen umarmten sich zur Begrüßung, dann platzte es aus Lisa heraus: »Du, stell dir vor, die Bilder sind da, die von Senhora Marques. Warte …« Sie zückte ihr Tablet. »Ich möchte sie dir zeigen. Bin höllisch gespannt, was du dazu sagst.«

Moa studierte jedes Bild eingehend und gewissenhaft. »Magst du auch einen Schluck Weißwein?«, fragte sie, ohne aufzusehen.

Lisa war zu aufgeregt. »Nee, jetzt nicht, danke, nachher vielleicht.« Sie wartete eine Weile, bis sie es nicht mehr aushielt. »Und? Was ist? Was sagst du dazu? Ist dir irgendwas aufgefallen?«

Moa blätterte zu einem Foto zurück. Es zeigte eine Gruppe Männer, die neben Pflastersteinen auf Kneipenstühlen saßen und vergnügt Karten spielten. Die Pflastersteine häuften sich fast zwei Meter hoch vor einer Kirche, im Hintergrund sah man einen Turm mit einer riesigen Uhr und rechts davon die Umrisse eines Wasserturms mit einem auffallend breiten runden Tank. Der Mann in der Bildmitte lachte. Er schien beim Spiel gewonnen zu haben.

»Warum steht ausgerechnet dieser Mann im Fokus des Bildes? Und nur er«, murmelte Moa vor sich hin.

»Genau das frage ich mich auch«, bestätigte Lisa. »Und das ist bei allen Bildern so. Immer nur ein einziger scharfer Mann. Sechs Bilder, sechs *algarvios*. Keine einzige Frau ist darunter. Dabei stellen wir doch den größeren Teil der Bevölkerung, nicht nur hier in der Algarve, sondern überall in der Welt. Will Gautier damit zum Ausdruck bringen, dass hier immer noch die Männer das Sagen haben oder was?«

Lisa raufte sich ratlos die Haare und zog eine Schnute, was sie noch einen Tick burschikoser wirken ließ. »Ich möchte, nein, ich muss sogar vor der Ausstellung wissen, was das für Männer sind. Senhora Marques konnte ich nichts Konkretes entlocken, sie hielt sich auffällig bedeckt und machte mich mit fünftausend Euro erst mal mundtot …«

»Als Erstes sollten wir herausfinden, wo diese Fotos aufgenommen wurden«, sagte Moa besonnen. »Dann können wir uns vor Ort nach den jeweiligen Männern umschauen oder uns nach ihnen erkundigen. Fangen wir mit diesem hier an. Da sind Details zu erkennen, auch wenn sie verschwommen sind. Wenn wir die Lokalität bestimmt haben, fahren wir hin und sehen uns dort mal um. Hättest du Lust?«

»Lust? Du bist gut … was für 'ne Frage! Die Idee könnte glatt von mir sein. Wann fahren wir los, Frau Reiseführerin?«

»Sachte, sachte, junge Frau, nicht so stürmisch. Wir wissen ja noch gar nicht, wohin«, sagte Moa. Mit einer Hand zog sie Lisa neben sich auf die Bank. Sie starrten auf das Tablet.

»Also, Fischer sind das nicht, Handwerker sind es auch nicht, das sieht man an der Kleidung. Rentner auf keinen Fall, dafür sind sie zu jung. So sorglos, wie die aussehen, tippe ich auf Angestellte im öffentlichen Dienst.«

»Damit könntest du richtigliegen«, sagte Lisa und kicherte vergnügt. »Aber wo? Wo um alles in der Welt kloppen *die* ihre Karten?«

»Sieht nach Tavira aus.«

»Meinst du? Hast du was Markantes entdeckt?«

»Ja, allerdings. Hier, diese riesige Uhr am Turm.«

»Hat nicht jeder Kirchturm eine große Uhr?«

»Ja, aber nicht mit so einem riesigen Ziffernblatt. Das kann man auch von Weitem gut erkennen. Es muss Tavira sein. Der Turm steht direkt neben der Igreja Santa Maria do Castelo. Es ist Tavira, gar keine Frage. Und schau, dieser Berg von Pflastersteinen, neben dem die Männer sitzen … Das ist das aufgerissene Kopfsteinpflaster bei den römischen und maurischen Ausgrabungen. Die liegen im Burghof gleich bei der Kirche. Tavira, hundertpro.« Ein schelmisches Lächeln huschte über Moas Gesicht »An mir ist offenbar ein Sherlock Holmes verloren gegangen. Habe ich bisher noch gar nicht gewusst.«

»Das kannst du laut sagen, du stellst Sherlock Holmes noch in den Schatten, wenn das so weitergeht. Du musst das ausbauen. Wäre jammerschade, dieses Talent brachliegen zu lassen.« Lisa freute sich mit ihr und umarmte die neue Freundin stürmisch. »Lass uns gleich morgen früh nach Tavira fahren, okay?«

»Morgen kann ich nicht. Leider. Ich habe *mãe* versprochen, mit ihr zusammen in Portimão Großeinkauf zu machen. Kann es nicht bis übermorgen warten?«

»Ich fürchte, nein. Mein Gefühl sagt mir, dass an der Sache was faul ist, das spüre ich einfach. Und ich muss dafür sorgen, dass die Galerie nicht für eine dubiose Geschichte missbraucht wird. Deshalb muss ich mir so schnell wie möglich Gewissheit verschaffen, da kann ich nicht warten … Verstehst du?«

»Aber sicher, recht hast du. Besser Vorsicht üben, als bei der Nachsicht dumm aus der Wäsche zu gucken.« Moa imponierte, dass Lisa so verantwortungsbewusst ihre Galerie betrieb.

In diesem Moment trat Antonieta aus der Küche und strahlte die beiden an. »In fünf Minuten könnt ihr essen.«

»Was gibt's?«, kam es wie aus einem Mund.

»Vegetarisches, einfach und gesund: neue Kartoffeln, ausgebacken, dazu selbst gemachte Aioli mit 'ner Menge Knoblauch drin und außerdem einen köstlichen frischen Salat mit vielen Kräutern.«

***

»Wo brennt's?«, meldete sich Pablo, wohl wissend, dass seine liebe Lisa bei einem so späten Anruf Hilfe brauchte.

»Ich würde gern morgen früh nach Tavira fahren. Ich will dort den Mann finden, der auf einem Foto für die Sonderausstellung scharf abgebildet ist.«

»Und ich soll mitkommen und Händchen halten, stimmt's?«

»Stimmt.«

»Ich mag Tavira. Acht Uhr in der Quinta do Monte, und Antonieta macht ein Superfrühstück?«

»Abgemacht.«

Pablo hatte Gott sei Dank keinen Nine-to-five-Job. Er konnte sich seine Zeit selbst einteilen, was Lisa gerade jetzt sehr entgegenkam. Am nächsten Tag war Feiertag, da waren nur die großen Supermärkte offen, Ämter und Fachgeschäfte aber geschlossen, auch Lisas Galerie. Insofern konnte sie sich ohne Gewissensbisse auf die schöne Fahrt nach Tavira freuen.

Wie vereinbart traf Pablo am nächsten Morgen pünktlich in der Quinta ein. Seinem Wunsch nach einem ausgiebigen Frühstück war Antonieta nur zu gern nachgekommen.

Um nach Tavira zu gelangen, hielt es Pablo danach wie fast alle Einheimischen: Er mied die Algarve-Autobahn A 22. Auf Lisas Nachfrage hin erklärte er ihr den Grund: Die Mautgebühren waren so unverschämt hoch, dass es sich, bis auf betuchte Touristen, Geschäftsleute und Beamte, kaum jemand leisten konnte, darauf zu fahren. Ursprünglich war die A 22 ein »Geschenk Europas« zur Strukturverbesserung einer Randregion gewesen und wurde anfangs bestens genutzt. Bis Politiker darin eine feine Einnahmequelle erkannten und hochrechneten, dass bei diesem guten Betrieb auch gute Kasse zu machen war. In einer Region mit Rekordarbeitslosenzahlen ließen sie ein modernes Zahlungssystem installieren, das vollautomatisch arbeitete. Keinem einzigen Arbeitslosen wurde Arbeit und Lohn verschafft. Die Verantwortlichen hingegen rieben sich die Hände in der Vorfreude auf das Klingeln im Geldbeutel. Das jedoch ausblieb. Denn die Einheimischen konnten sich die Maut nicht leisten. Hochrechnung futsch.

Das Zahlungssystem würde sich in etwa zwanzig Jahren amortisiert haben, trösteten sich die Politiker. Dann war die Anlage zwar längst nicht mehr funktionsfähig, wahrscheinlich schon verschrottet, aber man wäre ja auch nicht mehr im Amt, haha, und die zig Zehntausende in bar, die man in die Tasche gesteckt bekam, hätten sich ganz unabhängig davon schneller vermehrt als Kaninchen.

Dem supermodernen Zahlsystem verdankten allerdings die ohnehin schon völlig überlasteten Postämter deutlich mehr Arbeit: Dort musste man die Gebühren in bar zahlen, wenn man keine Scankarte besaß, mit der die Maut direkt vom Bankkonto abgebucht wurde. Die wenigsten Portugiesen besaßen jedoch so ein modernes Ding. Frühestens zwei Tage nach einer Fahrt musste man also in der Post lange anstehen, um die Gebühren zu entrichten. Das konnte durchaus eine Stunde dauern oder mehr.

»Das ist doch idiotisch. Das ist doch hirnverbrannt!«, schimpfte Pablo, der selten so in Rage geriet.

Seine absurde und eigentlich sehr traurige Geschichte empörte auch Lisa, die noch nicht lange in der Algarve lebte und viele Fakten und Hintergründe gar nicht kannte. »Unglaublich, ich fass es nicht. Dieses System arbeitet ja nicht für, sondern gegen die Menschen. Wehren die sich nicht, gehen die nicht auf die Straße?«

»Protestbewegungen gibt es in diesem Lande so gut wie nicht. Die Schrecken der Salazar-Diktatur stecken den meisten immer noch in den Knochen. Mit Obrigkeit und Polizei legt man sich hier nicht an. Der stille Protest besteht darin, die Autobahn einfach links liegen zu lassen und, so wie wir jetzt, die Alternative zu wählen, nämlich die Nationalstraße N 125, diese gute, alte und kostenlose Ost-West-Querverbindung durch die Algarve, die im Sommer leider oft völlig überlastet ist. Man sollte die Politiker mal in solch einen Stau stecken, wochenlang, jeden Tag. Dann wüssten sie, wie es den kleinen Leuten geht. Aber das wollen sie ja gar nicht wissen …«

Weil es unterwegs und entlang dieser viel befahrenen Straße

einiges zu sehen gab, verging die Fahrt Richtung Osten zügig. Hinter der Hauptstadt Faro passierten sie die Fischerstadt Olhão, dann kam Tavira in Sicht.

Pablo kannte sich gut aus und fand gleich einen Parkplatz beim Convento da Graça, den man, das Historische respektvoll wahrend, schon vor etlichen Jahren zu einem ockergelben Nobelhotel, einer *pousada*, umfunktioniert hatte. Der Konvent lag in direkter Nachbarschaft zu der Kirche Santa Maria.

Lisa und Pablo blieben neben dem Auto im Schatten einer riesigen Schirmpinie wie verzaubert stehen und genossen die Atmosphäre der Umgebung. Konvent und Burgdorf nahmen eine Hügelkuppe am Ufer des von Ebbe und Flut im Rhythmus gehaltenen Rio Gilão ein. Ein paar Schritte weiter, und sie konnten die gesamte Stadt überblicken. Im Süden reichte sie bis zum silbrig glänzenden Lagunengürtel der Ria Formosa, die der östlichen Algarveküste auf über sechzig Kilometern Länge vorgelagert war.

Über zwei Dutzend Kirchen fanden in der Hafenstadt mit ihren wenigen breiten Alleen und den vielen engen Gassen Platz und markierten mit ihren Türmen weithin sichtbar die einstige Gläubigkeit der *algarvios*, von der allerdings nicht viel übrig geblieben ist.

Von Pracht und Bedeutung sprachen die Gemäuer Taviras allerdings immer noch. Einst war sie die reichste Hafenstadt der Algarve gewesen. Mitte des 17. Jahrhunderts begann die Hafenzufahrt zu versanden, ein wirtschaftlicher Abstieg nahm seinen Lauf. 1755 verwüstete das große Erdbeben die gesamte Stadt. Dann blieben auch noch die Thunfischschwärme aus. Um 1880 wurden über vierzigtausend Exemplare gefangen, um 1960 nur noch ganze fünfhundert. Als 1970 der Fang und die Verarbeitung zu Dosenfisch eingestellt wurden, wäre es um die Stadt schlecht bestellt gewesen, hätte nicht gleichzeitig der sich kräftig entwickelnde Tourismus für Ersatz und neuen Wohlstand gesorgt.

Wie in Lagos und den anderen wenigen Städten am südwestlichen Ende Europas hatte der rasche Wiederaufbau nach dem

Erdbeben auch in Tavira für den homogenen Stil des portugiesischen Barocks gesorgt. Um die historischen Gebäude weht vor allem in Tavira der Geist der Vergänglichkeit. Allüberall blättert der Putz von den Wänden und ruft mit sanftem Geriesel stille Melancholie hervor. Mit diesem Reiz und dieser Ausstrahlung fasziniert der Ort natürlich ganz besonders die Romantiker unter den Touristen und Residenten.

Schweigend nahmen Lisa und Pablo die fast wehmütig anmutende Stimmung der Stadt in sich auf. Sie umrundeten den Kirchenkomplex, bis sie die Perspektive entdeckten, die auf Luc Gautiers Fotografie zu sehen war.

»Da ist der Steinhaufen und hier der Uhrenturm!« Pablos Stimme überschlug sich fast. »Guck, und da drüben steht der Wasserturm. Alles stimmt.«

»Nur die Männer … Von denen ist nichts zu sehen«, erwiderte Lisa.

»Die Turmuhr zeigt jetzt dreizehn Uhr fünfundvierzig. Und auf dem Foto?«

Lisa öffnete das Bild auf ihrem Tablet. »Da ist es sechs Uhr und zehn Minuten. Kann natürlich auch achtzehn Uhr zehn sein.«

»Der Schatten auf dem Foto zeigt nach Osten, die Sonne steht also im Westen, wo sie bekanntlich untergeht. Demnach war es achtzehn Uhr zehn, als das Foto entstand«, erklärte Pablo.

»Vom Schattenwurf mal abgesehen, um sechs Uhr morgens wird auch nur ganz selten Karten gespielt, oder?«, warf Lisa ein und zwinkerte ihm zu.

Pablo musste lachen. »Viele Männer gehen nach der Arbeit erst einmal zum Kartenspielen, bevor sie nach Hause zur Familie aufbrechen. Noch eine Stunde, und sie werden anrücken. Wetten?«

»Wette schon gewonnen, hast mich überzeugt. Lass uns solange was trinken gehen.«

Vom Burggarten schlenderten sie die Gasse Calçada da Galeria abwärts zum Platz Praça da República, von dem aus eine wuchtige römische Brücke den Rio Gilão in sieben Bögen überspannt und mit der Ostseite Taviras verbindet, ein von Touristen viel weniger besuchter Stadtteil mit lauschigen Plätzen und Gassen, alles umweht von Taviras typischer Wehmut.

Mitten auf der Brücke stand ein Musiker und spielte mitreißend auf seinem Saxophon, was viele Passanten dazu verleitete, eine Weile bei ihm stehen zu bleiben und verzückt zu lauschen. Dabei bemerkten die meisten erst jetzt, dass Hunderte von großen und kleinen Vorhängeschlössern in allen Farben am Eisengeländer der Brücke hingen, angebracht von Paaren, die ihre Vornamen darauf geschrieben hatten, um mit dieser Symbolik ihre Liebesbeziehung abzusichern. Einige Schlösser waren bereits verrostet.

Was aus diesen verliebten Paaren von damals wohl geworden ist?, fragte sich Lisa. Lebten sie noch, waren sie noch zusammen, hatten sie ihre Liebe gehegt und gepflegt und somit bewahren können? Pilgerten sie womöglich jedes Jahr zu ihrem Schloss?

In den Augen des schokoladenbraunen Musikers leuchtete Freude auf, als Lisa einen Euro in seine Pappschachtel fallen ließ. Er sah ihr tief in die Augen, und sie lächelte komplizenhaft zurück. Solch kleine warme Begegnungen konnten in ihr gute Laune auslösen, die über Stunden anhielt.

»Wenn Leute über Tavira sprechen, sprechen sie oft auch von *saudade*«, stellte Lisa fest. »Wie kommt das?«

»Am besten hörst du dir das Lied ›Sodade‹ von Cesária Évora an, der bekanntesten Sängerin der Kapverden. Leider ist sie vor wenigen Jahren gestorben. ›Sodade‹ trieft nur so vor Wehmut, aber es ist so schön, Lisa, es ist so schön, dass mir schon mal die Tränen kommen, wenn ich es höre.«

»Davon hat mir Moa auch schon erzählt«, erwiderte Lisa. »Für sie ist es so etwas wie eine Nationalhymne der Kapverden, und für viele Portugiesen ist es ebenfalls der Inbegriff von traurigem Glück, aber ganz anders als in der Fado-Musik, sagte sie. Du meinst also, dass ich beim Zuhören dieses Liedes den Sinn des Wortes *saudade* verstehe?«

»Zumindest fängst du an, es zu verstehen. Es ist einer jener komplexen Begriffe, die man ausschließlich der portugiesischen Seele zuordnet. Auf den Kapverden ist sie natürlich auch zu Hause – und wie! Eigentlich bedeutet *saudade* nichts anderes als Sehnsucht. Es hat jedoch keine zeitliche Ausrichtung, ist nicht nostalgisch in die Vergangenheit gerichtet oder blind hoffend in die Zukunft. *Saudade*, das ist Wehmut, Glück, Liebe, Trauer, Weltschmerz, kurz: Unglückseligkeit. Da ist trotziger Stolz beigemischt, auch schiere Verzweiflung, bittere Lebenserfahrungen – und viel Vertrauen. *Saudade* – das ist Portugal. Unser Nationaldichter Fernando Pessoa hat es so auf den Nenner gebracht: ›*Saudades, só portugueses conseguem senti-las bem, porque têm essa palavra para dizer que as têm.*‹«

»Kriegst du das auch auf Deutsch so schön hin?«

»Ich versuch's mal: ›*Saudades*, nur Portugiesen können dieses Gefühl kennen, weil nur sie dieses Wort besitzen, um es wirklich beim Namen zu nennen.‹ Schön, nicht wahr?«

Lisa und Pablo setzten sich in ein Café auf der anderen Seite der Brücke. Von hier aus zeigte der Blick auf die Stadt eine ganze Serie von Postkartenbildern. Stolze Häuser mit leicht durchhängenden Dächern, müden, bald zweihundert Jahre alten Schultern ähnlich, säumten beide Flussufer. Zwischen den Gebäuden ragten Palmen auf und wehten Exotisches herbei, nackt wirkten die langen, schlanken Stämme und schimmerten in der Sonne. Neben der Brücke stand eine Gruppe von Hobbymalern vor ihren Staffeleien. Sie versuchten, das pittoreske Panorama mit Acrylfarben auf die Leinwand zu bannen.

Während sie auf ihren Kaffee warteten, ließ Lisa auf ihrem Tablet »Sodade« erklingen, was auf YouTube doch tatsächlich vor ihr schon 5.495.837 andere getan hatten.

»Die hohe Zahl der Klicks wundert mich gar nicht«, meinte Pablo. »Évoras Lied ist in zahlreichen Ländern ein wahrer Kult geworden.«

Nachdem das wunderschöne Lied verklungen war, dem beide ergriffen gelauscht hatten, brauchte es seine Zeit, bis sie sich wieder ihrem eigentlichen Grund für den Besuch Taviras zuwandten.

»Was will uns dieser Luc Gautier bloß aufzeigen mit seinen sechs Fotos?«, fragte Lisa schließlich.

»Stimmungsvolle Szenen in der Algarve, nichts weiter. Und das gelingt ihm.« Pablo machte eine Pause. Er beobachtete zwei Männer.

»Schau mal, die beiden schrägen Vögel dort drüben in dem schnuckeligen Café. Die könnten doch zu den Kartenspielern gehören, oder? Die trinken hier erst mal ein Bierchen, dann geht es hinauf zum Castelo. Wetten?«

»Lass sie uns im Auge behalten und aufbrechen, sobald sie es tun. Ich zahle vorsichtshalber schon mal«, sagte Lisa aufgeregt.

Sie mussten keine zehn Minuten warten, bis die Männer sich erhoben, um rauchend über die Brücke zu schlendern und dann tatsächlich die Gasse hinauf zum Castelo zu trotten. Ab und zu blieben sie stehen, um ihr Gespräch mit temperamentvollen Gesten zu untermalen oder einer attraktiven Frau nachzuschauen und anerkennend die Lippen zu schürzen.

Auf dem Platz vor dem Uhrturm näherten sich die beiden einem Tisch, an dem bereits zwei weitere Männer saßen. Sie begrüßten einander und nahmen ebenfalls Platz. Fast alle Tische waren besetzt, denn der Platz und ein lauschiger Burggarten gleich daneben lockten Einheimische wie Touristen an.

Lisa und Pablo, die den Männern gefolgt waren, warteten hinter einer Palme das weitere Geschehen ab. Von hier aus konnten sie die Männer unauffällig beobachten.

Einer von ihnen zog Karten heraus, mischte sie mit Hingabe und fing an, sie auszuteilen.

»Unser Mann ist nicht dabei«, sagte Lisa enttäuscht.

»Vielleicht kommt er noch.«

»Vielleicht auch nicht … Ich werde die vier fragen, ob sie ihn kennen. Komm, wir machen das zusammen.«

Wie Touristen schlenderten sie auf die Männer zu. Lisa öffnete das Foto auf ihrem Tablet und präsentierte es der geselligen Runde. In ihrem noch etwas holprigen Portugiesisch versuchte sie herauszufinden, ob die Spieler den Abgebildeten kannten.

Die Männer sahen sich kurz das Foto an und schienen sich sofort einig zu sein. »Mário«, sagte einer. »Mário Baptista. Aber den habe ich hier schon lange nicht mehr gesehen. Ich glaube, der ist nach Lissabon gezogen.«

»Glauben Sie, oder sind Sie sicher?«, hakte Pablo nach.

»Sicher bin ich nicht ... Weiß einer von euch Genaueres?«, fragte er die anderen Männer.

Das allgemeine Kopfschütteln war eindeutig. »Tut mir leid«, meinte er und konzentrierte sich wieder auf die Karten in seiner Hand.

Lisa und Pablo entfernten sich ein Stück. »Dumm gelaufen, was?«, sagten sie fast gleichzeitig.

Sie waren schon auf dem Weg zum Auto, als ihnen der jüngste der Portugiesen nachgelaufen kam. »Wartet!«, rief er und drückte, als er die beiden erreichte, seine Zigarette mit der Schuhspitze am Boden aus. »Der Mário ist nicht nach Lissabon gezogen. Der hatte einen schweren Unfall. Dabei hat er beide Beine verloren. Er ist jetzt an sein Haus gekettet. Der will keine Karten mehr spielen, der arme Hund. Keiner redet gern darüber, und schon gar nicht mit Fremden.«

»Das verstehe ich gut«, sagte Pablo. »Vielen Dank, dass Sie es uns trotzdem gesagt haben. Wissen Sie, wo er wohnt?«

»Beim Bahnhof, fragt dort in den Cafés nach ihm. Hier in Tavira kennt man sich.«

Sie bedankten sich und verabschiedeten sich von dem Mann.

»Beide Beine weg – das ist ja furchtbar«, sagte Lisa erschüttert und hakte sich bei Pablo ein.

So liefen sie etwa zehn Minuten durch alte, bucklige Straßen, gesäumt von stolzen Gebäuden, viele mit den »hängenden Dächern« versehen, die, vom asiatischen Pagodenstil inspiriert, so typisch für Tavira waren. Vor allem die Rua da Liberdade mit ihren bildhübschen und bunt angestrichenen Gebäuden hatte es ihnen angetan. Ihre Fortsetzung, die Rua Miguel Bombarda, zog sich bis zum Bahnhof hin.

In den Straßencafés saßen um diese Zeit – es war inzwischen nach neunzehn Uhr – noch oder schon wieder zahlreiche Einheimische. Pablo und Lisa gingen auf sie zu, zeigten ihnen das Foto und fragten nach Mário Baptista und seiner Adresse.

Einer korpulenten Frau war der Name sofort ein Begriff. »Mário Baptista, der arme Kerl mit dem schrecklichen Unfall? Meinen Sie den? Den hat's ganz übel erwischt. Ist noch gar nicht so lange her. Er ist auf einem Waldweg hingefallen und wurde ohnmächtig, hieß es, und da hat ihn ein Auto überfahren.«

»Auf einem Waldweg?«

»Ja, schon komisch, es soll auf einem Waldweg beim Pego do Inferno gewesen sein, erzählen die Leute. Diese finstere Gestalt, die das angestellt hat, ist einfach abgehauen und hat den Mário liegen lassen. Gott sei Dank konnte er mit seinem Handy Hilfe rufen, als er wieder zu sich kam. Seine Beine mussten trotzdem amputiert werden. Seine Frau geht jetzt putzen, damit die Familie über die Runden kommt. Die wohnen in der Rua Miguel Bombarda, gleich beim Bahnhof. Das weiß ich so genau, weil unsere Töchter in einer Klasse und sogar mal beste Freundinnen waren.«

Pablo und Lisa schauten sich perplex an. Es schien, als wären sie mitten in eine Familientragödie hineingetapst. Sie mussten die Schilderung des mysteriösen Unfallhergangs und seiner Folgen erst einmal verdauen und gingen langsam zurück zu ihrem Auto.

»Warum hat Luc Gautier ausgerechnet diesen bedauernswerten Mann scharf abgebildet?«, fragte Lisa schließlich.

»Zufall …«

»Schon möglich. Vielleicht aber auch nicht. Vielleicht hat er ihn mit voller Absicht ausgesucht? Im Auftrag von Diana Marques. Vielleicht hatte sie ja eine Affäre mit diesem Mann. Vielleicht hatte sie sogar mit allen sechs scharfen Männern scharfe Affären.«

»Aber Lisa, ich kann's kaum glauben, dass ausgerechnet du solche Phantasien entwickelst. Ich bin baff. Dafür bin doch eher ich zuständig«, warf Pablo belustigt ein und schüttelte heftig den Kopf. »Nein, nein, das glaube ich auf keinen Fall.

Sie will doch diese Ausstellung ihrem verstorbenen Mann und ihrer großen Liebe widmen. Das hast du mir selbst erzählt oder etwa nicht?«

Lisa überhörte die Frage und sinnierte in eine andere Richtung: »Vielleicht dokumentiert Gautier Härtefälle des Lebens. So nach dem Motto ›heute noch unbeschwert gut drauf und morgen schon das Gegenteil‹.«

»Niemals, überleg doch mal. Der Betrachter sieht ja nur die eine Szene, Mario unter den fröhlichen, kartenspielenden Männern. Seine Folgegeschichte kennt er doch gar nicht. Dazu müsste daneben noch ein zweites Bild hängen, Baptista im Rollstuhl oder so. Nur so würde eine Art Vorher-Nachher-Geschichte draus. Dazu hätte er aber vorher wissen müssen, dass später dieser Unfall passiert. Nein, das macht alles keinen Sinn, für mich ist seine Auswahl purer Zufall.«

»Ich bin mir da nicht so sicher«, hielt Lisa dagegen. »Wir müssen herausfinden, was es mit den restlichen Männern auf sich hat. Ob sie auf den Bildern bewusst oder unbewusst herausgearbeitet wurden. Und wenn bewusst, lautet doch die nächste Frage: Warum?«

»Die Antwort kann nur eine Person geben: Senhora Diana Marques«, stellte Pablo kategorisch fest. »Immerhin hat sie die Fotos in Auftrag gegeben. Warum stattest du ihr nicht gleich morgen einen Besuch ab? Ich kann leider nicht mitkommen. Ich gehe mit André aus Carrapateira Doraden fischen, das haben wir schon lange ausgemacht. Am Kap von Sagres. Für Angler ist es ein Paradies.«

Lisa antwortete nicht sofort, sie schien nachzudenken. »Du hast recht, Pablo, ich muss noch mal versuchen, das aus Diana Marques herauszubekommen. Ich fürchte nur, dass sie sich genauso bedeckt halten wird wie neulich, als sie die Bilder ablieferte. Sie hat mich da regelrecht auflaufen lassen. Dennoch, ich komm nicht drum rum. Moa wird hoffentlich Zeit haben. Vielleicht gelingt es ja der gewieften Journalistin, die Senhora zum Sprechen zu bringen. Sie ist viel geduldiger und besonnener als ich. Außerdem sind die beiden altersmäßig nicht weit auseinander. Ich versprech mir viel davon, wenn Moa mitkommt.«

Lisa wählte Dianas Nummer. »Schönen guten Tag, Dona Marques, hier spricht Lisa. Von der Galerie …«, sagte sie, als Diana Marques sich meldete.

»Ach, wie nett, dass Sie anrufen. Nennen Sie mich doch bitte Diana. Klappt alles mit den Vorbereitungen der Ausstellung?«

»Ja, alles bestens. Aber es gäbe noch das ein oder andere mit Ihnen persönlich zu besprechen. Dazu käme ich gern morgen bei Ihnen vorbei, mit meiner Freundin Moa. Wäre Ihnen das recht?«

»Natürlich. Kommen Sie doch zum Tee oder lieber zum Kaffee?«

»*Meia de leite?* Wir schwören darauf.«

»Na dann. Wie wäre es mit sechzehn Uhr?«

»Wunderbar. Bis morgen, Diana«, sagte Lisa begeistert und beendete das Gespräch. Erleichtert fiel sie Pablo um den Hals.

»Hast du überhaupt ihre Adresse?«, fragte Pablo.

»Ja, hier im Handy. Warte … Quinta da Figueira, Boliqueime, Estrada de Loulé, Sítio das Fontes.« Lisa rückte dicht an Pablo heran. Gemeinsam studierten sie die Karte auf dem Smartphone. Es dauerte eine Weile, bis sie das Landgut in einer entlegenen Gegend nordöstlich des Städtchens Boliqueime ausgemacht hatten. Lediglich ein langer Feldweg verband die Quinta mit dem Rest der Welt.

# 7

Anfang der Woche hatte Lisa wegen der Sonderausstellung im Rathaus von Lagoa vorgesprochen, weil das Castelo Ferragudo im Landkreis dieser Stadt lag. In der Kulturabteilung im Konvent São José erfuhr sie, dass die Burg ab und zu für kulturelle Zwecke genutzt wurde. Sicherlich könne die Ausstellung dort stattfinden. Genehmigen aber müsse es die Besitzerfamilie, die aus Lissabon stamme. Sie bewohne das Castelo in der Regel nur als Feriendomizil zu Weihnachten, zu Ostern und dann wieder im August.

Waren die Besitzer anwesend, wehte eine Flagge mit dem Familienwappen auf der Turmspitze. Angeblich kam dann auch der Hochadel Europas zu Besuch, vom Prinzen aus England bis zur Prinzessin aus Spanien, auch deutsche Blaublütige ließen sich gern blicken. In anderen Ländern würden Dutzende von Paparazzi das Castelo belagern und hinter Bäumen und Büschen lauern. Hier aber nahm kaum jemand Notiz davon. Typisch Portugal, wurde Lisa über diese erfreuliche Tatsache aufgeklärt.

Vielleicht war auch das ein Grund, warum so viele echte VIPs aus aller Welt die Algarve so schätzten und hier eine Immobilie erworben hatten. Weil sie in diesem Land unbehelligt wie jedermann Golf spielen, ihren Wein im Supermarkt kaufen oder in einer Strandkneipe einen eiskalten *vinho verde* trinken konnten.

»Ich habe schon zum x-ten Mal im Castelo angerufen – aber glaubst du, da ginge jemand ans Telefon?« Ärgerlich steckte Lisa am Freitagmorgen ihr Handy zurück in ihre Gesäßtasche.

»Ach Lisa-Schatz …«, antwortete Moa. »Hochadel, VIPs, Superreiche … die kriegst du nicht mal eben schnell an die Strippe. Da musst du dir schon was einfallen lassen.«

»Du meinst, einfach hinfahren und es gleich vor Ort versuchen?«

»Zum Beispiel. Also, worauf warten wir noch? Ab zur Küste.

Wir haben noch viel vor heute. Als Erstes zum Castelo, danach zu Diana in ihre Quinta …«

Eine Dreiviertelstunde später standen Lisa und Moa am oberen Eingang zum Castelo. Nach mehrfachem Klingeln meldete sich die Stimme einer jungen Frau. Lisa erklärte ihr Anliegen und wies darauf hin, dass sie unbedingt mit jemandem von der Verwaltung sprechen müsse.

»Versuchen Sie es morgen noch mal, zehn Uhr, dann ist der Herr Doktor vielleicht für Sie da.«

»Danke. Also morgen, zehn Uhr.« Lisa drehte sich zu Moa um. »Du hast es mitgekriegt. Wieder nix.«

»Was heißt hier wieder nix?«, empörte sich Moa. »Dir wurde immerhin in Aussicht gestellt, dass du morgen vielleicht mit dem ›Herrn Doktor‹ sprechen kannst. Der ist niemand Geringeres als der Besitzer höchstpersönlich, nämlich Dr. João Pereira Coutinho, nehme ich mal an. Einer der wenigen wirklich illustren Männer unseres Landes und Spross einer der zehn ältesten Familien. Er soll mit dem Hochadel ganz Europas verwandt sein.«

»Wow, und der sollte uns empfangen? Das glaubst du doch selbst nicht …«, sagte Lisa.

»Stimmt. Ich glaub's auch erst, wenn er uns morgen hereinbittet.«

»Wir werden sehen«, meinte Lisa. »Pablo würde sofort eine Wette abschließen wollen, ob oder ob nicht.«

»Genau. Wir lassen das aber lieber bleiben, oder?«

»Ja, wir lassen uns morgen einfach überraschen«, sagte Lisa gut gelaunt und machte auf dem Absatz kehrt. Da nahm sie zwei berittene Gendarmen wahr, die sie grüßten und auf den Fiat zeigten, der am Ende der Stichstraße vor der Praia Grande im Halteverbot stand.

»Schon gut …«, beschwichtigte sie die Männer hoch zu Ross und legte ihre Handflächen aneinander wie zum Gebet. »Wir sind schon weg.«

»Und jetzt?«, fragte Lisa kurz darauf an Moa gewandt und blickte auf die Uhr, während sie langsam auf der schmalen

Straße neben der Burgmauer in Richtung Ortsmitte fuhren. Es war erst kurz vor zwölf. Sie hatten sich mit Senhora Marques für sechzehn Uhr verabredet.

»Fahren wir doch einfach mal in Richtung Quinta da Figueira. Unterwegs machen wir noch einen Abstecher zu einem wahren Kleinod von Naturschönheit. Wenn du das siehst, verstehst du noch besser, warum die Algarve immer beliebter wird«, sagte Moa verheißungsvoll.

Lisa war sofort Feuer und Flamme. »Wo?«, wollte sie gleich wissen.

»Gar nicht weit von hier. Vielleicht zehn, zwölf Kilometer.«

Auf der N 125 fuhren sie durch Lagoa und bogen etwa zwei Kilometer hinter der Stadt rechts ab, dem Schild »Praia da Marinha« folgend. Auf einer kurvenreichen Straße rollten sie der Ufergegend entgegen, passierten zahlreiche Villen und Landhäuser.

Lisa zeigte mit ausgestrecktem Zeigefinger auf eines dieser Anwesen. »Schau dir das an … Ich hatte ja keine Ahnung, dass es in der Algarve so viele wohlhabende Leute gibt.«

»Die meisten dieser Villenbesitzer sind keine Portugiesen, vergiss das nicht. Das viele Geld kommt ganz woanders her …«, klärte Moa sie auf.

»Und warum fließt es hierher?«

»Nicht zuletzt, weil es hier Sonne gibt, Sonne im Überfluss, das ganze Jahr über …«

Sie erreichten einen übervollen Parkplatz, auf dem gerade eine Lücke frei wurde. So konnten sie den Fiat unter einem schattenspendenden Baum abstellen. Unternehmungslustig stiegen sie aus.

Gleich neben dem Parkplatz lockte eine felsige Aussichtsstelle. Dort angekommen, beugte sich Lisa vorsichtig vor. Vierzig Meter unter ihr breitete sich längs einer zerklüfteten, in der Sonne orangerot glühenden Klippenwand ein Strand aus, der einem Bilderbuch entschlüpft sein musste.

Jetzt, bei Flut, war der sandige Streifen auf knappe zwanzig Meter Breite bis zum Wasser geschrumpft, bei Ebbe würden daraus über hundert Meter werden, und jeder Meter davon war so beschaffen, wie es sich die Urlauber wünschten. Herrlich frisches, sauberes Atlantikwasser, von Wellen bewegt, die zum Bodysurfen oder zum Untertauchen einluden und Alt und Jung begeisterten.

Boote schaukelten vorbei, weiter draußen dümpelte die Replika einer alten Karavelle, die »Santa Bernarda«. Dort unten, in diesem atemberaubenden Vergnügungsstreifen, tummelten sich im Hochsommer Tausende Besucher, im Winter aber war hier oft kein Mensch zu sehen, erfuhr Lisa von Moa.

Wo Europa in dieser wundersamen Klippenwelt jäh endete, wo zu jeder Sekunde Millimeter für Millimeter die Felsen von Wind, Wellen und Wetter zu sonderbaren Gebilden in allen Nuancen einer ockerrotfarbigen Palette geformt wurden, gedieh zu allem Überfluss auch noch eine Vegetation, die einem das Herz noch weiter öffnete. Ausladende Schirmpinien, vom Küstenwind geduckt gehalten, und Millionen Büsche in nahezu perfekter Kugelform boten zwischen sich freie Flächen, die zum Wandern durch diese Klippenregion einluden. Sie bewahrten auch im Hochsommer erstaunlicherweise ihr saftig grünes Erscheinungsbild, dem der Frühling mit Abermillionen Blüten zusätzliche Farbtupfer hinzufügte.

Lisa war sprachlos. Nach einer Weile sagte sie fast vorwurfsvoll: »Und das wird mir erst heute gezeigt …«

»Wir brauchen im Leben doch immer wieder mal eine Steigerung«, sagte Moa lächelnd. »Jetzt erlebst du gerade eine. Es wird noch viele geben …«

»Unser Besuch bei Diana zählt hoffentlich auch dazu …«, sagte Lisa und blickte in die Ferne.

***

Um Punkt sechzehn Uhr trafen sie auf der Quinta da Figueira ein. Der Name stand gut sichtbar in blauen Lettern auf einer Tafel aus handbemalten blau-weißen Kacheln. Offensichtlich gehörte ein riesiges Grundstück dazu, umschlossen von einer

Trockenmauer aus Bruchsteinquadern. Dahinter ragten hohe Palmen auf und ließen das Anwesen wie eine vom Rest der Welt abgeschirmte Insel wirken. Parkplätze außerhalb der Quinta befanden sich neben einem uralten Johannisbrotbaum. Seine Zweige hingen bis auf den Boden herab.

Die Frauen stiegen aus und gingen die paar Schritte zu einem breiten, mannshohen Eisentor. Lisa drückte den Klingelknopf einer Gegensprechanlage. Kurz darauf ertönte Dianas Stimme.

»Schön, dass Sie da sind. Willkommen!« Das Tor schob sich mit einem lauten Knarren zur Seite.

Das stattliche Gebäude war im klassischen, eher nordportugiesischen Quinta-Stil erbaut und strahlte mit einem turmähnlichen Aufsatz, seinem römischen Vorbild getreu, satten Wohlstand aus. Hohe Fenster mit typisch portugiesischen, sehr angenehmen schlanken Proportionen verstärkten den Eindruck eines gediegenen Zuhauses. Die warmgelbe Umrahmung aller Türen und Fenster vermittelte dem Gebäude eine zusätzliche Note von Behaglichkeit.

Lisa und Moa schritten auf einer mit Kies bedeckten Auffahrt zu dem über hundert Meter entfernten Haus, als sich die Eingangstür öffnete und Diana heraustrat. Das lässige bequeme Hauskleid stand ihr ausgezeichnet.

»Einen wunderschönen guten Tag!«, rief sie den Frauen entgegen. Als diese das Haus erreichten, umarmte sie beide, begrüßte sie mit den üblichen Küsschen auf beide Wangen und forderte sie mit einladender Geste auf, einzutreten. »Darf ich?«, sagte sie und ging durch eine Vorhalle mit weißem Marmorboden zum Wohnzimmer voraus.

Eigentlich war es kein Zimmer, eher ein Saal, der gut und gern zweihundert Quadratmeter Fläche haben mochte. Einige Teppiche, zwei Sesselgruppen und uralte wertvolle luso-indische Möbelstücke verwandelten den Riesenraum in eine elegante Wohnlandschaft.

»Nehmen Sie doch Platz, ich bin gleich wieder da«, sagte Diana und wies auf die Sitzlandschaft mit weißen Lederpolstern.

Kurz darauf kam sie mit einem Tablett zurück, auf dem sich Tassen, Kannen und Zubehör befanden.

»Für Sie *meia de leite*, bitte sehr, und für mich portugiesischen Tee«, klärte sie ihre Besucherinnen auf. »Er kommt von São Miguel, der größten der neun Azoreninseln. Ich liebe diesen Tee und trinke praktisch nichts anderes.«

»Kaffee oder Tee, da scheiden sich die Geister …«, sagte Lisa leichthin und legte sich ein köstlich aussehendes Petit Four auf ein Tellerchen. Dann wandte sie sich direkt der Hausherrin zu: »Wir haben uns die Fotografien inzwischen sehr genau angeschaut. Ich kann Luc Gautier nur ein Kompliment machen. Die Art, wie er Schärfe und Unschärfe als seine ganz spezifischen Stilmittel einsetzt, ist einmalig.«

»Auch ich bin begeistert«, brachte sich Moa ein. »Er hat ein beispielloses Talent, atmosphärische Stimmungen zu übertragen, sodass sie einen wirklich berühren. Wir fragen uns, ob die scharf hervorgehobenen Männer nach bestimmten Kriterien ausgesucht wurden.«

Diana lachte. »Nein, ganz gewiss nicht. Das hat sich einfach so ergeben. Rein zufällig. Mein Auftrag an Luc Gautier hieß, Assoziatives zu ›From Here to Eternity‹ einzufangen. Zeitlos schöne Momente. Wie und wo die *algarvios*, so nennt man die Einheimischen, ihre Freizeit genießen, hat er selbst ausgewählt.«

Lisa setzte sich aufrecht hin. »Und zwar bravourös, zweifelsohne. Aber eine Frage lässt mich nicht los: Warum hat er den Fokus ausschließlich auf Männer gelegt? Demnächst werden auch Ausstellungsbesucher das von mir wissen wollen. Was kann ich ihnen antworten?«

»Nun, Frauen trifft man in der Algarve höchst selten kartenspielend oder beim Angeln auf Klippen an. Höchstwahrscheinlich liegt es daran. Ich weiß es nicht«, sagte Diana betont gelangweilt.

Bevor Moa oder Lisa nachhaken konnten, betrat ein groß gewachsener Mann den Raum. Er hatte eine stattliche Gestalt, war aber etwas blass, in jeder Hinsicht: blasse Haut, blasse Lippen, blasse aschblonde Haare. Er wirkte irgendwie blutleer.

Ein Vampir, der gerade seinem Sarg entstiegen ist, dachte Lisa und fand den Vergleich überaus passend. Mit Mühe unterdrückte sie ein Kichern.

»Hallo Hugo«, sagte Diana. Zu den Frauen gewandt fügte sie hinzu: »Jetzt lernen Sie auch gleich meinen Halbbruder kennen. Komm her, Hugo, setz dich doch einen Moment zu uns. Darf ich vorstellen?« Sie deutete auf die Frauen und nannte ihre Namen. »Wenn Sie Verstärkung beim Aufhängen der Fotografien benötigen, wird Hugo gern helfen. Stimmt's, Hugo?«

Er nickte bestätigend und vermied den direkten Augenkontakt mit Lisa und Moa. Dann setzte er sich so weit wie möglich von ihnen entfernt an den äußeren Rand der Sitzgruppe, um sogleich seine Tasse und den Teller, die seine Schwester ihm gereicht hatte, akribisch an der Tischkante auszurichten. Als er damit fertig war, stand er wieder auf, huschte hektisch zu einem Bild, das die Stirnwand des Raums dominierte und zweifellos von Luc Gautier stammte, und bewegte die untere linke Ecke ein wenig nach links.

»Hing schief. Nur ein bisschen, aber schief. Das geht doch nicht«, erklärte er und setzte sich wieder hin, wobei er seine Hände zwischen die Knie zwängte und den Blick darauf senkte, weil ihn die drei Frauen anschauten, als erwarteten sie noch eine weitere Äußerung von ihm.

Von der Seite sah Lisa, wie er sich auf die Lippen biss und fast ein wenig gequält aussah. Um von Hugo abzulenken, zog sie einen kleinen Notizblock aus ihrer Jeans. »Da sind noch ein paar Fragen zur Organisation offen, zum Beispiel: Reichen wir bei der Vernissage Champagner?«

»Verzeihung«, unterbrach Hugo sie abrupt. »Ich möchte lieber dem Gärtner helfen, die neue Pumpe für die Bewässerungsanlage anzuschließen.« Er stand auf, wieder ohne die Frauen anzusehen, geschweige denn, sich von ihnen zu verabschieden, und eilte zur Terrassentür, die zu der prächtigen blühenden Gartenanlage hinausführte, schlug sie erleichtert hinter sich zu und ließ betretenes Schweigen zurück.

Diana verzog ein wenig das Gesicht, ihre Augenlider zuckten kaum merklich. Dass Hugo kein Partylöwe war, hatte sie gewusst, dass ihm die Gegenwart von zwei jungen, hübschen Frauen aber dermaßen zu schaffen machte, dass er die Flucht ergreifen musste, fand sie dann doch etwas bedenklich.

»Wo waren wir stehen geblieben?«, fragte sie in die Runde und gab sich selbst die Antwort. »Beim Champagner, nicht wahr? Portugiesischen natürlich. Gern.« Seufzend fügte sie hinzu: »Ach Lisa, machen Sie einfach alles so, wie Sie es für richtig halten, dann wird es gut. Alles wird gut.«

Damit brachte sie unmissverständlich zum Ausdruck, dass auch für sie diese Sitzung beendet war und sie kein weiteres Wort über die Ausstellung verlieren wollte.

Die drei Frauen plauderten noch ein wenig über unverfängliche Themen und verabschiedeten sich nicht lange danach. Lisa und Moa unverrichteter Dinge, wie sie sich auf der Heimfahrt bedauernd eingestehen mussten. Sie waren in ihren Ermittlungen keinen Deut weitergekommen. Diana hatte dies geschickt zu verhindern gewusst.

***

Am nächsten Morgen um zehn fanden sich Lisa und Moa, wie vortags verabredet, wieder vor dem Castelo ein. Auch die beiden Gendarmen waren wieder da. Stolz auf ihren hohen Rössern sitzend, grüßten sie die Frauen beinahe wie alte Bekannte, wenn auch von oben herab.

Was ist denn hier los, das berittene Polizei erfordert?, fragte sich Lisa verwundert.

Eine Minute, nachdem sie die Klingel betätigt hatte, meldete sich die Mädchenstimme wieder. »Gehen Sie bitte zum unteren Tor, der Doktor kommt gleich zu Ihnen.«

Lisa ließ einen Jubelschrei los, der die beiden Pferde scheu tänzeln ließ. Dabei streckte sie Moa gleich zwei Handflächen entgegen. Moa schlug außer sich vor Freude ein.

Kaum hatten sie unten an der Praia da Angrinha geparkt, sahen sie durch das Gebüsch des Burgparkgeländes die blaue

Hose eines Mannes zum Eingang marschieren. Sie eilten zu dem mächtigen Holztor, in dem sich eine integrierte niedrigere massive Tür öffnete. Ein schlanker Mann um die sechzig lächelte sie an.

»Kommen Sie herein, bitte. Ich bin João Pereira Coutinho.«

»Es ist uns eine Ehre«, sagte Moa. »Ich heiße Moa Gomes, und meine Freundin hier, das ist Lisa Guedes.«

»Ach, sind Sie wohl mit dem Maler und Architekten Jorge Guedes verwandt?«

»Er ist mein Vater.«

»Wie schön für Sie. Ich gehe Ihnen voraus.«

Nachdem der Mann die Tür wieder abgeschlossen hatte, übernahm er die Führung auf einer gepflasterten Auffahrt zur nahen Burg, die durch einen Wassergraben zur Hangseite hin gesichert war. Eine schwere, an armdicken Ketten befestigte Hängebrücke führte zum Haupteingang. Der Burgherr geleitete sie jedoch auf einem schmalen Pfad zu einem etwa fünfzig Meter entfernten neueren Gebäudeteil.

Sie betraten diesen Neubau. Man konnte ihn nicht oder nur schwerlich von der alten Burg unterscheiden, weil nicht nur die antike Lehmwandfarbe für seine Fassade, sondern auch alle anderen Materialien für dieses Gebäude nach uralten Techniken hergestellt worden waren. Der Neubau unterschied sich daher in nichts von der alten, ursprünglich maurischen Burg.

»Vor sechs Jahren haben wir die gesamte Anlage stilgerecht restaurieren und den Neubau errichten lassen«, erklärte João Pereira Coutinho und führte sie zu einem mindestens acht Quadratmeter großen Tisch, einer ehemaligen Elefanten-Trage aus Indien. »Was darf ich Ihnen zu trinken anbieten?«

»Wasser«, antworteten Lisa und Moa gleichzeitig.

João Pereira Coutinho gab einer in der Nähe wartenden Frau ein unauffälliges Zeichen, und kurz darauf kam sie mit zwei Wassergläsern zurück.

»Haben Sie die Restaurierung selbst geleitet?«, wollte Lisa wissen.

»Nun ja, meiner Frau und mir half ein Team mit den besten Spezialisten des Landes. Außerdem hatten wir das Glück, ein unglaublich gut ausgebildetes Team aus Marokko für diese schwierigen Aufgaben zu gewinnen. Zwanzig Männer arbeiteten hier eineinhalb Jahre lang ...«

Lisa hob ihm spontan das Glas entgegen. »Herr Dr. Coutinho, ich bin tief berührt und voller Bewunderung für das, was Sie hier Großartiges geleistet haben, so liebevoll und voller Respekt dem ehrwürdigen Bau gegenüber.«

»Klären Sie mich nun auf, warum Sie mich so dringend sprechen wollten?«

Lisa schilderte João Pereira Coutinho ihr Anliegen, das dem Herzenswunsch ihrer Auftraggeberin Diana Marques entsprungen war. Sie zeigte ihm auf ihrem Tablet die Exponate, die zur Disposition standen. Sie betonte noch einmal, dass Diana diese Burg für das romantischste und schönste Gebäude der Algarve hielt und deshalb die Hommage an Dr. Diniz Andrade hier stattfinden lassen wollte.

»Die Senhora verfügt offenbar über einen ausgezeichneten Geschmack und weiß, was sie will. Im Übrigen war ihr Mann, ein bedeutender Anwalt, mehrmals ein geschätzter Teilnehmer von Diskussionsrunden, die hier im Kaminzimmer stattfanden.«

Moa und Lisa hielten die Luft an. Sollte er die Ausstellung tatsächlich absegnen?

»Doch, ja, das machen wir«, sagte João Pereira Coutinho zu ihrer Erleichterung und lächelte sie wie ein Gönner an. »Ich bin einverstanden.«

Nachdem sie die Modalitäten wie Versicherung, Öffnungszeiten und tägliche Reinigung besprochen hatten, bot der Hausherr den beiden Frauen noch eine kleine, exklusive Führung ins »Allerheiligste« an. »Folgen Sie mir, bitte. Achten Sie auf die Stufen!«

Sie verließen den Neubau und waren schnell an der Hängebrücke angekommen. Sie schritten über die Holzplanken. Vor ihnen tat sich das Wohnhaus der Familie Coutinho auf, mit acht romantischen, recht kleinen Schlafzimmern, jedes bereichert mit einem in die meterdicken Burgmauern gegrabenen oder geschickt angebauten Badezimmer. Alles war so luxuriös in jedem Detail ausgestattet, wie es die beiden noch nie gesehen hatten. Sie waren sprachlos.

Der Doktor ging ihnen abschließend durch einen breiten Flur, von drei polierten Ritterrüstungen bewacht, zum Speisesaal voraus, der als Ausstellungsraum dienen sollte. Er öffnete die dicke Holztür. Rechter Hand zierte ein mindestens acht Meter langer und vier Meter hoher königlicher Wandteppich die Nordseite des Raumes, während die Südseite von Rundbogenfenstern dominiert wurde. Dazwischen hingen riesige Gemälde, Porträts von Familienangehörigen und royalen Verstorbenen.

»Ich werde Leinentücher davorhängen lassen, an welchen Sie Ihre Fotos, die ja nicht schwer sind, problemlos aufhängen können«, sagte João Pereira Coutinho und deutete auf die Wandgemälde.

Moa und Lisa nickten. Mit offenem Mund standen sie in diesem mittelalterlichen, aber doch so lebendigen Raum und ließen ihre Augen schweifen, bis Dr. Coutinho sie vorsichtig aus ihrer Verzauberung holte. »Ich muss jetzt zu meiner Frau. Wir erwarten heute noch lieben Besuch, er wird schon gegen drei Uhr eintreffen.«

»Aha«, platzte Lisa heraus. »Deshalb also die ungewöhnliche Kavallerie draußen vor den Toren. Sicher einem ›hohen‹ Besuch zu Ehren?«

»Ganz unter uns, der belgische König und seine Familie machen bei uns Ferien, um Ihren Vorwitz zu befriedigen«, sagte Dr. Coutinho schmunzelnd, verabschiedete die Frauen und schloss die Tür, durch die er sie auch hereingelassen hatte.

Draußen hörten sie noch, wie sich der Schlüssel mehrmals umdrehte.

***

Tags darauf, es war Sonntag, der 29. Mai, rief Lisa Luc Gautier an und fragte, ob sie und Pablo ihn am nächsten Morgen besuchen dürften. Sie hätten vor, ein Interview für eine regionale englische Wochenzeitung mit ihm zu machen. Sozusagen als begleitende PR-Maßnahme für die anstehende Ausstellung.

Damit hatten sie ihn, den eitlen Pfau. Er willigte sofort ein, als Lisa zehn Uhr vorschlug. Seine Freude war immer groß, wenn ihn Leute besuchen kamen und er seine perfekte Selbstdarstellung abspulen konnte. Erst recht, wenn sie von der Presse waren.

Außerdem rief Lisa noch eine gute Freundin namens Karin in Lagos an, die sie ab und zu in der Galerie vertrat und einen Galerieschlüssel zur Verfügung hatte. Da sich Lisa in den nächsten Wochen hauptsächlich auf die Sonderausstellung und die damit verbundenen Recherchen konzentrieren wollte, brauchte sie Karins Hilfe dringend.

Wie sich herausstellte, war Karin schon ab Dienstag abkömmlich und freute sich auf den angenehmen Job, der lediglich ihre Anwesenheit und ihre Bereitschaft erforderte, den Besuchern der Ausstellung als mehrsprachige Auskunftsstelle zu dienen.

Am Montagmorgen fuhren Lisa und Pablo also zu Lucs altem und eher bescheidenem Landhaus. Es lag an einem Waldrand in der Nähe des Dorfes Bensafrim im Hinterland von Lagos. Von außen machte es einen etwas verwahrlosten Eindruck. Doch als Lisa und Pablo nach der freundlichen Begrüßung durch den Fotografen vor der Hausschwelle erst einmal die Küche betreten hatten, die das Herz des Hauses darstellte, fühlten sie sich gleich pudelwohl, ähnlich wie Diana bei ihrem ersten Besuch in Lucs Haus.

Ein Gasherd stand direkt neben der alten Feuerstelle, auf dem Luc gerade sein Mittagessen in einer Pfanne zubereitete und dazu schon mal einen Rotwein trank.

»Senhor Luc …«, eröffnete Lisa das Gespräch.

»Also bitte, wir sind hier unter Künstlern. Ich heiße Luc, und du bist die Lisa von der Galerie in Lagos, stimmt's? Und du?«

»Pablo.«

Luc ließ sich den Namen verzückt auf der Zunge zergehen. »Große Assoziationen. Picasso, Neruda … Willkommen in der Pampa, Pablo und auch du, Lisa. Kleinen Moment, bitte.«

Über der Feuerstelle war ein Steinregal angebracht. Luc griff nach einer mit Bast umwickelten Flasche, knallte sie auf den Tisch und stellte drei kleine Gläschen dazu.

»*Mosquitos* nennt man diese kleinen Gläser, vielmehr den stechenden Inhalt«, erklärte er, schenkte ein und reichte jedem ein Glas. »Medronho. Das beste Feuerwasser der Welt, hergestellt aus den Früchten des Erdbeerbaumes. Beim Destillieren von diesem Tröpfchen habe ich selbst mitgeholfen«, verkündete er und zeigte ihnen sein blendendes Lächeln. Dann erhob er sein Glas. »Auf unser aller Wohl. *À votre santé!*«

Lisa schüttelte sich, als das starke Getränk durch ihre Speiseröhre rann und darin ein Feuerwerk entzündete, das Gott sei Dank rasch endete und einem feinen, ganz eigenwilligen Nachgeschmack Platz machte.

»Bei mir muss alles stark sein, versteht ihr?«, meinte der Fotograf und stellte sich betont breitbeinig hin. »Groß und stark.«

»So wie Ihre Bilder …«, versuchte Lisa das Gespräch in andere Bahnen zu lenken, ohne auf sein anzügliches Gehabe einzugehen.

Pablo unterstützte sie dabei: »Genau, und zu Ihren Bildern haben wir einige Fragen, wenn es Ihnen recht ist. Ach, darf ich Sie während des Interviews fotografieren?«

»Stört mich kein bisschen. Welche Fragen denn? Lasst hören.« Luc Gautier zog einen breitzinkigen Kamm aus der Hosentasche und fuhr sich damit schnell durch seine Locken.

»Es fällt natürlich auf, dass Sie auf Ihren Bildern immer nur ein einziges Detail scharf abbilden«, führte Pablo aus. »Das kann ein Gesicht sein, ein Wäschestück an der Leine, ein Boot, eine Blume, ein Balkongeländer. Bei den Bildern, die Sie für Diana Marques produzierten, sind es ausschließlich Männer. Genauer gesagt: Auf jedem Bild ist ein einziger Mann scharf gezeichnet. Alles drum herum ist jedoch unscharf. Mit normaler Tiefenschärfen-Einstellung ist das so nicht möglich …«

»Kennst dich ja gut aus, mein Junge …«

»Das ist Basiswissen der Fotografie.«

»Für Leute, die Fotografie ernst nehmen. Die meisten Amateure wissen nicht mal, dass es einen Zusammenhang von

Blende, Belichtungszeit und Tiefenschärfe gibt. Denen ist das Wort Tiefenschärfe völlig fremd. Die verbinden das eher mit indischem Essen.«

»Mag ja sein«, räumte Pablo ein. »Was Sie machen, ist die hohe Schule der Fotografie. Hohe Schule auch in Photoshop, nehme ich an. Oder?«

»Ohne Photoshop geht heute gar nichts mehr«, sagte Luc Gautier im Brustton der Überzeugung. »Natürlich habe ich lange herumexperimentiert, bis ich mit der genialen Software genau die Wirkung erzielen konnte, die ich erzielen wollte.«

»Und? Sind Sie zufrieden?«, fragte Lisa.

»Zufriedenheit ist der Todfeind der Kunst, junge Frau. Ich bin nie zufrieden. Ich muss weitermachen und neue Ausdrucksmöglichkeiten finden. Immer. Das hört nie auf …«

»Die Besucher der Galerien mögen Ihre Fotos«, sagte Lisa bewusst schmeichelnd.

»Danke, danke.«

»Kennen Sie überhaupt die Menschen, die Sie scharf abbilden?«, wollte Pablo wissen.

»Ach was. Das ist immer purer Zufall. Ich hole mir noch nicht einmal schriftliche Genehmigungen, dass ich sie fotografieren darf. Man erkennt sie ja sowieso nicht.«

»Bis auf den einen …« Pablo ließ nicht locker.

»Ja, aber der ist genauso unwichtig. Und meistens sind es ohnehin Sachen, die ich scharfstelle.«

»Nicht bei den Fotos für die kommende Ausstellung. Da sind es sechs Männer. Warum haben Sie ausgerechnet diese sechs ausgewählt und keine anderen?«

»Hör zu, mein Junge, ich wiederhole mich ungern. Ich sagte doch klipp und klar, dass ich niemanden ausgewählt habe und dass es gar keine Rolle spielt, wer da scharf abgebildet wird. Ich entscheide die Details erst während der Bearbeitung – aus Gründen der Ästhetik und der Aussagekraft. Künstlerische Gestaltungsmöglichkeit kennt, wie wir alle wissen, weder Grenzen noch Gesetze. Sag mal, Lisa, ist dein Freund Pablo immer so ätzend?«

»Nur wenn es sich nicht vermeiden lässt«, erwiderte Lisa. »Mich interessiert, ob Sie Ihre Fotos exakt vorbereiten. Schauen Sie sich die Locations vorher an? Suchen Sie bestimmte Lichtverhältnisse heraus, bestimmte Tageszeiten? Bestimmte Menschen?«

»Jetzt reicht's aber. Das geht zu weit, Leute. Dieses penetrante Löchern geht mir gegen den Strich. Wenn Ihnen sonst nichts einfällt, gehen Sie jetzt besser.« Das Siezen hielt er unter diesen Umständen offenbar doch für angebrachter. Unmissverständlich deutete er zur Tür.

Nichts als Ärger und Wut standen in Luc Gautiers Gesicht, als die beiden sein Haus verließen. Ärger auch, weil er mit seinen Aussagen seine Auftraggeberin aus der Schusslinie gehalten hatte. Warum machte er das? Wie hatte sie es nur geschafft, ihn zu ihrem Komplizen zu machen, der nicht nur seine eigenen Interessen, sondern auch die seiner reichen Auftraggeberin vertrat?

*»Merde«*, brummte er vor sich hin und starrte seine Fäuste an, deren Knöchel weiß angelaufen waren. Er schüttelte den Kopf wie ein nasser Pudel und griff dann nach der Medronho-Flasche auf dem Küchenregal. War er denn so schwach? War er dem weiblichen Geschlecht dermaßen erlegen, dass ihn schöne Augen und ein schöner Busen dorthin steuern konnten, wo sie ihn haben wollten?

»Weiber!«, brüllte er aus voller Lunge. »Abgeschafft gehört ihr, alle!«

Von seinem heimlichen Beobachter, der schadenfroh grinste, als er seine Besucher hinausschmiss, hatte Luc Gautier natürlich keine Ahnung.

»Wie gut, dass ich die Kameras installiert habe«, sagte sich der Voyeur. »Ist ja spannender als Fernsehen.«

Auch er nahm einen Schluck Medronho aus einem Flachmann und wischte sich danach mit dem Handrücken über den Mund.

***

Nachdem sie bei Luc Gautier auf Granit gebissen hatten, kam Lisa auf der Rückfahrt die Idee, Rui Fernandes um Hilfe zu bitten. Sie rief den Kriminalinspektor kurzerhand an und bat um ein Treffen. Fernandes war bereit, sich in einer Stunde mit ihnen zu treffen. Also änderten sie die Fahrtroute und steuerten Portimão an.

Dort angekommen, hatten sie noch ein bisschen Zeit. Sie schlenderten zur nahen Zona Ribeirinha, der Uferzone am Rio Arade, zu der im heißen August Tausende von Menschen strömten. Dann verwandelte sich der gesamte Uferbereich in eine bunte Fressmeile. Von mittags bis abends wurden in jeder Straße, jeder Gasse, an jedem Platz Holzkohlegrills angeworfen. Unverkennbar war der Duft von gegrillten Sardinen, den *sardinhas assadas*, der Portugiesen Lieblingsschmaus – das ganze Jahr über. Aber im Hochsommer wurden die Sardinen noch fetter, dann schmeckten sie am besten.

Lisa und Pablo setzten sich auf eine Bank beim alten Zollhaus und genossen die Aussicht auf den Rio Arade und das am anderen Ufer an einem Hügel aufsteigende Fischerdorf Ferragudo, von einem Kirchturm, einem Wachturm gleich, bilderbuchreif behütet. Ein Uferkastell von berückender Anmut erhob sich weiter südlich zwischen zwei Stränden. Das Castelo. Dort sollte die Ausstellung stattfinden.

»Dieser Luc ist schon 'ne Nummer«, sagte Pablo und drehte sich eine Zigarette. »Der hat ja bei unserer Fragerei völlig die Fassung verloren. Zeugt nicht gerade von ruhigem Gewissen, oder?«

»Für mich hat der völlig überreagiert. Die Frage ist: Warum?«, antwortete Lisa.

»Bis jetzt habe ich geglaubt, dass die Männer zufällig zum zentralen Bildmotiv wurden, jetzt bin ich mir da aber nicht mehr so sicher«, sagte Pablo nachdenklich. »Ich glaube eher, dass sie tatsächlich ausgesucht wurden. Von ihm oder von Diana, wer weiß?«

Zum grauen Gebäude der Kripo gleich neben dem Rathaus waren es nur ein paar Schritte. Rui Fernandes war nicht allein in seinem engen Büro, als Lisa und Pablo eintrafen. Zwei Kollegen saßen bei ihm.

»João Martins und Pedro da Cunha«, stellte Fernandes die beiden Mitarbeiter vor. »Ihr wolltet mich sprechen?« Er sah wie immer etwas verschlafen aus, vielleicht weil in seinem Gesicht so viel Verstecktes lag. Seine dunklen Augen bestimmten sein markantes Gesicht, aber auch sein starker Bartwuchs, der schon am Nachmittag aussah, als hätte er sich seit drei Tagen nicht rasiert. Dieses dunkle Gesicht lag zudem häufig im Schatten seiner braunschwarzen und ziemlich langen Haare, die er immer wieder mit beiden Händen nach hinten strich.

In Gesprächen hätte man ihn leicht für abwesend halten können, in seine eigenen Gedanken verstrickt, und war daher verführt zu glauben, dass er seinem Gegenüber nicht recht zuhörte und Details nicht scharf beobachtete, was man von einem Kriminalinspektor doch eigentlich erwarten durfte.

Aber dem war nicht so. Rui Fernandes' Aufnahmebereitschaft war in jedem Moment voll da, was man manchmal an seinen überraschenden Reaktionen feststellen konnte, auf die niemand gefasst war. Damit verunsicherte er seine Gesprächspartner zutiefst, und das erlaubte ihm, bisweilen sehr schnell an sein Ziel zu kommen, nämlich an Aussagen mit Gehalt.

Fernandes war ein Taktiker, einer, der nicht nur die Gesprächsfäden fest in seiner Hand hielt, sondern darüber hinaus auch alles andere lenkte. Lisa kannte ihn inzwischen ganz gut und schätzte ihn über alle Maßen. Sie war sicher, dass er mit allen positiven Eigenschaften eines Alphatiers geboren worden war und daher nicht viel tun musste, um sich Respekt und Achtung zu verschaffen. Ein langer, durchdringender Blick seiner großen Augen genügte meist, dass sich sein Gegenüber ziemlich klein und erbärmlich fühlte. Sein voller, schön geschwungener Mund ließ gleichzeitig auf hohe Sensibilität und Sinnlichkeit schließen. Kein Wunder, dass Fernandes mit seinen fünfunddreißig Jahren ein Womanizer war, dem Frauenherzen reihenweise zuflogen. Auch Lisa schwärmte insgeheim von ihm …

»Ja. Wir möchten dich um Hilfe bitten, mein Lieber«, gurrte sie. »Ich bereite doch diese Sonderausstellung vor, die im Castelo von Ferragudo stattfinden soll. Wir haben schon mal darüber gesprochen, als du mich in meiner Galerie in Lagos besucht hast. Erinnerst du dich?«

Als Fernandes nickte, fuhr sie fort: »Inzwischen habe ich die Exponate erhalten und muss mir nun Klarheit verschaffen, um was es bei dieser Ausstellung wirklich geht. Schließlich will ich mich nicht von irgendjemand mit viel Geld für etwas Fragwürdiges einspannen lassen. Also: Auf den Fotos stechen sechs Männer hervor. Ich wüsste gern, warum ausgerechnet sie fotografiert wurden. Diana Marques stellt sich dumm und der Fotograf Gautier ebenfalls. Beide behaupten, es sei reiner Zufall. Aber ich kann mich damit nicht zufriedengeben, mein Gefühl sagt mir: Da ist was faul. Schau dir diese Fotos bitte mal an. Vielleicht ist ja einer von den abgebildeten Männern der Polizei bekannt?« Sie legte dem Inspector-chefe die sechs Bilder hin.

Rui Fernandes ließ sich Zeit. Weil er die Gegenwart der ein paar Jahre jüngeren Lisa so genoss? Jedenfalls fühlte er sich in ihrem Beisein immer beschwingt, doch er wusste auch, dass seine Kollegen das schon längst spitzbekommen hatten und ihn nachher wieder hänseln und daran erinnern würden, dass er glücklich verheiratet war und zwei süße kleine Töchter hatte. Deshalb war er sehr bemüht, es sich nicht allzu sehr anmerken zu lassen. Nicht zuletzt auch Pablo zuliebe, den er ebenfalls schätzen gelernt hatte.

Pablo war immer freundlich und zuvorkommend, ein blitzgescheiter, interessierter Gesprächspartner, der sich eher zurücknahm, als sich vorzudrängen. Alle, die ihn kannten, mochten Pablo, diesen liebenswürdigen jungen Mann, der so viel jünger aussah, als er in Wirklichkeit war. Zeitgenossen seiner Art trifft man leider nur noch selten in unserer Ellbogengesellschaft, dachte Fernandes.

Beim vierten Foto stutzte er. Es war das Tavira-Bild. Er legte seinen rechten Zeigefinger auf den Brillenträger und meinte: »Ich weiß nicht, woher ich diesen Mann kenne. Aber ich habe ihn schon mal gesehen. Diese rote exzentrische Brille. So was sieht man bei uns nur selten. Wir sind hier ja nicht in Berlin, London oder Paris.« Er legte das Foto zur Seite und ging die restlichen durch.

Lisa und Pablo blickten sich für einen kurzen Moment vielsagend an. Fernandes schob die Fotos seinen Kollegen zu, die sie nicht weniger gründlich in Augenschein nahmen. Ihnen sagten die Personen allerdings nichts.

Der Inspector-chefe runzelte die Stirn. »Ich erinnere mich beim besten Willen nicht, woher ich dieses Gesicht kenne. Wenn wir einen Anhaltspunkt hätten, wäre das sehr hilfreich. Ob es jemals eine Anzeige oder ein Gerichtsverfahren gegen ihn gab? Oder ob er als Zeuge in einem solchen fungierte? Ohne Namen kommen wir nicht weiter, ohne eine Straftat, einen DNA-Abgleich oder einen Fingerabdruck auch nicht. Tut mir leid.«

»Damit kann ich dienen«, sagte Lisa. »Der Mann heißt Mário Baptista. Wir haben ihn anhand des Fotos ausfindig gemacht. In Tavira. Meine Freundin Moa hatte den Turm erkannt.«

Fernandes schüttelte kaum merklich den Kopf. Er fragte sich, ob es nun wieder losging. Verschaffte Lisa ihm schon wieder einmal zusätzliche Arbeit?

Erinnerungen an die Vorfälle im letzten Sommer stiegen in ihm auf, als Lisa zwei Mordanschlägen entkommen war und den Täter zielstrebig und unerschrocken ermittelt hatte. Bei einer mörderischen Attacke wurden ihre Kopfhaare versengt, ihre lange blonde Haarpracht war von einem Moment zum anderen hinüber gewesen. Inzwischen war viel Zeit vergangen, und ihre neue Kurzhaarfrisur, die eigentlich viel besser zu ihrem Typ passte, wie er fand, betonte ihre fein gezeichneten Züge sehr vorteilhaft.

Seit Lisas kriminalistischer Aufklärungskampagne mit Erfolgsbonus hatte Rui Fernandes großen Respekt vor der jungen Frau aus Berlin, die er als sehr deutsch empfand, obwohl sie eine halbe Portugiesin war. Schließlich war Jorge Guedes ihr Vater, und Jorge war ein Portugiese, wie er portugiesischer nicht hätte sein können. War sie nun etwa wieder dabei, sich in ein neues kriminalistisches Abenteuer zu stürzen? Und ihn, Rui Fernandes, mit hineinzuziehen?

»Hatte der Mann vielleicht etwas mit einem Delikt zu tun?«, fragte Lisa.

»Ganz bestimmt«, sagte Fernandes. »Warum sollte ich mich sonst an ihn erinnern? Privat kenne ich ihn nicht.«

»Welche Delikte kommen am häufigsten vor?«

»Diebstahl, Einbruch, Betrug, Mord, Rufmord, Totschlag.«

»Häusliche Gewalt auch?«, hakte Lisa nach.

»Natürlich. Häusliche Gewalt kommt leider sehr häufig vor, und die Quote ist steigend. Ich bin mir aber nicht sicher, ob die Fälle wirklich zunehmen, oder ob es daran liegt, dass immer mehr Frauen den Mut finden, die Männer anzuzeigen.«

»Ist Mário Baptista aktenkundig?«, fragte Pablo und betrachtete noch einmal den Mann auf dem Foto.

»Kann sein, dass es irgendein Verfahren gegen ihn gegeben hat. Das lässt sich leicht überprüfen. Moment.« Fernandes drehte sich zu seinem Computer um und gab den Namen ein.

Während sie auf ein Ergebnis warteten, sagte Lisa: »Ach, noch etwas, wir haben herausgefunden, dass dieser Mário Baptista vor nicht allzu langer Zeit bei einem mysteriösen Unfall schwer verletzt wurde. Beide Beine mussten amputiert werden.«

»Du lieber Himmel. Und das erwähnst du so nebenbei? Moment, hier kommt schon das Ergebnis der Abfrage. Gegen den Mann liegt nichts vor. *Nada* … Und ein mysteriöser Unfall ist auch nicht verzeichnet. Ich habe leider nicht die geringste Ahnung, woher ich den Mann kenne. Es ist wie verhext.«

»Vielleicht fällt es dir ja noch ein. Vielen Dank jedenfalls für deine Mühen, Rui, und die Zeit, die du uns geschenkt hast. Wir bleiben natürlich dran und suchen weiter.«

»Natürlich.« Rui Fernandes warf seinen Kollegen einen vielsagenden Blick zu und verdrehte die Augen. Er wusste ja, dass Lisa so schnell nicht aufgab – und was das für ihn bedeutete.

***

Am späten Nachmittag saßen Lisa und Moa draußen auf dem gemütlichen Platz vor der Quinta. Lisa zog Fotokopien der Ausstellungsbilder aus ihrer Mappe.

»Die Stadt Tavira hast du auf Anhieb erkannt. Findest du nicht, dass wir eine weitere Lokalität ausfindig machen sollten?«, fragte sie, während sie die Fotos wie ein Kartenspiel aufblätterte.

Statt zu antworten, stand Moa auf und stellte sich hinter Lisa, um die Bilder besser ansehen zu können.

»Was ist mit dem hier?«, fragte Lisa.

Das Foto zeigte eine hügelige, unbesiedelte Landschaft, vermutlich irgendwo im Hinterland der Algarve im Übergang zur Provinz Alentejo. Ein scharf abgebildeter Mann streichelte einen Esel am Kopf. Es war das Foto, das sie bei Dianas Lieferung als Erstes ausgepackt hatte. Am Boden saßen noch ein paar andere Männer. Vesperpause. Eine Fünf-Liter-Flasche Wein ging reihum. Die Männer sahen zufrieden aus.

Das Bild strahlte eine ungeheure Ruhe aus. Millionen Zistrosenbüsche überzogen die Hügel im Hintergrund. Vereinzelte Korkeichen erhoben sich als einsame Gestalten aus diesem struppigen grünen Teppich und betonten das Karge und Verlassene, aber auch das unendlich Friedliche, weil von Menschen nahezu unangetastet, dieser Landschaft.

»Es erinnert mich wegen der Einsamkeit und der Bauern mit dem Esel an die Zeit, als Diktator Salazar herrschte. Er hat Portugal von Europa völlig abgekoppelt«, murmelte Moa vor sich hin. »Es war die Zeit, als Duckmäusertum Hochkonjunktur feierte. Nicht nur in Portugal.«

Sie spielte damit auf die Ära der Staatspolizei PIDE und ähnlicher faschistoider Macht-Organisationen in anderen Ländern an.

»Auf den Kapverdischen Inseln hatte die PIDE sogar eine Art KZ eingerichtet. Dorthin hat man unbequeme Leute abgeschoben oder ganz verschwinden lassen.«

Lisa schielte nach oben und registrierte Moas Verbitterung über die vergangenen politischen Ereignisse.

»Also …«, fuhr Moa fort, »trotzdem müssen wir zurück zu

unseren Fotos. »Dieses hier könnte irgendwo zwischen Aljezur am Atlantik und Alcoutim an der spanischen Grenze entstanden sein. Da ist überhaupt nichts Spezifisches zu erkennen.«

»Gar nichts?«

»Jedenfalls erkenne ich nichts. Diesen Mann in diesem riesigen Gebiet ausfindig machen zu wollen – das ist wie eine Nadel im berühmten Heuhaufen suchen.«

»Das Foto gibt also nichts her. Und das hier?« Lisa tippte auf das nächste Bild. Es zeigte ein paar Leute beim Sammeln von Muscheln während der Ebbe. Einer lachte in die Kamera und machte das Siegeszeichen. »Die nahe Bahnlinie, gleich daneben die Wasserfläche mit den vielen Sandinseln und einem Damm erscheinen recht markant. Kennst du die Gegend?«

»Da hast du recht ...«, bestätigte Moa. »Flache Uferlandschaft, sandige Flächen und hier, diese grünen, sanft ansteigenden Wiesen. Das könnte ein Golfplatz sein.« Sie schlug die flache Hand gegen ihre Stirn. »Natürlich! Das Foto wurde bei der Bahnlinie nach Lagos am Rand der Lagune Ria de Alvor geschossen. Gleich beim Golfplatz ›Palmares‹. Kurz davor führt ein niedriger Damm zum Strand Meia Praia, ein herrlicher Flecken.«

»Wie kommt man da hin?«

»Am Ortseingang von Odiáxere von der N 125 links abbiegen und in Richtung Vale de Lama fahren. Früher war ich häufig dort.«

»War ein Mann der Grund dafür?«, fragte Lisa und schaute erneut nach oben. Diesmal sah sie ein verträumtes Lächeln in Moas Gesicht.

»Auch, ja. Aber hauptsächlich bin ich zum Muschelsammeln hingefahren. Ist immer noch ein guter Tipp. Außerdem schwimme ich unheimlich gern in der Lagune. Als Studentin habe ich in den USA an Schwimmmeisterschaften der Unis teilgenommen und nicht selten gewonnen. Ich verliere nicht gern meine Kondition.«

»Was man dir ansieht.« Lisa musterte ihre Freundin anerkennend von Kopf bis Fuß und lachte schallend, als Moa ihren rechten und sehr muskulösen Bizeps anspannte. »Fahren wir gleich morgen hin?«, fragte Lisa.

Moa verzog ihr Gesicht, als hätte sie in eine Zitrone gebissen. »Ich kann nicht. Tut mir leid. Jorge hat mich gebeten, ihm beim Transport von einigen seiner Gemälde zu helfen.«

»Schade. Aber kein Problem. Ich kenne jemanden, der gern mitkommt.« Lisa klappte ihr Handy auf und betätigte eine Kurzwahltaste. »Pablo?«, sagte sie kurz darauf.

Sie musste ihm nichts erklären, ihn um nichts bitten. Spontan antwortete er bloß: »Sag schon, wie ich helfen soll, und wo und wann …«

»Am besten gleich morgen früh. Hol mich bitte in der Quinta ab.«

***

Pablo und Lisa fuhren am nächsten Morgen, es war Dienstag, der 31. Mai, zum nahen Dorf Casais und bogen auf eine Straße ab, die in zahllosen Kurven durch duftende, silbrig schimmernde Eukalyptuswälder in Richtung Alvor immer bergab durch das Vorgebirge der Serra de Monchique führte.

Beim ältesten Golfhotel der Algarve, dem »Penina Resort«, stießen sie auf die N 125 und bogen rechts nach Lagos, sieben Kilometer weiter dann am Ortseingang von Odiáxere links nach Vale de Lama ab. Das Eckhaus zur N 125 war ein großes Sportcafé, vor dem biertrinkende Männer in der Sonne standen, rauchten und diskutierten, zweifelsfrei über Fußball.

Pablo steuerte seinen Nissan Jeep etwa zwei Kilometer auf einer schmalen Straße in Richtung Meer, bis sie linker Hand die Gleise einer Bahnlinie sahen. Sie verband Lagos mit Faro und nach Umsteigen im Städtchen Tunes auch mit Lissabon, doch tuckerten täglich nur noch wenige Dieselloks mit einem oder zwei angehängten Waggons vorbei. Leider genossen immer weniger Fahrgäste vom Zugfenster aus die Einblicke in Gärten, Hinterhöfe, Schrebergärten und Gewerbegebiete und damit in authentisches Algarve-Leben. Kaum jemand fuhr noch durch

Orangenhaine oder in der Sonne gleißende Salinen, an goldenen Dünen oder blauen Lagunen entlang. Europas schönste Küste zeigte sich von ihren besten Seiten besonders bei einer Fahrt mit der Bahn.

Sie näherten sich einem Übergang, gesichert durch automatische Schranken und Ampellichter, die im Falle eines nahenden Zuges minutenlang gegen das Sonnenlicht anblinkten. Jetzt aber nahte kein Zug. Pablo stellte den Jeep am rechten Wegrand ab.

Sie stiegen aus und schritten, Lisa mit dem Foto hoch erhoben in der Hand, zum Bahnübergang.

»Dahinten rechts, der sanft ansteigende Hügel mit der Ruine. Wir sind richtig, Pablo. Aber die Perspektive stimmt nicht. Wir müssen viel näher zum Hügel. Also zurück ins Auto.«

Sie überquerten die Gleise und fuhren auf einer nicht geteerten Straße an langen Becken für die Aufzucht von Fischen vorbei. Nach etwa einem Kilometer konnten sie, am Ende der Straße angelangt, das Auto abstellen. Links begann ein Damm, der die Lagune Ria de Alvor von einem See abtrennte, und dieser wurde vom Bahndamm begrenzt, hinter dem sich der Golfplatz ausdehnte.

»Hier.« Pablo hatte die Perspektive gefunden, als er den Damm erreichte. Auf der linken Seite stand das etwas verwahrloste Gebäude einer Austernfarm. Der Schienenstrang verlief keine fünfzig Meter daneben in einer leichten Rechtskurve. Dahinter stieg ein Uferhügel sacht an, von einer stattlichen Ruine weithin sichtbar gekrönt. Die Hänge waren durchweg sattgrün – bewässerte Greens des Golfplatzes.

Lisa strahlte, waren sie doch definitiv fündig geworden. »Wir müssen mit Einheimischen sprechen. Vielleicht erkennen sie den Mann auf dem Foto.«

»Hast du am Ortseingang von Odiáxere das Lokal des Sportvereins gesehen? Die vielen Männer? Lass uns dorthin fahren«, schlug Pablo vor.

Diesmal übernahm Lisa das Lenkrad. Wenige Minuten später erreichten sie Odiáxere. Pablo stieg als Erster aus und betrat zielstrebig die Kneipe, ohne auf Lisa zu achten. Er ging einfach davon aus, dass sie ihm wie ein Hündchen folgte. Lisa kannte dieses Verhalten nur zu gut und bemühte sich, es zu tolerieren. Andere Länder, andere Sitten.

An zahlreichen Tischen saßen etwa dreißig seiner Geschlechtsgenossen, karten- oder dominospielend. Pablo und Lisa stellten sich an die Theke. Sie mussten nicht um Aufmerksamkeit bitten. Alle starrten Lisa, die einzige Frau im Raum – außer der Bedienung hinter dem Tresen –, neugierig an.

»Leute …!«, rief Pablo in den Raum und hatte die Ohren aller. »Wir suchen den Mann, der auf diesem Foto beim Muschelsammeln abgebildet ist. Bitte schaut es euch genau an und gebt es dann an euren Tischnachbarn weiter. Vielen Dank.«

Lisa ging hinüber zum ersten Tisch und reichte das Foto den dort sitzenden Männern. Einer nach dem anderen sah es sich an. Gleich der dritte sagte: »António. Klar doch. Das ist António Correia.«

Von den anderen Tischen traten die Männer heran. Einer hielt das Foto so in die Höhe, dass alle es sehen konnten.

»Das ist António, keine Frage. Gott sei seiner Seele gnädig«, bestätigte einer der Männer.

Lisa und Pablo sahen den Mann verständnislos an.

»Er ist von uns gegangen, der gute António. Ist noch gar nicht so lange her.«

»Was ist passiert?«, fragte Pablo.

»Schreckliches. Schlimmer geht's eigentlich gar nicht. Aber Genaues weiß man nicht. Es war ein Unfall, und er war allein. António ging angeln, unten am See, beim Golfplatz. Er muss total besoffen gewesen sein, vermuten wir alle. Er fiel an der Böschung neben der Bahnlinie hin. Wahrscheinlich wurde er ohnmächtig und blieb auf den Gleisen liegen oder daneben, so genau weiß das niemand. Und dann hat ihn ein Zug erwischt. Antónios rechte Schulter und sein Arm wurden abgerissen. Der Zugführer alarmierte den Rettungsdienst.«

»Konnte er gerettet werden?«, fragte Lisa bekümmert.

»Wochenlang haben sie an ihm herumgedoktert. Seine Frau

ist währenddessen mit ihrer Tochter nach Brasilien abgehauen. Das hat António nicht verkraftet. Als er aus dem Krankenhaus kam, hat er kurzen Prozess gemacht und sich umgebracht.«

»Armer Kerl … Und wie hat er sein Leben beendet?«, wollte Pablo wissen.

»Er hat sich an der Unfallstelle vor den Zug geworfen.«

Als Lisa und Pablo wenige Minuten später im Jeep saßen, sprachen sie zunächst kein Wort. Pablo fuhr los und bog auf die N 125 in Richtung Faro ab, blieb aber gleich darauf am Straßenrand stehen, weil Lisa schier explodierte.

»Ich kann's nicht fassen. Schon wieder ein Unfall. Zwei Männer, zwei Unfälle. Beide unter mysteriösen Umständen. Und das soll Zufall sein? In was für eine Horrorgeschichte sind wir denn da hineingeraten?«

Pablo war ebenso bestürzt und völlig ratlos. Gemäß seiner Art musste er das Ganze erst einmal sacken lassen, um dann später ein Fazit ziehen zu können. Er deutete mit dem Kopf wortlos nach rechts, um auch Lisa wieder Boden unter den Füßen zu vermitteln.

Nahe der Straße standen etliche gestutzte Olivenbäume. Viele waren bereits abgestorben, andere trieben zahlreiche kleine Zweige aus und verrieten, dass die Oliven ursprünglich keine Bäume, sondern Sträucher gewesen waren, die von Menschen im Laufe von Jahrtausenden durch ständiges Stutzen und Abschneiden der Seitentriebe dazu gezwungen worden waren, zu Bäumen heranzuwachsen.

In Portugal stehen Olivenbäume, *oliveiras*, die nachweislich über dreitausend Jahre alt sind, älter als alle Religionen dieser Welt. Die meisten Bäume, die Lisa und Pablo hier sahen, trugen auf ihrer geringen Höhe von gerade mal zwei Metern ein Storchennest, und alle Nester waren von je einem Storchenpaar und ihrer Brut besetzt.

Pablo stellte den Motor ab. Fasziniert beobachteten sie die Riesenvögel.

Lisa seufzte. »Die sind anders als wir Menschen. Die bleiben ein ganzes Leben lang zusammen, sagt man.«

»Bei uns Menschen ist es aber oft besser, wenn man sich trennt, findest du nicht? Die Frau von diesem António wird schon ihre Gründe gehabt haben … Falls du darauf anspielen wolltest.«

Lisa nickte. »Aber in den harten Zeiten nach seinem grässlichen Unfall hätte sie zu ihrem Mann stehen und ihm helfen müssen.«

»Vielleicht wollte sie das ja, aber er hat's nicht zugelassen. Wir wissen es nicht. Es ist unglaublich, wie viele schreckliche Schicksale es gibt. Klopf egal bei wem an die Tür, und schon kriegst du eine Schauergeschichte zu hören.«

»›Unter jedem Dach ein Ach‹, so brachte es meine Oma immer auf den Punkt«, erzählte Lisa und lächelte versonnen.

»Ein treffender Spruch«, sagte Pablo. »Ich habe mich gerade gefragt, ob die beiden Unfallopfer etwas gemeinsam haben – außer dass beide von Luc Gautier abgelichtet wurden. Und weißt du was? Das haben sie in der Tat: Beide haben Töchter, sowohl Mário als auch dieser António, wie unsere Recherchen vor Ort ergaben. Diese Frau in Tavira hat uns doch erzählt, dass ihre Tochter eng befreundet war mit der Tochter von Mário Baptista. Und die Tochter von António ist mit ihrer Mutter nach Brasilien verschwunden.«

»Stimmt«, erwiderte Lisa. »Dennoch finde ich, wir sollten uns davor hüten, vorschnell zu verallgemeinern. Warten wir erst mal ab.«

»Sollte es noch einen weiteren ›Arbeitsunfall‹ geben und wieder eine Tochter im Spiel sein, kann ein Zufall wohl ausgeschlossen werden«, gab Pablo zu bedenken und startete den Motor. »Ich werde das Gefühl nicht los, dass wir Dona Diana ganz dringend noch einmal zur Rede stellen sollten.«

»Lass uns also schleunigst eine weitere Lokalität ausfindig machen und das nächste ›Fotomodell‹ unter die Lupe nehmen«, sagte Lisa und steckte die Fotos zurück in die Mappe.

***

Rui Fernandes rief nach zehn Uhr abends an. Im Hintergrund waren ein Fernseher und das Kichern und Kreischen kleiner Mädchen zu hören.

»Bei euch geht's ja hoch her«, sagte Lisa lachend und ahnte bereits, warum Fernandes so spät am Abend noch anrief.

»Das ist bei uns jeden Abend so, wenn die Mädchen ins Bett gehen sollen. Dann drehen sie erst so richtig auf«, erklärte er ihr. »Wenn ich sie so rumtoben sehe, muss ich immer an meine eigene Kindheit denken. Was war das doch für eine schöne, unbeschwerte Zeit. Jeder Tag ein neues Wunder. Aber das geht alles so rasch vorbei. Man wird viel zu schnell erwachsen …«

»Hast du etwas herausgefunden?«, fragte Lisa, überzeugt, dass er nicht nur über sein Privatleben mit ihr plaudern wollte.

»Nein. Leider nicht. Ich habe mir lange den Kopf zerbrochen, woher ich den roten Brillenträger kenne. Aber vergeblich. Ich fürchte, du verrennst dich da ganz unnötig in etwas.«

»Von wegen verrennen, du wirst staunen. Unsere Nachforschungen sind weiter vorangeschritten, mehr verrate ich noch nicht.«

»Kannst du morgen in mein Büro kommen?«, fragte Rui Fernandes.

»Zehn Uhr?«, erwiderte Lisa.

»Okay, *até amanhã*.«

***

Pablo holte Lisa um neun Uhr in der Quinta ab. Pünktlich um zehn Uhr betraten sie das Haus der Kripo in Portimão, nachdem sie in der nahen *pastelaria* eine Tüte knackig frischer *pasteis de nata,* mit Eiercreme gefüllte, sehr leckere süße Teilchen, gekauft hatten. Im Besprechungszimmer duftete es schon nach frisch gebrühtem Kaffee.

Rui Fernandes begrüßte sie herzlich, ebenso seine zwei Kollegen, die dazukamen.

»Die *pasteis* sind für alle. Hier …« Lisa schob die Tüte über den Tisch und riss sie in ganzer Länge auf. Die Männer griffen freudig zu.

Rui Fernandes streute reichlich Zimt über seine *pastel* und biss herzhaft in die weiche Masse. Auffordernd blickte er die Besucher an. »Na, dann lasst mal hören, was ihr herausgefunden habt …«

Lisa schilderte ausführlich, was ihre Recherchen bei Odiáxere ergeben hatten. Den Kriminalisten, die man ungestraft als hartgesotten bezeichnen durfte, blieb der Bissen im Mund stecken, als Pablo ihnen von António Correia, dessen Fall dem von Mário Baptista an Grausamkeit in nichts nachstand, berichtete.

»Diese Unfälle wurden von beiden Betroffenen übrigens als Arbeitsunfälle deklariert, das haben uns die Leute erzählt, und so wurden sie auch den Versicherungen gemeldet. Wahrscheinlich, um in den Genuss einer halbwegs entschädigenden Rente zu gelangen. Dabei sind die Unfälle nicht bei der Arbeit, sondern eindeutig in der Freizeit geschehen«, fügte Lisa hinzu. »An Unfälle kann ich jetzt nicht mehr glauben. Für mich sieht das eher nach gezielten Anschlägen aus.«

»Dagegen spricht aber, dass weder der eine noch der andere Anzeige erstattet hat«, sagte Rui Fernandes' Kollege Paulo da Cunha zweifelnd.

»Vielleicht aus Angst vor dem Täter, vielleicht aus finanziellen Nöten? Was bringt ihnen denn eine Anzeige im Vergleich zu einer lebenslangen Rente?«, hielt Pablo dagegen.

»Im besten Fall Gerechtigkeit – und sonst gar nichts«, ergänzte Lisa. Niemand widersprach ihr.

»Arbeitsunfälle erfordern medizinische Gutachten. Da werden Fotos gemacht, Berichte geschrieben, und all das muss dann den Versicherungen vorgelegt werden, bevor die zahlen«, erklärte Fernandes. »Ich schätze, dass sowohl Mário Baptista als auch António Correia in einer Klinik behandelt und erfasst wurden. Mir oder besser uns sind die Hände gebunden, es liegen ja keine Anzeigen vor, also können wir auch nicht tätig werden. Aber ihr könntet da mal selbst ansetzen und weiterrecherchieren.«

»Die Frau in Tavira sprach von einem Krankenhaus in Faro«, erinnerte sich Lisa.

»Das kann nur das zentrale Distrikt-Krankenhaus sein. Versucht doch euer Glück bei einem guten Bekannten von mir, Chefarzt Dr. Soares, auch wenn es schwierig werden könnte, wegen Datenschutz und so.«

Ein pfiffiges Lächeln huschte über Lisas Gesicht. Mit der ihr eigenen Raffinesse bat sie den Inspector-chefe, den Doktor anzurufen und ihm ihren Besuch anzukündigen. »Komm, lieber Rui, das würde alles so viel einfacher machen. Vielleicht hat der Doktor ja heute Dienst, dann könnten wir sofort hinfahren ...«

Fernandes schüttelte den Kopf, gab sich geschlagen und griff zum Telefon.

Dr. Soares hatte an diesem Tag Dienst, und er würde sich ein paar Minuten Zeit für den Besuch dieser netten jungen Dame nehmen, wie Rui Fernandes seine willensstarke und durchsetzungsfähige Nervensäge bezeichnet hatte. Lisa hatte das sehr wohl vernommen und genoss die kleine Bauchpinselei außerordentlich.

# 8

Er war einer der alten Sorte: der Arzt, ein Gott in Weiß. Der Schlitz im Rücken seines Kittels verwandelte die beiden hängenden Zipfel in Engelsflügel, als er ihnen auf dem langen Flur entgegenwehte. Chefarzt Dr. Soares de Sousa war nicht mehr der Jüngste, aber er war vital und attraktiv, und dem anerkennenden Blick nach zu urteilen, mit dem er Lisa musterte, durchaus noch nicht blind für weibliche Reize.

Umso besser, dachte sie und hoffte, dass es das Gespräch leichter machen würde, wohl wissend, dass sie von diesem Mann Informationen haben wollte, die der Geheimhaltungspflicht unterlagen.

Dr. Soares führte seine Besucher in sein Behandlungszimmer, wo rund um einen Stahlschreibtisch drei Stühle standen, und bat sie, sich hinzusetzen. Lisa erklärte dem Arzt, worum es ging, und legte die Fotografien auf die graue Tischfläche.

»Luc Gautier?« Die Augen des Arztes leuchteten auf. »Über den habe ich schon einiges in der Fachpresse gelesen und auch einige Fotos von ihm in Magazinen gesehen. Großartig, also wirklich. Und von ihm findet eine Ausstellung statt? Hier in der Algarve?«

»Ja. Eine gewisse Diana Marques finanziert diese Ausstellung zu Ehren ihres ermordeten Ehemannes, Dr. Diniz Andrade.«

»Ach. Ich kannte das Ehepaar gut, wir sind uns bei einigen Anlässen begegnet. Doctora Diana war mal meine geschätzte Kollegin. Sie arbeitete hier in der Klinik als Kinderärztin. Der Mord an Diniz hat uns seinerzeit alle erschüttert und unglaublich viel Aufsehen erregt. Ein Rechtsanwalt, auf offener Straße erschossen. So was gibt es in unserem Land doch nicht. Und Sie wollen diese Ausstellung für Diana organisieren. Was führt Sie dann zu mir?«

»Wir brauchen Ihre Hilfe. Dringend«, sagte Lisa.

»Gern – wenn Sie mir sagen, wie ich helfen kann …« Bei diesen Worten nahm Dr. Soares die Fotografien zur Hand und betrachtete sie mit großem Interesse und unverhohlener Freude. Die Aufnahmen schienen ihm außerordentlich gut zu gefallen, und so war es nicht überraschend, als er schließlich feststellte: »Großartig. Wunderbar. Einfach nur wunderbar. Dieser Luc Gautier ist ein Meister, das muss man neidlos anerkennen. Ich fotografiere übrigens auch. Ich habe mich auf Makroaufnahmen von außergewöhnlichen Verletzungen spezialisiert, die ich ab und zu auch an Versicherungen oder Verlage verkaufe.«

»Ach wirklich, das ist ja interessant«, erwiderte Lisa, lenkte das Gespräch aber gleich wieder auf ihr Anliegen. »Ich will ganz offen zu Ihnen sein, Dr. Soares. Wir haben herausgefunden, dass zwei dieser Männer, nachdem sie von Luc Gautier fotografiert worden waren, schwere Unfälle erlitten, angeblich Arbeitsunfälle. Kriminalinspektor Rui Fernandes, der in dieser Sache noch nicht ermitteln kann, weil keine Anzeige vorliegt, hat mir den Rat gegeben, mit Ihnen zu sprechen. Es ist mir bewusst, dass wir uns da in einer Grauzone der Legalität bewegen – aber ich brauche Ihre Hilfe.«

»Natürlich, nur zu. Zwei der Männer hatten also schwere Unfälle?«

»Ja. Wir – also Pablo«, sie deutete auf ihren Freund, der das Gespräch schweigend verfolgte, »meine Freundin Moa und ich – befürchten, dass das gar keine Unfälle waren, sondern Überfälle. Wie auch immer: Diese Männer mussten operiert und versorgt werden, wahrscheinlich hier, in Ihrer Klinik.«

Dr. Soares legte alle sechs Fotos ordentlich auf einen Stapel. »Wissen Sie was? Lassen Sie die Fotos hier. Ich schaue sie mir heute oder morgen Abend genauer an, zu Hause bei einem Gläschen Wein und in aller Ruhe. Jetzt habe ich beim besten Willen keine Zeit. Ich melde mich bei Ihnen.«

»Sie sind ein Goldschatz, Herr Doktor. Wunderbar, dann warten wir also auf Ihren Anruf.« Begeistert drückte Lisa dem Arzt ein Küsschen auf die Wange und zwinkerte Pablo zu.

Gemeinsam verließen sie das Hospital und waren mehr als erleichtert, auf so viel Entgegenkommen gestoßen zu sein.

***

Nach fünf Tagen hatte Lisa noch immer keine Nachricht von Dr. Soares erhalten. Montagmorgen gegen neun Uhr klingelte endlich ihr Handy. Ungeduldig nahm sie den Anruf entgegen.

»Senhora Lisa?«, fragte Dr. Soares am anderen Ende der Leitung.

»*Sim*«, bestätigte Lisa. »Haben Sie etwas gefunden, Herr Doktor?«

»Allerdings«, erwiderte der Arzt. »Kommen Sie in die Klinik, dann werde ich es Ihnen mitteilen. Das geht nicht am Telefon.«

Eine Stunde später saßen Lisa und Pablo wieder im Nissan Jeep. Diesmal lenkte sie den Wagen, allen Kosten zum Trotz, auf die Autobahn, um die gefürchteten Staus auf der N 125 zu umgehen. Moa konnte nicht mitkommen, weil sie Antonieta zu einer Vorsorgeuntersuchung begleitete.

»Wer weiß, welcher Horror hinter diesen Bildern steckt«, unterbrach Pablo die gespannte Stille, während die Landschaft an ihnen vorbeizog. Die Pracht der Natur ließ zu dieser Jahreszeit jeden Menschen sprachlos werden, aber heute nahmen die beiden sie ausnahmsweise nicht wahr. »Wir werden es ja gleich wissen. Mir schwant, dass wir eine Lawine ausgelöst haben«, fügte Pablo hinzu.

»Hoffentlich überrollt sie uns nicht, diese Lawine …«, ergänzte Lisa. Sie sahen sich an. In ihren Blicken zeigte sich viel Sympathie füreinander, aber auch Sorge.

Lisa verließ die Autobahn und steuerte Faros Innenstadt an. Über die Avenida Calouste Gulbenkian gelangten sie zum weitläufigen Komplex des Hospitals, wo sie in der Nähe des zentralen Eingangs einen Parkplatz fanden.

Chefarzt Dr. Soares de Sousa erwartete sie bereits. Er zeigte auf die Stühle neben seinem Metalltisch und fächerte die Fotografien auf. An jede war ein Zettel angeheftet, auf dem er handschriftlich den Namen des abgebildeten Mannes, Geburtsdatum und Wohnort notiert hatte. »Ich hoffe, das hilft. Mehr kann ich Ihnen nicht bieten.«

Mit diesem Resultat hatten sie in ihren kühnsten Träumen nicht gerechnet. »Können Sie uns etwas zu den Männern sagen?« Lisa nahm das erste Foto zur Hand. »Eusébio de Carmo, vierundvierzig, Alcoutim.« Fragend schaute sie den Arzt an.

Der nickte beim Nachschauen in den Krankenblättern auf eine Art, als würde er den Mann noch immer vor sich liegen sehen. »Armer Tropf. Beim Arbeiten in einem Zitronenhain am Rio Guadiana gerieten ihm Zweige mit Dornen ins Gesicht. Diese elend harten Dinger werden über fünf Zentimeter lang. Wir konnten leider nichts mehr für ihn tun. Er verlor ein Auge.«

»War das ein Arbeitsunfall?«, fragte Lisa.

»Der Mann ist Bauer und hat in seiner Zitronenplantage gearbeitet. Also ist es ein Arbeitsunfall, was sonst?«

»Wie scheußlich«, entfuhr es Pablo. »Und den hier … den kennen wir bereits, Mário Baptista aus Tavira. Ihm wurden beide Beine amputiert.«

»So ist es. Er ist Waldarbeiter, sollte angeblich Wegränder reinigen«, sagte Dr. Soares. »Er arbeitete bei der Stadtverwaltung. In manchen Orten tut das ja fast jeder zehnte Einwohner. Anscheinend stürzte er unglücklich und blieb auf einem Waldweg liegen. Hinter einer Biegung. Er wurde überfahren. Sah so aus, als wären seine Beine nicht nur einmal überrollt worden.«

»Und was passierte mit den restlichen Männern?« Lisa nahm die Fotos zur Hand. »Hier. Waldemar de Carvalho, sechsundvierzig, Aljezur.«

»Der Mann ist ehrenamtlicher Vizepräsident des Schützenvereins. Er stolperte und schoss sich dabei aus Versehen ins Kinn. Gott sei Dank nur mit Schrot. Wir mussten Teile seines Kiefers entfernen. Er kann jetzt kaum noch sprechen und nur flüssige Nahrung zu sich nehmen.«

»Oh Gott! Der Nächste ist António Correio, fünfundvierzig, Odiáxere.«

»Er arbeitet in einer Fischzucht. Unerklärlicher Unfall auf

dem Weg zur Arbeit, wurde von einem Zug angefahren. Fast die ganze rechte Schulter wurde weggerissen. Aber er lebt.«

»Leider nicht mehr. Er beging Selbstmord«, klärte Pablo den Arzt auf.

Der blickte kurz auf und schloss die Augen. In diesem Moment dachte Lisa, dass dieser Mann jeden Tag unendlich viel Leid und Not erfahren musste und dennoch kein verbitterter Griesgram geworden war.

»Raul Sá, neununddreißig«, fuhr Dr. Soares fort. »Als Zollbeamter kontrolliert er den Fischfang und die Muschelernte auf der Insel Culatra. Beim Angeln hatte anscheinend ein kapitaler Schwertfisch angebissen, wobei sich die Fischleine flugs um seine rechte Hand wickelte. Der Schwertfisch wollte fliehen, die Leine spannte sich und trennte die Hand wie mit einem Messer ab.«

»Um Gottes willen. Das ist ja eine Schreckensliste!« Lisa war blass geworden. »Und was geschah mit dem vierzigjährigen Carlos Palma aus Albufeira?«

»Er war mit dem Reinigen des Flusslaufs in der Ribeira de Quarteira beauftragt. Die rotierende Motorsäge schlug an einem Stein zurück und traf sein Gesicht. Er taumelte weiter am Weg neben dem Bach entlang, bis ihn Spaziergänger fanden. Die haben sofort den Rettungsdienst alarmiert.«

»Da ist eine Geschichte übler als die andere«, sagte Lisa betroffen. »Wissen Sie, wie es diesen Männern inzwischen geht? Die ›Unfälle‹ haben sich ja alle in einem recht kurzen Zeitraum ereignet, oder?«

»Richtig. Aber Sie stellen zwei Fragen, junge Frau. Meine Antwort zu Punkt eins: Sind unsere Patienten erst einmal aus der Klinik entlassen, haben wir nichts mehr mit ihnen zu tun. Die Nachversorgung übernehmen die *centros de saúde*. Diese staatlichen Gesundheitszentren gibt es in allen größeren Orten. Punkt zwei: Die Unfälle haben sich zwischen Februar und März ereignet, das ist also schon eine ganze Weile her.«

»Ich vermute, dass es keine Unfälle waren, auch keine Arbeitsunfälle. Dahinter steckt meiner Meinung nach ein unbekannter Täter, der das Geschehene zu verantworten hat«, sagte

Lisa. »Es könnten natürlich auch mehrere Täter gewesen sein. Was sagen Sie dazu, Dr. Soares?«

Der Arzt überlegte eine Weile, schloss kurz die Augen. »Ja, das würde Sinn machen. Leider. Zum Beispiel die Geschichte mit dem Zugunglück. Das sieht mir doch ziemlich konstruiert aus. Dass das ein Unfall gewesen sein soll, schien mir damals schon an den Haaren herbeigezogen zu sein. Aber solche Vermutungen reichen nicht aus, die Polizei zu alarmieren.«

Lisa sah dem Arzt direkt in die Augen. »Sie haben uns sehr geholfen, Herr Doktor. Vielen, vielen Dank.«

Sie wollten den Raum schon verlassen, als Dr. Soares sie mit einem Wink aufhielt. »Da fällt mir gerade was ein. Jetzt im Nachhinein, da wir ziemlich überzeugt sind, dass diese Unfälle wohl eher Attentate gewesen sind, erinnere ich mich wieder daran. Die Opfer, die ich behandelte, hatten ein Zeichen auf der Stirn. Ein Zeichen aus Blut. Auch einem jungen Kollegen, der andere dieser Opfer versorgte, ist das aufgefallen.«

»Was für ein Zeichen denn?«, fragte Lisa alarmiert.

»Es sah aus wie ein Haken, wie man ihn macht, wenn man etwas auf einer Liste abhakt.«

»Das ist ja ein Ding! Das ist doch der Beweis dafür, dass ein unbekannter Täter seine Hand im Spiel hatte! Hat Sie das denn nicht stutzig gemacht, Herr Doktor?« wollte Pablo wissen.

»Damals nicht. Und die Opfer wurden ja, wie Sie wissen, nicht alle auf einmal eingeliefert. In der Hektik des Hospital-Betriebs ging das einfach unter. Niemand hatte die Zeit, dem nachzugehen.«

***

Lisa und Pablo verließen sichtlich betroffen das Hospital. Schweigend gingen sie zu dem geparkten Nissan Jeep.

»Kennst du die Altstadt von Faro?«, fragte Pablo unvermittelt, während er die Wagentür für Lisa öffnete.

»Kaum. Von Faro kenne ich wie die meisten eigentlich nur den Airport«, sagte Lisa.

»Schade. Die Innenstadt ist nämlich sehr schön, ich mag sie. In der Altstadt findest du Bauwerke vom 10. bis 18. Jahrhundert, echte historische Juwelen auf engstem Raum. Willst du sie sehen, wenn wir schon mal hier sind? Dazu brauchen wir kein Auto. Wir lassen den Jeep hier stehen.«

»Gern. Mir ist sowieso eher nach Laufen zumute«, erwiderte Lisa. »Bei einem Spaziergang können wir diese Horrorgeschichten besser verdauen.«

»Als angehende Einheimische musst du wissen, dass erst mit der Rückeroberung Faros die Christen die Fremdherrschaft der Mauren in der Algarve endgültig brechen konnten. Das war im Jahre 1249. An einem der Stadttore gibt es zwei große Tafeln aus handbemalten Kacheln, die dieses Ereignis bebildern. Wir werden sie gleich sehen.« Pablo betätigte sich liebend gern als Stadtführer und ließ auch diese Gelegenheit nicht ungenutzt verstreichen.

Sie schlenderten in südlicher Richtung zunächst an einem großen Friedhof und dann an riesigen Wohnblocks vorbei, bis sie nach wenigen hundert Metern in die Innenstadt gelangten, wo ein Geschäft neben dem anderen florierte, wo Leute in zahllosen Cafés saßen und sich eifrig unterhielten. Trotz des Trubels war die portugiesische Gelassenheit deutlich spürbar, was sich vor allem in einem ausdrückte: in der Abwesenheit von Hektik.

»Siehst du die Boote da vorn in dem Hafenbecken, und daneben den kleinen Stadtgarten? ›Jardim Manuel Bivar‹ heißt er. Gleich daneben beginnt die *cidade velha*, die Altstadt.«

Nach wenigen Minuten standen sie am Hafenbecken, in dem zahlreiche bunte Boote an den Stegen oder an Bojen vertäut lagen. Die Südflanke wurde von einem Schienenstrang auf niedrigen Brückenpfeilern bestimmt, wo soeben ein Zug im Schritttempo vorbeirollte. Ein lautes Warnsignal ertönte, weil einige Leute geruhsam auf den Schienen gingen und nur zögerlich Platz machten. Der Lokführer musste warten. Vielleicht tat er es sogar ganz gern, denn die Aussicht von den Gleisen auf die glitzernde Ria Formosa, die sich direkt vor Faro ausbreitete, war wunderbar.

»Schau mal.« Lisa zeigte zu einem üppig verzierten barocken Stadttor mit turmähnlichem Aufsatz, bekrönt von einem riesigen Nest, in dem zwei Störche schnäbelten und dabei heftig klapperten.

»Diese Vögel haben es dir angetan, stimmt's?«, stellte Pablo fest und dachte an die Störche, die sie bei Odiáxere gesehen hatten.

»Ja, ich mag sie richtig gern. Wie die meisten, vermute ich mal. Störche bringen ja auch die Babys, jedenfalls in Deutschland. In Portugal auch?«

»Ja. Schon lustig, was? Hier legen die Kinder abends Zuckerwürfel aufs Fensterbrett, wenn sie sich ein Geschwisterchen wünschen. Und dann kommt ein Storch geflogen mit einer Windel im Schnabel, und darin liegt der gewünschte neue Erdenbürger als Gegengabe. Diese Fabel soll übrigens fast in der ganzen Welt von einer Generation an die andere weitergegeben werden«, stellte Pablo schmunzelnd klar. »Der Storch, ein völkerverbindendes Element.«

»Was du alles weißt. *Chapeau.*« Lisa knuffte Pablo liebevoll in die Seite. »Gelangen wir durch dieses Stadttor in die *cidade velha*?«

»Ja, meine Liebe, und auf der gegenüberliegenden Seite liegt das Stadttor mit den besagten Azulejo-Bildern. Unterwegs sehen wir fast die ganze Altstadt – sie hat einen Durchmesser von gerade mal drei- oder vierhundert Metern.«

Sie durchquerten händchenhaltend das Tor und steuerten das prunkvolle alte Rathaus an. Lisa zeigte zu der üppig verzierten Fassade. »Neoklassik?«, fragte sie etwas unsicher.

»Bingo. Bist 'ne gute Schülerin.«

Zusammen mit einem lang gestreckten Bischofspalast aus dem 18. Jahrhundert bildete das Rathaus die nördliche Stirnseite eines weiten Platzes, der sich vor ihnen auftat. Orangenbäume säumten ihn. In seiner Mitte ragte die Kathedrale Sé auf. Ursprünglich hatte der stattliche Bau als Moschee gedient. Nach der Eroberung von Faro beließen die Christen fast alles beim Alten, errichteten aber einen Altar, auf dem ihr Gott thronte, zusammen mit einem ans Kreuz genagelten Gottessohn. Im

Laufe der Zeit kamen dann immer mehr Veränderungen und Erweiterungen hinzu. Zahlreiche Kennzeichen der maurischen Architektur blieben glücklicherweise unangetastet, wie zum Beispiel die Kapitelle an vielen Säulen.

Pablo machte Lisa darauf aufmerksam und stellte fest, dass es nach der Machtübernahme im 13. Jahrhundert zwar schreckliche Gemetzel in den allerletzten Kriegstagen gegeben hatte, anschließend aber ein für Portugal typischer Zustand der Toleranz wieder eingekehrt war. Christen, Juden und Muslime lebten friedlich nebeneinander. Bis Portugals König Manuel die verheerende, an Brutalität und Heuchelei kaum zu übertreffende Inquisition der römisch-katholischen Kirche zuließ. Das löste umgehend die Flucht der meisten Andersgläubigen aus. Führende Köpfe im Handel, in den wenigen Universitäten und in der Verwaltung verließen fluchtartig das Land. Das hatte zur Folge, dass das soeben unermesslich reich werdende Land die Erfolge seiner maritimen Entdeckungen nicht so auswerten konnte, wie es vorher möglich gewesen wäre – es fehlten die geeigneten Köpfe.

»Der Exodus an Intelligenz und Bildung hat Portugal seine Vormachtstellung gekostet«, erklärte Pablo und schloss seinen Vortrag mit den Worten: »Daran sieht man wieder einmal, dass fanatische Religionsausübung das größte Übel der Menschheit ist.«

»Uff«, gab Lisa von sich, »mach mal halblang, mir brummt schon der Schädel.«

»Verzeih, aber wenn du Portugal kennenlernen willst, dann musst du solche Sachen einfach wissen. Ohne die Vergangenheit ist die Gegenwart nicht verständlich.«

»Du sagst es. Das holt mich zurück in unsere Gegenwart, nämlich zu den armen Männern. In deren Vergangenheit muss auch etwas liegen, das ihre düstere Gegenwart und ihre nicht weniger düstere Zukunft erklärt. Findest du nicht? Sie alle standen auf einer Liste und wurden nacheinander abgehakt. Die Frage ist: Von wem und warum?«

Pablo zuckte mit den Achseln und schaute ratlos drein.

Keine hundert Meter von der Kathedrale entfernt, erreichten sie den Konvent des Klarissenordens, der heute als historisches Museum dient. Sein auffälligstes Merkmal, ein weiß getünchter hölzerner Turmaufsatz, erregte dann doch wieder Lisas Interesse, denn hier, so erklärte Pablo ihr feixend, hatten einst die Nonnen »innere Einkehr« gesucht. Durch Sehschlitze, die in den Bretterwänden ausgespart waren, beobachteten sie das laute, bunte Treiben draußen auf der Straße, an dem sie auf diese Art ein wenig teilnehmen konnten. Vielleicht war dieser Ort der inneren Einkehr bei den frommen Frauen deshalb so beliebt gewesen.

Nur wenige Schritte weiter gelangten sie zum nördlichen Stadttor, wo sie die berühmten Azulejo-Bilder der Machtübergabe der Mauren an die *algarvios* vorfanden.

»Männerkram«, meinte Lisa, die der Glorifizierung des Sieges über die Mauren nicht viel abgewinnen konnte. »Komm, lass uns heimfahren. Ich kann mich im Moment kaum auf etwas anderes konzentrieren als auf diese tragischen Fälle. Wer kann nur so grausam vorgehen und warum? Verfolgte derjenige etwa einen privaten Rachefeldzug?«

***

Auf dem Rückweg fuhr Pablo den Jeep, während Lisa mit Moa telefonierte. »Wie war Antonietas Vorsorgeuntersuchung?«, wollte sie als Erstes wissen.

»Ein Drama. Wusstest du, dass Antonieta noch nie bei einem Arzt gewesen ist und bis heute noch nie ein Krankenhaus von innen gesehen hat?«

»Verrückt. Sie scheint aber doch kerngesund zu sein.«

»Ist sie ja auch. Sie behauptet, das läge daran, dass sie Ärzten aus dem Weg gehe. Aber sie hat die Untersuchung nach anfänglichem Meutern dann doch brav über sich ergehen lassen. Alles ist in bester Ordnung. Wie läuft es bei euch?«

»Wir kommen voran, eigentlich besser als erwartet. Es gibt viel zu erzählen. Mach dich auf einiges gefasst, Moa. Bis dann.«

Pablo und Lisa erreichten das Städtchen Almansil, das Zentrum für die vielleicht satteste Ansammlung von exklusiven Resorts in Europa, »The Golden Triangle«, ausgespannt zwischen Almansil, Vale do Lobo und Quinta do Lago.

Lisa steckte ihr Handy weg und zeigte zu einem Café am Straßenrand. Sie stellten den Nissan ganz in der Nähe ab, setzten sich vor dem Café unter einen Sonnenschirm und schauten den Leuten in diesem betriebsamen Ort zu. Sie schwiegen eine Weile. Bis Pablo den überraschenden Vorschlag machte, zurück nach Tavira zu fahren, um diesmal mit Mário Baptista selbst über seinen Unfall zu reden, aber davor noch bei seinen Zechkumpanen ein paar Erkundigungen über ihn einzuholen. Lisa war sofort einverstanden.

Kurz darauf verließen sie das Café, stiegen ins Auto und durchquerten erneut Faro auf dem Weg nach Tavira. Unterwegs rief Lisa noch einmal Moa an.

»Süße, schon wieder ich. Ich habe noch eine Riesenbitte an dich. Kannst du etwas herausfinden über einen Waldemar de Carvalho, dreiundvierzig Jahre alt und in Aljezur lebend?«

»Warte kurz, ich notiere. Wie heißt der Mann? Okay. Waldemar de Carvalho. Wann braucht ihr die Infos?«

»Gestern.«

»Geht klar, das mit ›gestern‹ hast du dir aber gut gemerkt. Die talentierte Miss Holmes bricht in fünf Minuten nach Aljezur auf.«

***

Pablo parkte im Burgdorf. Schnurstracks näherten sie sich der Taverne beim Uhrentum, wo sie wieder dieselbe Männergruppe antrafen, biertrinkend und kartenspielend, den Feierabend genießend wie alle Tage. Sie gingen auf die Gruppe zu.

Die Männer blickten erstaunt auf, blieben aber gelassen. »*Olá*«, sagte einer und setzte die Bierflasche ab. »Und? Haben Sie Mário gefunden?«

»*Olá*«, sagte Lisa und lachte ihn an. »Ja, danke nochmals für Ihre Hilfe. Wir arbeiten übrigens für einen Wohltätigkeitsverband. Wir unterstützen Menschen wie Mário Baptista. Wir wollen herausfinden, ob er unsere Unterstützung auch verdient. Welchen Ruf genießt er denn so? Ist er allseits beliebt?«

Heute waren die Männer redseliger, weil das Bier ihre Skepsis gegenüber den Fremden schon ertränkt hatte.

»Der Mann ist ganz in Ordnung, wenn Sie mich fragen«, sagte einer und wog seinen Glatzkopf hin und her, als wollte er sein eigenes Urteil prüfen. Als Lisa nicht nachhakte, ergänzte er: »Freilich gab es da mal dicke Probleme in der Familie. Ist aber schon länger her.«

»Aha. Und worum ging es dabei?«, wollte Pablo wissen.

Die Männer schauten sich untereinander an. Zwei zogen die Schultern hoch, als wüssten sie von nichts. Der offenbar jüngste der Gruppe meinte ausweichend: »Halt die üblichen Zankereien in einer Familie, wenn das Geld knapp wird …«

Der Mann neben ihm hob seine rechte Hand, als wäre er in einem Klassenzimmer. »Seine eigene Tochter hat ihn angezeigt. Stellen Sie sich das mal vor: die eigene Tochter. Heutzutage gibt es keine Dankbarkeit mehr, keinen Respekt. Früher war das anders, glauben Sie mir. Früher herrschten Ordnung und Disziplin.«

»Und eine Diktatur«, warf Pablo ein, schenkte allen sein liebenswürdigstes Lächeln, um Wogen der Unmut gar nicht erst aufkommen zu lassen, und bohrte weiter: »Warum hat sie ihren Vater denn angezeigt?«

»Er soll sich an ihr vergangen haben. Das hat die Göre jedenfalls behauptet. Dabei ist ein bisschen Zärtlichkeit zwischen Vater und Tochter doch nur natürlich oder nicht?«

»Es soll eben mehr als das gewesen sein«, mischte sich der Jüngste wieder ein. »Es ging wohl um Vergewaltigung und um eine Anzeige.«

»Aber aus der Anzeige ist Gott sei Dank nichts geworden«, meinte sein Tischnachbar. »Seine Tochter habe ihn verführen wollen, sagte Mário vor Gericht aus, er habe sie natürlich sofort abgewiesen. Daraufhin hat ihn der Richter freigesprochen. Das Verfahren gegen Mário wurde eingestellt.«

»Eigentlich hätte ja dieses Früchtchen in den Bau gehört«, empörte sich ein anderer. »Stattdessen studiert sie jetzt in Lissabon. Dieses Luder wird mal mehr Geld verdienen als wir alle zusammen.«

»Wir leben heutzutage halt in einer Scheiß-Gesellschaft, sag ich doch.«

Lisa und Pablo blickten sich an. Sie hatten genug gehört, bedankten sich höflich bei den Männern und machten sich auf den Weg zu Mário Baptistas Wohnung. Sie ärgerten sich, dass sie nicht gleich bei ihrem ersten Besuch versucht hatten, mit ihm zu sprechen.

Sie mussten etwa einen Kilometer weit gehen, bis sie sein Wohnviertel erreichten. Trotz der offenkundigen Hässlichkeit der großen Häuser in Bahnhofsnähe aus den 1980er Jahren herrschte in diesem Ortsteil eine fast dörfliche Atmosphäre, in Portugal keine Überraschung.

Der Lift war defekt, wie ein Schild anzeigte, also mussten sie zu Fuß in den dritten Stock hinaufsteigen. Pablo klopfte an die Tür.

Jemand schlurfte näher, die Tür wurde entriegelt, eine Frau stand im Türrahmen. Ihr Ausdruck verriet Kummer und Sorgen. Und Resignation. Aus dem Wohnungsinneren wehte ihnen ein übler Geruch von Kohl und Knoblauch, vermischt mit Zigarettenrauch, entgegen.

Von weit hinten tönte es: »Maria, wer ist's?«

Maria musterte die Fremden und fegte sie dann barsch an: »Wir spenden nichts, auch nicht an Hungernde oder Obdachlose. Wir kommen selbst kaum über die Runden.«

»Keine Sorge, deshalb kommen wir nicht«, beruhigte Pablo die Frau. »Wir möchten gern mit Ihrem Mann sprechen. Es geht um seinen Unfall.«

Die Frau blickte auf. In ihren Augen zeigten sich auf einmal Interesse und Neugier. »Das wird ja auch mal Zeit. Niemand kümmert sich um uns. Warten Sie hier, ich lasse grundsätzlich keine Fremden rein. Moment.« Sie schlurfte davon.

Kurz darauf kam sie zurück und schob einen Rollstuhl vor

sich her, in dem Mário Baptista saß. Seine Beinstümpfe ragten aus seinem Torso nach vorn, als zielten sie auf die Besucher.

»Guten Tag, Senhor Baptista«, begrüßte ihn Lisa. »Wir möchten mit Ihnen über Ihren furchtbaren Unfall sprechen …«

»Sind Sie von der Caritas?«

»Nicht ganz. Wir wollen herausfinden, was damals …«

»Schneller ging's wohl nicht, he?«, fiel Mário Baptista ihr aufgebracht ins Wort. »Sie wollen wissen, wie es mir geht? Scheiße geht es mir. Wie soll's einem Krüppel denn sonst gehen? Ich kann mich immer noch nicht an mein Rollstuhldasein gewöhnen, werde es wohl nie können. Kriege ich wenigstens bald eine ordentliche Zahlung?«

»Wie gesagt, wir möchten mit Ihnen über die Unfallursachen sprechen.«

»Maria, hol in Filipes Laden eine Packung Tabak, geh schon!«, fuhr er seine Frau an.

Maria schlurfte in die Küche. Man konnte hören, wie sie Münzen sortierte und einsteckte, dann drückte sie sich an ihnen vorbei durch die Wohnungstür.

»Kommen Sie rein«, forderte der Mann die ungebetenen Gäste auf und rollte dabei seinen Stuhl rückwärts, damit sie in den Flur treten konnten. »Schließen Sie die Tür. Danke. Ursachen, sagen Sie? Welche Ursachen denn? Ein Vollidiot hat mich überfahren und dann liegen lassen, das ist alles. Basta.«

»Sie lagen angeblich ohnmächtig auf einem Waldweg, als es passierte? Warum wurden Sie ohnmächtig?«, fragte Pablo.

»Kreislauf? Hitze? Was weiß ich …«

»Was können Sie uns über den Wagen und den Fahrer erzählen?«

»Gar nichts. Ich war doch ohnmächtig. Schon vergessen?«

»Okay, lassen wir das. Uns interessiert noch ein anderer Punkt …«, sagte Pablo. »Warum haben Sie den Unfallflüchtigen, der Sie überfahren hat, nicht angezeigt?«

Als Mário Baptista schwieg, fuhr Lisa fort: »Wollen Sie denn nicht, dass der Mensch, der Ihnen das angetan hat, zur Rechenschaft gezogen wird? Warum verzichten Sie auf eine hohe

Summe, die Ihnen und Ihrer Frau das Leben so viel angenehmer machen würde?«

»Das kann ich Ihnen sagen, Verehrteste. Kein Geld. Anwälte kosten nun mal verdammt viel Geld. Außerdem ist das Arschloch spurlos verschwunden, keine Reifenspuren, keine Indizien. Mit anderen Worten: gar keine Chance, den Schuldigen zu finden.«

»Vielleicht doch. Wenn Sie ihn anzeigen und genauere Angaben machen, hat die Polizei sehr wohl eine Chance, ihn zu finden. Dann müsste er alle Kosten tragen, nicht Sie.«

»Sie sind nicht von hier, stimmt's? In Portugal herrschen andere Regeln. Hier muss man alles vorfinanzieren. Hier müssen Sie vorneweg ein paar tausend Euro auf den Tisch legen, sonst nimmt ein Anwalt den Fall gar nicht erst an. Es ist in Portugal immer noch wie im Mittelalter: Recht bekommt, wer es sich leisten kann.«

Lisa ging vor dem Rollstuhl in die Hocke und blickte den Mann eindringlich an. »Klingt einleuchtend. Dennoch, Sie verschweigen uns etwas, Senhor Baptista. Sie verschweigen uns den wahren Grund, warum Sie keine Anzeige erstattet haben. Sie haben Angst, stimmt's? Sie haben entsetzliche Angst vor dem Menschen, der Sie so zugerichtet hat. Habe ich recht?«

»Sind Sie übergeschnappt?« Mário Baptista drückte seine Arme durch, als wollte er aufspringen vor Wut.

Lisa war nicht mehr zu halten. »Ich kann Ihre Angst sehr gut verstehen. Dieser Unmensch hat nicht nur Sie auf dem Gewissen, auch anderen hat er ebenso Schreckliches angetan. Und er läuft immer noch frei herum. Er muss unbedingt dingfest gemacht werden, und deshalb müssen Sie ihn anzeigen.«

»Ich muss gar nichts«, brachte Mário Baptista mit belegter Stimme mühsam hervor. Das soeben Gehörte war zweifellos neu für ihn und ließ ihn sichtlich um Fassung ringen. »Gehn Sie jetzt!«, brüllte er schließlich mit sich überschlagender Stimme. »Und lassen Sie sich hier nie wieder blicken!«

Lisa schnellte aus der Hocke hoch, riss die Tür auf und eilte zur Treppe. Pablo folgte ihr auf dem Fuße. Unten im Treppenhaus sahen sie noch, wie Maria an der Tür des Liftes rüttelte, als könne sie nicht lesen.

Als sie endlich draußen vor dem Haus standen, raufte sich Lisa die Haare. »So ein blöder Auftritt von mir. Bin ich total übergeschnappt? Anstatt ihn behutsam zum Reden zu bringen, habe ich ihm seine Angst auf den Kopf zugesagt.«

»Weil er uns belogen hat und uns weiterhin belogen hätte. So wie er seine Frau und die Kinder belügt, einfach alle – auch den Richter, der ihn freigesprochen hat«, versuchte Pablo sie zu trösten. »War schon recht so, gräm dich nicht. Er hat tatsächlich Angst. Höllenangst.«

»Ja, das glaube ich auch«, erwiderte Lisa. »Dieser Unmensch hat ihm mit Sicherheit noch Schlimmeres angedroht, wenn er reden sollte. Also ist von ihm nichts zu erwarten. Aber wir geben nicht auf.«

»Auf keinen Fall«, bekräftigte Pablo.

Als sie schon ein ganzes Stück entfernt waren, fing Lisa an, ihre Gedanken laut zu sortieren: »Mário Baptista hat also seine Tochter missbraucht. Er ist ein Vergewaltiger. Leider ist das ganz und gar nicht ungewöhnlich. Ungewöhnlich ist, dass die Tochter ihn angezeigt hat. Hut ab. Aber ihr Mut wird nicht belohnt, stattdessen unterstellt man ihr, sie habe ihren Vater verführt. Ist das nicht zum Kotzen? Wo leben wir denn? Halten alle Männer zusammen, wenn es darum geht, Frauen zu diskriminieren? Wenn es darum geht, ihre Schandtaten zu vertuschen, um ihre fragwürdige Ehre zu retten?«

»Nicht alle Richter sind so. Gott sei Dank. Was fangen wir jetzt mit dieser neuen Information an?«

»Eigentlich sollten wir die Polizei einschalten, wenn das nicht längst zu spät ist. Außerdem müsste dann die Tochter selbst aktiv werden, nicht wir. Aber wir müssen gleich morgen mit Rui Fernandes reden, der wird schon wissen, welche Schritte einzuleiten sind.«

»Dann lass uns jetzt zur Ilha de Tavira fahren – sind ja nur fünf Minuten bis dahin. An diesem schönen Fleckchen Erde können wir in aller Ruhe nachdenken.«

Mit der kleinen blauen Fähre fuhren sie von der Anlegestelle »Quatro Águas« hinüber zur Ilha. Am Strand schlenderten sie an der Schnörkellinie entlang, die von den auslaufenden Wellen gezogen wurde. Bei Flut wird jede Linie von der nächsten Welle überrollt und ausgelöscht. Zuverlässig ticken Ebbe und Flut im immer gleichen Rhythmus, in dem der Ozean sein rauschendes Lied von der Abhängigkeit von noch Gewaltigerem singt. Sie ticken im Rhythmus der Zeitlosigkeit. Der Ewigkeit. Lisa liebte das und sagte es. Pablo verlor über derartige Phänomene kein Wort. Aber er liebte sie nicht weniger.

Schon eine ganze Weile hatten sie nicht mehr gesprochen. Jeder war für sich in seine Gedanken versunken. Plötzlich blieb Lisa stehen. »Also, Pablo, wie weit sind wir jetzt? Wir sind uns wohl einig, dass es ein unbekannter Gewalttäter war, der den sechs Männern das angetan hat. Sie standen auf seiner Liste, und die hat er nach und nach abgehakt. Beweis: der Haken aus Blut auf der Stirn der Opfer. Er hat diese Männer aus dem Verkehr gezogen, hat voller Hass ihr Leben zerstört. Warum? Was haben sie ihm getan? Zwei der Opfer sind Väter von Töchtern. Einer hat seine Tochter missbraucht. Das wäre immerhin ein Ansatzpunkt. Aber hat das eine mit dem anderen zu tun? Was meinst du?«

»Langsam, Lisa. Wir haben bisher nur eine Vergewaltigung. Wir können nicht von diesem Fall auf alle schließen. Außerdem sprichst du wie selbstverständlich von einem Gewalttäter, dabei steht gar nicht fest, dass es ein einzelner Mann gewesen ist. Es könnte doch genauso gut eine Frau oder ein Duo gewesen sein, sogar eine Gruppe wäre möglich.«

»Klar«, meinte Lisa. »Ich spreche nur der Einfachheit halber von einem *Täter*, oder von *ihm*.«

»Ok, dann sind wir uns ja einig. Jetzt müssen wir schleunigst herausfinden, ob es unter Lucs Fotomodellen noch mehr Vergewaltiger gibt, noch mehr Töchter … Ich bin gespannt, was uns Moa über den Mann aus Aljezur berichten wird.«

Als wäre dieser Satz bis zu Moa durchgedrungen, rief sie kurz darauf an. Lisa stellte ihr Handy auf Lautsprecher.

»Hört zu: Waldemar de Carvalho erinnert sich kaum an den Unfallhergang«, sagte Moa aufgeregt. »Er redet völlig wirres Zeug, ist kaum zu verstehen. Ich bin nur fünf Minuten bei ihm und seiner Frau geblieben, die Arme leidet ganz offensichtlich unter Adipositas, das heißt, sie stopft Unmengen in sich hinein. Danach habe ich mich in Aljezur umgehört. Das hat viel mehr gebracht.«

»Lass hören«, sagte Lisa ungeduldig.

»Der Unfall war seinerzeit natürlich Thema Nummer eins. Aber haltet euch fest, da ist noch etwas: Seine Frau hat ihn einmal angezeigt. Wegen unsittlicher Handlungen an der eigenen Tochter. Er konnte jedoch nachweisen, dass seine Frau hochgradig eifersüchtig war und öfter solche Wahnideen entwickelte. Das Verfahren gegen ihn wurde eingestellt. Die Leute haben seinerzeit viel darüber geredet und tun es immer noch gern, wie mir scheint. Die Sympathien liegen ausnahmslos bei ihm.«

»Moa, du bist eine Wucht! Mehr später auf der Quinta. Wie schon gesagt, du wirst Augen machen. Schätze, dass wir in einer Stunde da sind. Bis dahin, Küsschen.«

»Ich kann's kaum erwarten. Bis gleich.«

Als sie endlich in der Quinta eintrafen, saßen Moa, Jorge und Antonieta schon beim Abendbrot. Lisa und Pablo setzten sich dazu, bedienten sich an den Köstlichkeiten, die Antonieta vorbereitet hatte, und berichteten den anderen, was sie herausgefunden hatten. Die Bestürzung war allen ins Gesicht geschrieben.

Lisa beschloss, gleich am nächsten Morgen Cristina, Mário Baptistas Tochter, in Lissabon aufzusuchen. Vielleicht war die, im Gegensatz zu ihrem Vater, zum Sprechen zu bringen, was ihren Missbrauch und den Unfall des Vaters anging.

Die anderen fanden ihre Idee gut und hatten volles Verständnis, als sie sich bald erhob und müde ihr Zimmer aufsuchte.

# 9

Kurz nach Sonnenaufgang stand Lisa auf. Antonieta hatte bereits ein mächtiges Frühstück vorbereitet, einen Riesenpott Kaffee außerdem. Lisa setzte sich mit einer Tasse auf die lange Steinbank draußen auf der Küchenterrasse und ließ ihr Gesicht von den ersten Sonnenstrahlen streicheln.

Langsam kam sie zu sich, ihre Lebensgeister erwachten, und ihr wurde klar, dass Diana sie mit ihrer Sonderausstellung in eine fatale Lage gebracht hatte. Am liebsten hätte sie der Dame und ihrem Künstler die Ausrichtung der Ausstellung verweigert. Ihr gegenüber zu behaupten, alles sei reiner Zufall, fand sie schlichtweg dreist und unverschämt. Sie fühlte sich belogen, betrogen und für dumm verkauft. Allein das war schon Grund genug, auszusteigen, abgesehen von dem ganzen Schlamassel, in den sie noch hineingeraten konnte.

Wie gern hätte sie Diana Marques, die sie eindeutig für ihre Belange missbrauchte, die fünftausend Euro vor die Füße geschmissen. Sie sah schon eine filmreife Szene vor ihrem geistigen Auge und gefiel sich in ihrer Rolle ausgezeichnet.

Doch abgesehen davon, dass das Geld längst auf einen kläglichen Rest zusammengeschmolzen war, denn offene Rechnungen mussten dringend beglichen werden, reizte es sie ungemein, diesen neuen Kriminalfall aufzuklären. Und dazu musste sie einen kühlen Kopf bewahren und ihre Wut im Zaum halten. Trotzdem stieg ihr die Zornesröte ins Gesicht.

Lisa konnte nun nicht mehr länger sitzen, sie raffte schnell ihre Siebensachen zusammen und ging damit die paar Schritte hinüber zu ihrem Motorrad, das sie schon gestern Abend dort abgestellt hatte. Mit wilder Entschlossenheit kickte sie die BMW Enduro an.

Da trat Moa aus der Küche auf die Terrasse. »Fahr vorsichtig, *sister.* Lass deine berechtigte Wut nicht an den anderen Verkehrsteilnehmern oder an dir selbst aus«, sagte sie.

Zunächst fuhr Lisa hinab zur Westküste – den in der Morgensonne glänzenden Atlantik immer vor Augen. Ab Aljezur ging es in Richtung Norden. Vor Vila Nova de Milfontes blieb sie auf der Brücke über die Bilderbuch-Mündung des Rio Mira stehen und nahm die friedliche Schönheit des Duetts aus Küstenstrich mit Dünen und Buchten und dem alles umspülenden Ozean wahr, trank im hübschen Städtchen Milfontes einen Espresso gleich neben der geradezu niedlichen, von einem Wassergraben geschützten Burg, passierte die Stadt Sines mit ihren Raffinerien und gelangte bald zu einer über acht Kilometer langen Sandbank, die bis zum Touristenresort von Tróia reichte. Langsam rollte sie dahin, sah linker Hand den Atlantik und rechter Hand das riesig große Mündungsbecken des Rio Sado wie eine Folie in der Sonne glänzen.

Mit der Fähre erreichte sie von Tróia aus die Stadt Setúbal, gelegen zu Füßen des Küstengebirges Serra da Arrábida, das sich wie ein gigantischer Walrücken aus dem Meer zu recken schien. Nur fünfzehn Kilometer weiter nördlich wurde sie von den Ausläufern der Metropole Lissabon begrüßt, von einem Gemenge aus zahllosen Betonbauten, die mit zig Etagen, Höhe und Hässlichkeit dem Atlantikwind trotzten.

Dann wandelte sich das Bild. Sie überquerte die Ponte 25 de Abril, eine Kopie der Golden Gate Bridge, und blickte aus Fernsehturmhöhe auf den Rio Tejo und die Kulisse des alten Lissabon herab – ein Bild wie aus einem Sommertraum.

Hätte sie Zeit gehabt, wäre sie nur zu gern mit dem Lift zur Aussichtsterrasse der über achtundzwanzig Meter hohen Christusstatue hochgefahren. Das Monument erhob sich gleich neben der Brücke auf der Südseite des Rio. Weil es auf einem zweiundachtzig Meter hohen Sockel errichtet war, hatte man von dort oben eine noch grandiosere Aussicht auf Groß-Lissabon, das gesamte Mündungsbecken des Rio Tejo und die Küstenbereiche nördlich wie südlich der Metropole. Lisa nahm sich vor, sie irgendwann einmal zu genießen, aber nicht heute.

Lissabon war in seiner Gesamtheit zum Rio Tejo hin ausgerichtet, der sich, kurz bevor er sich in den Atlantik ergoss, zu einem Mündungstrichter von der halben Fläche des Bodensees ausdehnte. Das riesige Becken wurde von den Kielwasserspuren zahlreicher Fähren durchzogen, die den Norden der Metropole mit dem Süden verbanden und dabei ständig neue weiße Muster auf der tintig blauen Wasserhaut hinterließen.

Auf ihrem Smartphone schaute Lisa nach, wo sich der Stadtteil Benfica befand. Dort lebte den Angaben des Jugendamts zufolge die Studentin Cristina Baptista. Moa hatte sich mit Hilfe mehrerer Anrufe schlaugemacht und das Ergebnis ihrer Recherchen per E-Mail an Lisa geschickt.

Sie nahm die innere Ringschnellstraße, fuhr am legendären Fußballstadion »Estádio da Luz« vorbei, dem Zuhause des Traditionsvereins Benfica Lissabon, und gelangte nördlich davon in den gleichnamigen Stadtteil Benfica, der, wie so manche Stadtteile im Norden der Metropole, aus viel zu großen und viel zu vielen Wohnblöcken bestand – Resultate einer gewaltigen Bevölkerungsexplosion, einhergehend mit dem Zuzug von einer Million Menschen aus den Kolonien und zudem einer Landflucht ohnegleichen.

Halb Portugal zog seit den 1970er Jahren in die Ballungszentren Porto und Lissabon, während das Inland zusehends ausstarb und verödete. Dieser Prozess dauerte immer noch an, weshalb sich ganze Regionen im östlichen Landesinneren, vor allem nahe der Grenze zu Spanien, heutzutage weitgehend menschenverlassen zeigten.

Als Lisa über die Situation Portugals in den 1970er Jahren nachdachte, fiel ihr auf, dass in Europa der Themenkomplex Flüchtlinge einer der ganz großen geworden war. In Gedanken sagte sie: Lissabon und viele andere Städte – *chapeau*! Denn mit Hilfe aller Bürger und Behörden wurden seinerzeit weit über zehn Prozent Bevölkerungszuwachs innerhalb von zwei Jahren gemeistert. Portugal hatte still und leise, wie dieses Land nun eben einmal ist, die unlösbar erscheinenden Probleme geschultert und dabei einen kosmopolitischen Geist an den Tag gelegt, von dem sich ein halbes Jahrhundert später die superreich gewordenen Länder Europas eine Scheibe abschneiden könnten.

Sollten die Häuserblöcke aus den 1970er und 1980er Jahren noch so hässlich sein – heute wirkte jeder einzelne wie ein eigenes kleines Dorf, und so reihte sich eben ein Dorf ans andere, mit Läden und Markthallen, vielen kleinen und großen Cafés und Restaurants, Schulen, Kindergärten, Fußballplätzen. Mit Menschen aller Hautfarben, egal, ob europäisch, südamerikanisch, afrikanisch oder asiatisch.

Lisa fand das Caritas-Heim in der Nachbarschaft einer riesigen Shopping-Mall, die, als sie zu Beginn der 1990er Jahre eröffnet wurde, für ein paar Wochen den Superlativ des größten Einkaufszentrums Europas mit großem Stolz tragen durfte.

Erst 1986 waren Spanien und Portugal in die EU integriert worden. Die daraufhin hereinströmenden Geldmassen schienen das bettelarme Land schier zu überschwemmen. Die Portugiesen hatten nichts lieber getan, als dieses Geld mit vollen Händen auszugeben. Als Europas schwere Finanzkrise im Jahr 2008 begann, warf man den Portugiesen genau dieses Geldausgeben vor – aber hatte man sie, die völlig Entwöhnten im Armenhaus Europas, mit der Geldschwemme nicht dazu verleitet?

In derartige Gedanken versunken, parkte Lisa die BMW, nahm den Helm ab und fuhr mit allen zehn Fingern durch ihre Haare, um sie aufzulockern.

Die Tür zu dem Caritas-Heim war verschlossen. Lisa klingelte, wurde eingelassen und erklärte der alten Dame an der Rezeption, dass sie dringend mit der Studentin Cristina Baptista sprechen müsse.

Cristina komme erst gegen achtzehn Uhr zurück, bekam sie zu hören. Sie sei mit Sicherheit in der Nationalbibliothek am Campo Grande, da sie derzeit an einer Zwischenprüfung schrieb.

Lisa suchte in ihrer Smartphone-App die Adresse des Campo Grande heraus. Er war gar nicht mal so weit entfernt. Sie machte sich auf den Weg dorthin.

Weil sie keinen Leserausweis hatte, benötigte sie an der Rezeption der Nationalbibliothek all ihre Überredungskünste. Erst als sie von einer Familienzusammenführung sprach, durfte sie endlich die heiligen modernen Hallen betreten.

»Aber nur für eine Stunde«, entschied die vollbusige resolute Frau am Schalter.

Die Nordseite der Bibliothek war komplett verglast, sodass der Blick, hob man ihn von den Büchern, auf eine Parklandschaft fiel. Lisa war schon einmal in der National Library in London gewesen. Sie hatte dort, wie so viele andere, den Platz gesucht, wo Karl Marx recherchiert haben mochte und sich zahlreiche Größen der Weltliteratur ihre Hintern platt gesessen hatten. Aber diese Bibliothek hier war anders. Noch ernster, noch pflichtbewusster und geradezu ehrfürchtig erschienen Lisa die Mitarbeiter und Besucher.

Sie fragte einige Leute sehr leise nach Cristina Baptista, erntete aber nur bedauerndes Kopfschütteln. Schließlich versuchte sie es bei Studentinnen, die der gleichen Altersgruppe angehörten. Bei der vierten hatte sie Erfolg.

»Cristina Baptista? Die sitzt da draußen im Park, bei dem großen weißen Oleanderbusch.« Die Studentin zeigte mit ausgestrecktem Arm in Richtung Fenster.

Lisa sah ein sehr mageres Mädchen neben dem Busch sitzen und lesen. »Da habe ich ja Glück gehabt. Danke.«

Leise verließ sie den Lesesaal und näherte sich dem Prachtexemplar von Oleander. Um die junge Frau nicht zu erschrecken, räusperte sie sich zunächst. »Cristina?«, sagte sie dann vorsichtig. »Cristina Baptista?«

Cristina riss ängstlich die Augen auf. »Was wollen Sie von mir?«

»Nichts Schlimmes, keine Angst. Ich heiße Lisa Guedes und komme wie Sie aus der Algarve«, sagte Lisa schnell und warf Cristina ein gewinnendes Lächeln zu. »Ich würde mich gern mit Ihnen unterhalten. Darf ich Sie zu einer Tasse Kaffee in der Cafeteria einladen?«

Nach anfänglichem Zögern packte die junge Frau ihre Sachen zusammen, stand auf und ging Lisa voraus in Richtung Bibliotheksgebäude.

Lisa fiel auf, dass Cristina nur aus Haut und Knochen bestand. Sie überragte Lisa um einen Kopf, wirkte ungelenk. In der Cafeteria umfasste sie die Tischkanten, die sie passierten, als müsste sie sich abstützen. Schließlich nahmen sie an einem kleinen Tisch Platz.

»Kaffee?«, fragte Lisa. »Darf ich Ihnen auch ein Stück Kuchen bringen?«

»Keinen Kuchen, um Gottes willen, nein, aber Kaffee bitte, einen dunklen *galão*.«

Lisa holte den dunklen Milchkaffee für Cristina. Für sich hatte sie eine *bica*, einen kleinen Espresso, gewählt. »Cristina«, nahm sie das Gespräch auf. »Wir, mein Freund Pablo und ich, haben gestern Ihren Vater kennengelernt. Wir würden ihm nach seinem Unfall gern helfen – wenn er sich nur helfen ließe. Er ist nicht gerade kooperativ und lässt die Polizei außen vor. Ohne Anzeige kann die aber nichts machen. Deshalb sollten wir selbst versuchen, den Fahrer zu finden, der ihn überfahren und Fahrerflucht begangen hat.«

»Da kann ich Ihnen leider nicht weiterhelfen. Ich weiß nichts über diesen Fahrer, gar nichts. Mein Vater hat weder mit meiner Mutter noch mit mir darüber gesprochen. Wir haben überhaupt sehr wenig miteinander gesprochen, als ich ihn in der Klinik besuchte.«

»Warum?«

»Weil wir uns nichts zu sagen haben.«

»War das schon immer so?«

Cristina begann, leicht zu zittern. »Darüber kann ich nicht reden. Und was den Unfall betrifft, wie gesagt, da bin ich überfragt. Tut mir leid.«

»Können Sie nicht, oder wollen Sie nicht?«

Cristina vermied es, Lisa anzusehen. »Ich kann nicht, und ich will auch nicht. Das muss Ihnen genügen. Und jetzt lassen Sie mich bitte in Ruhe.«

»Bin ich Ihnen zu nahe getreten?«

»Nein. Aber ich bin alles leid, was mit meinem Vater zu tun hat.«

»Das kann ich gut nachvollziehen«, sagte Lisa, beugte sich ein wenig über den Tisch und legte sanft ihre Hand auf das linke zierliche Handgelenk der jungen Frau. »Ich weiß, was er Ihnen angetan hat.«

Cristina blickte entsetzt auf, sagte aber kein Wort.

»Ihr Vater hat Sie missbraucht«, fuhr Lisa leise fort. »Sie haben ihn angezeigt, was ich großartig finde, couragiert und bewundernswert. Ich bin entsetzt, dass der Richter Sie in Misskredit brachte, indem er ihn laufen ließ.«

Cristinas Kopf sank immer tiefer, bis auf ihre dürre Brust. Tränen fielen auf ihr T-Shirt. »Bitte gehen Sie«, bat sie flüsternd.

Lisa erhob sich sofort. »Ich würde Sie morgen gern wiedersehen«, sagte sie.

Cristina blickte zu Lisa auf. »Dann kommen Sie mittags wieder her. So gegen zwölf am Oleanderbusch.«

***

Lisa entschied sich, in jener Pension zu übernachten, in der sie vor etwa einem Jahr schon einmal abgestiegen war und beste Erfahrungen mit dem Nachtportier gemacht hatte. Nachdem man sie damals in einem Boot entführt hatte, war ihr die Flucht gelungen. Schwimmend hatte sie das rettende Ufer des Rio Tejo fast erreichen können. Mehrere Stunden hatte diese nasse Flucht gedauert. Fischer hatten sie schließlich unmittelbar vor dem Stadtteil Belém an Bord ihres Kutters geholt und notdürftig versorgt. Sie war total unterkühlt gewesen. Es musste schon frühmorgens gewesen sein, als sie pudelnass in einem Taxi die Pension erreicht und sie ein umsichtiger Portier in Empfang genommen und gleich darauf mit heißem Tee versorgt hatte. An jenem Tag hatte sie erfahren, dass Jorge Guedes ihr Vater war.

Sie war also schon vertraut mit dem Gebäude und seiner Umgebung am Rand des Ausgehviertels Bairro Alto im Übergang zum parkähnlichen Platz Príncipe Real. Als sie jetzt die Pension betrat, war es nach acht Uhr abends, und es war derselbe Nachtportier wie damals, der ihr die Eingangstür zur »Pensão Londres« aufhielt. Er glich ganz und gar einem englischen Butler. Während er sich leicht verbeugte, die Hand vor dem Bauch gehalten, den Kopf ein wenig schräg gestellt, sagte er: »Wie schön, Sie wiederzusehen, und diesmal trocken und gut gelaunt.«

»Guten Abend. Ja, es war ein furchtbarer Tag damals. Habe selten so gefroren wie nach diesem unfreiwilligen Bad im Tejo. Ist das Wasser eigentlich immer so kalt?«

»Im Oktober ist es am wärmsten. Das ist jedes Jahr so«, erwiderte der Nachtportier höflich. »Wegen der Strömung. Der Golfstrom, wissen Sie. Jetzt im Frühjahr würde ich nicht baden gehen.«

»Das habe ich auch nicht noch einmal vor. Sagen Sie, haben Sie ein Zimmer für mich?«

»Für Sie immer, Miss …«

»Lisa Guedes«, half sie ihm auf die Sprünge.

»Ah ja. Ich erinnere mich. Darf ich Ihnen vorausgehen, Miss Guedes?« Der Portier griff nach Lisas Rucksack und Motorradhelm und brachte sie zu dem Zimmer im ersten Stock, das sie schon kannte. Er schloss die Zimmertür auf, stellte den Rucksack ab und schob die Gardinen zurück.

Das Zimmer war geräumig, hatte hohe Decken und bot Aussicht auf den großen grünen Platz Príncipe Real, der im Licht der Laternen, von den Scheinwerfern der vielen Autos zusätzlich für Sekundenbruchteile wie von Blitzen erhellt, wie ein pulsierendes Großstadt-Herz wirkte – ein Muskel, der gar nicht anders konnte, als zu zucken, zu schaffen, zu pumpen.

Wie Lisas Herz damals. Sie hatte es gerade an Pablo verloren, und das zu einer Zeit, als sie von Beziehungskisten eigentlich nichts mehr wissen wollte. Daher wollte sie es diesmal langsamer angehen lassen. Einen gewissen Abstand zu wahren schien ihr in der Anfangsphase dienlicher zu sein als eine zu schnelle Nähe, bei der man den anderen in seiner Gesamtheit gar nicht wahrnehmen und somit auch gar nicht richtig kennenlernen konnte.

»Haben Sie einen Wunsch, Miss Guedes?«, fragte der Portier.

»Später vielleicht Ihren wunderbaren Tee. Danke.«

Der Nachtportier verneigte sich.

Sobald er lautlos die Tür hinter sich geschlossen hatte, ließ sich Lisa auf das bequeme Polsterbett fallen, verschränkte die Arme hinter ihrem Kopf und betrachtete die stuckverzierte Decke. Ihre Gedanken kehrten zu Pablo zurück. Mit ihm noch enger zu werden und zusammenzuziehen oder das Verhältnis abzubrechen – ihr war weder nach dem einen noch dem anderen zumute. So wie es war, war es gut und sollte es bleiben. Sie war dabei, sich ein neues Leben in Portugal einzurichten, und dabei hatte ihr Pablo bislang liebevoll, geduldig und umsichtig geholfen. Er war ein Schatz, und sie kamen prima miteinander aus. Was wollte sie mehr? Sie war ein ausgemachter Glückspilz.

Im Gegensatz zu Cristina. Ihre Begegnung war ihr unter die Haut gegangen. Dieses Mädchen, das offensichtlich unter Magersucht litt, hatte keine elterliche Liebe und Fürsorge erfahren, sondern brutale Gewalt, Missachtung und Demütigung – vor allem durch ihren Vater. Welche Rolle die Mutter dabei gespielt hatte, war unklar. Vermutlich hatte sie es gehalten wie Millionen Mütter in ähnlicher Lage: wegschauen und so tun, als wüssten sie von nichts. Womit sich diese Frauen zu Mittäterinnen machten, was sie allerdings niemals zugeben würden.

Cristinas Trauma würde sie das ganze Leben lang verfolgen. Gewiss, sie würde lernen können, mehr oder weniger gut damit umzugehen, aber das war mit ständiger Mühe verbunden, mit einer immerwährenden Belastung.

Lisa stöhnte auf und drehte sich zur Seite. Ihre Gedanken wanderten zu Mário Baptista. Es kam ihr so vor, als hätte sein Schicksal eine direkte Umkehrung erfahren. Er, der seine Tochter emotional verstümmelt hatte, war selbst das Opfer eines brutalen Verbrechens geworden. Lisa konnte eine gewisse Genugtuung bei dem Gedanken nicht abstreiten.

Schnell wandte sie sich von Mário Baptista ab und seinem Peiniger zu. Wer war dieses eiskalte, emotionslose Wesen, das solch grausige Pläne der Vergeltung entwarf, sie fließbandmäßig und mit Präzision ausführte und dann mit Blut abhakte?

Lisa schloss ratlos die Augen und fiel augenblicklich in einen unruhigen Schlaf.

Den nächsten Vormittag verbrachte sie in der »Alfama«, wie die Altstadt Lissabons hieß. Die Vorsilbe »Al« deutet an, dass der Name arabischen Ursprungs ist. Nordafrikanische Mauren hatten die Alfama nach ihrer Herrschaftsübernahme im 8. Jahrhundert rund um eine ehemals römische Burganlage erbaut.

Die historischen Epochen und ihre steinernen Zeugen waren für Lisa beim Spazierengehen deutlich auszumachen, daneben beobachtete sie die Menschen, die nicht zurückgezogen in den alten Häusern wohnten, sondern ihr Leben nach draußen trugen.

Nie zuvor hatte Lisa erlebt, dass Menschen so viel und so intensiv miteinander redeten wie hier, ob auf Bänken an lauschigen Plätzen, beim Einkauf im kleinen Supermarkt, beim Plausch mit dem Postboten, auf steilen Treppen, die den Stadtteil wie Venen durchzogen und auf denen ein ständiges Auf und Ab herrschte.

Eigentlich konnte einem in der Alfama nur das Herz aufgehen. Doch Lisa musste wieder an Cristina und ihre unzähligen Leidensgenossinnen denken. Vergewaltigungen waren an der Tagesordnung, überall, weltweit. Auch hinter den alten Mauern der Alfama, ob im Haus einer sogenannten besseren Familie, eines Arztes, eines Ministers, eines Richters, eines Lehrers, oder einer sogenannten einfachen Familie, eines Busfahrers, eines Malermeisters, eines Müllmannes, eines Fischers – vergewaltigt wurde in allen sozialen Schichten, unabhängig von Bildung, Herkunft und Einkommen.

Etwa ein Drittel aller Frauen mussten Gewalt erleben, jede siebte sexuellen Missbrauch – das hatte Lisa erst kürzlich einem Artikel entnommen. Und es hörte nicht auf. Die männliche Demonstration von Macht in sexuellen Gewalttaten wurde schon seit jeher gezielt in der Kriegsführung eingesetzt. Frauen wurden reihenweise vergewaltigt, um ein besiegtes Land zu unterwerfen – in Afrika und Asien, aber auch in Europa, wie die jüngere Geschichte Deutschlands oder Russlands oder Ex-Jugoslawiens erschreckend deutlich machte. Sexuelle Gewalt gab es vor den Augen aller auch in den Rotlichtvierteln dieser

Welt, auch hier in der Alfama, wo im Übergang zum Stadtteil Mouraria, dem Maurenviertel, die Prostitution florierte.

All das ging Lisa durch den Kopf, als sie hinauf zum Castelo de São Jorge schlenderte. Oben angekommen, setzte sie sich genau an jene Stelle der mächtigen Zinnenmauer, von der aus sie schon einmal auf die atemberaubende Silbersee des Tejo-Mündungsbeckens geschaut hatte. Bevor sie entführt worden war, bevor man ihr Gewalt angetan hatte. Glücklicherweise hatte sie den Übeltätern entkommen können. Die Erinnerung steckte in ihr, als wäre es erst gestern geschehen.

***

Lange saß Lisa auf der Mauer und ließ ihre Gedanken schweifen, während ihre Augen das Panorama Lissabons aufnahmen. Als sich die Sonne dem Zenit näherte, bummelte sie zurück in die Unterstadt und zur Metrostation Baixa-Chiado. Mit der blauen Linie gelangte sie zum Platz Marquês de Pombal, wo sie in die gelbe Linie umstieg und bis zum Campo Grande fuhr. Gespannt ging sie hinüber zur Nationalbibliothek.

Cristina Baptista saß im Lotussitz auf dem Rasen bei dem weißen Oleanderbusch und war wieder in ein Buch vertieft.

»*Olá*, Cristina«, sagte Lisa.

Die Angesprochene war offensichtlich erfreut, sie zu sehen.

Ein gutes Vorzeichen, dachte Lisa, die sich vorgenommen hatte, das bevorstehende Gespräch so zu führen, dass Cristina den Bann brechen und der Wahrheit freien Lauf lassen konnte. Ihre Freude verriet Vertrauen. Das war gut.

Gemeinsam gingen sie zur Cafeteria im Inneren des Gebäudes und setzten sich an denselben Tisch wie beim letzten Mal. Lisa brachte Cristina einen *galão* und ein Glas Wasser, für sich hatte sie ein Mineralwasser genommen.

Cristina stützte ihre Ellbogen auf und umfasste ihr Gesicht mit beiden Händen, als trüge sie Scheuklappen.

»Warum studierst du ausgerechnet Medizin, Cristina?«, fragte Lisa interessiert.

»Das liegt doch auf der Hand …«

»Du meinst, es hat mit deiner Geschichte zu tun?«

»Selbstverständlich. Stell dir vor, ich wäre schwanger geworden. Von einem Tag zum anderen tauchten so viele nagende Fragen auf, und alle hatten mit Körper und Körperlichkeit zu tun.«

»Ich finde es großartig, Cristina, dass du Medizin studierst. Dass du jetzt allein in Lissabon lebst und ein neues, eigenständiges Leben führst. Ich freue mich sehr für dich. Sicher kannst du auch bald das angehen, was so offenkundig an dir zehrt, was dir im wahrsten Sinne des Wortes den Appetit verschlägt.«

Neugierig und zugleich ängstlich sah Cristina Lisa an.

»Du solltest dich deinem Vater und dem, was er angerichtet hat, stellen. Du solltest es bewältigen, nicht verdrängen«, sagte Lisa.

»Leicht gesagt … Hast du eine Ahnung, was es bedeutet, wenn dir der Mensch deines Vertrauens so etwas antut? Ich war ein kleines Mädchen, das plötzlich die Welt nicht mehr verstand. Ich war zehn, als er damit anfing. Vier Jahre lang hat er mich missbraucht. Vier Jahre lang Schmerzen und Demütigung. Mindestens zweimal die Woche. Er hat nicht nur meinen Körper beschmutzt, nein, auch meine Seele, meinen Geist. Ich will nur noch eines: Ich will das alles vergessen. Nur vergessen. Ich hasse ihn.«

»Und dieser Hass schiebt deinem Leben einen Riegel vor, begreifst du das denn nicht? Dieser Hass beherrscht dich. Er macht dir die Schandtaten deines Vaters Tag für Tag aufs Neue präsent. Er missbraucht dich unaufhörlich, wenn du diesen Hass nicht überwindest. Glaub mir, dieser Mann ist deinen Hass nicht wert, Cristina. Genauso wenig wie deine Liebe. Gleichgültig muss er dir werden, völlig egal. Ich weiß, das klingt für dich wie eine Zumutung, aber ich bin überzeugt davon: Du musst ihm vergeben. Nicht seinetwegen, sondern deinetwegen. Nur mit Vergebung lässt du die Opferrolle hinter dir, gerätst aus der passiv erduldenden in die aktiv handelnde Zone und bist dadurch endlich frei und unbeschwert. Das Leben liegt vor dir,

Cristina, nicht hinter dir. Packe es an, gestalte es so, wie es dir gefällt, und genieße es in vollen Zügen.«

»Klingt, als kämst du vom Samariterbund. Oder der Heilsarmee«, sagte Cristina und lächelte Lisa vorsichtig an.

»Ach was«, sagte Lisa. »Ich möchte dir nur gern helfen, mit deinem Vater fertigzuwerden. Sein brutaler Unfall hat ihn wohl auch nicht wachgerüttelt, einmal in sich zu gehen. Was glaubst du: War dieser Unfall ein Zufall?«

»Nein. Für mich war das ein Akt der Gerechtigkeit.«

Lisa stutzte. Sah der Täter das auch so, wenn er andere so grausam bestrafte? Hatte Cristina womöglich selbst etwas damit zu tun?

»Wie meinst du das?«, fragte Lisa zögernd, während sich ein böser Verdacht in ihr einnistete. Cristina hatte immerhin im Brustton der Überzeugung gesprochen.

»Ich glaube an eine höhere Gerechtigkeit als die der Menschen«, sagte Cristina bestimmt. Sie hatte sich kerzengerade aufgesetzt. »Ich glaubte und hoffte immer, dass mein Vater irgendwann einmal bestraft würde. Was diesen Unfall betrifft, so kann ich nur sagen, dass mir mein Vater ein wenig leidtut. Aber er hat verdient, was er bekommen hat.«

***

Am Nachmittag des 8. Juni machte sich Lisa auf die Heimfahrt. In Setúbal nahm sie wieder die Fähre über den Rio Sado. Bei der Überfahrt hielt sie fieberhaft Ausschau nach ihren geliebten Delphinen. Als sich das Schiff dem Landesteg von Tróia näherte, wurde es tatsächlich von sechs Tümmlern begleitet, die unter dem Wasserfahrzeug hindurchtauchten, um auf der anderen Seite ausgelassen hochzuspringen.

Lisa glaubte, ein Grinsen in den lustigen Schnabelgesichtern der herrlichen Tiere wahrzunehmen, was auch auf ihr Gesicht ein verzücktes Lächeln zauberte. Sie fragte sich, ob nicht auch Orkas zur selben Familie wie die Delphine gehörten. Auch sie sahen putzig aus, riesig groß und dennoch verspielt. Aber ließen sie nicht ihre Spielfreude in raffinierte und einzigartige Strategien fließen, die dazu dienten, ganze Heringsschwärme zu vernichten? Bei diesen Gedanken verging Lisa das Lachen.

Am Südufer des Rio Sado angekommen, schlenderte sie zu ihrer BMW, setzte wieder den Helm auf, rollte von der Fähre und fuhr durch die mystisch und verlassen wirkende Provinz Alentejo. Nicht einmal zwei Stunden später erreichte sie die Grenze zur Provinz Algarve.

Hier war sie zu Hause. Die Monate, die sie bislang in dieser sonnigen Region verbracht hatte, hatten in ihr ein Gefühl von Heimat aufkommen lassen, wie sie es in ihrem ganzen Leben noch nie empfunden hatte. Ein gutes Gefühl, das durch die Nähe zu ihrem Vater täglich verstärkt wurde.

Aber sie vermisste ihre Mutter, die sie schon so lange nicht mehr gesehen hatte, weil Joana wieder nach Berlin zurückgekehrt war, während Lisa die Algarve zu ihrer Wahlheimat gemacht hatte. Joana hatte aber versprochen, bald wiederzukommen. Wie bereichernd es doch war, plötzlich eine Familie zu haben, etwas, das sie fast ihr ganzes Leben lang vermisst hatte. Lisa verspürte seitdem eine innere Ruhe, die ihrem Leben schönere Seiten öffnete als je zuvor. Dieses Bewusstsein breitete sich in ihr aus wie ein Blütenteppich auf einer Wiese im Frühling.

Bei diesem Bild musste Lisa wieder lächeln, denn sie war in der Tat umgeben von Blütenteppichen, großen und kleinen. Sie fuhr eine Abkürzung, eine kaum befahrene Bergstraße durch die östliche Serra de Monchique in Richtung Alferce. Sie legte sich mit dem Motorrad in die Kurven, spürte den Wind, die Sonne, das Leben.

Sie fühlte sich glücklich.

# 10

Lisa kam um kurz vor fünf Uhr in der Quinta do Monte an. Sie stellte ihr Bike neben einem ihr nicht bekannten Mietauto ab, einem schnuckeligen weißen Fiat 500. Aus dem Motorraum kam ein Knacken, der Motor schien noch warm zu sein. Besuch hatte sich nicht angemeldet. Wer konnte das sein?

Als sie gerade ihre Hand auf die Türklinke legen wollte, wurde die Terrassentür von innen aufgerissen.

»Mama!«, schrie Lisa begeistert und fiel Joana um den Hals. Dann drückte sie sich von ihrer Mutter weg, um sie besser anschauen zu können. Joana sah blendend aus. Wie immer war sie lässig schick gekleidet, hatte einen langen roten Schal über einer weißen Bluse aus roher Seide drapiert. Dazu trug sie schmale Jeans. Ihre blonden Haare hatte sie kürzer schneiden lassen, das machte sich hervorragend und ließ sie wie die kaum ältere Ausgabe ihrer Tochter aussehen. Auch sie war vor Glück ganz aus dem Häuschen.

»Ich habe etwas total Verrücktes gemacht«, berichtete Joana strahlend. »Ich hatte solche Sehnsucht nach dir und nach – na ja, du weißt schon, wem. Da bin ich kurz entschlossen zum Flughafen Tegel gefahren. Und dort habe ich, stell dir das mal vor, einen supergünstigen Flug ergattert. Ist das nicht phantastisch? Ein paar Stunden später bin ich in Faro gelandet. So spontan war ich noch nie. Ich bin richtig stolz auf mich. Außer Antonieta habe ich noch niemanden gesehen, bin aber auch erst vor ein paar Minuten angekommen.«

»So kenne ich dich ja gar nicht. Aber so gefällst du mir noch besser. Echt cool, weiter so ...« Ein zweites Mal fiel Lisa ihrer Mutter um den Hals. »Ich hoffe, du bleibst diesmal etwas länger und hast den Rückflug nicht gleich für nächste Woche gebucht.«

»Ich habe überhaupt keinen Rückflug gebucht«, verkündete Joana verschmitzt.

»Du machst ja Fortschritte in Siebenmeilenstiefeln, ich fasse es nicht. Das muss gefeiert werden – jetzt gleich, komm.« Sie betraten die Küche.

Lisa rief ins Haus hinein: »Jorge?«

»Was ist denn los?«, ertönte die Stimme ihres Vaters ungehalten.

»Hier ist eine Frau, die ein Abonnement verkaufen will«, rief Lisa und zwinkerte Joana zu.

»Ich brauche kein Abonnement, so ein Käse. Wofür denn?«

»Für dein Herz und deine Seele.«

»Ich kaufe keine Dreigroschenromane, das kannst du dir doch denken. Schick sie weg!«

»Das musst du der Frau schon selbst sagen. Jetzt komm endlich. Sie wartet schon ewig auf dich.«

Schlurfend näherte sich Jorge der Küchentür und brummte unverständlich vor sich hin. Ungläubig starrte er Joana an, kniff seine Augen fest zusammen, um sie erneut weit aufzureißen. Da stand sie noch immer, seine Joana.

Er streckte ihr beide Hände entgegen und eilte auf sie zu. Die beiden fielen sich in die Arme und wollten sich gar nicht mehr loslassen.

»Die kannst du sicher gut gebrauchen«, sagte Joana, als sie sich endlich aus Jorges Umarmung befreien konnte und ihm ein Päckchen reichte, das auf dem Küchentisch gelegen hatte. »Ölfarben aus Germany, ein paar Tuben in Top-Qualität.«

»Menschenskind«, sagte Jorge, als er das Päckchen entgegennahm. »Vielen Dank. Du hast ja keine Ahnung, wie sehr ich mich freue.« Ob über die Farben oder über Joana, ließ er offen.

Als er ihren fragenden Blick bemerkte, klärte er sie auf: »Bin völlig aus dem Häuschen, dass du wieder da bist. Das wurde aber auch Zeit«, fügte er streng hinzu, um seine Rührung zu verbergen.

Lisa wandte sich an Antonieta, die am Spülstein stand und von dort die Begegnung mit Freude verfolgt hatte. »Haben Sie zufällig eine Flasche Sekt kalt gestellt?«

»Aber Lisa, in diesem Haus steht immer eine Flasche Sekt

kalt, wo denken Sie denn hin? Portugiesischer Espumante aus der Gegend von Regua. Der wird oben im Douro-Tal hergestellt, nach der Champagner-Methode«, verkündete Antonieta stolz, »das heißt, dass die Flaschen im Weinkeller täglich gedreht wurden.« Sie öffnete das riesige weiße Ungetüm von Kühlschrank, griff nach der dicken Flasche und reichte sie Lisa, die sie geschickt öffnete.

»Einer der besten Schaumweine Europas«, ergänzte Jorge. »Eine gut gekühlte Flasche davon wartet bei uns jederzeit auf unvorhergesehene feierliche Anlässe. Denn unverhofft kommt oft, wie du weißt, mein Herz. So wie jetzt …«

»Wo ist Moa?«, fragte Lisa. »Sie muss meine Mutter kennenlernen und mit uns anstoßen, unbedingt.«

»Moa hilft heute in der Galerie aus. Also müssen wir ohne sie anstoßen … Aber sie wird bald eintreffen, hoffe ich«, sagte Antonieta und stellte drei Gläser bereit. Sie selbst trank keinen Alkohol.

Feierlich goss Lisa für die anderen ein. Sie hoben ihre Gläser und prosteten sich zu. »Auf die Familie«, sagte Lisa.

Jorge und Joana lachten verlegen, und Lisa fühlte in sich eine Welle des Glücks anrollen. Um ihre aufsteigenden Freudentränen zu verbergen, ging sie mit ihrem Glas nach draußen auf die Terrasse.

Weit unten lag die Küste in der späten Sonne, die den von hier aus sichtbaren Ausschnitt der Algarve, bei Albufeira im Osten beginnend und bis zum südwestlichsten Punkt Festlandeuropas in Sagres reichend, kupfergolden leuchten ließ, während der Atlantik und der Himmel in zarten blauen und grauen Tönen ineinanderflossen.

Als Lisa zurück in die Küche kam, wollte Joana von ihr wissen, was es Neues gab. Ihre Tochter berichtete ausführlich von der bevorstehenden Sonderausstellung und den grausigen Begleitumständen. Jorge und Antonieta hörten schweigend zu.

Joana war stumm und blass geworden. Als eine Pause entstand, meinte sie: »Wenn ihr mich fragt, kann das nur ein Psychopath sein. Völlig gefühlskalt. Der kennt weder Mitleid noch

Erbarmen. Dieser Unmensch ist ein armer Wicht, der sich wichtigmachen will.«

Sie schmunzelte kurz wegen des ungewollten Wortspiels, wurde aber sofort wieder ernst. »Bitte, pass gut auf dich auf, Lisa, versprich mir das. Mir ist gar nicht wohl bei dem Gedanken, dass du einen Verbrecher jagst. Kaum auszudenken, was passiert, wenn er davon Wind bekommt. Was meinst du dazu, Jorge?«

»Du hast vollkommen recht«, sagte Jorge, der sich bislang kaum mit der Sonderausstellung beschäftigt hatte. »Mir wäre auch bedeutend wohler, wenn sich die Polizei um die Sache kümmern würde. Aber Lisa meint, der Kripo seien zurzeit noch die Hände gebunden, weil keine Anzeige vorliegt. Offiziell dürfen sie sich der Sache jedenfalls nicht annehmen, auch wenn sich Inspector-chefe Rui Fernandes zumindest inhaltlich schon damit beschäftigt. Zum Glück sind Pablo oder Moa oder sogar beide immer bei Lisas Recherchen dabei. Dennoch ist äußerste Vorsicht geboten.«

Lisa sah ein, dass sie und ihre Freunde sich in der Tat auf gefährlichem Terrain bewegten. Sie hatten in den letzten drei Tagen so viel Neues herausgefunden, dass ein weiteres Gespräch mit Rui Fernandes dringend angeraten war.

***

Gleich am nächsten Tag beschlossen Lisa und Pablo, dem Inspector-chefe einen Besuch abzustatten. Unangemeldet betraten sie das graue Gebäude der Kripo, der *polícia judiciária*, in der Rua Pé da Cruz 2, gleich neben dem prachtvollen Rathaus von Portimão, klopften an die Tür zu Rui Fernandes' engem Büro und öffneten diese, ohne eine Antwort abzuwarten.

»Rui, halt dich fest, wir haben Neuigkeiten. Hast du eine Minute für uns?«, fragte Lisa.

»Aber sicher, kommt ruhig rein und lasst hören.« Rui Fernandes schien die Unterbrechung nicht zu stören, ganz im Gegenteil. Er lehnte sich wie erlöst zurück, verschränkte die

Hände hinter dem Kopf und lächelte das Paar erwartungsfroh an. Schreibtischdienst war ihm offensichtlich verhasst, vom Berichtetippen ließ er sich nur zu gern ablenken.

»Der Besuch im Hospital in Faro war Gold wert«, legte Lisa los. »Du wirst es nicht glauben, Rui, wir haben hier eine Liste mit den Namen von insgesamt sechs Unfallopfern. Zu diesem Mário Baptista, das ist der Mann mit der roten Brille, sind also noch fünf weitere hinzugekommen. Die Liste verdanken wir deinem freundlichen und kooperativen Dr. Soares. Drei von den Männern auf den Fotografien, das haben wir bereits herausgefunden, hatten früher ihre Töchter missbraucht. Es kam jeweils zu einer Anzeige. Drei von sechs! Stell dir das mal vor, das sind fünfzig Prozent, da kann man wohl nicht mehr von Zufall sprechen. Kannst du nachsehen, ob es sich bei den übrigen Opfern ebenfalls um Vergewaltiger handelt?«

»Mit den Namen und dem Tatbestand ist das jetzt natürlich eine ganz andere Sache«, befand der sichtlich betroffene Inspektor. In den folgenden Minuten gab er einen Namen nach dem anderen in das polizeiliche Archiv ein.

Lisa und Pablo verfolgten gespannt das Geschehen auf dem Bildschirm. Das Ergebnis war mehr als enttäuschend. Der Computer spuckte nichts aus.

»Was ist, wenn zwar jemand angezeigt, die Klage aber fallen gelassen wurde?«, fragte Pablo. »Wird der Eintrag im Polizeiregister dann gelöscht?«

»Selbstverständlich werden sie gelöscht«, sagte Rui Fernandes. »Aber ich werde versuchen, trotzdem etwas herauszufinden.«

»Wie denn?«, wollte Pablo wissen, um sich gleich darauf selbst die Antwort zu geben: »Du willst deine Kollegen bei der Sitte oder sonst wo zum Reden bringen …«

»Wisst ihr auch«, fragte Rui Fernandes, »warum ich mir etwas davon verspreche? Ich will's euch sagen. Weil ich das erst kürzlich mit Erfolg getestet habe, und zwar im Fall Mário Baptista. Mit seiner roten Brille hat er mich Tag und Nacht beschäftigt. Und plötzlich ist mir doch tatsächlich wieder eingefallen, woher ich ihn kenne. Er lief mir mal vor Monaten hier auf dem Flur über den Weg. Er wollte von mir wissen, in welchem Büro Verkehrsdelikte abgehandelt werden. Ich habe auf der Stelle bei den zuständigen Kollegen nachgefragt, und siehe da, die konnten mir berichten, dass er wegen Fahrens mit einem Auto ohne TÜV-Plakette verhört worden war. Vielleicht erinnert sich ja auch jemand bei den Kollegen, die für Missbrauch zuständig sind, an die übrigen Männer.«

Lisa war begeistert. Sie war sich sicher, dass Rui Fernandes nun alles daransetzen würde, Licht ins Dunkel zu bringen. Sie wusste auch, dass sie das noch forcieren konnte, indem sie ihn bei seiner Ehre packte.

»Rui, ich bin nach Lissabon gefahren und habe mit Mário Baptistas Tochter Cristina gesprochen. Sie hat ihren Vater damals sogar angezeigt. Aber er wurde freigesprochen, weil er angeblich von ihr verführt wurde. Weißt du, was ich davon halte? Dieser Vater ist pervers. Aber pervers ist auch die Justiz, sie lässt leichtfertig solche Männer laufen, man könnte glatt sagen: Sie schützt sie sogar. Und wir sind bei Waldemar de Carvalho aus Aljezur und António Correio aus Odiáxere auf dasselbe in Grün gestoßen. Das ist doch wirklich eine Schande, findest du nicht?«

»Du weißt hoffentlich, dass du einem ganz schön zusetzen und richtig manipulativ sein kannst?«, sagte Rui Fernandes ergeben. »Du machst das aber so charmant und subtil, dass man dir gar nicht böse sein kann. Ich kann es jedenfalls nicht. Ich ruf dich an, sobald mir Resultate vorliegen.«

***

Noch vor der blauen Stunde, wenn die Sonne dabei ist, sich langsam zu verabschieden, und dabei alles in ein goldenes Licht taucht, gingen Moa und Lisa mit Jorges Hund im Korkeichenwald oberhalb der Quinta do Monte spazieren. Foxi war außer Rand und Band. Unglaublich, wie sich diese Hündin freuen konnte. Waldspaziergänge waren ihre Leidenschaft, sie wedelte unentwegt mit ihrem buschigen Schwanz, der an einen Staubwedel in emsiger Aktion erinnerte, während sie vor- und zurückpreschte und sich seitwärts in die Büsche schlug, um unvermittelt in hohem Bogen daraus hervorzuspringen, direkt vor die Füße der beiden Frauen, die bereitwillig das Spiel mitspielten, in das die Hündin sie einband. Danach hakten sie sich wieder unter und setzten ihr Gespräch fort.

»Wie alt warst du damals, als du die Quinta verlassen hast?«, wollte Moa wissen.

»Ich schätze, vier, etwas mehr oder weniger. Eines schönen Tages ist meine liebe Mutter mit mir im Gepäck fluchtartig nach Berlin aufgebrochen. Sie hat mir nie erzählt, warum. Ich glaube, einer der Gründe war der ehemalige Nachbar Caesário. Diesen Caesário gibt es im Übrigen nicht mehr. Er ist ins Meer gestürzt. Am Kap von Sagres.«

*»Oh my God«*, sagte Moa entsetzt.

Lisas Handy summte. Als sie im Display Rui Fernandes' Nummer erkannte, hellte sich ihr Gesicht auf. Sie nahm das Gespräch an. »Ja?«

Sie hörte aufmerksam zu, ohne den Redefluss des Inspector-chefe zu unterbrechen. So konnte sie das dunkle, samtige Timbre seiner Stimme, die sie sehr reizvoll fand, ungehindert genießen.

Schließlich sagte sie zusammenfassend, damit auch Moa das Gespräch verstehen konnte: »Es gibt also keine Zweifel mehr: Alle unsere Kandidaten hatten Verfahren wegen Vergewaltigung der eigenen Tochter am Hals. Und alle wurden freigesprochen. Damit steht doch fest, dass wir es mit sechs Verbrechern zu tun haben. Sie erlitten dubiose Unfälle, die wohl in Wirklichkeit Attentate waren. Ach Rui, das ist doch alles furchtbar. Sag, was machen wir denn jetzt?«

***

Lisas letzte Frage hatte den Inspector-chefe dazu veranlasst, am nächsten Morgen, am Freitag, den 10. Juni, die Staatsanwaltschaft einzuschalten. Das, was er dort zu Gehör brachte, reichte auch dem Staatsanwalt aus, um Anzeige gegen unbekannt zu stellen. Die naheliegende Frage, ob sich die »Unfälle« auf die sechs von Luc Gautier fotografierten Männer beschränkten oder eine noch nicht bekannte Fortsetzung gefunden hatten oder noch finden würden, ließ sich ohne Ermittlungsverfahren nicht beantworten.

Einiges sprach für Luc Gautier als möglichen Täter. Immerhin hatte er die Männer »geschossen«. Was war dem Künstler über diese Männer und ihr furchtbares Schicksal bekannt? Das war die vorrangige Frage für den Inspector-chefe Rui Fernandes.

Er erhob sich, schnallte das Pistolenholster um und steckte die Waffe ein. Aufmunternd schaute er seine Kollegen an. »Jetzt wollen wir doch mal sehen, was der Künstler *uns* zu sagen hat, wenn ihm von offizieller Seite und gleich mit drei Mann auf die Pelle gerückt wird. Auf geht's!«

In Lagos bogen sie in Richtung Aljezur ab und gelangten auf kleinen Sträßchen bis in die Nähe der Ortschaft Bensafrim. Das einstöckige Landhaus von Luc Gautier fanden sie sofort, Lisa hatte ihnen die Lage gut beschrieben.

Zwei Katzen sprangen über die leere Hundehütte aufs Dach und beobachteten, wie die drei Männer aus dem Auto stiegen und auf die Haustür zugingen. Rui Fernandes klopfte heftig gegen die Eingangstür.

Im Inneren des Hauses wurde laute Chanson-Musik von Jacques Brel leiser gestellt. Jemand näherte sich der Tür und riss sie auf.

»Was wollen Sie?«, fuhr Luc Gautier die Männer an und musterte sie von Kopf bis Fuß, während er eine halb gerauchte Zigarette an der Wand ausdrückte.

»Rui Fernandes«, stellte sich der Inspector-chefe vor. »Kriminalpolizei Portimão. Meine Kollegen: João Martins und Pedro da Cunha. Wir haben ein paar Fragen.«

»Dafür kommen Sie extra hier raus in die Pampa? Bitte schön. Fragen Sie.«

»Es hat mit Ihren Bildern zu tun. Die Männer auf den sechs Fotos, die demnächst einem breiten Publikum zugänglich gemacht werden sollen, erlitten alle im Monat März schwere Unfälle. Sie sind heute behindert, jeder auf eine andere Art. Einer davon ist sogar tot. Wie erklären Sie sich das?«

Ungläubig sah Luc Gautier die Beamten an. »Das ist ja furchtbar. Das ist mir völlig neu, davon habe ich bisher nichts gewusst, wirklich nicht, glauben Sie mir.« Von seiner anfänglichen Überheblichkeit war nicht mehr viel übrig. »Sie glauben doch nicht, dass ich etwas damit zu tun habe?«, fügte er aufgebracht hinzu.

»Wann haben Sie die Fotos geschossen?«, fragte Rui Fernandes ungerührt.

»Zwischen Ende Januar und Ende März. Ich kann Ihnen anhand meines Terminkalenders genau sagen, welches ich wann und wo fotografierte. Soll ich ihn holen?«

»Später vielleicht. Ich habe noch ein paar andere Fragen«, antwortete der Inspector-chefe. »Können wir hereinkommen und uns irgendwo hinsetzen?«

»Hinter dem Haus gibt es zwei alte Holzbänke«, sagte Luc Gautier.

## 11

»Da lag ein Zettel auf dem Boden!«, rief Karin aufgeregt ins Handy. »Den muss jemand unter der Tür durchgeschoben haben.«

Ihre Stimme klang fast hysterisch.

Lisas Freundin, die ab und zu in der Galerie aushalf, hatte am Rande mitbekommen, was sich in jüngster Zeit rund um die Luc-Gautier-Ausstellung ereignet hatte, und war entsprechend alarmiert.

»Hol erst mal tief Luft, bitte«, mahnte Lisa. »Ist er von Hand geschrieben? Was steht denn drauf?«

»Nee, da wurden Buchstaben aus einer Zeitschrift ausgeschnitten und aufgeklebt. Es ist nur ein Satz. Es ist widerlich.«

»Was steht da?«, fragte Lisa ungeduldig.

»›JETZT BIST DU DRAN‹. Was soll das bedeuten? Ist das eine Drohung gegen dich, Lisa, oder gegen mich? Ich habe doch mit all dem nichts zu tun. Soll ich die Polizei rufen?«

»Nein, Karin, ich werde selbst mit Rui Fernandes von der Kripo sprechen. Hast du etwas angefasst?«

»Ja, ich habe den Zettel aufgehoben. Das musste ich doch tun, er lag mit der lesbaren Seite nach unten auf dem Boden.«

»Du hast alles richtig gemacht, keine Sorge. Bitte lass einfach alles liegen, schließ ab und häng das Schild ›Heute geschlossen‹ auf. Bleib unbedingt in der Galerie und halte dich für die Polizei bereit, sie wird sicher bald bei dir auftauchen. Keine Sorge, Karin, zu solchen Drohungen fällt mir nur ein: Hunde, die bellen, beißen nicht.«

»Wenn diese Ausstellung nur endlich vorüber wäre«, sagte Karin und beendete das Gespräch.

Eine Stunde später trafen zwei Beamte von der Spurensicherung, eine Frau und ein Mann, in der Galerie ein. Karin öffnete ihnen die Tür. Sie konnten keinerlei Spuren entdecken. Den Zettel nahmen sie mit, auf ihm befanden sich jedoch nur Karins

Fingerabdrücke, die zum ersten Mal in ihrem Leben ihre Finger zum Spurenabgleich in ein Stempelkissen und dann auf einen vorgedruckten Bogen drücken musste. Sie fühlte sich dabei wie eine Verbrecherin.

***

Die Bänke hinter Luc Gautiers Haus formten ein lauschiges Plätzchen, teils beschattet von einer nahen Korkeiche. Die vier Männer ließen sich nieder.

Rui Fernandes eröffnete das Gespräch: »Senhor Luc, auf den besagten Fotos ist jeweils ein Mann scharf herausgearbeitet, während seine Umgebung in der Unschärfe verschwimmt. Das sei unverkennbar Ihr Stil, hat man mir gesagt, der Sie international bekannt gemacht habe. Gratuliere, das gefällt mir auch sehr gut.«

Luc Gautier war für Lob in allen Lebenslagen sehr empfänglich, sogar in dieser. »Ja, das ist mein *USP*«, sagte er geschmeichelt.

»Ihr was?«, fragte Rui Fernandes.

»*Unique selling point.* Mein Alleinstellungsmerkmal. Wer meine Bilder kennt, kennt sie, weil sie so aussehen, wie sie aussehen. Das ist mein Markenzeichen, sozusagen. *Entende?*«

»Ich verstehe.« Der Inspector-chefe hatte inzwischen die mitgebrachten Fotos neben sich auf die Bank gelegt. Er nahm das erste in die Hand und hielt es dem Fotografen vor die Augen. »Aber warum haben Sie ausgerechnet diesen Mann hervorgehoben und keinen anderen?«

»Zufall. Reiner Zufall. Das sind alles Schnappschüsse. Nicht mehr, nicht weniger.« Luc Gautier hatte sich längst von seinem Schreck erholt und fand langsam zu seiner Schnodderigkeit zurück. »Sie wissen doch, was ein Schnappschuss ist? Der kleine Bub sitzt auf dem Topf und futtert dabei genüsslich eine Banane. Man drückt ab, und Jahre später kann man sich immer noch über das herzige Motiv freuen, das einem zufällig in den Schoß gefallen ist.« Weil das niemand komisch fand, kicherte er selbst über dieses einprägsame Beispiel.

»Ich mache jeden Tag Dutzende, manchmal Hunderte Aufnahmen. Lauter Schnappschüsse. Die mir am besten gefallen, werden dann leicht verfremdet und mit allen möglichen Tricks bearbeitet. Dafür gibt es hervorragende Software. Sie perfekt einzusetzen ist allerdings ein viel komplizierterer Prozess, als die meisten Amateure sich vorstellen können.«

»Da haben Sie sicher recht. Aber ich glaube Ihnen kein Wort … von wegen Schnappschuss und Zufall«, stellte Rui Fernandes gelassen fest. »Ich bin kein Mathematiker, aber eines weiß ich: Die Wahrscheinlichkeit, dass Sie aus purem Zufall sechs Männer, die später auf grausame Weise verunglücken, in einer Ausstellung präsentieren, ist in etwa so groß, wie mit einem Euro den Joker im Eurolotto zu knacken. Also hören Sie bitte auf, uns für dumm zu verkaufen.«

Luc Gautier war anzusehen, wie er fieberhaft darüber nachdachte, seine Auftraggeberin unerwähnt zu lassen. Hatte Diana Marques womöglich etwas mit diesen Unfällen zu tun? Und wenn ja, hing er dann jetzt mit drin? *Mon dieu*, dachte er, auf was habe ich mich da bloß eingelassen?

»Wie sieht es mit Alibis aus? Wo waren Sie zu den Zeiten, in denen die sechs Unfälle passierten?«, riss Assistent Pedro da Cunha den Fotografen aus seinen Grübeleien. »Wenn wir das gleich hier an Ort und Stelle überprüfen können, müssen wir Sie nicht nach Portimão vorladen.«

»Vorladen? Das dürfen Sie gar nicht. Sie haben nichts gegen mich in der Hand.« Luc Gautier mimte den Empörten, doch er war erleichtert, dass der junge Kriminalbeamte das Thema Zufall zugunsten der Suche nach Alibis fallen gelassen hatte.

»Bitte regen Sie sich nicht auf«, erwiderte da Cunha. »Wir sind hier, weil wir dringend Ihre Hilfe brauchen. Wir bitten Sie, mit uns zu kooperieren. Mehr nicht. Am besten fangen wir gleich mit Ihren Alibis an. Dann sehen wir weiter.«

»Na, dann schießen Sie mal los.«

An dieser Stelle übernahm der andere Assistent, João Martins, die Befragung. Er zog ein zusammengefaltetes Papier aus der Innentasche seiner Jacke. »Ich habe hier eine Liste der wahrscheinlichen Unfallzeiten. Die lese ich Ihnen jetzt vor, und Sie sagen mir, wo Sie jeweils zur Tatzeit waren und wer Ihre Aussage bezeugen kann. Wir werden also bald wissen, ob wir Sie als Täter ausschließen können – oder nicht.«

»Einverstanden. Ich bin unschuldig, und das werde ich Ihnen auch gleich beweisen.«

»Beginnen wir mit dem Unfall in Tavira. Da wurde einer der Männer von jemandem überfahren, der dann Fahrerflucht beging. Unfalldatum: Mittwoch, 30. März, circa zwanzig Uhr.«

»Okay. Kein Problem«, sagte Luc Gautier hastig. »Ich kann mich gut an diesen Tag erinnern. Da hat nämlich meine Mutter Geburtstag. Nachdem ich sie in Paris angerufen und ihr gratuliert hatte, bin ich gleich nach Lagos gefahren. Ich hatte mich mit einer Frau am späten Nachmittag in der Marina verabredet. Wir gingen in einem kleinen Lokal in der Altstadt essen und haben ziemlich viel getrunken. Anschließend sind wir in ihrem Auto zu ihr nach Hause gefahren. Ich bin die ganze Nacht bei ihr gewesen. Sie ist eine sehr nette Frau, wissen Sie. Sie wohnt beim Wasserturm im Westen der Stadt. Susana Peterson heißt sie. Ich habe ihre Telefonnummer im Kopf. Sie können sie gern anrufen.«

Rui Fernandes ließ sich die Nummer in sein Handy diktieren und musste nicht lange warten, bis sich Susana meldete. Er stellte sich der Dame vor und erklärte sein Anliegen. Susana war zunächst verwirrt, bestätigte aber Luc Gautiers Angaben in jedem Detail.

»Übrigens«, sagte Rui Fernandes, nachdem er das Gespräch beendet hatte, »die sechs Männer haben neben den Unfällen noch etwas gemein, nämlich die Tatsache, dass sie ihre eigenen Töchter missbrauchten, aber straffrei blieben. Deshalb gehen wir von Racheakten aus und nicht mehr von Unfällen.« In diesem Moment läutete sein Handy, sodass er nicht mehr mitbekam, dass Luc Gautier zusammenzuckte, mit zittrigen Händen seine Künstlermähne nach hinten strich und seine Unterlippe nervös mit den Zähnen malträtierte.

Lisa rief an und machte Rui Fernandes den Vorschlag, von

Luc Gautier eine Liste anfertigen zu lassen, an welchen Tagen er welche Fotos geschossen habe. Die Daten der Unfälle lägen ja bereits vor, und so könne man dann leicht abgleichen, welcher Zeitraum zwischen dem Fotografieren und dem jeweiligen Unfall lag.

»Stimmt«, sagte Rui Fernandes schmunzelnd. »Wir sind gerade bei ihm und überprüfen seine Alibis zum Zeitpunkt der Unfälle.« Danach verabschiedete er sich und wandte sich wieder an Luc Gautier. »Bitte lassen Sie mir eine Liste mit den Daten zukommen, an denen Sie die sechs Männer jeweils fotografiert haben.«

»Okay, kein Problem. Ich trage ja alles in meinen Terminplaner ein. So eine Liste ist schnell erstellt.«

Mit Hilfe seines Terminplaners konnte Luc Gautier auch zu den übrigen sechs Unfallterminen Stellung nehmen und glaubhaft begründen, warum er sich zu den jeweiligen Zeitpunkten nicht am Unfallort aufgehalten haben konnte.

Die Beamten machten sich Notizen und kündigten an, seine Angaben im Einzelnen sorgfältig zu überprüfen. Im Gegenzug gaben sie Luc Gautier bereitwillig Auskunft über die einzelnen Schicksale der Männer auf den Fotos. Mit jedem Fall wurde ihm elender zumute, und sein Entsetzen darüber stand ihm deutlich ins Gesicht geschrieben.

»War das jetzt alles?«, brachte er mühsam hervor.

»Ja. Vorerst schon«, erwiderte Rui Fernandes. »Wir bedauern die Unannehmlichkeiten, die Sie wegen unseres Besuchs hatten. Wir werden Sie nicht länger stören. Vielen Dank für Ihre Mithilfe, die uns ein gehöriges Stück weitergebracht hat. Auf Wiedersehen.«

»Ja …« Luc Gautier machte eine lange Pause. »Bekomme ich jetzt Polizeischutz?«

»Warum? Fühlen Sie sich bedroht?«

»Natürlich. Wenn da ein Irrer Vergeltung übt und Menschen, die ich fotografiert habe, dermaßen zusetzt, dann fühle ich mich doch zu Recht bedroht. Oder etwa nicht? Vielleicht bin ich ja als Nächster dran?«

»Das kann ich mir zwar nicht vorstellen, aber okay, ich werde das mit dem Staatsanwalt besprechen. Auf Wiedersehen.« Der Inspector-chefe reichte Luc Gautier, der ebenfalls aufgestanden war, die Hand zum Abschied.

Die drei Polizeibeamten gingen zwischen Haus und Waldrand zurück zum Auto.

»Schön haben Sie es hier!«, rief Rui Fernandes dem Fotografen zu, der gedankenversunken auf der Holzbank saß und sich eine Zigarette drehte. »Für eine Familie ist diese Natur wie geschaffen. Haben Sie Kinder?«

»Das fehlte mir gerade noch«, sagte Luc Gautier ausweichend und zündete die Zigarette an.

***

Über eine Seitenstraße gelangte Rui Fernandes eine halbe Stunde später zum Innenhof der Polícia Judiciária in Portimão, wo er seinen Renault Megane parkte. Kaum betraten er und seine Assistenten durch den Hintereingang das Gebäude, kamen auch schon zwei Beamte auf sie zugeeilt.

»*Chefe*, draußen stehen jede Menge Journalisten, die Sie sprechen möchten«, rief einer von beiden schon von Weitem.

»Was wollen sie?«

»Auskunft über eine Reihe von Unfällen.«

Rui Fernandes antwortete nicht, sondern ging zum Haupteingang und öffnete die Tür.

Blitzlichter zuckten auf, die Lichtkanone einer privaten Fernsehgesellschaft erhellte die gesamte Front des Gebäudes, Kameras surrten, Journalisten drängten sich mit gezückten Mikrofonen nach vorn, um möglichst nahe vor dem Inspector-chefe zu stehen und seine Worte einzufangen.

»Liebe Zuschauer, das ist der zuständige Kriminalbeamte, Inspector-chefe Rui Fernandes«, sprach eine hübsche Journalistin, der es gelungen war, in die erste Reihe vorzudringen, in ein Mikrofon. An Rui Fernandes gewandt sagte sie: »Die Öffentlichkeit hat soeben von einer Serie brutaler Anschläge auf unschuldige Menschen erfahren. Es wurden vorher Fotos von diesen Menschen gemacht, die demnächst in einer Kunstausstellung gezeigt werden sollen. Jetzt fragen sich alle verängstigten Bürger: Wer ist der Täter? Wer ist zu solchen Handlungen fähig? Ist es der Fotograf, der bekannte französische Künstler Luc Gautier?«

Rui Fernandes wischte sich die Haare aus dem Gesicht. Wegen der Hitze der Beleuchtung hatten sich Schweißperlen auf seiner Stirn gebildet. »Bitte haben Sie Verständnis: Die Ermittlungen haben gerade erst begonnen. Wir werden Sie informieren, sobald wir mehr als nur Vermutungen haben.«

In diesem Moment schob sich Staatsanwalt Dr. Rodrigo Calapaz an seine Seite. Sofort wurden die Kameras auf ihn gerichtet, und die eifrige junge Reporterin stellte auch ihn mit Namen, Titel und Funktion vor. Danach griff er nach einem ihm hingehaltenen Mikrofon.

»Ich kann nur wiederholen, was der Inspector-chefe bereits gesagt hat. Nur noch so viel: Wir sind offenbar auf ein Wespennest der Gewalt gestoßen, das wir ausheben werden. Das muss Ihnen vorerst genügen. Danke für Ihr großes Interesse an der Aufklärung, bitte behindern Sie sie nicht durch voreilige, spekulative Berichte. Vielen Dank!«

Lächelnd wandte sich der Staatsanwalt Rui Fernandes zu und schob sich mit ihm zusammen durch die offene Tür, die geräuschvoll hinter ihnen ins Schloss fiel. Er war sich sicher, dass er die Journalisten erfolgreich abgewimmelt hatte. Aber er war sich nicht sicher, in welche Richtung die Gedanken des Kriminalinspektors liefen. Hegte dieser vielleicht nicht zu Unrecht den Verdacht, er, der Staatsanwalt, habe die Journalisten informiert?

Ohne ein Wort über die Angelegenheit zu verlieren, eilten die Männer in entgegengesetzte Richtungen davon. Keiner von beiden nahm weiter Notiz von der Aufregung, die die Journalisten draußen gepackt hatte. Endlich gab es auch mal in der Provinz eine spannende Story. Was für eine einzigartige Gelegenheit für jeden Schreiberling und Interviewer, damit groß aufzumachen. Wie unter Strom liefen die Journalisten zu ihren Autos und fuhren in ihre jeweiligen Redaktionen. Die Filmer, um das Gedrehte für die nächste Sendung aufzubereiten, und die Vertreter der schreibenden Zunft in der Absicht, das eben Vernommene in einem gesalzenen Artikel unterzubringen.

***

Am darauffolgenden Sonntag, den 12. Juni, machten Moa, Pablo und Lisa am späten Nachmittag gemeinsam einen Ausflug hinauf zum Picota-Berg, um in luftiger Höhe zu versuchen, dem dramatischen »Bilderrätsel« auf die Spur zu kommen. Pablo stellte seinen alten Jeep auf einem kleinen Parkplatz am Ende einer Stichstraße ab. Von dort aus kletterten sie über rund gewaschene Felsblöcke das letzte Stück zum Granitgipfel hinauf.

Aus über siebenhundert Metern Seehöhe hatten sie eine phantastische Aussicht auf die Küste. Worte darüber zu verlieren schien keinem angebracht, hätten sie doch wie ein kümmerlicher Versuch gewirkt, die Schönheit dieser Landschaft zu fassen. Jeder saß auf einem anderen Felsen und blickte über die wie eine aufgewühlte versteinerte See wirkende Vorgebirgslandschaft auf den Atlantik hinaus. Oder hinüber zum Foía-Berg und seiner neunhundert Meter hohen Gipfelzone, die höchste der Algarve, die häufig in Wolken verschwand. Dieses Bergmassiv schirmte die Algarve vor dem häufigen Wolkenfluss aus Nordwest ab, der halb Europa fest im Griff hatte, und verhalf ihr damit zum angenehmsten und sonnigsten Klima der Alten Welt.

Es war natürlich Lisa, die die fast andächtige Stille unterbrach. »Ich glaube nicht, dass Luc Gautier der Täter ist«, meinte sie kurz und bündig.

»Warum nicht?«, fragte Pablo.

Sie lächelte ihn beinahe mitleidig an. »Pablo, mein Guter, Luc ist ein eitler Bock, ein Macho, ein Schwätzer und gewiss auch ein erfolgreicher Künstler – aber er ist viel zu feinfühlig, um solche Gewalttaten zu begehen. Abgesehen davon, dass der

Rächer vergewaltigter Töchter seine Schandtaten sicher eher im Geheimen verübt. Der geht doch nicht hin und fotografiert erst seine Opfer und wendet sich danach mit diesen Fotos an die Öffentlichkeit … Warum sollte er das tun? Er ist kein armer Wicht, der sich wichtigmachen will, wie meine Mutter sagte. Er ist bereits bekannt und als guter Künstler angesehen. Wenn ihr mich fragt: Luc ist raus.«

»Verdammt motiviert muss derjenige schon sein, der solche Taten begeht«, meinte Moa. »Geradezu fanatisch, wie diese Gotteskrieger, die unsere Welt in Angst und Schrecken versetzen. Denkt nur an Charlie Hebdo, das haben die auch als Racheakt ausgegeben.«

Lisa konnte nicht länger sitzen bleiben. Sie ging auf Pablo zu und rieb sich dabei ihre schmerzenden Pobacken. »Einen Penny für deine Gedanken. Raus damit, du siehst doch alles so gern aus der Vogelperspektive …«

Pablo blieb seelenruhig sitzen und blickte weiterhin in die Ferne. »Von hier oben«, sagte er schließlich, »sieht jeder Anschlag auch für mich wie ein Vergeltungsschlag aus. Da rächt sich einer, ist auf Gerechtigkeit aus …«

»Genau das hat Cristina Baptista auch gesagt«, fiel ihm Lisa aufgeregt ins Wort. »Sie sagte zu mir wortwörtlich, der Unfall ihres Vaters sei ein ›Akt der Gerechtigkeit‹. Und jetzt bläst du ins gleiche Horn.«

Moa ging auf die beiden zu. »Interessant, ich glaube auch nicht, dass der Täter aus purer Lust am Quälen gehandelt hat. Da muss mehr dahinterstecken.«

»Klar, weil die Opfer ausgesucht worden waren, auf einer Liste standen und planmäßig abgehakt wurden. Da steckt Kalkül dahinter, eine strategische Vorgehensweise, und ganz bestimmt hat das alles persönliche Gründe«, meinte Pablo. »Fragt sich nur, welche.«

Moa spann den Faden weiter: »Mich treibt auch die Frage um, warum keiner Anzeige erhoben hat.«

»Weil sie Angst haben. Alle …«, kam Pablos schnelle Antwort. »Denkt nur an Mário Baptista. Er hat Geldmangel vorgeschoben. Aber wie heißt es so schön? Getroffene Hunde bellen. Er ist völlig ausgeflippt, als Lisa ihm eine Scheißangst unterstellt hat …«

»Angst, okay«, meinte Moa. »Aber wovor?«

»Vor einem zweiten Unfall dieser Art. Der sie dann vermutlich töten würde. Die Leute haben Bekanntschaft mit dem Teufel in Person gemacht, vergesst das nicht.«

»Ja, das hört sich plausibel an. Aber wer ist dieser Teufel? Wer jagt ihnen diese Heidenangst ein?«, fragte Moa. Ihre Augen leuchteten auf. »Ob er aus ihrem persönlichen Umfeld kommt?«

Pablo zögerte nicht lange mit einer Antwort. »Nein, keinesfalls. Das ist jemand, der weder zu den Männern noch zu ihren Töchtern in irgendeiner Beziehung steht. Bei nur einem Opfer könnte man das ja in Betracht ziehen, aber nicht bei sechs. Jemand muss das gemeinsame Vergehen der Männer, also sexuelle Gewalt, zu seinem Auswahlkriterium gemacht haben. Es könnte jemand sein, der beim Jugendamt oder Gericht arbeitet oder Zugang zu juristischen Unterlagen hat.«

Pablos Argumente waren überzeugend. Lisa blickte Moa und ihn abwechselnd an. »Wer kann das sein?«, fragte sie.

Moa hatte eine Antwort rasch parat: »Warum nicht Dona Diana Marques? Wir dürfen nicht vergessen, dass die Fotoserie keine freie Arbeit ist, sondern eine Auftragsarbeit. Luc Gautiers Auftraggeberin ist Diana Marques.«

»Genau, Luc ist lediglich ihr Handlanger, Senhora Marques ist die eigentliche Drahtzieherin«, bestätigte Pablo. »Ganz sicher hat sie ihm konkrete Vorgaben gemacht oder eine Liste der Männer geliefert, die er für sie fotografieren sollte, was er ja auch bravourös erledigt hat.«

»Ja, anzunehmen. Aber warum hat Luc das nicht erwähnt, anstatt uns mit Ausreden wie ›Zufälle‹ zu kommen?«, fragte Lisa.

Moa riss die Augen weit auf, als hätte sie eine Eingebung. »Womöglich hat auch *er* Angst?«

»Vor wem denn? Doch nicht etwa vor seiner Auftraggeberin, der Dona Diana?«, konterte Pablo ungläubig, um gleich darauf fortzusetzen: »Warum eigentlich nicht, sie kann ihn doch zum

Schweigen verdonnert haben, mit ihrem vielen Geld. Er hat womöglich Angst, dass sie den Geldhahn wieder zudreht, wenn er redet.«

Ihrem Seufzer und dem kurzen Blick nach zu urteilen, den sie mit Moa wechselte, schien Lisa das nur zu gut nachvollziehen zu können. Sie legte ihre Stirn in Falten. »Vielleicht bedroht sie ihn zusätzlich auch noch mit Gewalt?« Als die anderen beiden lachten, fügte sie hinzu: »So abwegig ist das gar nicht. Sie wäre immerhin sportlich fit und kräftig genug, ein Opfer beispielsweise zu einer Eisenbahnschiene zu bugsieren und dort festzubinden. Sie absolviert sicher jeden Tag ihr Krafttraining in der hauseigenen Muckibude. Außerdem tickt sie irgendwie nicht ganz richtig. Stellt euch vor, als wir das Datum der Ausstellungseröffnung festlegten, sagte sie doch tatsächlich zu mir, sie könne nun mit ihrem Ehemann darauf hinarbeiten. Ihr Ehemann ist aber tot. Seit einem Jahr schon. Wie krank ist das denn?«

»Schon ziemlich psychotisch«, meinte Moa. »Sie kam dir ja von Anfang an trotz all ihres natürlichen Charmes und ihrer Eleganz nicht ganz geheuer vor. Vielleicht«, sagte sie plötzlich mit Grabesstimme und ließ dabei ihre Augäpfel kreisen, »murkst sie ja auch die Kaninchen ihrer Feinde ab, die diese dann, wenn sie heimkommen, im brodelnden Suppentopf auf dem Herd vorfinden.« Als sie die allgemeine Ratlosigkeit bemerkte, setzte sie hinzu: »Wie Glenn Close damals in ›Eine verhängnisvolle Affäre‹ … Habt ihr den etwa nicht gesehen? Ach kommt … Okay, also wieder ernsthaft: Was hat Dianas Mann eigentlich beruflich gemacht?«

»Er war Rechtsanwalt und hat in Faro gearbeitet. Das hat Dr. Soares neulich erwähnt.«

»Aha, da haben wir sie ja, die Verbindung zur Justiz. Ich finde, dass wir Dona Diana unbedingt noch einmal interviewen sollten. Könnte ja sein, dass sie über ihren Mann die Vorgeschichten der Männer kannte und sich zum eiskalten Racheengel emporschwang.«

Racheengel. Das Wort hatte seine Wirkung nicht verfehlt. Es

nistete sich schlagartig in den Köpfen der drei Hobbydetektive ein. Sie machten sich an den Abstieg, jeder für sich in Gedanken versunken.

Beim Jeep angekommen meinte Lisa: »Ich denke, der Täter oder die Täterin muss über Geld und ziemlich viel Zeit verfügen. Wer sonst könnte sich in diesem Maße einem Rachefeldzug und dessen Inszenierung widmen? Außerdem muss die Person psychisch labil sein, darüber sind wir uns wohl alle einig. All das trifft zwar auf Diana zu. Aber sie ist nicht gefühlskalt. Ihr müsstet sie mal erleben, wenn sie von ihrem Ehemann redet. Demnach ist sie durchaus liebesfähig oder aber eine ausgezeichnete Schauspielerin. Wir müssen unsere Verdachtsmomente unbedingt Rui Fernandes mitteilen.«

»Ja, das glaube ich auch«, meinte Moa. »Und wir könnten versuchen, Luc Gautier zum Reden zu bringen, wie schon gesagt, was Auftrag und Auftragsvorgaben anbelangt. Parallel dazu sollten wir uns mal die restlichen Männer von unserer Liste vorknöpfen. Vielleicht traut sich ja einer von denen, uns etwas über den Unfallhergang und seinen Peiniger zu erzählen. Hast du die Fotos und die Liste dabei?«, fragte sie Lisa, die sofort ihr Tablet hervorholte.

Die drei Freunde beugten sich gemeinsam darüber. »Fangen wir doch mal mit diesem hier an: Raul Sá, 37, Culatra«, schlug Lisa vor. »Lasst uns jetzt das passende Foto suchen.«

Gemeinsam sahen sie sich ein Bild nach dem anderen an, bis Pablo und Moa fast gleichzeitig riefen: »Stopp, das muss er sein!«

»Und warum ausgerechnet der?«, wollte Lisa wissen, während sie das Foto betrachtete.

Pablo ließ Moa generös den Vortritt. »Siehst du den hohen Leuchtturm im Hintergrund? Vergrößere ihn mal.«

Lisa spreizte zwei Finger und zoomte den Turm somit näher ran. »Ja, das ist er, der steht auf Culatra, der *farol* ist sozusagen das Wahrzeichen von Culatra, stimmt's?«

Pablo nickte zustimmend. »Ganz genau. Das ist Culatra. Diese Insel der Muscheln ist eine Welt für sich.«

»Fahren wir morgen hin?«, fragte Lisa. »Also ich fahre hin, das steht fest. Morgen ist Montag, da ist meine Galerie wie immer geschlossen. Wer kommt mit?«

Moa schüttelte bedauernd den Kopf. »Ich kann nicht. Leider …«

»Und was ist mit dir, Pablo, hast du Zeit?«

»Die nehm ich mir einfach. Die Fähre in Olhão legt, glaube ich, alle zwei Stunden ab. Lass uns die um neun nehmen. Kann ich bei euch in der Quinta übernachten?«

***

Früh am Morgen des 13. Juni brachen Lisa und Pablo auf. Die Fahrt von der Serra de Monchique hinunter zur Küste war ein fröhliches Kurven und Rollen im morgendlichen Dämmerlicht. Die Baumspitzen der Abertausend Akazienbäume, Korkeichen und Pinien glänzten in der frühen Sonne und winkten einen Junitag herbei, der außerordentlich schön zu werden versprach. Es war, als führen sie durch einen riesigen sattgrünen Park, der an der N 125 jäh endete.

Der Morgenverkehr war dicht, dennoch blieb Pablo – anders als Lisa – seinem Grundsatz treu, nämlich die Autobahn zu boykottieren, und kämpfte sich in Richtung Osten durch.

Es war acht Uhr dreißig, als sie Olhão erreichten. Sie stellten den Jeep bei den beiden Markthallen ab. Hier herrschte Hochbetrieb. Händler trugen körbeweise Salate und Gemüse, Käfige mit Hühnern und Kaninchen zu den neoarabesken Hallen, den Wahrzeichen der Fischerstadt, andere karrten Fische zur Zwillingshalle oder schleppten halbe Rinderteile zu den Kühlräumen.

Seit Monaten lebte Lisa in der Algarve, und in diesem Moment fiel ihr wie so oft auf, dass es Hektik hier nicht gab. Zumindest nicht in der alles verschlingenden Art, wie sie es aus ihrer nördlichen Heimat kannte, die inzwischen zu einer Ex-Heimat geworden war.

Sie blickte in lachende, schwitzende Gesichter und hörte

vereinzelt Portugiesen auf eine Art und Weise fluchen, als wäre jeder Fluch ein Gedicht. Aggressiv waren diese Menschen nicht.

Sie durchquerten beide Hallen und gerieten östlich davon in einen parkähnlichen Uferstreifen, an dessen Ende die Neun-Uhr-Fähre an einem Landesteg dümpelte.

»Armona, Culatra oder Farol?«, fragte die viel zu gewichtige Frau im viel zu engen Kartenhäuschen.

»Culatra, hin und zurück«, sagten Lisa und Pablo wie aus einem Mund, legten abgezählt je zwei Euro siebzig auf das Plastiktellerchen und erhielten ihre Abreißtickets, die wahrscheinlich vor dreißig Jahren gedruckt worden waren – jedenfalls sahen sie so aus.

Die Fähre füllte sich zusehends. Die meisten Fahrgäste waren zu früher Stunde auf dem Markt gewesen und hatten sich in großen Plastiktaschen mit allerlei Grünzeugs eingedeckt. Ein Mann hatte seinen Hühnerbestand um ein paar neue gackernde Exemplare erweitert. Zwei Frauen trugen eine dünne Matratze und einen kleinen Zweiplatten-Elektroherd an Bord. Drei junge Männer hievten ihre Mountainbikes über die Reling, und mehrere alte Weiblein hielten kleine Blumengebinde in ihren faltigen Händen. Anscheinend wollten sie gemeinsam den Inselfriedhof besuchen.

Viele Leute unterhielten sich laut und fröhlich. Ihnen ging es wie Pablo und Lisa: An Bord eines Schiffes kommt fast immer gute Laune auf. Man ist irgendwie freier, leichter und beschwingter. Auch wenn die Fähre fest vertäut am Steg anlag, machte sich doch ein sanftes Schlingern bemerkbar, was diese Gefühle noch verstärkte.

Pünktlich um neun Uhr läutete der Kapitän die Schiffsglocke, Taue wurden ins Wasser geworfen und eingeholt, und mit einer langen Holzstange drückte ein Mann die Fähre vom Steg weg. Sie nahm Fahrt auf, schwebte durch das wellenfreie Wasser, das an diesem Morgen von leuchtender smaragdgrüner Farbe an eher flachen Stellen war, während tiefere Stellen in einem satten Türkisblau schimmerten. Gebannt schauten

Lisa und Pablo diesem Farbenspiel zu, während neben ihnen geraucht, getrunken und geschwätzt wurde. Sie hatten erst vor wenigen Minuten abgelegt, doch befanden sie sich schon umringt von einer wundersamen Wasserwelt.

Hie und da ragten kleine Sandflächen aus dem Lagunenwasser, auf denen sich zahlreiche Vögel ausruhten.

»Sag's schon, mein Lieber, ich seh doch, was du gerade denkst: Diese Inselkuppen sehen wie kleine, hübsche Busen aus«, belustigte sich Lisa.

Pablo grinste und zog die Augenbrauen hoch.

An manchen dieser Mini-Inselchen lagen Boote vor Anker, in denen Angler dann und wann ihre Rute auswarfen und dem Zerrinnen der Zeit harrten, ob die Flut nun kam oder ging. Das glasklare Wasser gewährte ungehinderte Sicht bis auf den Lagunenboden. Fische schwammen vorbei, Krebse krabbelten am sandigen Boden, über ihnen schwirrten Möwen auf der Suche nach Fressbarem durch die lauen Lüfte, was sie mit hungrigen Schreien kundgaben. Vereinzelt flogen Kormorane zielstrebig und immer in Pfeilformation umher.

Eine leichte Brise wehte vom Atlantik her und verbreitete einen Duft, in dem sich Algen und andere Wassergewächse bemerkbar machten. Ein wunderbarer Geruch.

***

Luc Gautier, der sich in den letzten Tagen immer wieder das Gespräch mit dem Kriminalinspektor durch den Kopf hatte gehen lassen und sich kaum mehr aus dem Haus traute, hielt es erst für eine Halluzination, als mehrere Autos und ein TV-Übertragungswagen vorfuhren und knapp vor seinem Haus zum Stillstand kamen. Dann aber hatte er blitzschnell die Situation erfasst und Morgenluft gewittert. Dieser Wirbel brachte ihm beste Publicity, kostenlose PR für ihn persönlich und auch für die anstehende Ausstellung. Genüsslich rieb er sich die Hände. Nichts liebte er mehr als die Aufmerksamkeit der Medien.

Nach einem prüfenden Blick in den Spiegel über der Spüle

in der Küche schaufelte er sich mit beiden Händen kaltes Wasser ins Gesicht, richtete seine Lockenpracht und ging hinaus, um sich den Journalisten zu stellen.

Wieder war es die hübsche Journalistin, die sich vordrängelte und in ihr Mikrofon rief: »Meine Damen und Herren, wir sind ins Hinterland von Lagos gefahren, um mit jenem Mann zu sprechen, der so plötzlich in die Schlagzeilen gerückt ist. Der bekannte französische Fotograf Luc Gautier.«

Sie lächelte ihn kurz an. »Senhor Gautier, bevor diese Männer diese fürchterlichen Arbeitsunfälle hatten, über die jetzt alle Leute sprechen, wurden sie von Ihnen fotografiert. Besteht da ein Zusammenhang und wenn ja, welcher?«

Luc verdrehte die Augen. »Da besteht absolut kein Zusammenhang. Das sind Zufälle, verrückte Zufälle. Ich bin ebenso entsetzt wie Sie, glauben Sie mir. Bis die Polizei mich darüber informierte, hatte ich keine Ahnung von den Unfällen dieser Männer, denen im Übrigen mein ganzes Mitgefühl gilt.« Er legte seine rechte Hand auf sein Herz und machte eine kleine Pause der Betroffenheit. Denn Pausen an den richtigen Stellen, das wusste er, hatten eine dramaturgisch wertvolle Bedeutung für die Gesamtwirkung eines Auftrittes. »Ich konnte glücklicherweise beweisen, dass ich zu der Zeit, als die Unfälle passierten, mit anderem beschäftigt war. Mehr kann ich dazu beim besten Willen nicht sagen. Bitte gehen Sie jetzt, ich habe zu tun.«

Er wandte sich ab und verschwand im Hausinneren. Ein zufriedenes Grinsen, nicht mehr sichtbar für die Kameras, zog über sein Gesicht. Von heute auf morgen war sein Bekanntheitsgrad in unermessliche Höhen geschnellt. Phantastisch, für ihn konnte es nicht besser laufen. Trotzdem holten ihn die beängstigenden Worte des Inspector-chefe sofort wieder ein, sobald er die Tür hinter sich geschlossen hatte.

Zielsicher schritt er in seiner Küche auf die Tonflasche zu, die auf dem Sims des Rauchabzugs stand und noch zu einem Viertel mit Medronho-Schnaps gefüllt war. Er setzte sie an und trank sie in mehreren gierigen Zügen komplett leer. Die Wirkung ließ nicht lange auf sich warten, Angst und Unsicherheit fielen von ihm ab, die Anspannung hatte nachgelassen, jetzt wollte er nur noch eines: mit seiner kryptischen Auftraggeberin sprechen und sie zur Rede stellen. Aber er hatte ja noch nicht einmal ihre Telefonnummer. Wütend lief er durch die Hintertür hinaus und schleuderte die leere Tonflasche in hohem Bogen in das Dickicht hinter seinem Grundstück.

Immer wieder drehten sich seine Gedanken um das, was Rui Fernandes wie nebenbei erwähnt hatte: dass die Unfallopfer ihre eigenen Töchter missbraucht hatten. Was sollte das alles? Was wurde hier gespielt? Verdammt, was hatte diese Diana mit ihrer Ausstellung wirklich vor? Missbrauchte sie ihn, Luc Gautier, für ihre dämlichen undurchsichtigen Weiber-Spielchen? Sie hatte sich ja sehr geheimnisvoll gegeben, hatte sogar ihren Nachnamen für sich behalten, und er hatte dummerweise beschlossen, nicht nachzuhaken und sich seine vielen Fragen lieber zu verkneifen angesichts der großzügigen Summe, die sie in Aussicht gestellt hatte. Selbst schuld, du Idiot, dachte er.

# 12

Einige Fischerboote kamen ihnen entgegen, ab und zu auch eine Yacht, die den Hafen von Olhão ansteuerte. Nach einer halben Stunde näherten sie sich der Anlegestelle vor dem Fischerdorf Culatra. Wie die meisten Fahrgäste verließen auch Pablo und Lisa hier die Fähre.

Gleich hinter dem Steg zeigte sich ein verschachteltes Dorf aus sehr kleinen Häusern, die offensichtlich rasch, aber liebevoll zusammengezimmert worden waren, etliche umringt von zimmergroßen Gärten hinter niedrigen Zäunen, wo Koriander, Kohl und Weinraute statt Rosen und Tulpen wuchsen. Es sah wie ein etwas zu kitschig geratenes LEGO-Modelldorf aus. Sehr heimelig war es allemal. Hier konnten sich die Menschen, meist Fischer und ihre Familien, wohlfühlen.

Einige der Ankömmlinge strebten gleich zu den beiden nächsten Kneipen, wo sie von Losverkäufern angesprochen wurden, die ihnen Rubbelloskarten und größtes Glück feilboten. Pablo gönnte sich eine Karte, rubbelte mit einem Schlüssel und war enttäuscht. Nichts. *Nada.*

In einem der neun Cafés und Restaurants – man musste sich wundern, wie die alle in dem winzigen Ort überleben konnten – tranken sie *meia de leite.* Zahlreiche Einheimische saßen unter dem Vordach des sehr einfach gebauten Hauses, das bei starkem Wind enorm gefährdet war – aber es stand hier schon seit Jahrzehnten und hatte allen noch so bösen Stürmen getrotzt.

Alle schienen sich hier zu kennen. Man ulkte und berichtete dies und das, und natürlich sprach man vor allem über den Tagespreis der Venusmuscheln, den *Amêijoas à Bulhão Pato*, von denen die Insel sozusagen lebte, indem man sie tagtäglich entweder verspeiste oder verkaufte. Händler transportierten jeden Tag zig Säcke voll Muscheln auf das Festland.

Pablo wollte keine Zeit vergeuden. Er zog aus seiner Tasche

das Foto von jenem Mann heraus, der auf der Insel einen Arbeitsunfall erlitten hatte, und zeigte es herum. Ein Gast verzog spöttisch sein Gesicht: »Das ist Raul Sá. Furchtbare Geschichte …«

Wortreich erklärte er ihnen, was sie zum Teil schon wussten, nämlich dass beim Einholen eines riesigen Schwertfisches der bedauernswerte Angler seine rechte Hand verloren hatte. Der Unfall wurde als Arbeitsunfall gewertet, obwohl die Arbeit des Beamten darin bestanden hatte, den Fang der Fischer und Muschelsammler zu kontrollieren, wie Pablo auf sein Nachfragen hin erklärt wurde. Was Rauls Job mit Angeln zu tun habe, wollte er noch wissen. Nichts, aber das sei nicht hinterfragt worden, hieß die lapidare Antwort, das sei halt so gewesen.

Andere Männer gesellten sich dazu und umringten Lisa und Pablo. Auch ein paar Frauen, alle in ihren Haushaltsschürzen, kamen neugierig näher. Fast jeder gab eine andere Version zum Besten. Mal war der kapitale Übeltäter jedoch kein Schwertfisch, sondern ein drei Meter langer Thunfisch oder ein Hai von ähnlichen Ausmaßen.

Erst als Lisa gezielt auf die Tochter des Opfers zu sprechen kam, wurden die Männer wortkarg.

»Der Raul hat es nach dem Unfall nicht mehr lange bei uns ausgehalten«, sagte schließlich ein alter Fischer. »Seine Tochter hatte schon lange davor mit einer Freundin über die Sache gesprochen, und die erzählte es dann ihren Freundinnen. Angeblich soll das schon seit Jahren so gegangen sein, seit die Kleine um die sechs Jahre alt war, erzählt man sich. Jedenfalls wusste der ganze Ort Bescheid, weil sich hier alle kennen …«

»Aber Raul ist ein Beamter«, erklärte ein anderer. »Da hält man besser seinen Mund. Er muss die allgemeine Missbilligung trotzdem gespürt haben, vor allem nach der Anzeige. Da haben ihn alle mit Verachtung gestraft.«

»Er wurde angezeigt?«

»Aber ja. Wegen Missbrauchs.«

»Von wem?«

»Die Mutter einer Freundin seiner Tochter hat das getan.«

»Und wie ging das aus?«

»Wie geht es aus, wenn einer von der Polizei oder vom Zollamt angezeigt wird? Raul hat alles abgestritten und die Aussagen seiner Tochter als Mädchenphantasie abgetan. Am nächsten Tag war er wieder frei. Die Aussage eines Zollbeamten zählt mehr als die von normalen Leuten. Das ist halt so. Schluss. Aus. Ende.«

»Und wo ist Raul Sá jetzt?«, fragte Pablo.

»Keine Ahnung. Nach dem Unfall hat er sich versetzen lassen«, sagte der Fischer.

»Versetzen lassen?«, hakte Pablo nach.

»Er ist Beamter. Da ist vieles möglich, verstehen Sie?«, meinte der Fischer sarkastisch.

»Ich versuche es. Und wohin wurde er versetzt?«

»Das weiß niemand. Wahrscheinlich so weit weg wie möglich.«

Pablo und Lisa schauten sich kurz an. Mehr würden sie wohl nicht erfahren. Seit Salazars Zeiten hatten die Leute gelernt, mit den Männern der Polizei oder des Zolls vorsichtig umzugehen. Auf eine Kooperation, eine freundliche noch dazu, waren sie jedoch nicht erpicht. Dafür waren ihnen die Leute der Macht immer noch nicht geheuer, zumal sie immer wieder, auch heute noch, ihre Positionen ausspielten. Jeder wusste es, und jeder hielt sich daran.

»Die Kraft der ungeschriebenen Gesetze ist in diesem Land stärker als die der geschriebenen«, meinte Pablo und lachte holprig. Ob bitter oder belustigt – er wusste es selbst nicht.

Enttäuschend war, dass sie Raul Sá auf Culatra nicht angetroffen hatten und ihn zum Unfallhergang nicht befragen konnten. Hier vor Ort wunderten sie sich jetzt, wie es der Attentäter hatte schaffen können, auf der überschaubaren Insel unbemerkt seinen Anschlag auszuführen.

Sie verabschiedeten sich von den Einheimischen, gingen barfuß zur nahen Atlantikseite der Insel und wanderten in nördlicher Richtung am Strand entlang, mit dem hohen Leuchtturm als Zielpunkt, der unter sich ein weiteres kleines Dorf – Farol mit Namen – hatte und den Schiffen die Einfahrt in die Ria Formosa zeigte, auf dass sie den Hafen Olhão sicher erreichen konnten.

Unterwegs genossen sie die unvergleichliche Stille, die Culatra so paradiesisch erscheinen ließ, die wunderbare Einsamkeit an diesem kilometerlangen Strand, an dem sich das Meer austobte, mit Wellen, die mit jedem Schlag Sand wegholten, um ihn gleich darauf wieder abzulegen, Jahrtausende lang immer das gleiche Spiel, und jede Welle war anders als ihre Vorgängerin.

»Merkwürdig«, meinte Lisa. »Immer wenn ich an einem einsamen Strand spazieren gehe, muss ich an das All denken, an die Ewigkeit, an die Zeitlosigkeit, an Gott auch, ja, und dann weiß ich nie, wie es weitergeht …«

»Ich habe da auch so meine Gedanken. Irgendwann werde ich dir davon erzählen«, sagte Pablo. »Du fragst, wie es weitergeht, Lisa? Wir müssen die restlichen Männer aufsuchen und sie befragen, falls das möglich ist. Uns fehlen noch die aus Albufeira und Alcoutim.«

***

Am Donnerstagmorgen, den 16. Juni, klingelte Luc Gautiers Handy. Es war Susana. »Süßer, du bist ein echter Medienstar. Du bist in allen Zeitungen! Sogar im Fernsehen haben sie dich gebracht, gerade eben im Mittagsmagazin. ›Luc Gautier, der französische Star-Fotograf‹. Wollen wir uns am Samstagabend wieder treffen, mein Lieber? In der ›Adega da Marina‹?« Ihre Stimme war derart lasziv, dass er nur den Kopf senken und die Augen schließen konnte vor Begeisterung.

»Das lässt sich einrichten«, sagte er. »Ich freue mich auf dich, *chérie*. Und danke für das Alibi.«

»Ist doch selbstverständlich, mein Süßer.«

Kaum hatte er aufgelegt und angenehme Erinnerungen an ihre letzte gemeinsame Nacht wachgerufen, läutete das Handy wieder. Die Nummer des Anrufers war unterdrückt. Eine Anruferin, wie sich herausstellte.

»Senhor Luc, wie geht es Ihnen?« Dianas Stimme war gelassen wie immer.

»Das wagen Sie noch zu fragen? Beschissen geht es mir! In was haben Sie mich da reingeritten? Ich verstehe überhaupt nichts mehr. Gott sei Dank musste ich weder der Kripo noch dem Fernsehen gegenüber lügen, als ich behauptete, dass ich die Männer auf meinen Fotos nicht kenne. Und ich konnte beweisen, dass ich ihre grausamen Unfälle nicht verursacht habe.«

»Was haben Sie der Polizei noch gesagt?«

»Nichts weiter.«

»Haben Sie meinen Namen erwähnt?«

»Wie denn? Den haben Sie mir ja verschwiegen.«

»Gut. Wissen Sie, Luc, mit diesen Unfällen habe ich ebenfalls nichts zu tun. Es ist alles irgendwie aus dem Ruder gelaufen. Ich weiß nicht, wie das geschehen konnte. Jedenfalls bedaure ich es zutiefst.«

»Und ich erst!«

»Aber wir werden die geplante Ausstellung durchziehen. Wir lassen uns nicht von irgendwelchen Verrückten von unserem Weg abbringen«, sagte Diana bestimmt, wobei ihre Stimme eine fast beschwörende Intention annahm.

»Springt da wenigstens etwas extra für mich raus?«, wollte Luc Gautier wissen, denn er ließ prinzipiell keine Chance aus, an Geld zu kommen.

»Gewiss. Ich entschädige Sie mit weiteren zweitausend Euro für den Ärger und den Zeitverlust, den Sie meinetwegen mit der Polizei hatten. Können wir uns heute irgendwo treffen, damit ich Ihnen das Geld geben kann?«

»Am besten wäre es, wenn Sie es zu mir nach Hause bringen. Heute noch?«

»Ja, das geht. Ich muss ohnehin mal wieder aus meinen eigenen vier Wänden raus und verbinde das mit einem Bummel durch Lagos. Ich bin gegen sechzehn Uhr bei Ihnen.«

Luc Gautier klappte sein Handy zu, steckte eine Selbstgedrehte zwischen die Lippen und grinste breit. Schließlich hatte er zusätzliche zweitausend Euro gutgemacht. Bei diesem

Gedanken war seine sprichwörtliche gute Laune augenblicklich wiederhergestellt.

***

Auch Diana klappte nach dem Gespräch mit Luc Gautier ihr Handy zu. Sie hatte keine Ahnung, warum die Polizei ihn behelligt hatte. Er hatte doch mit den Männern, die er fotografieren sollte, überhaupt nichts zu tun. Was hatte die Polizei über die Männer herausgefunden? Sie hatte im TV-Mittagsmagazin vernommen, dass die sechs jetzt dauerhaft schwerstbehindert waren. Und zwar durch Unfälle, die höchstwahrscheinlich gar keine Unfälle, sondern Attentate waren.

Immerhin war sie die Initiatorin der Fotoserie und Luc nur ein ausführendes Element. Trotzdem hatte sich die Polizei erst an ihn gewandt und nicht an sie. Seltsam. Es war sicher nur noch eine Frage der Zeit, bis sie bei ihr auftauchten und sie abführten. Sie musste genau planen, wie sie sich bei diesem Verhör zu verhalten hatte …

Aber darum würde sie sich später kümmern. Jetzt musste sie erst einmal sicherstellen, dass Luc Gautier bei der Stange blieb. Die leicht verdienten zweitausend Euro würden ihre Wirkung nicht verfehlen.

Sie zog sich für die bevorstehende Fahrt zu Luc Gautier um. Da sie ihn erst um sechzehn Uhr treffen wollte, hatte sie noch reichlich Zeit, vorher ihrem Lieblingscafé in Loulé einen ausgedehnten Besuch abzustatten.

Als sie später gegen fünfzehn Uhr bei Boliqueime auf die N 125 abbog, nahm sie den olivgrünen Jeep nicht wahr, der ihr in großem Abstand folgte, so sehr war sie in Gedanken versunken. Als ihr Blick zufällig im Rückspiegel ihr eigenes Gesicht streifte, erschrak sie. Sie sah eine verängstigte, vergrämte Frau.

Pünktlich zur vereinbarten Zeit parkte sie unmittelbar vor Luc Gautiers Eingangstür, hupte kurz, öffnete die Wagentür und stieg aus, wobei ihr langer dunkelroter Seidenrock ein wenig hochrutschte und ihre schlanken Fesseln freigab. Während sie hinter sich nach der Handtasche griff, sah sie, dass der Fotograf an der offenen Tür stand. Sie ging auf ihn zu.

»Wir haben ja alles am Telefon besprochen. Hier, bitte, Ihre Entschädigung«, sagte sie, reichte ihm einen Umschlag und wollte wieder gehen, da wurde sie von Luc Gautier wütend angefahren.

»Ich habe mit dieser verdammten Geschichte nichts zu tun. Sie wollten, dass ich die Männer für Ihre Ausstellung fotografiere. Warum? Was bezwecken Sie damit? Ich will das jetzt wissen, verdammt noch mal!«

»Das bleibt mein Geheimnis und das meines Mannes. Ich muss mich Ihnen nicht erklären«, erwiderte Diana Marques stur.

»Schön, ich habe auch nichts anderes von Ihnen erwartet. Aber wenn Sie mich noch tiefer in die Scheiße reiten, werden Sie es bitter bereuen, das schwöre ich Ihnen. Ich habe unseren gesamten E-Mail-Verkehr mit all Ihren Schnappschüssen und Ihren Vorgaben gespeichert.«

»Keine Angst, Monsieur Luc, von mir droht keine Gefahr. Die Ausstellung findet bald statt. Anschließend wird Gras über die Sache wachsen, und Ihr Bekanntheitsgrad wird um ein Vielfaches angestiegen sein. Eigentlich hätte es für Sie doch gar nicht besser laufen können … Die bedauerlichen Unannehmlichkeiten werden dadurch doch mehr als wettgemacht, finden Sie nicht?« Sie lächelte ihn wieder auf dieselbe Art an, die er schon bei ihrer ersten Begegnung nicht zu deuten vermocht hatte. War es verführerisch oder herablassend oder eine Kombination aus beidem?

»Weiber!«, brüllte er und schlug die Haustür vor ihrer Nase zu.

Diana Marques stieg in ihren Wagen, fuhr rückwärts an einem unter einer nahen Pinie abgestellten olivgrünen Jeep vorbei, ohne Notiz von ihm zu nehmen, legte den ersten Gang ein und machte sich auf den langen Heimweg.

***

*Liebster, lange hat es gedauert, bis meine Rachepläne mit den Fotografien ausgereift waren. Gott sei Dank hat Luc Gautier seine Aufgabe bravourös gemeistert. Dass alle Schuldigen scharf abgebildet werden, die anderen Leute aber nicht, ist ein wunderbarer Kunstkniff.*

*Ich gebe zu: Ich bin schon ein bisschen stolz auf die gelungene Foto-Serie. Es wird eine phantastische Ausstellung werden, du wirst sehen. Wir werden sie darin bloßstellen und der Öffentlichkeit vorführen, diese charakterlosen Schänder ihrer eigenen Töchter.*

*Die Besucher der Ausstellung, die bewundernd vor den Bildern stehen bleiben, werden nur wunderschöne, stimmungsvolle Szenen der Algarve wahrnehmen. Und sonst gar nichts. Nur wir beide wissen, um was es wirklich geht, und dieses Geheimnis teilen wir mit niemandem, es gehört uns ganz allein, es stärkt unsere Verbindung über deinen Tod hinaus …*

*Ach Diniz. Ich könnte jubeln. Endlich fühle ich mich ein wenig glücklich und kann die Einsamkeit besser ertragen. Übrigens hat mich Ricardo schon wieder angerufen, er wollte mich diesmal ganz groß zum Essen ausführen, in einem neuen Restaurant in der Nähe von Quinta do Lago. Doch ich habe erneut abgelehnt. Bevor dein Mörder nicht gefasst und somit mein Verdacht gegen Ricardo vollkommen ausgeräumt wurde, kann ich doch keinen entspannten Abend mit ihm verbringen, das verstehst du sicher. Ich vermisse und liebe dich – bis ans Ende der Ewigkeit.*

Er saß in seinem Jeep im Schatten der Pinie bei Luc Gautiers Haus und las die Zeilen, die Diana vor Wochen in ihr digitales Tagebuch geschrieben hatte, noch einmal durch. *»… bis ans Ende der Ewigkeit.«* Er schüttelte den Kopf. So ein Schwachsinn, dachte er. Die Ewigkeit hat doch kein Ende, eben weil sie die Ewigkeit ist, und ob sie einen Anfang hat, ist auch nicht sicher. Ewigkeit dürfte eigentlich weder das eine noch das andere haben …

Er las weiter und blieb an einem Satz hängen: *»Bevor dein Mörder nicht gefasst und somit mein Verdacht gegen Ricardo vollkom-*

*men ausgeräumt ist ...«* Das erschreckte ihn nicht nur, sondern versetzte ihm gleichzeitig einen Stich.

Er hörte ein Auto vorbeifahren, schaute in den Rückspiegel und sah ihren weinroten Mercedes hinter der nächsten Kurve verschwinden. Also konnte er weiter ungestört in ihren Unterlagen stöbern, die sich jetzt alle, es war wirklich ein Kinderspiel gewesen, auch auf seinem Notebook befanden. Der Kurs bei einem Hacker-Guru drüben in Marokko hatte sich bezahlt gemacht.

Noch einmal las er die Zeilen. *»Ich vermisse und liebe dich – bis ans Ende der Ewigkeit.«* Was für ein Bullshit, dachte er und klickte eine andere Seite auf seinem Notebook an. Drei Bilder erschienen. Sie flimmerten ein wenig. Aber sie waren scharf. Sie zeigten, was in diesem Moment in Luc Gautiers Haus vor sich ging. Gut so. Er hatte alles unter Kontrolle.

Das erste Bild zeigte den Fotografen in der Küche stehend. Er zählte Geldscheine und vollführte danach einen ekstatischen Freudentanz. Er tänzelte hinüber in das nächste Bild, in sein Schlafzimmer, öffnete den Kleiderschrank, griff nach einem frischen T-Shirt und einem Handtuch und nahm kurz darauf eine Dusche. Man konnte ihn durch das offen stehende Badezimmerfenster bis zum Jeep herüber laut singen hören. *»Money makes the world go round ...«*

Luc trocknete sich nicht ab, sondern zog die wenigen Klamotten über seinen nassen Körper und sprühte sich mit einem Aftershave ein. Hinter die Ohren, in den Nacken, auf die Wangen. Dann öffnete er die Haustür, schritt wie ein General zu seinem R4, zündete den Motor und holperte über den Vorplatz seines Hauses zur Straße nach Lagos.

Rasch senkte der Mann im Jeep den Kopf. Luc Gautier fuhr an ihm vorbei. Kaum war der R4 nicht mehr zu sehen, stieg er aus, zog auf dem Weg zu Luc Gautiers Haus Einweghandschuhe an und öffnete die Tür der Vorratskammer mit einem Tritt. Er wusste gar nicht genau, warum er das tat, vielleicht weil sie so brüchig aussah. Jedenfalls öffnete sie sich sofort. Das Eindringen in das fremde Haus, das er hauptsächlich vom Bildschirm her kannte, gab ihm ein großartiges Gefühl von Macht und Kontrolle.

Er ging in alle Zimmer und checkte die winzigen Kameras. Da fiel ihm die Dunkelkammer auf, die er schon einmal inspiziert hatte, als er die Kameras montiert hatte. Wahrscheinlich hatte er dort keine angebracht, eben weil es in diesem Raum immer dunkel war. Immer? Er schaltete die Beleuchtung an. Rotlicht, wie es sich gehörte – zumindest früher, als Fotografen die Filme selbst entwickelten und die Fotos selbst vergrößerten, ob in Farbe oder Schwarz-Weiß.

Der Raum war klein, mochte sechs Quadratmeter haben. Das alte Vergrößerungsgerät war auf einem Tisch befestigt. Darunter befand sich ein Regal mit vier Ordnern. Er trug sie in die Küche, setzte sich an den Tisch und blätterte die Seiten des ersten Ordners durch. Rechnungen für Filme, Chemie, Fotopapier. Im zweiten Ordner befanden sich Rechnungen an Kunden. 2004, 2005, 2006, 2007, 2008. Alles auf Französisch. Adresse des Fotografen: 271, Rue de Vaugirard, Paris, 6. Arrondissement.

Er öffnete den dritten Ordner. Er war himmelblau. Und voller Anwaltsbriefe und Gerichtsakten. Er fragte sich, welchen Dreck der charmante Fotograf am Stecken hatte.

Er fand ein Formular. Luc Gautier, angeklagt des Missbrauchs seiner Tochter Florence. Ihr Alter: dreizehn Jahre. Der Fotograf hatte zu Protokoll gegeben, zwar einige weichgezeichnete Aktfotos seiner Tochter geschossen, sich aber niemals an ihr vergriffen zu haben. Das Verfahren war letztendlich wegen Mangel an Beweisen eingestellt worden. Er war wieder ein freier Mann.

Danach hat er wohl schleunigst das Land verlassen und ist hier gelandet, dachte sich der Schnüffler. Luc Gautier war also auch ein Vergewaltiger. Wer hätte das gedacht?

Der Entschluss musste nicht wachsen. Er war in dem Moment gefasst, als er die Anklage »Missbrauch der eigenen Tochter« gelesen hatte. Auf Französisch zwar, aber die Sprache hatte er, wie die meisten Portugiesen seiner Generation, in der Schule gelernt und konnte sie gut verstehen. Heute lernten alle Kinder Englisch, damit sie sich in der Welt der Computer bewegen und Touristen aus aller Welt bedienen konnten. Aber vor zwei, drei Jahrzehnten galt Französisch noch als die Trägersprache von Kultur, war der gute Ton der bürgerlichen Gesellschaft in Portugal gewesen.

Der Schnüffler legte die Dokumente auf den Boden und fotografierte sie mit seinem Smartphone. Die Liste der Vergewaltiger war von einem Moment zum anderen länger geworden. Jetzt waren es also sieben Männer. Sieben Schuldige. Damit wusste er mehr als Diana. Er hatte einen Vorsprung. Den musste er nutzen. Er wusste auch schon, wie.

Er räumte sorgfältig auf, hinterließ keine Spuren. Die Ordner standen im gleichen Winkel im Regal. Er knipste das Rotlicht aus, ging durch die Küche, winkte sich erst durch die Kamera zu und machte dann noch schnell das Victory-Zeichen. Nachher würde er es auf einem Video sehen können, auch sein breites Siegerlächeln. Die merkwürdige Leere, die er seit geraumer Zeit empfunden hatte, war mit einem Schlag wie weggefegt.

# 13

Sonntagnacht klopfte Lisa an Moas Tür. Weil sie keine Antwort erhielt, schlüpfte sie einfach hinein und schlich auf Zehenspitzen zu Moas Bett. Die Freundin atmete ruhig, schlief tief.

Lisa setzte sich an den Bettrand und blies etwas Luft in Moas Gesicht. Mit Erfolg. Moa öffnete die Augen und zog gleichzeitig die Nase kraus, weil der Atem sie gekitzelt hatte. Sie schien weder erschrocken noch überrascht zu sein.

»Was ist denn? Kannst du nicht schlafen?«, fragte sie mit schläfriger Stimme.

Lisa sah bekümmert aus. »Mir gehen einfach zu viele Gedanken durch den Kopf.«

»Dann raus damit, spuck's aus, vielleicht hilft das ja.«

»Wir waren uns doch darüber einig, dass Diana die Hauptverdächtige ist. Sie hat die Männer ausgesucht und Luc Gautier den Auftrag erteilt, sie für diese Ausstellung zu fotografieren. Richtig?«

Moa gähnte herzhaft und setzte sich aufrecht hin. Erstaunt blickte sie Lisa an. »Ja, darüber waren wir uns einig. Zweifelst du jetzt daran?«

»Nein. Aber ich bin mit der Gewissheit aufgewacht, dass uns ein grober Gedankenfehler unterlaufen ist. Wir haben lediglich den Verdacht, wer die Taten begangen hat, verlegt: von Luc Gautier auf Diana Marques. Dass aber Ausstellungsmacher und Gewalttäter nicht unbedingt dieselbe Person sein muss, dieser Gedanke ist uns allen bisher noch nicht gekommen.«

»Da hast du recht. Diana kann ja ihre Ausstellung in völlig friedlicher Absicht konzipiert haben. Dafür hat sie die Männer ausgesucht und Luc mit dem Fotografieren beauftragt. Damit wäre für die beiden das Projekt abgeschlossen, ein kreatives künstlerisches Event.«

»So sehe ich das jetzt auch. Genau so. Und dann greift ein Dritter ein, der unbekannte, geheimnisvolle Dritte. Er ist es, der die sechs Männer angreift. Wohlgemerkt, es kann so sein, muss aber nicht. Alles ist möglich.«

»Dennoch kommt es mir gerade so vor, als wären die Akteure in diesem Drama in Wirklichkeit nur Marionetten«, sagte Moa. »Der obskure Strippenzieher dürfte jemand sein, den wir wahrscheinlich noch gar nicht kennen, oder wir kennen ihn, aber *er*kennen ihn nicht.«

»Auch möglich. Das muss sich ändern. Um auf Luc Gautier zurückzukommen: Nach dem Rausschmiss neulich wird er uns sicher keine weiteren Fragen beantworten. Wir könnten uns aber in seinem Haus ein bisschen umsehen. Vielleicht stoßen wir da auf irgendetwas, das uns weiterbringt. Was meinst du?«

»Gute Idee«, befand Moa. »Schätze aber, dass er da was dagegen haben könnte …«

Lisa schmunzelte. »Hört sich überzeugend an. Deshalb schauen wir uns mal bei ihm um, wenn er etwas länger außer Haus ist. Wir wollen ihn ja nicht stören.«

»Lisa, Lisa.« Moa schüttelte in gespielter Empörung den Kopf. »Wo soll das noch hinführen? Aber du kannst auf deine große Schwester zählen. Ich pass schon auf dich auf.«

»Danke, Moa. Bist ein Goldschatz. Schön, dass es dich gibt.«

»Husch, husch ins Bettchen. Jetzt wirst du bestimmt selig schlafen. So tief und fest wie ein Stein …«, murmelte Moa noch, bevor sie sich wieder auf die Seite drehte und die Augen schloss.

Lisa hatte kaum die Tür erreicht, da hörte sie ihre Freundin schon wieder tief und ruhig atmen. Als sie sich hinlegte, gingen ihr etliche Gedanken zu Moa durch den Kopf. Sie kannten sich erst seit Kurzem, und doch war zwischen ihnen ein Vertrauen gewachsen, wie Lisa es in dieser Selbstverständlichkeit noch nie erlebt hatte. Sie verstanden sich prächtig, dachten und sagten oft im selben Moment das Gleiche. Sie waren wirklich wie Schwestern. Schwestern in Seele und Geist. Das reichte für eine lebenslange Wahlverwandtschaft, wie sie fand, lässig aus.

***

Am nächsten Morgen, es war Montag, der 20. Juni, fragten sich Lisa und Moa, wie sie am einfachsten in Luc Gautiers Haus gelangen konnten. Antonieta, die das Gespräch notgedrungen mitgehört hatte, weil sie in der Küche hantierte, gab sich entrüstet, dass die beiden etwas derart Verwerfliches vorhatten. Andererseits war sie diejenige, von der der entscheidende Tipp kam.

»Alte Häuser haben oft eine Vorratskammer, die an der Küche angebaut und sowohl von außen als auch von innen zugänglich ist. So eine Kammer schließt niemand ab, weil sie heutzutage fast immer nur mit Gerümpel oder Brennholz vollgestopft ist. Noch einen Kaffee?«

Jetzt brauchten sie nur noch ein Auto. Lisa klopfte bei Joana an und fragte, ob sie den schnuckeligen Fiat ausleihen dürfe. Ihre Mutter, die sich in ihrem Bett aufgesetzt hatte, warf ihr den Schlüssel zu. »Kannst ihn haben, wann immer du willst. Ich brauche ihn eigentlich gar nicht mehr …«

»Weil du immer in Jorges Nähe sein willst, stimmt's?«

»Na ja. Wir haben uns ja lange nicht gesehen.«

»Danke, Mama«, sagte Lisa und schloss hinter sich die Tür. Sie war überglücklich, dass sie wieder zueinandergefunden hatten.

Gut gelaunt fuhren Lisa und Moa in die Gegend von Bensafrim. Gegen zehn Uhr stellten sie den Wagen in dem Pinienwäldchen nahe Luc Gautiers Haus ab. Sein Auto stand davor. Sie hatten sich auf eine längere Wartezeit eingestellt, hatten sogar eine Thermosflasche mit Tee mitgebracht, aber es dauerte nur etwa zwanzig Minuten, bis der Fotograf vors Haus trat. Er pfiff vor sich hin, schlenkerte die Kameratasche und legte sie auf der Rückbank seines Autos ab. Er stieg ein und fuhr in Richtung Lagos davon.

Lisa und Moa warteten ein paar Minuten. Dann stiegen sie aus und näherten sich vorsichtig dem Haus.

»›Eine Vorratskammer, an der Küche angebaut.‹ So hat Antonieta doch gesagt, oder? Hast du bei deinem ersten Besuch eine Kammer gesehen?«, fragte Moa.

»Ich bin mir nicht sicher. Ich glaube, da war eine schmale Tür gleich neben dem Herd, könnte der Zugang zu einer Vorratskammer gewesen sein. Jetzt müssen wir noch die richtige Stelle außen finden.«

Vorsichtig schlichen sie um die linke Ecke des Hauses.

»Schau hier, der Kamin befindet sich auf der Seite, auf der auch die Küche ist. Ganz in der Nähe dürfte die Kammer sein. Lass uns nachschauen. Halt, warte noch, lass uns erst an der Eingangstür klopfen, für alle Fälle. Vielleicht ist jemand anderes da. Bei diesem Frauenheld ist das gut möglich«, sagte Lisa.

Als sich im Haus niemand regte, gingen sie wieder zu dem Kaminanbau, eine algarvetypische Konstruktion, die von einem reich verzierten Aufbau auf dem Dach gekrönt wurde. Jedes Haus hatte früher einen Kamin mit individuell auffallend ausgeprägter Dekoration gehabt. Mit der Höhe und der Gestaltung wollte der Hausbesitzer seinen Wohlstand weithin sichtbar machen. Manche behaupten, diese Tradition ginge auf die Mauren zurück, die sich nach der Rückeroberung im 13. Jahrhundert in der christlichen Gesellschaft integrierten, mit den Kaminen aber ihrem Haus die Andeutung eines Minaretts verliehen, um ihren islamischen Glauben nicht ganz zu verleugnen. Heute sind diese Aufbauten in allen Baumärkten erhältlich, außerdem geben sie klassische Motive für Postkarten und Bildbände ab. Tatsächlich ragte der Kamin aus einer stallähnlichen Kammer von gerade mal drei Quadratmetern Fläche.

»Wahrscheinlich gab es früher an dieser Stelle einen Brotbackofen«, überlegte Moa laut. Sie drückte gegen die Brettertür, die in der Tat kein Schloss hatte, wie Antonieta richtig vermutet hatte.

Während sich die Tür mir nichts, dir nichts öffnen ließ, drehte sich Moa um und lachte Lisa an. »Ich war mal auf der winzigen, aber traumhaft schönen Azoreninsel Corvo, für eine Reportage über Walbeobachtung«, sagte sie. »Im weiten Umkreis hatte man endlich wieder einige Blauwale gesichtet, außerdem sind die Azoren auch bei Pottwalen ein beliebtes Revier. Der Bürgermeister zeigte mir ganz stolz sein altes Dorf.

Unterwegs deutete er auf ein Haus mit besonders dicken Mauern und sagte: ›Unser Gefängnis!‹ Ich fragte ihn, warum es kein dickes Schloss am Eingangstor hatte. ›Weil hier niemand abhaut‹, antwortete er. ›Wir sind auf einer Insel, verstehen Sie?‹ Es war das schönste Gefängnis, das ich je gesehen habe … Sorry, Lisa, ich lenke ab.«

Lisa grinste und meinte schmunzelnd: »Aber nicht doch, ich liebe deine Anekdötchen in jeder Lebenslage.«

Sie betraten den kleinen Raum. Licht fiel durch den Türspalt und enthüllte ein Durcheinander aus Kisten, Pinienzapfen und Brennholz. Sie staksten hindurch und öffneten die Tür, die in Luc Gautiers Küche führte, die voll und ganz dem Klischee von der Küche eines Single-Manns, noch dazu eines Künstlers, entsprach. Schmutziges Geschirr stapelte sich in der Spüle, der Herd war dreckig, der Boden nicht gekehrt, eine pralle Mülltüte hing an einem Haken an der Wand, von Fliegen umsurrt.

Moas flinke Luchsaugen kontrollierten den Raum von links nach rechts, von oben nach unten. Da bemerkte sie ein kleines schwarzes Ding neben der Deckenlampe. Sie wusste sofort, um was es sich handelte.

»Ich muss noch mal raus. Ich habe was vergessen. Komm bitte mit«, sagte sie laut mit dem Rücken zur Kamera. Ihr eindringlicher Blick signalisierte nichts Gutes.

Lisa folgte ihr in die Vorratskammer.

Moa packte Lisa an der Schulter. »An der Decke ist eine winzige Kamera angebracht«, flüsterte sie. »Wir lassen uns nichts anmerken. Wer auch immer das Haus heimlich beobachtet und abhört, soll auf keinen Fall mitbekommen, dass wir die Kamera bemerkt haben. Wir müssen diesen Jemand in Sicherheit wiegen, okay?«

»Okay.«

»Süße, wir haben gerade eine heiße Entdeckung gemacht.« Moa konnte sich vor lauter Aufregung kaum noch beherrschen.

Lisa legte ihr einen Finger auf den Mund: »Psst.«

»Und jetzt?« flüsterte Moa.

»Wir tun so, als wollten wir Luc besuchen, der offenbar nicht zu Hause ist. Dass wir einfach durch die Kammer reingekommen sind, ist unserer Unverschämtheit zuzuschreiben, wird sich der heimliche Beobachter sagen und es Luc mit Sicherheit nicht auf die Nase binden. So machen wir das, einverstanden?«

Sie betraten wieder die Küche. »Shit, jetzt habe ich doch glatt mein Handy im Auto gelassen«, sagte Moa laut.

»Macht doch nichts«, meinte Lisa nicht minder gut verständlich. »Wir fahren ja ohnehin gleich weiter. Luc scheint wirklich nicht zu Hause zu sein. Wir müssen noch mal herkommen, wenn wir wissen, dass er da ist. Solche Überraschungsbesuche gehen meist in die Hose.«

»Ja, schade, dann rufen wir ihn vorher sicherheitshalber an«, erwiderte Moa. »Ich schaue noch schnell in den restlichen Räumen nach, ob er vielleicht doch hier ist und nur ein Nickerchen macht.«

Während Moa durch das Haus flitzte und die anderen Kameras auskundschaftete, räumte Lisa die Späne weg, die sie aus der Kammer ungewollt hereingetragen hatten.

Kurz darauf verließen sie gemeinsam die Küche und zogen erst die Tür zur Kammer, dann die Außentür zu. Sie eilten zurück zum Fiat.

Erst im Auto sagte Moa atemlos: »Das sind ja ganz neue Aspekte. Du meine Güte, Luc Gautier hat also Wanzen im Haus.«

»Ist ja auch kein Wunder bei seinem Saustall«, flachste Lisa.

»Da hast du recht«, erwiderte Moa. »Aber jetzt mal ernsthaft, wieso wird er überwacht? Vielleicht, und das erscheint mir am wahrscheinlichsten, hat der Schnüffler ja auch was mit der Ausstellung und den sechs Männern zu tun. Vielleicht ist er sogar der Täter. Er überwacht Luc, aus welchem Grund auch immer, damit er ihm nicht in die Quere kommen kann, was weiß ich …«

Lisa war wie elektrisiert. »Endlich. Unsere Detektivarbeit beginnt mir langsam Spaß zu machen, sie scheint sich auch zu lohnen. Unser kleiner Hausfriedensbruch eben war geradezu ein Akt der Notwendigkeit, findest du nicht?«

»Ja, könnte man so sehen. Mir kommt da gerade so eine Idee: Wir sollten Luc und seinem Überwacher mitteilen, dass es bei den fotografierten Männern noch eine weitere Gemeinsamkeit gibt. Nicht nur die Unfälle …«

»Da hast du recht. Wir schreiben einen Zettel und schieben ihn unter der Haustür durch«, antwortete Lisa. »So kommt er auch gar nicht erst auf die Idee, dass wir drin gewesen sein könnten. Nur der ›Kameramann‹ hat Wind davon bekommen.«

»Nicht nur Wind. Der Schnüffler hat uns gesehen und belauscht – und hat alles auf Video.«

Gemeinsam gingen sie zum Haus zurück. Lisa drückte einen Zettel gegen die Eingangstür und holte einen Stift aus ihrer Tasche. Beim Schreiben las sie so laut mit, dass man es über das Kameramikrofon am Dachfirst fraglos gut hören konnte: »Lieber Luc, leider haben wir Sie nicht angetroffen. Wir wollten Ihnen mitteilen, dass die Männer, die Sie fotografierten, ihre Töchter missbraucht haben sollen. Eine üble Geschichte. Viele Grüße, Lisa und Moa.«

***

Luc Gautier war wieder zu Susana gefahren, noch ganz im Bann der letzten miteinander verbrachten Nacht. Er wollte sehen, ob sich das gegenseitige Vergnügen aneinander noch steigern ließ. Doch diesmal waren sie entgegen seiner Pläne in ihrer gemeinsamen Lieblingstaverne in Alkohol und Melancholie versackt. Die weinseligen Gespräche drehten sich um Einsamkeit, unerfüllte Wünsche und Enttäuschungen. Das gemeinsame Suhlen im Weltschmerz schien ebenfalls einen ganz besonderen Reiz zu haben. Spät in der Nacht waren sie wieder zu ihr nach Hause gefahren und nach einer weiteren Flasche fest eingeschlafen.

Als Luc am nächsten Morgen aufwachte, erinnerte er sich an nichts mehr. Ihm fiel lediglich auf, dass er unglaublich unruhig war. Oder war da noch etwas anderes gewesen? Er wusste es nicht.

Eigentlich war seine Welt so wunderbar in Ordnung wie

schon lange nicht mehr. Endlich hatte er mal wieder Geld in der Tasche. Viel Geld. Aber die Begegnung mit der Kriminalpolizei hatte ihn aus der Bahn geworfen, viel mehr, als er sich eingestehen wollte. Die Tatsache, dass allen Männern, die er im Auftrag von Diana fotografiert hatte, dasselbe Vergehen anlastete, hatte seine inneren Alarmglocken läuten lassen. Das musste es sein, was ihn so unruhig machte.

Er stand auf und schlich sich aus Susanas Haus. Unterwegs fiel ihm siedend heiß der Aktenordner in dem kleinen Regal unter dem Vergrößerungsgerät in seinem alten Fotolabor ein. Er nahm sich vor, gleich nach seiner Ankunft nachzusehen, ob da noch alles in Ordnung war. Auf einmal hatte er es eilig.

Als er die Haustür aufgeschlossen hatte, fiel sein Blick auf einen Zettel, der am Boden lag. Er las die Notiz, die für ihn nichts Neues enthielt, rasch durch. Diese lästigen Weiber wussten wohl noch nicht, dass ihm die Polizei auf die Pelle gerückt war. Er ballte seine Fäuste, zerknüllte den Zettel und steckte ihn in die Hosentasche.

Mit zittrigen Fingern schloss er die Eingangstür auf und stellte mit einem Blick fest, dass in der Küche alles okay war. In den anderen Räumen auch. Er ging zur Dunkelkammer hinüber. Die Aktenordner standen unangetastet hinter dem fast vollen Papierkorb. Gott sei Dank, dachte er und suchte die verdammten Dokumente, die er im blauen Ordner fand. Er war erleichtert wie selten zuvor in seinem Leben. Sicherheitshalber nahm er den Ordner mit, ging zurück in die Küche und füllte erst einmal ein Glas voll Medronho-Schnaps aus der mitgebrachten neuen Flasche. Kippte es in sich. Stöhnte wegen der höllisch brennenden Wirkung. Seine Hände zitterten noch immer.

Er setzte sich an den Küchentisch, verschränkte die Arme vor sich und bettete seinen Kopf darauf, um die Angst zu begraben. Aber sie ließ ihn nicht los. Wütend hob er den blauen Aktenordner, den er auf den Boden gelegt hatte, auf und ging nach draußen vor die Tür. Zum Grillplatz. Schmiss drei Pinienzapfen auf das Grilleisen und eine Handvoll Reisig und Zweige dazu und zündete den Haufen mit seinem Feuerzeug an.

Als es lichterloh brannte, klappte er den Ordner auf und warf die Papierblätter Stück für Stück zusammengeknüllt ins Feuer. Seine Vergangenheit brannte lichterloh, wurde endgültig ausgelöscht.

Ich hätte das längst tun sollen, sagte er sich und sah grimmig ins Feuer.

Sein Handy schepperte in dem Moment, als er die Küche betrat. Er drückte den grünen Knopf auf die Gefahr hin, dass es wieder nichts Angenehmes sein würde. »Ich bin's«, sagte er müde in den Apparat.

»Wie gut. Lisa hier. Ich muss Ihnen dringend etwas mitteilen. Soll ich zu Ihnen kommen?«

»Nein, bleiben Sie mir ja vom Leib! Was wollen Sie denn schon wieder?«

»Ich wollte Sie eigentlich nur auf den neuesten Stand bringen, weil Sie doch mittendrin stecken. Es gibt Brandneues.«

Seine Stimme überschlug sich, als er ins Handy brüllte: »Verdammte Scheiße! Ich stecke nirgendwo drin! Lassen Sie mich endlich in Frieden!«

»Na gut. Ich wollte Sie ja nur warnen …«

»Warnen? Mich? Vor was denn, Sie verdammte Nervensäge?«

»Das wissen wir noch nicht.«

»Soll das ein Witz sein? Sie wissen noch nichts, aber Sie machen schon mal die Leute verrückt? Haben Sie nichts Besseres zu tun, Sie verwöhntes Galeristentöchterchen?«

»Kein Grund, ausfallend zu werden«, erwiderte Lisa ruhig. »Hören Sie erst mal an, was ich Ihnen zu erzählen habe.« Sie schilderte ausführlich, was ihre Recherchen ergeben hatten, und endete mit den Worten: »Dem gesuchten Täter müssen demnach interne Akten der Polizei oder des Gerichts bekannt sein.«

»Das haben Sie mir doch alles schon schriftlich mit diesem Wisch mitgeteilt, den Sie unter meiner Tür durchgeschoben haben. So jung und schon so vergesslich? Melden Sie sich wieder, wenn Sie wissen, wer der Irre ist«, sagte Luc Gautier ungehalten.

»Aber das, was ich Ihnen jetzt vertraulich sagen möchte, geht über die Notiz hinaus. Es sieht so aus, als wollte sich jemand an den für unschuldig erklärten Vergewaltigern rächen. Für ihn sind die Männer schuldig, also bestraft er sie selbst. Er befindet sich auf einem Rachefeldzug.«

»Aha, und was soll ich mit dieser Neuigkeit anfangen?«

»Ich dachte, das interessiert Sie. Schließlich haben Sie, auch wenn Sie nicht darin verwickelt sind, so oder so mit dem Fall zu tun. Und alle, die damit zu tun haben, könnten ebenfalls gefährdet sein, wie ich zum Beispiel. In meiner Galerie ist ein anonymer Zettel eingegangen mit der Notiz: ›Jetzt bist du dran‹. Deshalb wollte ich Sie warnen. Vor wem, vor was – das kann ich nicht sagen. Und dann noch etwas: Die Kripo hat am Tatort des Unfalls bei Vale de Lama verwertbare Spuren gefunden. Aus Lissabon kommt ein Spezialspurendienst der Kripo und wird sich alles ganz genau ansehen.« Letzteres sprach sie so undeutlich aus, dass es schwer zu verstehen war.

»Was? Spuren am Tatort? Bei Vale de Lama? Und wer kommt da morgen hin? Ein Spezialspurendienst der Kripo aus Lissabon?« Nach einer kurzen Pause fügte er hinzu: »Ich kann das nur begrüßen. Jedenfalls drücke ich sämtliche Daumen. Danke für diese Informationen und … pass auf dich auf, Mädchen.«

»Nichts für ungut. Bis bald«, sagte Lisa und beendete das Gespräch.

***

Nach dem Telefonat mit Luc Gautier hätte Lisa jubeln können. Er hatte laut und gut verständlich ihre Worte wiederholt. Triumphierend wandte sie sich Moa zu und spreizte die Finger zum Siegeszeichen.

Die freute sich nicht weniger, hob ihre Hand und schlug mit Lisa zum High five ein.

»Die Botschaft ist garantiert angekommen«, sagte Lisa.

»Nicht nur bei Luc Gautier.«

»Nein, auch beim ›Kamera-Überwachungsdienst‹, will ich hoffen. Denn für den war sie ja hauptsächlich gedacht. Ich bin gespannt, ob das den Schnüffler aus seiner Deckung lockt. Das würde zumindest beweisen, dass er etwas mit der Sache zu tun hat.«

Luc Gautier war also hinreichend informiert. Er selbst würde wohl kaum hinfahren, um die Männer der Spurensicherung zu beobachten. Lisa und Moa hofften jedoch, dass derjenige, der Lucs Haus aus der Ferne überwachte, das tun würde. Die Polizei vor Ort würde die Augen aufhalten und Verdächtige registrieren.

»Jetzt müssen wir nur noch Rui Fernandes benachrichtigen. Der wird sich freuen ...«, sagte Lisa.

# 14

Am Mittwoch, den 22. Juni, überquerten Lisa, Moa und Pablo am späten Nachmittag das Bahngleis bei Vale de Lama und sahen schon von Weitem am Rande der Lagune und am Fuße des Golfhügels von Palmeras drei Polizeifahrzeuge stehen. Ganz in der Nähe musste António Coelho aus Odiáxere von einer Diesellok erfasst worden sein. Wenige Wochen später hatte er genau dort sein Leben beendet.

Auch der Renault Megane des Inspector-chefe war zu sehen. Man ließ das Trio durch die Absperrung. Gut gelaunt gingen Lisa, Moa und Pablo auf Rui Fernandes zu.

»Ich hoffe, es klappt«, sagte er und begrüßte die Ankömmlinge mit festem Handschlag. »Wir haben mehrere Zivilfahrzeuge im weiten Umkreis stehen.«

»Auch am Strandweg, der am Golfplatz vorbeiführt und für den Verkehr gesperrt ist?«, fragte Moa zweifelnd.

»Drüben an der Meia Praia, wo der Weg beginnt, steht ein Fahrzeug. Niemand kommt ungesehen in die Nähe des Tatorts.«

Moa blieb skeptisch. »Vielleicht ist derjenige auch mit allen Wassern gewaschen, ahnt die Falle und lässt sich nicht blicken.«

»Abwarten, Tee trinken«, meinte Pablo und blickte um sich. »Eine herrlich schöne Umgebung, wow!«

Im Innenland hob sich das Küstengebirge der Serra de Monchique als violette Silhouette vom sattblauen Himmel ab, und davor zeigte sich die tausendfünfhundert Hektar große Lagune – jetzt bei Flut als ein spiegelglatter, fast unwirklich schöner See.

»Es ist kaum zu glauben, dass das in ein paar Stunden eine riesige Sandfläche sein wird, wo Menschen nach Muscheln buddeln«, sagte Pablo.

Tatsächlich holten hier viele Menschen tagtäglich Muscheln heraus, indem sie bei Ebbe mit den bloßen Fingern oder kleinen Rechen durch den Sand fuhren.

»Tonnenweise werden die Tierchen gerafft – und trotzdem gibt es noch so viele. Mir ist das ein Rätsel.« Pablo löste sich von den anderen ab und spazierte auf einen nahezu dreihundert Meter langen Steindamm zu, der ein natürliches, aber viel kleineres seeähnliches Becken von der Lagune trennte. Der Damm reichte bis zu jener Düne, die in einem Strand ausläuft und sich westwärts bis Lagos erstreckt, bekannt als der über sechs Kilometer lange Strand Meia Praia.

In diesem Moment ertönte das Warnsignal eines Zuges. Als er im Schneckentempo die Stelle passierte, an der sich der Unfall ereignet haben musste, schoss ein Polizist ein Foto nach dem anderen. Moa, Lisa und Rui standen ganz in der Nähe.

»Weiß man inzwischen mehr über den genauen Tathergang?«, fragte Moa den Inspector-chefe.

»Noch weiß man viel zu wenig. Der Mann war an den Schienen festgebunden, wir haben Reste von Kabelbindern gefunden. Vielleicht finden die Leute von der Spurensicherung noch mehr. Gott sei Dank hat er das Attentat überlebt.«

»Aber nur kurz, bis zu seinem Selbstmord«, warf Lisa ein. »Hier an der Unfallstelle hat er einen Schlussstrich gezogen. So wurde uns im Dorf berichtet.«

»Das Leid seiner Opfer interessiert den Täter einen Dreck. Er muss bodenlos grausam sein«, sagte Moa.

»Oder von einem irrsinnigen Hass getrieben«, meinte Lisa.

»Wahrscheinlich kommt beides zusammen«, befand Rui Fernandes.

Lisa sah ernst und wütend zugleich aus. »Hoffen wir, dass der Schnüffler heute herkommt. Ich fände es gut, ihn erst mal zu observieren, bevor er verhaftet wird.«

»Das haben wir ohnehin vor«, erwiderte Rui Fernandes und ging zu den Überwachungsfahrzeugen.

»Und wir gehen hinüber zu Pablo«, sagte Lisa.

Sie waren noch nicht einmal auf der anderen Seite des Damms angelangt, als ihnen der Inspector-chefe zuwinkte. Im selben Moment klingelte Lisas Handy, in das er so laut sprach, dass sie es auf die kurze Distanz ohnehin vernommen hätte:

»Drüben an der Meia Praia wurde ein Landrover beobachtet, der den Fahrweg entlang des Strandes nehmen wollte. Als der Fahrer die Polizei sah, machte er kehrt und raste die Straße zum Golfzentrum hoch. Von dort kann man nach Lagos oder Odiáxere gelangen. Zwei Kollegen verfolgen jetzt das Fahrzeug. Sie werden mich auf dem Laufenden halten«, berichtete Rui Fernandes und beendete das Gespräch.

»Das hört sich vielversprechend an«, fand Moa, die mitgehört hatte. »Es kann natürlich jemand sein, der aus irgendeinem anderen Grund Angst vor den Bullen hat.«

»Wir werden es hoffentlich bald wissen«, sagte Lisa.

Ihr Handy klingelte erneut.

»Hallo Lisa, hier spricht Dr. Soares aus Faro. Ich wollte mich nur erkundigen, ob Sie mit Ihren Nachforschungen gut vorankommen.«

»Ja. Und tausend Dank für Ihre Hilfe. Die war wirklich Gold wert. Vielleicht sehen wir uns ja bald wieder, beispielsweise bei der Vernissage? Dort könnte ich Ihnen dann so einiges berichten, viel besser als jetzt am Telefon. Ich würde mich jedenfalls sehr freuen, wenn Sie kämen.«

»Gern. Ich habe auch schon eine Einladung von Diana Marques erhalten. Sie können auf mich zählen.«

»Also bis dann, Dr. Soares«, verabschiedete sich Lisa und hakte sich bei Moa unter.

Die beiden gingen das letzte Stück über den Damm und dann auf einem Sandweg weiter bis zur Mole. Dort fanden sie Pablo. Er schwamm in der Lagune, deren Wasser immer etwas wärmer als der Atlantik ist. Seinem Strahlen zufolge gab es für ihn momentan keinen schöneren Ort auf der ganzen Welt.

Moa zog sich rasch aus und sprang ebenfalls in das wohltemperierte Wasser. Auch Lisa hielt nichts mehr an Land. Sie streifte ihre Shorts und das T-Shirt ab und hechtete hinterher. Sie jauchzten vor Vergnügen.

***

»Hurenböcke«, fluchte er und zog den breitkrempigen Strohhut noch tiefer über die überdimensionale Sonnenbrille. Dabei steuerte er seinen Jeep von Lagos kommend entlang der Meia Praia und beobachtete aus der Ferne, was die Spezialeinheit aus Lissabon anstellte.

Er war nervös. Sehr nervös. Gierig zog er an seiner Zigarette. Als er auf dem letzten Straßenstück der Meia Praia dahinrollte, tauchte plötzlich am Straßenrand ein Polizist auf. In seiner Hand hielt er ein schwarzes rohrähnliches Gerät. Es blitzte.

»Verdammte Scheiße«, fluchte er. Jetzt hatten sie ein Bild von ihm. Er musste weg, und zwar schnell. Er kannte sich aus. Keine hundert Meter entfernt befand sich ein kleiner Kreisverkehr. Mit Vollgas raste er darauf zu und bog scharf links ab, dann ging es bergauf am Rand des Golfplatzes entlang.

Zügig, aber nicht zu schnell, fuhr er in Richtung Odiáxere weiter und blickte immer wieder in den Rückspiegel. Ein Fahrzeug nahm die Verfolgung in gleichbleibendem Abstand von nicht einmal hundert Metern auf. Im Ort Odiáxere bog er auf die N 125 rechts und einen Kilometer weiter östlich abrupt auf die enge Straße nach Arão ab. Der Verfolger verpasste die Abzweigung und musste ein Stück rückwärtsfahren, um ihm wieder folgen zu können.

Inzwischen hatte er einen Vorsprung von über dreihundert Metern. Nach einer Kurve bog er, hakenschlagend wie ein Kaninchen, scharf rechts ab und gelangte auf einen holprigen Weg, der zu einer Hausruine führte. Nach wenigen Metern blieb er hinter dichten Büschen versteckt stehen.

Der Verfolger raste auf der Straße an ihm vorbei. Den war er also los. Erleichtert stieß er die rechte Faust ins Autodach. Danach fuhr er gemächlich zurück auf die N 125 und verließ sie erst wieder vor der Ausfahrt Alvor, um dann nördlich in Richtung Landesinneres abzubiegen. Er passierte die Menhire von Alcalar und gelangte in die Ausläufer der Serra de Monchique.

Bei dem Dorf Casas da Senhora do Verde erreichte er sein Ziel, einen verlassenen Bauernhof. Er stieg aus und öffnete ein Scheunentor. Im dürftigen Licht war ein Gefährt zu erkennen, ein unauffälliger weißer SUV. Er dachte sich, dass es immer mehr SUV-Marken gab. Eine Marke sah aus wie die andere, Hauptsache voluminös. Das kam ihm jetzt gerade recht.

Er wechselte die Autos, schloss das Tor und lachte kurz und trocken auf. Geschafft. Zumindest vorläufig, räumte er gedanklich ein und fing sogleich an, mit sich zu hadern. Das mit dem Radarblitz hätte ihm nicht passieren dürfen.

## 15

Die Falle mit der Spezialeinheit aus Lissabon war nicht zugeschnappt. Rui Fernandes hatte niemand Verdächtigen ausmachen und schon gar nicht festnehmen können. Der Fahrer des einzigen auffälligen Wagens hatte sich einer Befragung erfolgreich entziehen und die ihn verfolgenden Polizisten abhängen können – und war somit unerkannt entkommen. Alles, was man hatte erkennen können, war ein Fahrer mit Strohhut.

Lisa und Moa fragten sich im Nachhinein desillusioniert, was sie sich eigentlich von dieser Schnapsidee versprochen hatten.

»Nun ja, dass der Schnüffler und mutmaßliche Täter sich selbst davon überzeugt, ob wirklich eine Sonderkommission den Tatort nach Spuren absucht oder nicht ...«, resümierte Lisa.

»War vielleicht doch ein wenig naiv von uns, zu glauben, dass er kommt und dabei riskiert, entdeckt zu werden. Und wenn er es doch gewagt hätte, woran hätte man ihn überhaupt erkennen sollen? Dass er Stielaugen macht oder der Polizei verdächtige Fragen stellt?« Moa goss sich zum Trost den dritten Kaffee beim gemeinsamen Frühstück ein.

»Es war keine oberschlechte Idee, aber ich bin enttäuscht, echt gefrustet«, sagte Lisa, griff zerknirscht zum frisch gepressten Orangensaft und prostete Moa mit einem schiefen Lächeln zu. Die schlechte Stimmung der beiden hielt sie aber nicht allzu lange davon ab, zu beratschlagen, wie sie weiter vorgehen sollten.

»Es bleibt uns nichts anderes übrig: Wir müssen wohl wieder einen unserer ganz speziellen Besuche ins Auge fassen«, meinte Lisa und schlug zur Unterstreichung mit der flachen Hand auf die massive Tischplatte. »Bis jetzt haben sie zu den größten Überraschungen geführt und uns in den Ermittlungen am weitesten gebracht. Mir schwebt da wieder ein Besuch in Abwesenheit der Bewohner vor. Wen werden wir diesmal verdeckt beehren, was meinst du?«

»Diana Marques, die Undurchsichtige«, erwiderte Moa, ohne zu zögern. »Sie hat weder in der Galerie noch bei unserem Besuch Farbe bekannt. Sie hat steif und fest behauptet, Luc Gautier hätte absolut freie Hand gehabt und seine Motive ohne ihr Zutun ausgewählt. Können wir das noch glauben? Schwerlich.«

»Und es fällt noch schwerer, seitdem wir wissen, dass ihr Mann Rechtsanwalt war. Er hatte womöglich Unterlagen über die sechs Verbrecher, die danach selbst zu Opfern wurden. Unterlagen, die auch Diana zugänglich waren, irgendwie. Und dann hat sie eine Idee entwickelt, wie man diese sechs schöngeistig und mit künstlerischem Anspruch an den Pranger stellen könnte, wie es Rui kürzlich so treffend formulierte«, schloss Lisa ihren Gedankengang.

»Hoch die Tassen«, meinte Moa. »Ich glaube, so war's. Koffein und Vitamin C im Übermaß beflügeln ungemein und steigern das Denkvermögen enorm, nicht wahr?«

»Offenbar. Wir liefern ja gerade den Beweis … Lass uns den Faden mal weiterspinnen: Blieb es für Diana auch dabei? Bei dieser sanften Rache, meine ich. Oder erschien ihr das plötzlich zu wenig? Hat sie danach zu einer weitaus härteren Bestrafung ausgeholt? Wollte sie den Übeltätern auch körperlich zusetzen, ihnen richtig wehtun, sie foltern, quälen und peinigen, sie schinden und martern?«

»Stopp, das reicht«, fiel Moa Lisa ins Wort. »Aber du hast recht. Genau das ist hier die Frage. Du meintest ja, mit ihren gestählten Muskeln wäre sie fit genug, Männer zu traktieren.«

»Ja, aber ob sie auch mental dazu in der Lage ist, möchte ich nach wie vor bezweifeln. Es sei denn, sie hat mir die liebende, gefühlvolle Witwe nur vorgespielt.«

»Ich frage mich, ob Diana selbst mal vergewaltigt wurde«, sagte Moa nachdenklich. »Vielleicht ist das ja der Grund, warum sie sich so übermäßig engagiert, nämlich aus einer eigenen scheußlichen Erfahrung heraus.«

Lisa riss die Augen auf. »Oha! Das ist ja mal ein ganz neuer Aspekt. Das ist natürlich gut möglich …«, meinte sie. »Dann wäre diese Ausstellung, diese Hommage an ihre große Liebe, nicht nur dem verstorbenen Ehemann gewidmet, sondern hätte auch einen Hauch von Eigennutz. Dass ich darauf noch nicht gekommen bin …«

»Weißt du was, mir schwirrt der Kopf«, sagte Moa. »Ich muss mich jetzt bewegen. Am besten zu Musik. Lass uns doch 'ne Runde tanzen.« Sie sprang auf und zog Lisa mit sich fort.

Im geräumigen Wohnzimmer stand eine Musikanlage mit großartigen Lautsprechern, und kurz darauf war der Raum erfüllt von rhythmischen westafrikanischen Klängen, die den beiden in die Beine fuhren. Sie tanzten sich selig schweißnass und fielen sich irgendwann erschöpft, aber glücklich in die Arme.

»Jetzt schnell unter die Dusche und dann auf zu neuen Ufern. Diana, wir kommen!«, rief Lisa bestens gelaunt und voller Tatendrang.

***

Nach einer erfrischenden Dusche fuhren sie los. Moa setzte sich diesmal ans Steuer. Am Ziel angekommen, parkte sie den Fiat nahe beim Feldweg zwischen zwei uralten Bäumen, deren Zweige schattenspendend bis auf den Boden herunterhingen. Hier war das kleine Auto gut versteckt, und von hier konnten sie das Eingangstor der nahen Quinta da Figueira gut beobachten.

»Ich liebe diese knorrigen, uralten *alfarrobeiras*«, begeisterte sich Moa an den Johannisbrotbäumen. »Jeder Baum ist ein Wesen mit einer ganz eigenen Ausstrahlung. Richtig starke Persönlichkeiten sind das.«

»Nicht nur die *alfarrobeiras*«, gab Lisa zurück. »Jeder Baum hat seine ureigene Persönlichkeit. Allein wie der Stamm geformt ist, ob er straff aufrecht oder geneigt steht, wie seine Äste sich gen Himmel strecken, die Krone sich gebildet hat, all das schafft Individuen, auch innerhalb einer Gattung. Ich meine damit, Apfelbaum ist nicht gleich Apfelbaum. Aber das führt jetzt zu weit, konzentrieren wir uns lieber auf das, was wir vorhaben.«

»Ja, das ist auch nötig. Uns steht Aufregendes bevor. Spürst du's nicht?«

»Und ob. Da liegt was in der Luft.« Lisa schnüffelte demonstrativ wie ein Jagdhund. »Dir ist aber schon klar, dass wir wieder illegal operieren und womöglich wegen Hausfriedensbruch verknackt werden?«

Da mussten sie beide spitzbübisch grinsen, denn sie waren übereinstimmend der Meinung, dass der Zweck die Mittel heiligte. Sie blickten auf das stolze Anwesen. Diana Marques konnte sich glücklich schätzen, Besitzerin dieses grandiosen Wohnsitzes zu sein.

»Schau mal, das Tor«, sagte Lisa.

In diesem Moment wurde das schwere Eisentor von einer Hydraulik zur Seite geschoben. Kaum war es offen, hörte man das Knirschen von Kies, dann rollte Dianas weinroter Mercedes bis zum Feldweg vor. Am Steuer saß sie selbst. Sie trug einen breitkrempigen Strohhut, blickte nach links und nach rechts und fuhr dann im Schritttempo heraus. Für einen kurzen Moment sah sie in die Richtung der beiden Frauen, schien sie aber nicht zu bemerken.

Lisa und Moa hielten die Luft an. Moa reckte den Kopf nach vorn, um den Wagen mit ihren Augen zu verfolgen. »Das war doch tatsächlich unsere liebe Diana in ihrem obergeilen Oldtimer. Den hätte ich auch gern …«

»Du auch? Dasselbe habe ich gesagt, als ich dieses Auto zum ersten Mal sah. Tja, das muss man schon sagen: Stil hat sie ja, unsere Diana.«

»Und das nötige Kleingeld dafür«, stellte Moa lakonisch fest. »So. Die Dame des Hauses sind wir schon mal los. Hätte gar nicht besser laufen können.«

»Ja, jetzt kann uns nur noch dieser seltsame Hugo in die Quere kommen«, sagte Lisa.

»Ein komischer Kauz, der Frauen nicht in die Augen blicken kann«, ergänzte Moa und setzte rasch hinzu: »Dennoch, äußerste Vorsicht ist geboten.«

Moa öffnete den kleinen Kofferraum und hängte sich eine

geräumige Ledertasche um, während Lisa nach einem zusammengerollten Seil mit einem festgebundenen handgroßen Anker griff. Sie hatten alles gut vorbereitet.

Langsam gingen sie auf das Anwesen zu und schauten sich dabei die nähere Umgebung an. Oliven- und Johannisbrotbäume standen in lichten Reihen und reckten sich aus sattgrünen Wiesen empor. Zahllose rote Mohnblumen setzten hie und da prächtige Farbtupfer. Wohin man auch blickte, war man von einem lebendigen Riesenalbum voller impressionistischer Frühsommerbilder umgeben.

Bei einer Palme, die hinter der Quinta-Mauer aufragte, entrollte Lisa das dünne, aber kräftige Seil und befestigte den kleinen Anker. Sie drehte sich wie eine Hammerwerferin um die eigene Achse, gab dem Seil Schwung und ließ es im richtigen Moment frei. Der Anker sauste durch die Luft, das Seil schlackerte hinterher, dann landete der Anker drüben auf dem Boden, wahrscheinlich nahe der Palme. Lisa zog am Seil, während Moa die Luft anhielt, bis das Ding irgendwo Widerstand fand und sich festkrallte.

Zuerst hangelte sich Lisa am gespannten Seil hoch, dann folgte ihr Moa. Von der Mauer aus konnten sie das mindestens zwei Hektar große Grundstück gut überblicken. Und sie konnten noch etwas sehen und vor allem hören. Etwa hundert Meter entfernt war ein großer Mann im verwaschenen Blaumann damit beschäftigt, einen Orangenbaum zu beschneiden. Weil er mit einer Elektrosäge hantierte, hörte er allerdings nichts von dem, was um ihn herum vorging. Das Ding machte einen Höllenlärm.

Moa stieß Lisa in die Seite. »Wir hätten uns denken können, dass Diana einen Gärtner hat. Bei einem derart großen Anwesen muss das wohl sein. Ich glaube, der wird uns nicht stören. Aber wir müssen uns sputen.«

»Jetzt erinnere ich mich.« Lisa schlug sich mit der flachen Hand gegen die Stirn. »Diana hat ihn sogar erwähnt, als sie in die Galerie kam. Der Mann arbeitet sehr konzentriert. Der bemerkt uns sicher nicht.«

Sie wollten gerade von der Mauer springen, als der Gärtner plötzlich in ihre Richtung sah. Er schien die Eindringlinge aber nicht zu entdecken, weil sein Blick nicht auf die Trockenmauer, sondern auf einen der vielen Orangenbäume gerichtet war. Plötzlich schaltete er die Säge aus.

Lisa und Moa beobachteten, wie ein anderer Mann auf ihn zuschritt; sie schienen etwas auszutauschen, Geld vielleicht oder Schlüssel. Die Männer redeten gestenreich miteinander, dann nickten sie sich zu. Der Gärtner schaltete die aufkreischende Säge wieder an und widmete sich dem Ausdünnen des Astwerks, während der andere, ebenso groß gewachsene Mann zurück ins Haus ging.

»Das war der blasse Hugo«, stellte Lisa mit unterdrückter Stimme fest.

Sie warteten einen Moment still ab.

»Vorsicht, schon wieder das Garagentor«, flüsterte Moa schließlich, als ein Brummen ertönte.

Von der Mauer aus konnten sie sehen, wie sich das Eisentor bewegte. Hugo wollte offensichtlich wegfahren. Die beiden Frauen konnten ihr Glück kaum fassen und sprangen gleichzeitig auf den Grasboden. In geduckter Haltung eilten sie hinüber zum Haus, während das Garagentor immer noch Geräusche erzeugte.

Lisa duckte sich hinter einem Brunnen auf den Boden. Aufgeregt winkte sie Moa herbei. Von ihrer geschützten Stelle aus beobachteten sie, wie ein hellgraues Auto aus der Garage fuhr. Es blieb an der T-Kreuzung zur Straße kurz stehen. Als sich das Garagentor wieder zu schließen begann, rollte das Fahrzeug auf die Straße.

Für einen kurzen Moment konnte Lisa eine Person von hinten sehen, die wie Diana einen auffällig großen Strohhut trug. Der oder die Fahrerin gab Gas und fuhr los. Hinter dem Fahrzeug schnappte das Eingangstor in den Verschluss. Die Frauen hörten, wie sich der Wagen entfernte.

»Hast du erkannt, welche Automarke das war?«, fragte Moa.

»Nein, leider nicht. Die sehen doch heute alle gleich aus. Vielleicht ein SUV oder ein Volvo. Ich habe keine Ahnung.«

»Hast du den Fahrer erkannt?«

»Nein. Er trug einen Strohhut, der das halbe Gesicht verdeckte. Wie der Flüchtende gestern, der bei der Meia Praia der Fahndung durch die Lappen ging.«

»Aber der fuhr einen Jeep. Und Strohhüte tragen hier viele, bei der brennenden Sonne auch kein Wunder. Höchstwahrscheinlich war es Hugo.«

»Oder ein Liebhaber? Bei einer so attraktiven und reichen Frau dürften die Verehrer Schlange stehen«, fand Lisa und sinnierte weiter: »Aber die lässt man nicht allein im Haus zurück. Außerdem trauert sie noch viel zu sehr um ihren ermordeten Ehemann. Liebhaber haben sicher noch keine Chance bei ihr. Es wird wohl Hugo gewesen sein. Damit wäre das Haus jetzt leer. Da meint es jemand richtig gut mit uns, den Göttern sei Dank.«

»Der Gärtner ist wahrscheinlich tagsüber immer präsent und kann sich hier frei bewegen, wie er will. Auf den sollten wir achten …«, meinte Moa.

»Unbedingt«, bestätigte Lisa. »Wie singt da einer so schön: ›Der Mörder war wieder der Gärtner, und der plant schon den nächsten Coup. Der Mörder ist immer der Gärtner, und der schlägt erbarmungslos zu! Dudeldidu …‹«

»In alten englischen Krimis vielleicht, aber hier? Obwohl, von vornherein ausschließen sollten wir es nicht«, sagte Moa grinsend und machte sich an einem der Fenster zu schaffen. Es war fest verschlossen. Sie rüttelten an den restlichen Fenstern. Alle waren verriegelt. Dann besannen sie sich auf Antonietas Tipp: die Küchenkammer. Was schon einmal funktioniert hatte, konnte auch hier zum Erfolg führen.

Und in der Tat, die Tür zur angebauten Vorratskammer war nur angelehnt. Ungehindert konnten sie den mit säuberlich aufgeschichtetem Kaminholz gefüllten Raum betreten und durch eine weitere Tür direkt ins Haus gelangen – in die gemütliche große Küche, wie könnte es in einem stilvollen Landhaus in Portugal auch anders sein.

Das Wohnzimmer kannten sie bereits. Traditionelles teures

Mobiliar, teils Antiquitäten, dunkel und schwer, dazu dicke Perserteppiche auf einem Boden aus Lehmfliesen, sogenannten *Azulejos de Santa Catarina*, die im gleichnamigen Dorf bei Tavira in römischer Manier hergestellt wurden.

Der riesige Raum hatte in einem mächtigen runden Feuerplatz seinen Mittelpunkt. Hohe, schlanke Sprossenfenster und edle französische Terrassentüren akzentuierten das herrschaftliche Ambiente. Ein schwerer Schreibtisch aus Kirschholz stand neben dem Eingang zum privaten Fitness-Center.

In der Eingangshalle entdeckte Moa eine Alarmanlage, die glücklicherweise nicht eingeschaltet war. Vermutlich, weil sich der Gärtner im Anwesen aufhielt. Oder weil Hugo oder Diana das Haus nur für eine kurze Besorgung verlassen hatten. Auf alle Fälle war Eile angesagt.

Zügig gingen die beiden Frauen durch das ganze Haus mit seinen zahlreichen Räumen, darunter drei Gästezimmer mit eigenen Badezimmern. Im zweiten Gästezimmer, das auch über einen großen Balkon verfügte, lagen verstreut zahlreiche Klamotten herum. Männerklamotten. Männerschuhe. Zwei Sonnenhüte aus Stroh. Auf einem gläsernen Computertisch stand ein aufgeklappter Laptop.

Moa berührte eine Taste, und schon flimmerte ihr ein Küstenbild als Desktop-Hintergrund entgegen.

»*Oh happy day*«, jubilierte Lisa. »Moa, jetzt nichts wie los. Wenn der Typ den Computer anlässt, wird er ganz bestimmt nur kurz weg sein, um Zigaretten zu holen oder so was. Also beeil dich, bitte.«

»Dann beobachte du die Einfahrt, während ich schnell alle Dokumente auf das hier ziehe. Schau her – mein ständiger Begleiter, bin ja schließlich Journalistin.« Sie zog einen blauen Zweiunddreißig-Gigabyte-USB-Stick aus ihrer Jeanstasche und begann mit dem Kopieren aller Dokumente.

Lisa bezog hinter einem Vorhang Position am Fenster. Von hier aus konnte sie die Einfahrt zwar nicht direkt einsehen, aber kontrollieren, ob jemand eintraf oder wegfuhr.

»Hey, da sind massenhaft Fotos drauf«, sagte Moa aufgeregt.

»Mach schnell. Auf wen ist der Computer angemeldet?«

»Moment. Hier. Auf Hugo Camacho. Wow, da sind Fotos von den Vergewaltigern dabei. Und hier, halt dich fest, ›Todos os dias‹. Dianas Tagebuch. Dieser Typ, du glaubst es nicht, hat anscheinend den Computer seiner Schwester gehackt. Wahnsinn. Warum nur?«

»Weiß nicht. Mach schon, wir müssen weg«, forderte Lisa ungeduldig.

»Es dauert schon noch etwas bei den vielen Daten.«

Nach einer Minute kaute Lisa nervös auf ihrem Zeigefinger herum. »Bist du immer noch nicht fertig?«, fragte sie.

»Da ist wahnsinnig viel drauf. Aber gleich ist es vollbracht.«

Endlich erschien die Anzeige, dass alles kopiert war. Moa wartete noch ein paar Sekunden, zog den Stick heraus und streckte ihn in die Höhe, als wäre er eine Siegestrophäe. »Auf, lass uns abhauen.«

»Das Eingangstor bewegt sich. Raus hier, raus!«, sagte Lisa atemlos.

Sie überzeugten sich in aller Eile, dass sie nichts vergessen und keine Spuren hinterlassen hatten, und huschten zurück in die Küche. Kaum hatten sie die Kammertür hinter sich geschlossen, hörten sie ein Auto in die Garage rollen. Sie eilten hinüber zur Mauer und zum Seil. Der Gärtner war immer noch mit seiner dröhnenden Motorsäge bei den Orangenbäumen beschäftigt.

Moa kletterte als Erste hoch. Lisa befreite den Anker und warf ihn über die Mauer zurück. Moa reichte ihre Hand nach unten, Lisa ließ sich hochziehen, und schon waren sie verschwunden.

Auf der anderen Seite der Mauer fielen sie sich um den Hals, strahlten sich an und schlugen zu einem kräftigen High five ein.

»Wenn da nichts dabei ist, was unsere Ermittlungen vorantreibt, dann fress ich einen … Strohhut«, prophezeite Lisa.

»Auf dem Stick ist jedenfalls ’ne Menge Stoff zum Auswerten. Bin höllisch gespannt«, sagte Moa leise. Sie konnte ihre Aufregung nur mühsam unterdrücken. »Lass uns schnell heimfahren, ich kann es kaum erwarten, das alles zu sichten.«

»Geduld, Süße. Geduld ist doch die große Tugend der Portugiesen – oder nicht?«

***

»Kinder, ich gehe jetzt ins Bett. Gute Nacht, bis morgen.« Jorge lächelte Lisa und Moa an und machte sich auf in sein Zimmer. Joana hatte sich bereits zurückgezogen.

»Warte bitte, ich hab noch eine Frage«, sagte Lisa und eilte ihrem Vater hinterher. »Du kennst doch Diana Marques. Weißt du etwas über sie? Hat sie mehrere Geschwister oder einen neuen Mann?«

»Meines Wissens hat sie keinen neuen Mann. Nach dem Mord an ihrem Gatten blieb sie allein. Sie hat ihn über alles geliebt. Die beiden galten als das Traumpaar der Algarve-Society. Ich glaube, außer ihrem Bruder hat sie keine weiteren Geschwister. Er ist übrigens nur ein Halbbruder. Verschiedene Väter, nehme ich mal an. Er ist nach Diniz' Ermordung bei ihr als eine Art Sicherheitsbeamter eingezogen, das ließ er zumindest überall großkotzig verlauten. Das passte dem Loser sicher ganz gut in den Kram. Immerhin hat er jetzt freie Kost und Logis. Die beiden scheinen ein unkompliziertes Verhältnis zu haben. Mehr fällt mir dazu nicht ein. Und das, was ich dir sagte, kenne ich nur aus zweiter Hand, okay?«

»Okay, danke, Papa, aber warum bezeichnest du ihn als Loser?«

»Nun, er soll schon alles Mögliche versucht haben, um seinen Lebensunterhalt zu verdienen, erzählen die Leute. Aber er soll mit allem gescheitert sein. Jetzt hat er offenbar seine passende Nische gefunden – als Made im Speck.«

»Aha, sehr aufschlussreich. Nochmals danke, mein Lieber, und gute Nacht.« Lisa drückte ihrem Vater einen Gutenachtkuss auf die Wange und sah ihm nachdenklich nach, während er auf die Tür zuging, an seinen Fersen wie immer Foxi, seine heiß geliebte Hündin, die begeistert mit ihrem buschigen Schwanz wedelte. Foxi freute sich offenbar auch auf das Bett und darauf, ihr Herrchen ganz für sich allein zu haben.

Kaum hatte Jorge den Raum verlassen, schaltete Moa ihren Laptop ein. Lisa stand hinter ihr. Die Dokumenten-Übersicht auf dem Stick war nicht sehr sinnvoll gegliedert, sodass Moa eine Reihe von unwichtigen Dateien öffnen musste. Gold wert war höchstwahrscheinlich Dianas Tagebuch, mit »Todos os dias« gekennzeichnet. Doch zunächst galt es, sich einen Überblick zu verschaffen.

»Meine Güte, dieser farblose Milchbubi hat anscheinend Dianas sämtliche Dateien kopiert«, stellte Moa nach einer Weile fest. »Da sind auch Dokumente von ihrem Ehemann dabei. Hier, sieh nur, sogar Gerichtsakten. Er hat einfach alles von ihrem auf seinen Computer rübergeschoben …«

»Genau wie du, du Datendiebin, du bist keinen Deut besser.« Lisa versetzte Moa mit ihrer flachen Hand einen kleinen Schubs gegen die Schulter und giggelte dabei gut gelaunt.

Moa war so beschäftigt, dass sie es nicht einmal bemerkte. »Hier, schau dir diese Abkürzung an«, sagte sie triumphierend. »›MB‹. Das dürfte Mário Baptista sein.« Sie klickte die Datei an. Zahlreiche Fotos von Mário Baptista erschienen auf dem Bildschirm, Schnappschüsse, die ihn in seinem Alltagsleben zeigten, beim Angeln, beim genüsslichen Rauchen, beim Kartenspielen mit Freunden, beim Einkaufen im Supermarkt zusammen mit seiner Frau, beim Einsteigen in seinen Seat.

Moa ging zurück zur Übersicht. »Und hier: ›WDC‹.«

»Waldemar de Carvalho«, sagte Lisa mit gepresster Stimme. Dieser Ordner enthielt ebenfalls Dutzende von Schnappschüssen, die wie von einem Privatdetektiv geschossen wirkten und den Alltag des Mannes aus Aljezur dokumentierten.

»Schau mal, ›LG‹. Ist das Luc Gautier?«, fragte Moa und klickte den Ordner an.

Es war Luc Gautier. Diverse Unterordner mit Dutzenden von Aufnahmen erschienen auf dem Bildschirm, darunter auch welche, die Luc Gautier beim Fotografieren zeigten – und zwar in den Gegenden, die ihnen von den sechs Bildern inzwischen vertraut waren.

Lisa zeigte mit dem Finger auf den Unterordner »Paris«. Schon der Titel machte sie stutzig. Sie pfiff durch die Zähne, als die Kopien von Gerichtsakten vor ihren Augen erschienen. Auch eine Anzeige einer Florence Gautier gegen ihren Vater Luc Gautier, Paris, wegen Missbrauchs war darunter. Kurz danach öffneten sie einen weiteren Unterordner mit erotischen weichgezeichneten Nacktfotos eines sehr jungen Mädchens, vermutlich Lucs Tochter. Entsetzt schauten sich Lisa und Moa an.

Lisa wurde das zu viel. Mehr konnte sie gerade nicht verkraften. Sie trat an die Terrassentür und drückte ihre Stirn gegen das Glas. »Also ist auch er ein Vergewaltiger. Ein Gewalttäter. Ich fasse es nicht. Bis jetzt hielt ich ihn für oberharmlos, für einen in die Jahre gekommenen Playboy, der keiner Fliege etwas zuleide tun kann. Dass ich mich so getäuscht habe …«

Nach einer Weile drehte sie sich um und ging entschlossen auf Moa zu. »Es würde mich brennend interessieren, wie diese Tochter ihren Vater charakterisiert. Vielleicht haben wir ihn doch zu schnell als Verdächtigen aussortiert.«

»Möglich«, sagte Moa. »Ob seine Alibis wirklich alle so wasserdicht gewesen sind? Zum Beispiel das von seiner Geliebten. Sie kann doch für ihn gelogen haben. Womöglich hat er noch so einiges auf dem Kerbholz. Vielleicht hat er eine kriminelle Ader, was auch die Wanzen in seinem Haus erklären könnte.«

»Weißt du was, liebe Moa? Wir müssen nach Paris. Wir müssen mit seiner Tochter Florence darüber sprechen, wüsste nicht, wer uns sonst Auskunft geben könnte. Und gleich danach informieren wir selbstverständlich unseren lieben Rui.«

»Wie du meinst. Aber wie sollen wir das vor der Ausstellung noch auf die Reihe kriegen?«

»Na ja, so knapp sind wir doch gar nicht dran. Es sind noch drei Wochen bis zur Vernissage.«

»Okay, lass uns recherchieren, ob Florence Gautier immer noch in Paris lebt, und wenn ja, wann es Flüge gibt«, schlug

Moa vor. »Am besten suchen wir sie auf Facebook. Junge Leute leben heute mit Facebook intensiver zusammen als mit dem eigenen Partner.«

Sie konnten kein entsprechendes Profil finden.

»Aber hier«, sagte Moa kurz darauf triumphierend. »Bei Google, schau nur, da hab ich sie. Leider nur die Adresse, aber immerhin. 17. Arrondissement. 127, Rue de Saussure. Lass uns gleich mal schauen, ob in der Nähe eine Metrostation ist.«

»Super, ich freue mich schon aufs Metrofahren, das macht wirklich Spaß. Den Plan der Metro finden wir auch im Internet, und den drucken wir uns gleich mal aus«, rief Lisa aufgeregt. Gesagt, getan.

Moa rief danach den Flugplan von Lissabon auf. Auch diesmal hatten sie Glück. »Hier, schau mal«, sagte sie freudestrahlend. »Abflug Lissabon täglich neun Uhr dreißig, Ankunft Paris zehn Uhr fünfundfünfzig. Dann können wir um siebzehn Uhr zehn wieder den Rückflug nehmen und sind um achtzehn Uhr dreißig zurück in Lissabon.« Sie war wie elektrisiert. »Ich war noch nie in Paris, obwohl dort so viele Kapverdier leben. Auch meine Lieblingssängerin Cesária Évora hat viele Jahre in Paris verbracht. Erst dort ist sie zum großen Star geworden. Sie stand immer barfuß auf der Bühne, und oft genug war sie ziemlich angedudelt. Ich hörte mal, dass man ihr als Journalist erst einen Whiskey hinstellen musste, bevor sie Fragen beantwortete.« Nach einer kurzen Pause setzte sie zögernd hinzu: »Du solltest besser allein fliegen. So ein Flug kostet ein Vermögen …«

»Unsinn«, empörte sich Lisa. »Hier steht es schwarz auf weiß: hundertachtzig Euro hin und zurück. Hör mal, ich kriege zehntausend Euro für die Ausstellung, da sind solche Spesen doch drin. Wir fliegen gleich morgen, und zwar zusammen, basta.«

»Und wenn sie nicht da ist?«, wollte Moa wissen.

»Wie bitte?«

»Was ist, wenn wir Florence gar nicht antreffen? Sie sitzt doch sicher nicht den ganzen Tag zu Hause und wartet auf uns?«, gab Moa zu bedenken.

Doch Lisa war nicht aufzuhalten und konterte draufgängerisch: »Dann haben wir halt Pech gehabt und machen uns eben einen oder auch zwei schöne Tage in Paris. So ein ausländischer Städtetrip war sowieso längst mal wieder fällig.« Sie buchte sofort die Tickets, zahlte mit ihrer Kreditkarte und hatte auf der Stelle Reisefieber.

# 16

Um fünf Uhr am Morgen des 24. Juni trafen sich Lisa und Moa für ein rasches Frühstück in der Küche, wo Antonieta schon auf sie wartete und sie mit viel Kaffee verwöhnte. Natürlich hatte sie alles perfekt vorbereitet, das ließ sie sich einfach nicht nehmen.

Die beiden bedankten sich überschwänglich. Moa nahm ihre *mãe*, die beste von allen, fest in die Arme, bis sich die Gute nach Luft ringend aus der Umarmung befreien und ihre derangierte Kleidung wieder zurechtrücken konnte.

Über Kleidung hatten sowohl Moa als auch Lisa, ohne sich vorher abgesprochen zu haben, an diesem Morgen mehr nachgedacht, als sie es sonst taten. Sie hatten sich stadtfein gemacht. Immerhin flogen sie nicht irgendwohin, sondern in *die* Modemetropole, und sie wollten mit den schicken Pariserinnen mithalten können.

Lisa war ganz in Weiß. Weiße Röhrenjeans, darüber ein lässiges weißes Herrenhemd, weiße Sneakers. Als einziger Farbtupfer hingen zwei freche bunte Kugeln an ihren Ohrläppchen – abgesehen von dem kleinen knallroten Rucksack aus butterweichem Nappaleder.

Moa trug einen leichten Hosenanzug aus Leinen in Bananengelb, der nicht weniger lässig war und mit ihrer Hautfarbe herrlich kontrastierte. Auch sie hatte flache Schuhe gewählt, bequeme und dennoch elegante Mokassins, schließlich waren sie auf längeres Laufen eingestellt. Schuhe und Schultertasche hatten den blassblauen Farbton ihrer Augen aufgegriffen, die damit gekonnt unterstrichen wurden.

Die beiden drehten sich voreinander wie auf einem Laufsteg, alberten herum und bestätigten sich gegenseitig, todschick auszusehen.

»Sehr schön«, sagte auch Antonieta. »So könnt ihr gehen. Jetzt macht euch endlich auf die Socken, sonst verpasst ihr noch euren Flieger.«

Um kurz vor sechs Uhr verließen sie die Quinta und stiegen in Joanas Mietwagen. Sie hatten eine Fahrtzeit von circa drei Stunden vor sich und sollten gegen neun Uhr am Flughafen einchecken. Als sie kaum Platz genommen hatten, fragte Lisa: »Hey, hast du einen Verehrer?« Sie zeigte auf einen Zettel, der an der Windschutzscheibe unter einem Scheibenwischer steckte.

Moa stieg wieder aus und griff nach dem Blatt. Da stand ein einziger Satz, zusammengebastelt aus aufgeklebten und aus einer Zeitung ausgeschnittenen Großbuchstaben. Moa setzte sich wieder und hielt das Blatt so, dass es beide lesen konnten: »IHR SEID ALLE VERDAMMT!«

»Der Zettel, den Karin unter der Galerietür gefunden hat, war auch aus ausgeschnittenen Buchstaben zusammengesetzt«, meinte Lisa.

Moa schürzte die Lippen. »Da rückt jemand mit seinen Drohungen immer näher an uns ran. Jemand, der weiß, wo wir arbeiten und wo wir wohnen … Furchtbarer Gedanke. Ich kann nicht sagen, dass mich das kaltlässt. Wir müssen den Zettel natürlich zu Rui bringen. Morgen …«

***

Im Hinterland der Algarve gibt es fast nie viel Verkehr, aber morgens um sechs war keine einzige Menschenseele weit und breit zu sehen. Sie fuhren zuerst nach Alferce und dann auf der neuen Straße nach São Marcos da Serra zur Schnellstraße IC 1, auf der sie zügig bis Lissabon vorankamen und die grandiose Brücke Vasco da Gama, eine der längsten der Welt, nahmen, um noch vor acht Uhr fünfundvierzig den Airport zu erreichen. Sie parkten und checkten ein.

Der Flug dauerte nur eineinhalb Stunden. Nach der Landung gingen sie in Paris-Orly zum Terminal Süd – Moa hatte alles per Internet erkundet – und nahmen den Bus 285 zur Metrostation Juvisy, wo sie eine halbe Stunde später ankamen. Mit der Metro fuhren sie weiter in die Innenstadt und stiegen mehrmals um, um in den Nordwesten von Paris zu gelangen, wo sich die Rue de Saussure befand. Eine Gegend mit modernen Häusern, die überall in Europa hätte sein können. Laut. Ständiges Hupen in den viel zu schmalen Straßen, Überbleibsel einer viel älteren Bebauung, die den modernen Gebäuden Platz machen musste.

Das Haus mit der Nummer 127 war eines davon. In der Anordnung von über hundert Klingelknöpfen mit zugehörigem Namensschild fanden sie endlich »Gautier«. Sie klingelten. Warteten. Klingelten noch mal. Nichts.

Lisa legte den Kopf schräg. »Mist. Sie ist anscheinend nicht zu Hause. Aber vielleicht haben wir Glück und sie kommt bald. Schau, da drüben ist ein Café. Lass uns dort warten.«

Sie schlenderten quer über die Straße und steuerten ein großes Straßencafé an, wo sie draußen sitzen und den Hauseingang von Florence Gautier bequem beobachten konnten.

»Portugiesischer Kaffee schmeckt mir viel besser«, meinte Lisa, nachdem sie an ihrem bestellten Getränk genippt hatte, und blieb in diesem Moment mit ihrem Blick an einer jungen Frau hängen, die auf die Nummer 127 zuging. Sie hatte sich die Fotos des Mädchens gut eingeprägt. Sie sprang auf und lief zu ihr hinüber. »Florence Gautier?«

*»Oui?«*

*»Can we speak English? Portuguese? German?«*

Florence Gautier lächelte Lisa an und antwortete auf Englisch mit jenem typisch französischen Akzent, der aus der angelsächsischen Sprache eine Operette macht: *»My English is not very good … But yes, we can …«*

»Könnten wir uns ein wenig unterhalten? Da drüben im Café? Da sitzt auch meine Freundin Moa, sehen Sie, sie winkt uns zu.«

»Oh, kommt sie von den Kapverden?«

»Ja. Wie haben Sie das so schnell erkannt?«

»Ich habe viele Freunde von dort. Sie sind fast alle so eigenartig schön.« Zusammen gingen sie zum Café. Moa erhob sich und stellte sich vor.

»Was wollt ihr von mir?«, fragte Florence, noch bevor sie sich setzte.

»Wir versuchen, eine komplizierte Geschichte aufzudecken, und hoffen dabei auf deine Hilfe«, sagte Lisa und ging auch zum Du über. »Wenn du nichts dagegen hast, werden wir sie kurz erzählen …«

Florence' Blick blieb skeptisch, aber sie nahm, neugierig geworden, Platz, was sicher daran lag, dass ihr die beiden Frauen auf Anhieb sympathisch waren. Sie war eine auffallend hübsche junge Frau, hatte Mandelaugen und dichtes, schwarz gelocktes Haar. Unverkennbar war der maurische Einschlag. Ihre Mutter stammte vermutlich aus Nordafrika, wahrscheinlich aus Algerien oder Marokko.

Lisa und Moa wechselten sich in der Erzählung ab, damit Florence weniger überrollt wurde von der Geschichte, die sie fassungslos machte. Als zum ersten Mal der Name Luc Gautier fiel, zuckten ihre Augen. Aber sie hörte weiterhin aufmerksam zu.

Als Lisa die bisherigen Erkenntnisse darlegte, machte sie keinen Hehl daraus, dass ihr Luc Gautiers Rolle in dieser Geschichte wieder ein Rätsel geworden war, seitdem sie erfahren hatte, dass auch er ein Vergewaltiger war. Sie wäre Florence sehr dankbar, wenn sie sie dazu befragen dürfe.

Im Gegensatz zu Cristina Baptista in Lissabon, schien Florence überraschenderweise nicht abgeneigt, sondern bereit zu sein, über ihren Vater zu reden. Sie lehnte sich entspannt in ihrem korbgeflochtenen Bistrosessel zurück und winkte mit einem Schnipser die Bedienung herbei. *»Café crème, s'il vous plaît.«* Zu den beiden Freundinnen gewandt sagte sie: »Ich helfe euch gern, also fragt nur.«

»Florence, du hast deinen Vater angezeigt, weil er dich missbraucht hat. Davor hast du versucht, ihn umzubringen, was er in der Verhandlung gegen dich verwendete. Er wurde freigesprochen, weil er den Richter offenbar für sich einnehmen konnte, wie so viele seiner Artgenossen.«

»Stimmt, so war es«, sagte Florence erstaunlich ruhig und emotionslos. Als sie merkte, dass ihre Reaktion die beiden irritierte, fügte sie hinzu: »Ja, die berühmten Mühlen der Justiz hätten auch mich beinahe zermalmt. Wie so viele meiner Leidensgenossinnen. Auch ich musste die demütigende Tortur einer Gerichtsverhandlung über mich ergehen lassen. Und dann auch noch für nichts und wieder nichts. Das bringt ein junges Mädchen, das all seinen Mut zusammengenommen hat, diesen Schritt zu wagen, dann vollends aus dem Gleichgewicht.«

»Hast du wirklich versucht, ihn zu töten, wie er behauptete?«, fragte Moa.

»Ja, mit einem langen Küchenmesser. Ich stand gerade in der Küche und machte den Abwasch. Da kam er wieder mal mit eindeutigen Absichten auf mich zu. Ich ergriff spontan ein Fleischmesser, umfasste den Schaft wie einen Dolch und richtete es auf ihn. Ich hätte dieses Schwein tatsächlich abgestochen, wenn er auch nur noch einen Schritt näher gekommen wäre. Er hat den Ernst der Lage aber blitzschnell erkannt, auf dem Absatz kehrtgemacht und irgendwas von ›hysterische Weiber‹ vor sich hin gebrummelt.«

»Habt ihr euch in der Zwischenzeit wiedergetroffen?«

»Nein. Ich habe absolut kein Verlangen danach, ihn je wiederzusehen. Insofern weiß ich auch gar nicht, was er heute so treibt, in welche Machenschaften er verwickelt ist. Ich fürchte, ich bin daher keine große Hilfe für euch.«

»Ich kann immer noch nicht glauben, dass der Luc Gautier, den ich kennengelernt habe, seine Tochter missbraucht hat«, sagte Lisa kopfschüttelnd.

»Glaubst du mir etwa nicht? Hast du denn nicht in den Gerichtsakten die Fotos von meinen Verletzungen gesehen? Glaubst du, ich hätte sie mir selbst zugefügt? Glaubst du, ich habe gelogen?«

»Nein, um Gottes willen, nein«, sagte Lisa beschwichtigend. »Ich glaube dir, hundertpro, und kann dennoch kaum glauben, dass er es getan hat, verstehst du, was ich meine?«, fragte sie.

Als Florence kurz nickte, fuhr Lisa fort: »Wie erging es dir danach, wie bist du damit umgegangen? Hattest du Hilfe?«

»Ich habe mir professionelle Hilfe gesucht und eine sehr

fähige Therapeutin gefunden. Gott sei Dank. Sie hat mich darauf gebracht, dass mich nur Vergebung aus meinem Dilemma befreien kann. Wisst ihr, was Vergeben bedeutet? Wisst ihr, wie befreiend es ist, wenn jemand Allerschlimmstes mit dir angestellt hat und du ihm vergibst? Nein? Versucht es bei nächster Gelegenheit. Es wird euer Leben verändern. Meines jedenfalls hat sich dadurch geändert. Ich habe ihm vergeben, konnte ihn danach abhaken und mich voll und ganz auf mich und meine Genesung konzentrieren. Ich habe meine Lebensfreude zurückgewonnen ...«

»Das strahlst du auch aus. Mich treibt aber immer noch die Frage um, warum dein Vater das getan hat.«

Florence nahm einen großen Schluck aus ihrer dunkelgrünen Bistrotasse mit dem schmalen goldenen Rand. »Das habe ich mich natürlich auch gefragt, immer wieder. Aber dann habe ich mich schlaugemacht. Ich habe alles darüber gelesen, was mir in die Finger kam. Ich studiere übrigens Psychologie, bezeichnenderweise. Also, Vergewaltigungen haben in aller Regel nichts damit zu tun, dass der Täter auf anderem Weg keinen Sex bekommt. Es stimmt auch nicht, dass er einem sexuellen Druck ausgeliefert ist, dem er machtlos gegenübersteht. Das bekommt man ja leider immer noch überall zu hören.«

»Genau das wird doch ständig als Entschuldigung für Missbrauch angeführt. Der arme Kerl, der seinem üppigen Testosteron hilflos ausgeliefert ist, konnte halt dem aufreizenden Opfer im kurzen Miniröckchen nicht widerstehen«, warf Lisa ein. »Und damit wird er quasi freigesprochen und das Opfer zur eigentlich Schuldigen gemacht. ›Selbst schuld, wenn sie auch so rumläuft ...‹«

»Eben, und das ist ein Trugschluss, dem die meisten bis heute aufsitzen. Leider. Bei einer Vergewaltigung handelt es sich keineswegs um eine gewalttätige Form der Sexualität, sondern genau umgekehrt: um die sexualisierte Form von Gewalt. Dem Täter geht es vor allem um Macht und Unterwerfung. Auch dann, wenn er Kinder sexuell missbraucht. Der Anteil der ›echten‹ Pädophilen dabei ist gering. Der weitaus größeren

Zahl der Täter geht es um sadistische, gewalttätige Machtausübung. Um nichts anderes.«

Florence trank ihren Kaffee aus, bedankte sich für die Einladung und stand lächelnd auf. »So, damit habe ich alles gesagt, was es zu sagen gibt. Außerdem muss ich jetzt schleunigst nach Hause und büffeln. Wir schreiben nämlich morgen eine Klausur. Ich wünsche euch beiden alles Gute und viel Erfolg. Lasst doch mal hören, wie die Sache ausgegangen ist, bitte. Schickt mir eine E-Mail, hier ist meine Karte.« Sie reichte Lisa und Moa je eine kleine Karte, auf Kopierpapier gedruckt.

Die beiden standen auf, bedankten sich ihrerseits für das intensive Gespräch und nahmen typisch französisch von Florence Abschied. *Bisou, bisou, bisou.*

Florence verließ das Café, ging schnurstracks auf das Haus mit der Nummer 127 zu, öffnete die Tür und verschwand.

Moa und Lisa sahen sich an. Sie waren tief beeindruckt von der bemerkenswerten jungen Frau, die wissbegierig Ursache und Wirkung hinterfragte und aus der Opferrolle längst herausgewachsen war. Alle Achtung. Florence ging kerzengerade und unaufhaltsam ihren Weg.

»Und jetzt?«, fragte Moa. »Wir haben noch viel Zeit bis zum Rückflug. Sightseeing-Tour?«

»Niemals«, antwortete Lisa. »Ich möchte dem Zufall eine Chance geben, mich treiben lassen und nichts Vorgekautes hinunterschlucken. Lass uns das Quartier Latin aufsuchen, das quirlige Studentenviertel mit seinem Boulevard Saint Michel, den verwinkelten Gässchen links und rechts, der legendären Rue Mouftard, den berühmten Cafés, in denen Intellektuelle und die Bohème verkehrten, und nicht zuletzt den zauberhaften Boutiquen …«

»Also ab ins Quartier Latin«, sagte Moa begeistert.

***

Mit der Metro fuhren sie zur Station Saint Michel Notre Dame und entdeckten zu Fuß den quicklebendigen Stadtteil der herrlich schönen Metropole. Irgendwann blieben sie am nahen Quai de Montebello stehen und blickten hinunter aufs trübe Wasser der Seine.

Moa kam wieder auf Florence zurück: »Die junge Frau hat mir mächtig imponiert. Durch sie habe ich einiges dazugelernt.«

Lisa wusste sofort, was sie meinte, und ließ ihr Gespräch mit Mário Baptistas Tochter in Lissabon noch einmal Revue passieren. Intuitiv hatte sie Cristina damals geraten, ihrem Vater zu vergeben, um die quälenden Erinnerungen loszuwerden. Florence hatte genau das getan. Mit Erfolg. War das nicht wunderbar?

Sie setzten sich vor ein Bistro, bestellten jede ein Glas Kir und »guckten Leute«, wie es Lisa bezeichnete. »Eine meiner Lieblingsbeschäftigungen«, sagte sie lächelnd.

Die vorbeihuschenden Menschen oder auch die eher besinnlich flanierenden, die mürrischen und strotzend gut gelaunten, die gelangweilten und nachdenklichen Köpfe, sie alle zogen ihre Blicke auf sich. Der Laufsteg des Lebens schien in dieser Stadt schriller und schräger, schicker und schöner als irgendwo sonst auf der Welt. Ihre Gedanken jedoch eilten auch hier schon bald wieder zu den unaufgeklärten Unfällen.

»Lass uns einfach mal drauflos spintisieren, okay?«, schlug Lisa vor. »Wer ist dieser Hugo? Warum spioniert er seine Schwester aus?«

»Ein farbloser Mann, den dein Vater als Verlierer bezeichnet hat. Also einer, der nichts auf die Reihe bekommt und deshalb bei seiner Schwester untergekrochen ist.«

»Ein ewiges Kind«, ergänzte Lisa, »unfähig, für sich selbst zu sorgen, aber schlau genug, andere dafür einzuspannen. Und offenbar auch noch ein Kontrollfreak.«

»Kontrollfreak, das sagt man so leicht, das Wort mit dem abwertenden Beigeschmack«, meinte Moa. »Die Wenigsten wissen aber, was dahintersteckt. Ich habe mal einen hochinteressanten Artikel darüber gelesen. Mal sehen, was davon noch hängen geblieben ist.« Sie zündete sich eine Gauloise mit Filter an, nahm einen tiefen Zug und blies den blauen Rauch langsam und genüsslich in die Luft. »Kontrollfreaks sollen krankhaft versuchen, alles um sich herum zu kontrollieren, um ihre innere Verletzbarkeit zu schützen, quasi um erneuten Verletzungen vorzubeugen. Sie sind überzeugt, durch Dominanz und Kontrolle verhindern zu können, dass sie den Ängsten aus ihrer Kindheit erneut ausgesetzt werden.«

»Welchen Ängsten denn?«, fiel ihr Lisa ins Wort.

»Eine davon ist mit Sicherheit die tief verwurzelte Angst vor dem Verlassenwerden. Solche Kontrollfreaks können schwierig und manchmal sogar gefährlich werden, wenn sie in einer persönlichen Beziehung zurückgewiesen werden.«

»Kontrollfreaks bestehen wohl auch darauf, dass Dinge auf ganz bestimmte Weise zu handhaben sind«, sagte Lisa. »Dazu fällt mir gerade ein, wie Hugo Tassen und Teller verschoben und das Bild an der Wand geradegerückt hat. Weißt du noch?«

»Natürlich. Und dass er so angespannt war, passt ebenso ins Bild wie seine Überzeugung, keine Zeit mit anderen Leuten verbringen zu wollen oder ihnen respektvoll gegenübertreten zu müssen.«

»Meine Güte, er scheint eine gestörte Persönlichkeit zu sein … Wir haben ihn bisher in unseren Ermittlungen noch gar nicht berücksichtigt, im Gegensatz zu seiner Schwester. Vielleicht ist er ihr Handlanger. Vielleicht hat sie ihn genau wie Luc für sich eingespannt.«

Lisas Gedankengang wurde von ihrem klingelnden Handy unterbrochen.

Es war Rui Fernandes. »Könnt ihr gleich mal herkommen?«

»Ist ein bisschen kompliziert. Wir sind gerade in Paris.«

»In Paris? Das darf doch nicht wahr sein …«

»Doch, wir erklären dir morgen, warum wir dringend hierherfliegen mussten. Wir bringen dir dann auch gleich einen USB-Stick mit allerhand Interessantem drauf mit.«

»Okay. Und ich zeige euch im Gegenzug ein höchst interessantes Foto. Einem Polizisten ist es nämlich gelungen, den Jeep bei Vale de Lama zu fotografieren, und zwar mit einer Spezialkamera für Geschwindigkeitsmessung. Das Foto ist messerscharf. Aber wir kennen den Fahrer nicht. Vielleicht gelingt es euch, ihn zu identifizieren.«

»Das ist ja mal eine gute Nachricht. Super. Wir sind morgen um zehn Uhr bei dir in Portimão, okay?«

*»À bientôt!«*

»Ich fürchte, wir müssen zahlen, der Flieger wartet nicht auf uns«, stellte Moa mit Blick auf die Uhr fest. *»Garçon!«*

# 17

Nach dem kurzen Paris-Trip fuhren die beiden Frauen am nächsten Morgen zur Kripo in Portimão. Es war Samstag, aber Rui Fernandes machte für sie einen Sonderdienst. Lisa konnte sich ein triumphierendes Grinsen nicht verkneifen, als sie dem Inspector-chefe den USB-Stick reichte.

Er schaute sie fragend an. »Noch mehr Schnappschüsse?«

»In der Tat, außerdem ein paar Knaller«, kündigte sie an.

»Gleich vorab, lieber Rui: Du weißt, dass ich Journalistin bin«, schickte Moa hinterher. »Meine Quellen verrate ich nicht, muss ich auch nicht. Verschaff dir in Ruhe einen Überblick, ich denke, zwei Stunden reichen dir.«

Die Frauen wandten sich bereits wieder zum Gehen, als Rui Fernandes gegen ihre Rücken sagte: »Dann kann ich euch das Foto von dem Fahrer an der Meia Praia ja später zeigen.«

»Wie gedankenlos von uns. Das hast du ja gestern am Telefon erwähnt, ging aber irgendwie unter bei so viel Paris«, stammelte Lisa. Sie taten zerknirscht, wussten sie doch, wie gern er seinen Teilerfolg gewürdigt wissen wollte.

Rui Fernandes nahm das Foto zur Hand, das auf seinem Schreibtisch zuoberst lag. »Ein Mitarbeiter hat es vom Straßenrand aus geschossen. Das Foto ist bombig scharf. Aber es nützt nichts. Wir haben das Gesicht des Fahrers durch den Computer gejagt. Vergeblich. Er scheint eine weiße Weste zu haben. Ich muss einräumen, dass die Gesichtserkennung nur dann gut funktioniert, wenn passfotoähnliche Vorlagen zur Verfügung stehen, und das ist hier nicht der Fall …«

»Der Typ ist abgehauen. Das spricht kaum für eine weiße Weste«, sagte Lisa. »Regelrecht geflohen ist er und hat alles drangesetzt, euch abzuhängen. Mit Erfolg. Dürfen wir mal sehen?«

Er reichte ihnen das Foto.

Nach längerer Betrachtung schüttelte Lisa den Kopf. »Schade. Den kenne ich nicht.«

Moa dagegen biss sich auf die Lippen. Rui Fernandes und Lisa sahen sie gespannt an. »Ich habe diesen Typ schon irgendwo gesehen. Ist noch gar nicht so lange her. Vor ein paar Tagen erst …« Sie dachte kurz nach. Dann fiel es ihr ein. »Ich hab's, haltet euch fest, das ist Dianas Gärtner! Wir haben ihn zwar nur kurz und nicht gerade von Nahem gesehen, aber er ist es, mit Sicherheit.«

»Wo habt ihr ihn gesehen?«, fragte der Inspector-chefe.

»In Dianas Garten, er hat die Bäume beschnitten, als wir der Dame des Hauses in ihrer Abwesenheit einen Besuch abstatteten.« Moa zwinkerte Lisa zu und starrte bedeutungsvoll auf den USB-Stick. Dann verließen sie den Raum.

Rui Fernandes dämmerte es, dass sich die beiden wieder einmal außerhalb des Spielfeldes der Legalität bewegt hatten, in ihrer viel bemühten Grauzone. Er atmete geräuschvoll aus, stützte die Ellbogen auf und vergrub seinen Kopf zwischen den Händen. Während er seine Stirn massierte, legte er die nächsten Schritte fest: erst den Stick auswerten und sich dann diesem Gärtner widmen.

Lisa und Moa verließen das Gebäude der Kripo und fuhren über die alte Brücke zum nahen Fischerdorf Ferragudo. Gekrönt und behütet wurde es vom doppeltürmigen, gelb umrahmten Turm der schlichten barocken Kirche, die auf ein Labyrinth aus Gassen und Treppen herabschaute, viele davon eine Augenweide für Touristen, die sich nicht sattsehen und sattfotografieren konnten an rankenden Bougainvilleas, im Schatten sitzenden alten Leuten, die sich immer was zu sagen hatten, in der Sonne liegenden Katzen und anderen Postkartenidyllen, die einem hier zuhauf begegneten.

Der Rio Arade kurvte unmittelbar vor dem Dorf ein wenig landein und besorgte so ein natürliches Hafenbecken. Auf dem Wasser dümpelten an die drei Dutzend bunte Fischerboote und gaben den Anschein, als erholten sie sich von der letzten Fahrt. Bei Ebbe würden sie seitwärts auf dem Grund liegen wie für ein geruhsames Nickerchen.

Ferragudos Gassenlabyrinth reichte bis unmittelbar an eine

Kaimauer, an der Fischerboote vertäut lagen oder Fischer ihrer Arbeit nachgingen, niemals hektisch, sondern immer bedächtig und so, als bewegten sie sich auch an Land auf schwankendem Boden. Es waren nicht zuletzt diese bunten Boote, die dem Ort eine wunderbar authentische Atmosphäre vermittelten.

»Mein Lieblingsort in der ganzen Algarve«, schwärmte Moa.

Das bezaubernde Castelo von Ferragudo lag abseits vom Dorf auf einem Uferhügel zwischen zwei Stränden. Es erschien als Coverfoto auf zahllosen Reiseführern und Bildbänden, weil es so einzigartig romantisch anmutete – und gleichzeitig wie ein überdimensionaler Wachhund für das weite Mündungsbecken des Rio Arade wirkte.

Die Frauen parkten ihr Auto am Strand gleich hinter einer Lebensrettungsstation und spazierten wie magisch angezogen auf das Castelo zu. Hier sollte also demnächst die Ausstellung eröffnet werden.

»Wir werden bald alles vorbereiten und den Raum herrichten«, sagte Lisa. »Die Fotos können wir an den Leinentüchern befestigen, die Dr. Coutinho aufhängen lassen will. Tagsüber ist die Beleuchtung durch das hereinflutende Sonnenlicht ausgezeichnet, und für abends gibt es genügend LED-Projektoren für die alten Gemälde an der Wand. Darum müssen wir uns also nicht kümmern. Ich bin ja so gespannt, wie die Ausstellung in diesem einzigartigen Ambiente zur Geltung kommen wird.« Lisas Vorfreude war unverkennbar.

Sie schlenderten zurück zum Dorf und stiegen über verschlungene Treppen und entlang mit Blumentöpfen behangener schiefer Hauswände hinauf zur Kirche.

»Ich bin gespannt, was unser lieber Kriminalinspektor gleich sagen wird«, sagte Lisa. »Wir dürfen nicht vergessen, ihm den anonymen Drohzettel auszuhändigen, der gestern an der Windschutzscheibe klebte. Denk bitte mit daran.«

***

Rui Fernandes blickte nicht einmal von seinem Bildschirm auf, als Lisa und Moa seinen engen Raum betraten. Stattdessen überfiel er sie gleich mit einer neuen Erkenntnis: »Als Diana ganze zwölf Jahre alt war, wurde sie von ihrem Vater missbraucht. Sie hat darüber ausführlich in ihrem Tagebuch geschrieben. Immer wieder deutet sie auf dieses Ereignis hin. Es scheint die Schlüsselszene ihres Lebens zu sein.«

Lisa triumphierte. »Hab ich es nicht gesagt? Ohne das Tagebuch zu kennen, war ich zu der Überzeugung gelangt, dass Diana selbst das Opfer einer Vergewaltigung sein muss. Da könnt ihr mal sehen: weibliche Intuition …«

Moa schmunzelte in sich hinein und hielt es für unnötig, darauf hinzuweisen, dass der Gedanke eigentlich von ihr stammte.

Rui Fernandes ließ sich nicht ablenken. »Der aktuelle Auslöser für ihre sanfte Rache ist jedoch die Tatsache, dass ihr Mann ermordet wurde. Diana geht davon aus, dass einer aus der Riege der ›sechs Schuldigen‹ ihn ermordet hat, weil ihr Mann gegen sie ermittelte. Die gerichtlichen Unterlagen hierzu befinden sich ebenfalls auf dem Stick. Ich ziehe folgende Schlussfolgerung: Diana will zwei Fliegen mit einer Klappe schlagen. Zum einen prangert sie in dieser Kunstausstellung sechs Vergewaltiger, zum anderen den Mörder ihres Mannes an. Ein sehr persönlicher und nur von ihr selbst und ihrem Ehemann durchschaubarer Racheplan. Ganz ohne Gewalt, sanft, geradezu poetisch. So hatte sie es zumindest geplant. Ob es auch dabei geblieben ist, ist allerdings fraglich. An anderer Stelle ihres Tagebuchs teilt sie ihrem Mann nämlich mit – sie schreibt ihm regelmäßig Briefe –, dass sie die Schuldigen manchmal härter bestrafen will, und zwar so, dass es richtig wehtut …«

Rui Fernandes hob den Blick. Diesen Moment nutzte Lisa, um ihm ein Geständnis zu machen: »Rui, die Dateien auf diesem Stick stammen nicht von Dianas Computer.«

»Bitte? Ich höre wohl nicht recht. Von wem sind sie dann?«

»Von Hugos Laptop, Dianas Halbbruder. Er hat ihren Computer gehackt.«

»Und ihr habt dann seinen gehackt? Sauber! Und das sagst du mir erst jetzt? Dann ist also auch Hugo in die Sache verstrickt …« Dem Inspector-chefe war anzusehen, dass seine Toleranzgrenze erreicht war.

Lisa wartete eine Weile, bis er die Nachricht verdaut hatte, und hakte erst dann nach: »Rui, hast du auch die Pariser Akten über Luc Gautier gesehen?«

»Ja, habe ich. Und es gibt mir sehr zu denken. Ich verstehe im Nachhinein, warum er Polizeischutz haben wollte. Er ist unter diesen Umständen tatsächlich in Gefahr. Vielleicht ist er als Nächster an der Reihe.«

»Genau. Das sehen wir auch so. Wir sind gestern kurzerhand nach Paris geflogen, um mit seiner Tochter zu sprechen. Wir hatten gehofft, sie könnte uns Auskunft geben über ihren Vater und seine dunklen Verstrickungen, denn immerhin wird sein Haus von Spionagekameras überwacht. Wir haben winzige Wanzen ausgemacht, über die Luc in allen Zimmern beobachtet und abgehört werden kann.«

Rui Fernandes' gesenkter Kopf schnellte mit einem Ruck hoch. »Wie bitte?«, fragte er entsetzt. »Das ist ja ein Ding. Was ihr alles so herausfindet und mir dann beiläufig und peu à peu mitteilt. Kommt noch etwas?«

Lisa lächelte ihn gewinnend an. »Nein, Rui, derzeit nicht. Das war's erst mal von unserer Seite. Mach daraus, was du und dein Polizeiapparat für richtig haltet. Und was hast du noch für uns?«

»Hier.« Er hob eine Plastiktüte mit einem roten Seidentuch hoch. »Kennt ihr das?«

Die Frauen schauten sich an und winkten ab. »Solche Kopftücher oder Halstücher gibt es an jeder Ecke zu kaufen«, gab Moa zu bedenken.

»Aha. Und das hier?« Jetzt hob er eine Plastiktüte hoch, in der eine weiße Zigarettenkippe lag.

»Rück schon raus mit der Sprache«, forderte Lisa ihn auf. »Was hat es mit diesen Dingen auf sich?«

»Das Tuch fanden wir in der Nähe des Tatortes in Vale de

Lama und die Zigarettenkippe in der Nähe von Prego do Inferno bei Tavira, wo Mário Baptista verunglückte.«

»Weißt du schon, wem Tuch und Kippe zuzuordnen sind?«, wollte Lisa wissen.

»Nein. Noch nicht. Aber beide Fundstücke weisen Partikel auf, die für eine DNA-Analyse taugen und monatelang nicht verlustig gehen. Das sind wertvolle Beweisstücke …«

»… wenn ihr sie mit einer anderen DNA abgleichen könnt«, nahm ihm Moa das Wort aus dem Munde.

»Und genau das haben wir vor.«

»Dann könnt ihr auch gleich diese anonyme Botschaft überprüfen. Die hing gestern Morgen an der Windschutzscheibe des Fiats. Oben in der Quinta«, sagte Lisa und reichte ihm den Zettel. »Den Texter oder die Texterin dürften unsere Ermittlungen nervös gemacht haben. Deshalb solche Drohungen. Erst waren wir entsetzt. Wir glauben aber inzwischen, dass es nur hohles Geschwätz ist.«

»Na, da wäre ich mir nicht so sicher. Unser Täter hat ja mehr als deutlich gezeigt, dass er durchgreifen kann. Der Mensch ist irre gefährlich. Was habt ihr heute noch vor?«, fragte der Inspector-chefe.

»Nichts«, antworteten Moa und Lisa wie aus einem Mund.

»Das gibt's doch gar nicht – bei euch.«

Moa grinste. »Ja, ja. Nichtstun ist ein hartes Los. Wir nehmen es aber ganz gelassen. *Um bom fim de semana, senhor Inspector-chefe!*«

»Ich wünsche euch auch ein schönes Wochenende«, sagte Rui Fernandes kopfschüttelnd und widmete sich wieder seiner Arbeit.

Sein Wochenende sollte zunächst einmal mit einem Verhör beginnen.

***

Diana Marques' Gärtner war gerade dabei, die Bäume neben der Auffahrt mit einem Pestizid vor der weißen Fliege zu schützen. Aus einer Druckpumpe versprühte er das Gift. Ab und zu brach er kleine Sprösslinge ab und trug sie gebündelt zu einem Container, der draußen vor dem Tor stand. Da ertönte ein kurzes Hupen. Jemand forderte Einlass.

Der Gärtner drückte den grünen Knopf der Fernbedienung in seiner Hosentasche, und schon rollte das Eisentor zur Seite. Der Fahrer fuhr im Schritttempo den breiten Kiesweg hinauf und stoppte in Höhe des Gärtners.

»Guten Tag, ich bin Rui Fernandes. Inspector-chefe, Kripo Portimão. Wer sind Sie?«

»Zé Laginha ist mein Name. Wie kann ich Ihnen helfen?« Der groß gewachsene Mann gab sich erfreulich kooperativ. Das Eingangstor rollte zur Seite und schloss sich mit einem lauten Klick.

Rui Fernandes stieg aus, zückte seinen Notizblock und ging auf den Gärtner zu.

»Haben Sie Ihren Ausweis bei sich?«

»Natürlich. Ist ja schließlich Vorschrift. Hier, bitte …« Er überreichte ihm seine *carta de identificação*, die jeder Bürger in Portugal immer bei sich tragen sollte.

Rui Fernandes schrieb die Nummer auf, Geburtsdatum 21. April 1971, Geburtsort Vila Real de Santo António. Unvermittelt fragte er: »Wo waren Sie am vergangenen Mittwoch gegen siebzehn Uhr dreißig?«

Als er den Notizblock wieder in die Jackentasche gesteckt hatte und Zé immer noch angestrengt nachdachte, sagte er: »Ich habe hier ein Foto, das bei einer Straßenkontrolle an jenem Abend geschossen wurde. Der Fahrer sind Sie, nicht wahr?«

»Eindeutig«, bestätigte der Mann.

»Was haben Sie dort gemacht?«

»Warten Sie, wie war das noch mal … Ach ja, Senhor Hugo hatte mich beauftragt, für Dona Diana ein paar Pflanzen zu holen. In den Dünen der Meia Praia. Damit wollen wir hier in der Quinta nämlich einen neuen Felsengarten anlegen. Alles mit Wurzeln also. Die schönsten Dünenpflanzen findet man zwischen dem Golfplatz »Palmares« und der Mole von Alvor. Und diese wunderbar gelb blühenden Dünen-Immortellen –

unter uns Gärtnern heißen sie Helichrysum stoechas – gibt es da ja haufenweise. Zurzeit blühen sie ganz wunderbar.«

»Warum haben Sie plötzlich kehrtgemacht, als Sie meine Kollegen von der Straßenkontrolle entdeckten, und sind davongerast?«

»Warum wohl? Ich weiß halt wie jeder andere auch, dass das Ausgraben von Pflanzen dort verboten ist. Die Dünen stehen unter Naturschutz. Außerdem darf man das letzte Stück schon seit ein paar Jahren nicht mehr befahren, und ich war trotzdem dort ... So wie die Typen, die am Wochenende mit ihren Jeeps Touren machen. Die setzen sich über solche Verbote nur zu gern hinweg. Ich wollte natürlich einer Strafe entgehen und bin schnell zurück nach Hause gefahren. Deshalb.«

»Können Sie mir sagen, warum Sie ein paar Minuten später einen Polizeiwagen, der Sie verfolgte, an der Straße nach Arão geschickt abgehängt haben?«

»Ich habe niemanden abgehängt. Ich bin unterwegs in einen Seitenweg abgebogen, weil ich dringend musste, und bin dann nach Hause gefahren. Hinter mir war kein Polizeiwagen her. Garantiert nicht – den hätte ich doch gesehen und angehalten.«

»Wo ist Ihr Zuhause?«

»Ganz in der Nähe von Alvor. Bei dem Dorf Casas da Nossa Senhora do Verde. Deshalb kenne ich die Gegend so gut ...«

»So gut, dass Sie mit Leichtigkeit einen Verfolger abschütteln können, nicht wahr?«

»Ich sag's noch mal: Ich habe niemanden abgeschüttelt. Wenn Ihre Kollegen mich verfolgt haben, dann reden Sie doch besser mit denen mal ein Wörtchen. Finden Sie heraus, warum die ihren Job so schlecht machen.«

»Und Senhor Hugo hat Sie zu genau dieser Stelle an der Meia Praia geschickt?«, hakte Rui Fernandes nach.

»Ja doch. Also nicht auf den Quadratmeter genau, aber er hat gesagt, am Ende des Fahrweges, in der Nähe des Damms rüber zur Lagune. Das einzige Haus dort sei eine Austernfarm. Da würde es einen Parkplatz geben, da könnte ich die Pflanzen auch gut einladen.«

»Schickt er Sie öfter los, Pflanzen in der Natur zu stehlen, und hat er auch noch andere Gelegenheitsjobs für Sie?«

»Hören Sie, ich will meine Arbeit bei Dona Diana auf keinen Fall verlieren. Ich bin ja noch nicht lange bei ihr. Deshalb mache ich natürlich alles, was man von mir will.«

»Alles? Das will ich doch nicht hoffen«, sagte Rui Fernandes lachend, um die Redseligkeit des Gärtners zu fördern. »Wie kamen Sie denn zu Ihrem Job?«

»Den hat ihr Bruder mir besorgt, Senhor Hugo.«

»Aha. Und woher kennen Sie Senhor Hugo?«

»Ach, wir sind alte Freunde.«

»Wo haben Sie sich kennengelernt?«

»Himmel, das ist schon ewig lange her. Im Gefängnis. Wir haben eine Zelle geteilt. Aber wir waren beide nur kurz im Bau. Jugendstrafen.«

»Warum saßen Sie ein?«

»Ich wegen Körperverletzung. Früher habe ich manchmal verdammt viel gesoffen, und da ging schon mal der Gaul mit mir durch. Heute tut mir das entsetzlich leid. Ich bin total trocken geworden, müssen Sie wissen, und ich rauche auch nicht mehr.«

»Und Hugo?«

»Der saß damals wegen Einbruch und Diebstahl ein. Aber heute ist er auch ein anständiger Kerl.«

»Okay, das war vorerst alles. Haben Sie vor, in nächster Zeit zu verreisen?«, fragte Rui Fernandes. Als Zé verneinend den Kopf schüttelte, fügte er hinzu: »Wir müssen womöglich noch in einer anderen Angelegenheit auf Sie zukommen. Halten Sie sich daher in den nächsten Tagen in der Gegend auf. Wenn Sie wider Erwarten verreisen wollen, müssen Sie mich das vorher wissen lassen. Hier ist meine Karte.«

Zé steckte die Visitenkarte ein und murmelte: »Geht in Ordnung.«

»Öffnen Sie bitte das Tor. Einen guten Tag.«

# 18

Am Abend des 26. Juni brachte Pablo frische *percebes* mit. »Ein Sonntagsessen für Götter«, verkündete er freudestrahlend, als er die wie Hühnerkrallen aussehenden Rankenfußkrebse unter den strengen Augen von Antonieta aus einem Korb in die Spüle kippte. Er säuberte die Kleinkrebse, die viele deutschsprachige Menschen für Muscheln halten, weil sie den irreführenden Namen »Entenmuscheln« tragen, unter dem kalten Wasserstrahl, während in einem Topf zwei Liter Salzwasser erhitzt wurden. Als es sprudelte, gab er die *percebes* hinein und drehte sich zu den anderen in der Küche um – alle waren versammelt.

»Leute«, hob er an, »heute Morgen, als ich die *percebes* bei den Klippen südlich der Praia do Amado pflückte, hatte ich ein paar ›ins Nichts segelnde‹ Gedanken, die ausnahmsweise mal nichts mit den Unfällen zu tun hatten … Mag sie jemand hören?«

Die anderen sahen ihn erwartungsvoll an.

»Also, ich blickte aufs Meer hinaus. Das Bild der anrollenden Wellen löste in mir Ahnungen von der unendlichen Energie aus, die diese Welt erfüllt, mehr noch, aus der sie lebt, mit der sie lebt. Sie lebt, weil Energie ist, sie ist, weil Energie lebt. Alles ist Energie, jeder Wassertropfen, der fällt und verdunstet, jedes Blatt, das wächst, fällt und fault. Unsere ganze Welt ist geballte Energie, jede Zelle, jedes Molekül. Alles, was lebt, ist Energie. Aber nicht nur Dinge und Kreaturen – auch Gefühle bestehen aus Energie. Bewusstsein ist Energie, Wissen ist Energie. Alles ist Leben und Energie.«

Pablo hielt inne und strich sich gedankenverloren eine herabgefallene Strähne aus dem Gesicht. Schon kurz danach fuhr er fort: »Und die Planeten? Allein durch ihre Gravitation setzen sie unendlich viel Energie frei, unsere Meere schaukeln mit ihren Wassermassen mit Billionen Tonnen Gewicht im Rhythmus des Mondumlaufs hin und her. Da kam in mir die Frage auf: Könnte es sein, dass es da draußen Welten gibt, die von anderen

Erscheinungsformen der Energie durchdrungen sind? Warum sollte es kein stellares Gebilde geben, wo nur Bewusstsein als Lebensform herrscht? Ein Planet, der allein aus Gefühlen besteht? Oder aus körperlosen Farben, abstrakten Gebilden, die im Licht geboren werden und in der Dunkelheit vergehen? Farben, die fühlen? Gefühle, die sehen? Formen, die denken? Gibt es nicht unendlich viele Möglichkeiten? Ist die Unendlichkeit nicht der Anfang, Energie zu verstehen?«

Pablo ließ diese Frage erst einmal im Raum stehen. Er drehte sich zum Herd um, lupfte den Deckel, um die *percebes* kräftig durchzurühren, und setzte ihn zurück auf den brodelnden Topf. Dann wandte er sich wieder den anderen zu. »Bei diesen Gedanken entstand in mir automatisch die Assoziation zu Gott. Für mich ist Gott Energie. Gott ist das Leben, Gott ist die Idee. Ohne Gesetzestafeln und Heilige Schriften, ohne Regeln und Macht. Aber mit Sinn. Ohne Religionen, den übelsten Feinden des Lebens, der Liebe und der Energie. Gott ist natürlich nur ein Wort. Man kann es durch so viele andere ersetzen. Mit Geist, zum Beispiel.«

Er hatte bei diesen Worten wie entrückt gewirkt, jetzt fokussierte er seinen Blick wieder auf die anderen. »Ja, und schon wuchtete die nächste Welle gegen die Klippen, und ich freute mich, dass das explodierende Wasser solche Gedanken provoziert …«

Es war Jorge, der das besinnliche Schweigen, das auf Pablos Worte folgte, beendete: »Ich finde es wunderbar, dass du deine Gedanken, die weit mehr als nur Gedanken sind, mit uns teilst. Danke, mein Junge. Ich glaube, dass jeder von uns solche und ähnliche Gedankenstürme erlebt. Wie gut. Sie zeigen uns, dass wir ein Teil der Schöpfung sind, ob die nun einen Gott voraussetzt oder nicht. Ich halte es da am liebsten mit dem Philosophen Friedrich Nietzsche, der diesen herrlichen Satz in die Welt gerufen hat: ›Man muss das Chaos in sich haben, um einen tanzenden Stern zu gebären.‹ Womit er vielleicht meinte, dass wir – wie Gott in der Schöpfungsgeschichte – das Chaos in uns ordnen müssen, um neue Welten zu erschaffen. Ein neuer

Mensch soll her, einer, der den Willen und die Macht in sich hat, sich selbst zu überschreiten, um ein Mensch der Zukunft zu werden. So, jetzt habe ich auch noch ein wenig von meiner Lebensphilosophie beigesteuert. Konnte mich einfach nicht bremsen …«

Joana schaute Jorge liebevoll an und dachte, dass er, der Denker, womit sie ihn früher so gern aufgezogen hatte, bis heute derselbe geblieben war. Das Äußere eines Menschen verändert sich mit den Jahren, das Innere jedoch nicht.

Antonietas Blick ruhte ebenfalls auf Jorge, voller Zuneigung und Respekt, während Moa am Herd stand und zusah, wie das Wasser sprudelnd kochte und den *percebes* den Garaus brachte.

»Da, schaut her, wir sind nach wie vor brutale Killer, keine ›neuen Menschen‹«, entsetzte sie sich künstlich, während Lisa in sich versunken den Tisch deckte. Plötzlich hielt sie inne und ging auf Jorge zu.

»Was meinst du, Papa? Soll ich diese Ausstellung überhaupt veranstalten? Leider ist inzwischen so viel Negatives damit verbunden, und die Medien überschlagen sich mit vagen Berichten.«

»Klar, weil auch sie im Dunkeln tappen. Ein PR-Mensch würde sagen: Es ist völlig egal, ob positive oder negative Schlagzeilen, Hauptsache Schlagzeilen. Du wirst ein volles Haus haben, das steht fest.« Er holte tief Luft und wurde plötzlich ernst: »Eine Kunstsammlerin, Diana Marques, und ein Künstler, Luc Gautier, haben sich zusammengetan, unter welchen Umständen auch immer, um eine ganz besondere Installation zu schaffen. Nebenbei haben sie damit eine Handlungskette ausgelöst, für die sie meines Erachtens nicht verantwortlich gemacht werden dürfen. Du solltest die Ausstellung eröffnen, du bist es ihnen schuldig – der Förderin der schönen Künste und dem Künstler.«

»Danke, dass du so klar gesprochen hast. Diese Worte habe ich gebraucht. Sie stärken mir den Rücken.« Lisa fiel ihrem Vater um den Hals und drückte ihm einen fetten Schmatzer auf die Wange. Jorge hatte seine Prinzipien. Vor allem, wenn es um die Kunst ging. Sie konnte noch so viel von ihm lernen.

Von ihrem mulmigen Gefühl blieb jedoch ein kleiner Rest zurück. Es kam ihr so vor, als würde sich die Eröffnung der Ausstellung zum finalen Akt einer Tragödie ausweiten.

***

Lisa lag schon im Bett und las am Tablet in Dianas Tagebuch, was ihr ein höllisch schlechtes Gewissen bescherte, denn sie bewegte sich damit in einer fremden Intimsphäre, die anderen Ohren und Augen verschlossen bleiben sollte. Aber sie war ehrlich genug, sich einzugestehen, dass ihr verruchtes Tun auch eine gewisse Faszination auslöste. Dennoch schreckte sie wie ertappt hoch, als sachte an ihre Tür geklopft wurde.

Moa trat ein und setzte sich auf Lisas Bettkante. »Mir geht dieser Hugo einfach nicht aus dem Kopf. Der liest wie selbstverständlich das Tagebuch seiner Schwester. Sie hat sicher keine Ahnung, dass er sie in jeder Hinsicht ausspioniert. Was meinst du?«

»Das glaube ich auch. Sie scheint den armen Tropf aber auch gar nicht in seiner ganzen Bedürftigkeit wahrzunehmen. Sonst müsste sie doch eigentlich wissen, dass er ein Kontroletti ist und sie sich vor ihm in Acht nehmen muss, wenn sie ihn schon bei sich aufnimmt. Man kann sich vor solchen Hackerangriffen doch sicher auch schützen, oder?«

»Natürlich, man kann alle Dokumente mit Leichtigkeit verschlüsseln, wenn man will. Aber zurück zu Hugo, Dianas ›Halbbruder‹. So bezeichnet sie ihn doch immer, nicht wahr? Sie scheint großen Wert darauf zu legen, von Anfang an klarzustellen, dass er nicht ihr richtiger Bruder ist. So, als wolle sie sich von ihm distanzieren. Daher glaube ich auch, dass die beiden kein inniges Verhältnis haben.«

Lisa griff zu einer Schokolade auf ihrem Nachttisch, steckte sich ein Stück in den Mund und reichte die Tafel an Moa weiter.

»Hugo weiß dennoch über alles Bescheid, was sie denkt, fühlt und tut«, sagte Moa mit vollem Mund. »Während sie noch glaubt, eine Hommage an ihre Liebe auszurichten, deren

Hintergründe lediglich sie selbst und ihr verstorbener Mann durchschauen, sitzt er schon längst als Dritter mit im Boot. Ist das nicht purer Wahnsinn?«

»Ja, unheimlich geradezu, mir jagt es eiskalte Schauer über den Rücken.« Lisa wand sich unter der Bettdecke und zog sie dann bis zur Nasenspitze hoch. »Ich frage mich, ob er dieses Wissen missbraucht hat und in dem blutigen Rachefeldzug eine Rolle spielt. Rui wird ihn sich sicher bald vorknöpfen und das hoffentlich herausfinden.«

»Und den Gärtner muss er ebenfalls unter die Lupe nehmen. Der taucht doch nicht ohne Grund an einem der Unfallorte auf und verleitet die Polizei zu einer wilden Verfolgungsjagd.«

»Nee, ganz sicher nicht grundlos. Aber welche Rolle spielt der Mann? Ach Moa, wir haben da eine Rechnung mit vielen Unbekannten. Tatverdächtig sind Diana, Luc, der Halbbruder und der Gärtner, jeder einzeln für sich und alle zusammen.«

»Und vergiss nicht den großen Unbekannten, den wir auch schon mal in Erwägung gezogen haben. Ich bin jedenfalls froh, dass wir die Polizei mit unseren Ermittlungen auf die Verdächtigen aufmerksam machen konnten. Den Rest müssen jetzt Rui und seine Mannen erledigen.«

»Was nicht heißt, dass wir uns ab sofort bequem zurücklehnen«, ergänzte Lisa.

»Ach ja«, sagte Moa, »apropos großer Unbekannter. Hast du schon die Stelle gelesen, wo sie den Verdacht äußert, Ricardo, der Staatsanwalt, hätte ihren Mann töten lassen – aus Eifersucht? Vielleicht ist da was dran?«

»Das wird Rui bestimmt überprüfen, dem Hinweis wird er mit Sicherheit nachgehen. Was den Mörder von Diniz angeht, tappen sie ja völlig im Dunkeln«, murmelte Lisa vor sich hin.

Moa gähnte und stand auf. »Ich bin todmüde. Ich gehe zurück in mein Bettchen und werde versuchen zu schlafen. Wenn die Vernissage nur schon hinter uns läge …«

»Halt mal, Moa, da fällt mir gerade was ein. Ojemine. Schon krass, dass wir darauf nicht früher gekommen sind. Sind wir denn total bescheuert?« Lisa setzte sich aufrecht hin.

»Na, sag schon, spann mich nicht auf die Folter.«

»Wie kommen eigentlich Lucs Gerichtsakten auf Hugos Computer?«

»Gute Frage. Sehr gute Frage«, sagte Moa und ließ sich wieder auf die Bettkante sinken.

»Hat er sie auf Dianas PC gefunden? Zusammen mit den anderen Akten? Oder hat er sie sich selbst besorgt?« Nachdenklich lehnte sich Lisa zurück in ihr Kissen.

»Ich tippe auf Letzteres«, sagte Moa. »Er hat sie sich besorgt. Wie käme Diana auch an Pariser Gerichtsakten? Sicher nicht wie an die anderen, nämlich über ihren Mann.«

»Okay, dann ist er vermutlich bei Luc eingestiegen, so wie wir, und hat sie in der Wohnung gefunden. Ist das nicht oberkrass? Sieht ganz so aus, als hätte er nicht nur Diana ausspioniert«, sagte Lisa fassungslos.

»Nein, Diana und Luc, beide hat er ausspioniert. Ich kann's kaum glauben, vielleicht war er es auch, der die Wanzen installiert hat? Würde doch absolut zu ihm passen, oder?«

»Inzwischen sehe ich das auch so. Der blasse Hugo also, ein Schnüffler aus Passion. Aber können wir ihn uns auch als Gewalttäter vorstellen, als einen, der andere mit Vergnügen quält?«

»Eher nicht«, meinte Moa. »Warum sollte er auch vergewaltigte Mädchen rächen wollen? Mir fehlt bei ihm das Motiv.«

»Eben«, sagte Lisa. »Und, ganz unter uns: Er ist doch eher ein Schlappschwanz, oder? Einer, der sogar vor zwei so hübschen und netten Frauen wie uns die Flucht ergreift.« Lisas Gesicht nahm wieder einen verträumten Ausdruck an. »Trotzdem, Rui muss auch ihn unter die Lupe nehmen.«

»Also gut«, sagte Moa, »dann verlass ich dich jetzt. Träum was Schönes, trotz allem.«

»Bevor du gehst, sag mir bitte: Was machen wir morgen?«

»Wir wollten doch noch die beiden Männer in Albufeira und Alcoutim aufsuchen«, erwiderte Moa.

»Das machen wir auch. Aber jetzt wird erst mal geschlafen. Gute Nacht, Süße.«

Nachdem Moa den Raum verlassen hatte, fiel Lisas Blick auf das letzte Stück Schokolade auf ihrem Nachttisch. »Du darfst doch nicht allein zurückbleiben«, bemitleidete sie das einsame Überbleibsel, steckte es kurz entschlossen in den Mund und ließ sich genüsslich zurücksinken.

Aber der Schlaf wollte nicht kommen. Stattdessen stellten sich Gedanken ein. Moa hatte absolut recht. Hugo war ein Schnüffler aus Passion. Dass er in Lucs Wohnung gewesen war, lag auf der Hand, wie sonst hätte er an die Pariser Akten kommen können? Aber ob er es war, der die Wanzen installiert hatte, war immer noch fraglich. Das sollten sie als Nächstes herausfinden. Dazu war ein Anruf bei Luc fällig, der vordergründig ihm, in Wirklichkeit aber wieder dem Schnüffler galt.

Ihre Idee ließ Lisa bald darauf beruhigt einschlafen.

***

Am nächsten Morgen waren Moa und Lisa wieder einmal früh aufgestanden und schon gegen acht Uhr unterwegs auf der Bergstraße von Monchique nach Portimão.

»Mit wem fangen wir heute an? Mit dem Mann in Albufeira oder dem in Alcoutim?«, fragte Moa.

»Albufeira liegt auf der Strecke, lass uns also dort beginnen«, schlug Lisa, die auf dem Beifahrersitz saß, vor und öffnete die To-do-Liste in ihrem Tablet. »Hier habe ich die Details: Carlos Palma, Albufeira, Waldarbeiter. Er arbeitete bei der Stadtverwaltung, sollte den Flusslauf der Ribeira de Quarteira von Treibholz befreien und herabhängende Akazienäste absägen. Erinnerst du dich? Das ist der Mann, der mit einer Kettensäge übel verletzt wurde.«

»Ja, schrecklich, mag ich mir gar nicht vorstellen«, antwortete Moa schaudernd. »Die Gegend, wo es passiert ist, kenne ich ganz gut.« Nach einer Weile fragte sie: »Hast du seine Adresse?«

»Albufeira. Weiter nichts. Wir müssen vor Ort recherchieren«, sagte Lisa.

»Lass uns vorher Luc Gautier Bescheid geben, damit sich auch rumspricht, was wir vorhaben«, warf Moa ein.

»Du wirst es nicht glauben, aber genau das habe ich mir heute Nacht auch schon überlegt. Wir locken den Schnüffler wieder über die Kameras und Mikros aus der Reserve. Diesmal haben wir aber einen entscheidenden Vorteil: In Vale de Lama hatten wir keine Ahnung, wer auftauchen könnte. Wenn diesmal Hugo erscheint, wissen wir, dass er die Wanzen installiert hat.«

»Vielleicht taucht aber auch wieder der Gärtner auf«, gab Moa zu bedenken. »Wir müssen nach beiden gezielt Ausschau halten.«

»Und wenn keiner von beiden auftaucht, gucken wir blöd aus der Wäsche«, schlussfolgerte Lisa.

»Egal. Es ist einen Versuch wert.«

Gesagt, getan. Auf Lucs Festnetzanschuss meldete sich glücklicherweise nur der Anrufbeantworter, was Lisa davor bewahrte, Luc eine ausführliche Erklärung abgeben zu müssen, warum sie ihm die folgende Kurzinformation zukommen ließ.

»Hallo Luc«, trällerte sie in ihr Handy. »Hier ist Lisa. Wir werden jetzt nach Albufeira fahren und dort recherchieren. In Albufeira, Sie erinnern sich, haben Sie das Unfallopfer Carlos Palma fotografiert. Danach fahren wir zu seiner Unfallstelle bei der Wassermühle. Nur damit Sie auf dem Laufenden sind. Schönen Tag noch.« Sie beendete das Gespräch und steckte ihr Handy wieder weg.

Danach wechselten die beiden Frauen einen bedeutungsvollen Blick, und Moa meinte: »Gut gemacht. Das müsste jetzt eigentlich unseren Lauscher auf Trab bringen.«

Nach einer Weile sagte Lisa: »Wie grausam muss ein Mensch sein, der einen anderen so fürchterlich verletzt. Eine kreischende Kettensäge durch ein Gesicht ziehen …«

»Ich stelle es mir lieber nicht vor«, meinte Moa und schloss für einen kurzen Moment die Augen, um dann gleich wieder auf die Straße zu sehen.

Während der Fahrt nutzte Lisa die Zeit und googelte im

Internet die Adresse von Carlos Palma. Der Name Palma ist in Portugal nicht ungewöhnlich, aber die Kombination mit dem Vornamen ließ sie schnell fündig werden. Es gab nur einen in Albufeira. In der Rua da Igreja Velha.

Nachdem sie auf der N 125 bei Ferreira die entsprechende Abfahrt genommen und in einem Parkhaus der City den Wagen abgestellt hatten, genossen sie erst einmal die Aussicht von dem Platz gleich beim Parkhaus, wo eine Rolltreppe den Strand mit dem höher gelegenen Stadtteil verband. Unter ihnen breitete sich der Hausstrand Praia dos Pescadores aus. Gesäumt wurde er von zahlreichen Häusern, die an den Uferfelsen klebten und wie übereinandergeschachtelt wirkten. Die der Sonne zugewandten Wände schimmerten weiß und warm, und über all dem spannte sich ein tiefblauer Himmel bis zur leicht gekrümmten Horizontlinie des Atlantiks im Süden. Ort und vorgelagerter Strand glichen einem gigantischen Amphitheater.

Lisa kannte diese touristische Großstadt noch nicht. Das lag daran, dass Albufeira mittlerweile einen gewissen Ruf genoss – ähnlich wie auf Mallorca El Arenal mit seinem Ballermann, der hier »The Strip« hieß. Doch in den 1970er Jahren zählten dieser Ort und seine Umgebung neben Ibiza und St. Tropez zu den hippsten Zentren Südeuropas. Heute machten hier Abertausend Touristen Urlaub, und das rund um die Uhr.

Lisa hatte bisher nur Fotos vom alten Zentrum gesehen. Außerdem kannte sie Bilder aus den siebziger und achtziger Jahren des »Sohnes der Stadt«, des Malers João Bailote, mit dessen Werken sie gern eine Ausstellung organisiert hätte.

Eine Weile standen sie an einer Holzbalustrade über dem Strand und genossen die Aussicht auf die Bucht, die verständlich machte, warum Albufeira so ungemein beliebt geworden war.

Moas Augen leuchteten. »Irgendwo dahinten muss Marokko liegen. Und weit südlich der Kanaren liegen in Äquatornähe die Kapverdischen Inseln.« Sie küsste ihre linke Handfläche und pustete den Kuss in die Richtung. »Noch ein Ruck nach rechts, da versteckt sich Madeira, und noch ein Stück weiter nordwestlich der Archipel der Azoren. Eine portugiesische Welt liegt da draußen im Meer, und weit, weit dahinter wartet im Westen die Küste von Amerika. Und alle sind sie verbunden durch den herrlichen Atlantik.«

Lisa staunte nur, und Moa, die Reiseführerin, berichtete begeistert, dass weitere fünfundzwanzig Strände – im Westen teils von felsigen Halbmondbuchten umringt und im Osten von Kilometer langen Klippenwänden, der *falésia*, gesäumt – zu Albufeira zählten.

Sie schauten hinab zum Strand. Jetzt im Juni war er sehr gut besucht. Viele Leute lagen in der Sonne. Engländer vor allem. Man erkannte sie daran, dass sie augenblicklich die Hüllen fallen ließen, sobald sich die Sonne zeigte, und die schien hier ja nicht selten, auch im Winter.

Um zum Strand zu gelangen, nahmen sie nicht die Rolltreppe, sondern schlenderten durch Gassen abwärts. Vor ihnen ragte ein schmales Eckhaus auf, angeblich eines der besten Restaurants weit und breit, wie Moa wusste. Sie bummelten zur ehemaligen Markthalle vor dem Strand Praia dos Pescadores. »Cais Herculano« hieß die Halle.

Moa erzählte, dass alles, was die Fischer bis vor etwa zwanzig Jahren anlandeten, hier von ihren Frauen fangfrisch verkauft wurde. An diesem Morgen herrschte auch schon reger Betrieb, allerdings nicht mehr bei den Fischern, sondern in Cafés, Bars und Restaurants.

Die beiden zogen ihre Sandalen aus und liefen über den sich anschließenden feinsandigen Strand auf ein mehrstöckiges Restaurant namens »A Ruína« zu, das eine anziehende Gemütlichkeit ausstrahlte.

»Früher war das die Stadtzisterne. Hier habe ich mal mit der Fußballmannschaft von Albufeira gefeiert, als sie Algarve-Meister wurde. Das war natürlich nur möglich, weil alle Stürmer Kapverdier sind. Es wurde eine lange Nacht …«, erzählte Moa.

»Und wo ist die Rua da Igreja Velha?«, wollte Lisa wissen.

»Ein Stück weiter oben im ruhigeren Altstadtviertel. Da stand früher eine römische Burganlage. Später bauten die Mauren sie aus und benannten nach ihr den Ort Al-Buhera, woraus sich der Name Albufeira ableitet. Kann man sich gut vorstellen, findest du nicht? Albuheira, Albufeira …« Sie zeigte zu der Anhöhe am anderen Ende des Strandes. »Die Rua ist in fünf Minuten zu erreichen.«

Hinter dem Restaurant spazierten sie durch ein Labyrinth aus Gassen, kleinen Plätzen, Treppen und Winkeln. Es ging hügelan. Einige Leute bauten ihre kleinen Grills in den Gassen auf, die von der für Autos gesperrten Klippenstraße Rua da Bateria abzweigten, und begannen mit dem Grillen von Sardinen oder Stichlingen, *carapaus*. Aus Lautsprechern ertönte Fado-Musik, Leute sangen hinter den offenen Fenstern mit. Frauen hingen Wäsche an Leinen auf, die quer über die Gassen gespannt waren. Jemand wässerte die riesigen Bougainvilleabüsche, die mehreren Gassen und Häusern kräftige Farbkleckse verpassten.

Lisa lächelte froh vor sich hin. Dass dieses gigantische Touristenzentrum mit seinem Gürtel aus riesigen Touristik-Resorts, in dem im Hochsommer Zehntausende untergebracht sind, mitten in seinem historischen Zentrum eine so anheimelnde Idylle aufzuweisen hatte, hätte sie nie und nimmer erwartet.

»Hier, Rua da Igreja Velha.« Moa zeigte auf ein Straßenschild aus handbemalten Azulejo-Kacheln. Sie schritten die schmale Kopfsteinpflastergasse bis zur richtigen Hausnummer ab. Moa klingelte. Eine schmächtige Frau streckte ihren Kopf aus dem Fenster.

»Schönen guten Tag! Könnten wir bitte mit Senhor Palma sprechen?«, rief Lisa.

Die Frau antwortete nicht. Aber eine Minute später öffnete sie die Aluminiumhaustür. »Was wollen Sie denn von ihm?«

»Eine Auskunft, die nur er uns geben kann. Dauert auch nicht lange.«

»Er spricht kaum und mit Fremden schon gar nicht.«

»Mit uns vielleicht schon. Sagen Sie ihm bitte, wir sind wegen der Unfälle hier, über die in allen Zeitungen berichtet wird.«

»Damit haben wir nichts zu tun«, erwiderte die Frau abweisend und war im Begriff, die Tür wieder zu schließen.

»Wir müssen unbedingt mit Senhor Palma persönlich sprechen«, sagte Lisa. »Wir wollen ihm helfen. Bitte richten Sie ihm aus, dass wir hier warten.«

»Nein. Das tu ich nicht«, gab die Frau unwirsch zurück. »Er spricht nur mit mir. Ab und zu. Aber wenig. Gehen Sie jetzt weg und lassen Sie ihn in Ruhe, quälen Sie ihn nicht. Er ist doch wahrlich schon genug gestraft.« Damit knallte sie ihnen die Tür vor der Nase zu.

Lisa und Moa machten kehrt und gingen zurück zur Rua da Bateria.

»Hast du gehört, was sie zuletzt gesagt hat?«, fragte Moa.

»Ja, habe ich, sie sieht seinen Unfall offenbar auch als Bestrafung an. Und jetzt?«

»Jetzt gibt es erst einmal Kaffee und Kuchen. Ich kenne da ein ganz süßes Lokal, nur ein paar Schritte von hier«, schlug Moa vor.

Kurz darauf saßen sie in der Rua Latino Coelho auf der Aussichtsterrasse des Lokals »O Penedo«. Der Blick von hier oben auf den sich unter ihnen ausbreitenden Stadtstrand Praia do Pacheco entschädigte sie für die unliebsame Begegnung mit Senhora Palma.

»Wie lange sind wir jetzt schon hier in Albufeira?«, fragte Lisa.

»Anderthalb bis zwei Stunden«, schätzte Moa. »Ich weiß, worauf du hinauswillst. Bisher ist weder Hugo noch der Gärtner aufgetaucht.«

»Stimmt«, bestätigte Lisa. »Aber das hat noch nichts zu sagen. Bei den vielen Menschen hier ist es sehr einfach, jemanden unbemerkt zu beschatten.« Nachdenklich sah sie in ihren Kaffee. »Was, wenn keiner von beiden der Wanzeninstallateur ist? Wenn es doch einen großen Unbekannten gibt. Glaubst du, dass wir womöglich in Gefahr sind?«

»Glaube ich nicht. Auf Mord und Totschlag ist der ja nicht aus. Ich rechne eher damit, dass er uns eine Art Denkzettel verpassen wird, aber diesmal nicht aus Papier …«

Moa drückte Lisas Hand. »Wir werden es ihm aber nicht leicht machen und höllisch auf der Hut sein«, erwiderte sie.

»Okay, dann tun wir einfach weiter so, als wenn nichts wäre«, schlug Lisa vor. »Lass uns zurück zum Fiat gehen und zum Unfallort fahren. Ich habe mir die Adresse notiert: Paderne, Ribeira de Quarteira, Wassermühle. Eine genauere Stelle ist nicht angegeben.«

»Da erwartet uns ein wunderschönes Tal, besonders in dem Bereich beim Castelo von Paderne, du wirst staunen«, schwärmte Moa. »Ich habe mal eine Reportage darüber verfasst. Früher hatte die maurische Burganlage, die über dem Tal auf einem Hügel thronte, eine große Bedeutung. Sie ist eine der sieben Burgen im Wappen Portugals. Später, bei dem verheerenden Erdbeben anno 1755, wurde sie zerstört – wie fast ganz Südportugal.«

»Mal sehen, ob uns jemand in dieses idyllische Tal folgt – oder vielleicht sogar schon auf uns wartet«, sagte Lisa.

## 19

Sie verließen Albufeira und fuhren bis zu einem etwa acht Kilometer nördlich gelegenen Dorf mit dem anschaulichen Namen Purgatório, »Fegefeuer«. Gleich hinter einer anschließenden Brücke folgten sie dem rostigen Straßenschild »Castelo, Fonte de Paderne«.

Lisa sah immer wieder in den Rückspiegel, konnte aber kein Fahrzeug ausmachen, das ihnen folgte. Bald näherten sie sich der auf Brückenstelzen verlaufenden Autobahn A 22, unterquerten sie und gerieten auf einem nicht geteerten Fahrweg in eine malerische Landschaft mit weiten Plantagen für Oliven- und Johannisbrotbäume, Granatäpfel- und Walnussbäume. Die Gegend war geprägt von den Schleifen und Tümpeln des Flüsschens Ribeira da Quarteira.

Nach etwa einem Kilometer endete der Weg vor einem gestauten und über hundert Meter langen Becken unterhalb des Burgbergs. Eine niedrige alte Wassermühle, die mit einem kanalisierten Zulauf in eine dicke Staumauer eingelassen war, stellte die Südgrenze eines Bauwerks aus längst vergessenen Tagen dar.

Sie parkten den Fiat gleich am Ufer nahe eines Picknicktisches. Nirgendwo waren Menschen zu sehen. Es herrschte bis auf das Zwitschern einiger Vögel absolute Stille. Moa zeigte mit ausgestrecktem Arm auf Schildkröten, die sich am schlammigen Ufer sonnten. Als ein Entenpaar vorbeizog, waren die Frauen nicht mehr zu halten. Sie zogen sich bis auf ihre Bikinis aus, versteckten sicherheitshalber ihre Kleider nebst Handtaschen und Handys unter einem dichten Busch und hechteten kopfüber ins herrlich erfrischende Nass. Tropfen spritzten in Perlenketten davon, Regenbogen blitzten auf.

Sie schwammen ein paar Minuten im hüfthohen Wasser und wankten auf dem schlammigen Untergrund zurück zum Ufer. Da sie keine Handtücher dabeihatten, setzten sie sich zum

Trocknen auf eine Holzbank, die zum Picknickplatz gehörte, und betrachteten das friedvolle, lauschige Plätzchen mit der alten, aus Steinquadern erbauten Mühle. Die Staumauer funktionierte wie ein Überlauf und sicherte der Mühle einen ständigen Wasserzulauf, der zum Antrieb von zwei übereinanderliegenden zentnerschweren Graniträdern nötig war. Diese zerrieben und quetschten die Oliven, pures, kalt gepresstes Öl wurde auf eine Art gewonnen, die schon die Römer angewendet hatten.

Als ihre Bikinis trocken waren, setzten sich Moa und Lisa bei weit offen stehenden Türen in den Fiat, um im Schatten auf Moas Tablet, das sie aus dem Handschuhfach gezogen hatte, die Umgebung zu erkunden. Die exakte Lokalität des Unfalls hatte Carlos Palma nicht angegeben, weil er nach der Verletzung am Bach entlang bis zu einem Wanderweg getaumelt war, wo ihn Spaziergänger gefunden und dann sofort den Rettungsdienst alarmiert hatten. Pablo hatte das als Aussage des Chefarztes Dr. Soares in Faro notiert. Lisa hatte alle Angaben fotografiert und gespeichert.

Die beiden rissen gleichzeitig den Kopf herum, als sie das Herannahen eines Fahrzeugs hörten. Erschrocken starrten sie auf einen olivgrünen Jeep, der auf sie zugerast kam. Auf dem steinigen Weg hüpfte der Wagen wie ein verrücktes Huhn auf und ab. Am Steuer saß eine Person mit breitkrempigem Sonnenhut, der ihr Gesicht verdeckte.

Wie auf Kommando sprangen die Frauen rechts und links aus dem Fiat und hechteten ins rettende Wasser, bevor der schwere Jeep gegen den leichten Fiat krachte, den es wie nach einem Tritt in den Hintern hochhob. Er wurde nach vorn geschleudert und landete in dem aufgestauten Becken. Wasser spritzte in hohem Bogen in alle Richtungen.

Der Fahrer des Jeeps mit Vierradantrieb legte kraftvoll den Rückwärtsgang ein, wendete problemlos in der Uferzone und jagte davon.

Die Frauen krochen aus dem Wasser, setzten sich nebeneinander ans Ufer und umarmten sich. Zitternd sahen sie sich an. Kein Lamentieren. Oh nein. Sie hatten geerntet, was sie gesät hatten. Ob der Jeepfahrer gesehen hatte, dass sie aus dem Auto springen und sich retten konnten? Oder glaubte er, dass beide schwer verletzt, vielleicht sogar getötet wurden?

Der Schock saß Lisa und Moa in den Gliedern. Sie sagten eine ganze Weile nichts. Bis Moa die simple Frage stellte: »Und jetzt?«

»Pablo«, erwiderte Lisa. »Gott sei Dank liegen unsere Sachen unversehrt dort drüben unter dem Busch.« Sie lief schnell hin, ergriff ihr Handy, rief ihn an und berichtete im Telegrammstil, was passiert war, nachdem sie auf laut gestellt hatte, damit Moa des Gespräch mithören konnte.

»Und wie kommt ihr jetzt heim?«, fragte Pablo besorgt.

»Wir warten auf unseren Retter namens Pablo, der sicher gleich losfahren wird«, sagte Lisa flehend.

»Bin schon unterwegs. Aber eineinhalb Stunden dauert es bestimmt, bis ich ankomme. Ich bin nämlich in Zibririnha und hatte mich auf einen ruhigen Angelabend eingestellt.«

»Jetzt hast du schon zwei Fische an der Angel. Ist doch auch nicht schlecht, oder?«, frotzelte Moa.

Lisa erklärte Pablo, wo genau sie sich befanden, und beendete das Gespräch.

»Armer süßer kleiner Fiat«, meinte Moa, stand auf und watete zu dem Auto. Durch das offen gelassene Seitenfenster konnte sie das Handschuhfach aufklappen. Sie ergriff die Plastikmappe der Autovermietung, in der alle Papiere trocken geblieben waren, und watete zurück ans Ufer. Dort suchte sie die Telefonnummer heraus und rief bei der Firma an. Am nächsten Morgen, so erfuhr sie, sollte das Auto geborgen werden.

Als Pablo schließlich eintraf, war die Dämmerung längst hereingebrochen. Sie berichteten ihm haarklein, was im Tagesverlauf vorgefallen war. Erst schimpfte er sie wegen ihres Leichtsinns gehörig aus und verlieh seinen Worten gestenreich den nötigen Nachdruck. Dann nahm er sie nacheinander in die Arme und rang ihnen das Versprechen ab, so etwas nie mehr zu tun. Sie verfielen prompt in ein befreiendes Lachen.

»Wie geht's jetzt weiter?«, fragte Pablo auf der Rückfahrt.

»Alcoutim am Rio Guadiana«, antwortete Lisa.

»Ihr wollt bis zur spanischen Grenze fahren?«, fragte Pablo erstaunt.

»Klar. Die Vernissage findet am 16. Juli statt – da haben wir genügend Zeit. Wir müssen nach Alcoutim. Da führt kein Weg daran vorbei.«

»Und mit welchem Auto wollt ihr fahren?«

»Jorge wird uns bestimmt seinen alten Citroën ausleihen«, antwortete Lisa.

»Na, dann schaukelt mal schön in den Osten mit dieser tollen Luxuskarosse. Viel Spaß.«

»Aber erst mal legen wir einen Tag Erholungsurlaub ein …«, sagte Moa. »Den brauch ich dringend. Bin eben kein junges Füllen mehr, wie mir meine Mutter neulich deutlich gemacht hat. Leider hat sie recht.«

Als Pablo sie endlich zu Hause in der Quinta ablieferte, stand der Mond hoch am Himmel.

***

»Ich hoffe, dass sich unser weiter Ausflug bis zur Grenze lohnen wird«, sagte Lisa am Mittwochmorgen und betrachtete während der Fahrt angetan die sanft gerundeten Hügel und Kuppen der Küstenregion im Osten der Algarve. Je näher sie in dem gemütlichen Citroën Spanien kamen, desto einsamer wurde die Region.

Bei Castro Marim wollte Lisa vor der Brücke über den Grenzfluss Rio Guadiana bei Ayamonte nordwärts auf die IC 27 abbiegen, doch Moa meinte: »Ich möchte dir ein bisschen was über Castro Marim erzählen. So viel Zeit muss sein. Für die Geschichte Portugals hat der kleine Ort nämlich eine große Bedeutung.«

Lisa stoppte den Wagen und parkte neben einer Saline. Einen Steinwurf entfernt stocherten gut und gern zweihundert Flamingos im knietiefen Wasser, das hier in weitflächige Rechtecke, getrennt von niedrigen Erdwällen, aufgeteilt war.

Weiter südlich ragte ein topfrunder Berg, gekrönt von einem mächtigen Burgkranz, aus dem flachen Land auf. Von weit und breit war die Burg zu sehen, also konnte man von dort oben auch das ganze Umland kontrollieren. Dafür war sie gebaut worden.

Moa gab sich wieder als kompetente Fremdenführerin. »Die ersten Befestigungsmauern wurden von Phöniziern errichtet, die Mauren bauten den strategisch wichtigen Punkt aus. Aus Frankreich vertriebene Tempelritter ließen sich hier mitten im islamischen Feindesland nieder und nutzten die Burg als ihren Hauptsitz. Bei den mittelalterlichen Tagen in Castro Marim, einem der schönsten Sommerfeste der Algarve, wird diese Vergangenheit übrigens quicklebendig. Ende August findet es immer statt.«

»Oh, wie schön, lass uns doch im Sommer mal hinfahren«, sagte Lisa begeistert und startete den Motor. »Was geschah mit der Burg und dem Orden?«, fragte sie, während sie in nördlicher Richtung durch flaches Marschland langsam weiterfuhren.

»Um 1320 warfen der französische König Clemens V. und der Papst den Templern zum einen homosexuelle Vergehen und zum anderen das Betreiben alchemistischer Versuche vor. In Wirklichkeit waren sie nur neidisch auf die Unabhängigkeit des Ordens und seinen gewaltigen Reichtum. Der Regent Portugals – Diniz mit Namen, wie Dianas ermordeter Ehemann – war schlauer als seine königlichen Kollegen im Rest Europas. Er gründete einfach einen neuen Orden, den Christusorden, der mit dem Templerorden nahezu identische Ordensregeln hatte. Die Templer Portugals mussten also nur ›hinüberwechseln‹.«

»So eine listige Problemlösung gefällt mir. Gäbe es nur mehr davon. Dieser Diniz wird mir jedenfalls immer im Gedächtnis bleiben«, sagte Lisa.

»Die Folge davon war«, fuhr Moa fort, »dass die Ritter ihrer Gesinnung hier in Portugal unangetastet treu bleiben konnten, während in Frankreich, Deutschland, Italien und Spanien die Kirche und die Könige die Besitzungen der Templer an sich rissen und viele sogar töten ließen. Stell dir mal vor, in Paris wurden an einem einzigen Tag über sechzig Ritter öffentlich hingerichtet. Deshalb flohen viele begüterte Tempelritter und ihre Familien nach Portugal. Wie du siehst: Toleranz und eine verschmitzte Schläue waren schon immer ein herausragendes Merkmal unseres Landes, und diese Burg ist ein Symbol dafür. Willst du auch etwas über den Grenzfluss wissen, den Rio Guadiana?«

»Gern. So verfliegt die Zeit viel schneller, wenn du dein Wissen über mir ausschüttest. Schau mal, wir kommen schon in die Nähe von Foz de Odeleite.«

»Ja, super, bei der nächsten großen Kreuzung verlässt du die IC 27 und biegst nach Foz ab, dann stoßen wir auf den Rio und fahren nördlich in Richtung Alcoutim weiter.«

»Erzähl, was hat es mit dem Rio Guadiana auf sich?«

»Der Grenzfluss zwischen Portugal und Spanien ist der zweitlängste Strom der Iberischen Halbinsel. Er entspringt bei Cuenca südöstlich von Madrid. Im Bereich der Algarve wird er dann zum Grenzfluss der beiden iberischen Länder. Ein behäbiger Fluss ist er, nicht so reißend wie der Rio Douro, nicht so lieblich wie der Rio Tejo, sondern einer, der sich durch ein heißes Land wälzt, durch weite Ebenen mit Weideland und unendlichen Olivenhainen. Schiffbar ist er übrigens bis hinauf nach Mértola – dieses Städtchen liegt schon in der Nachbarprovinz Alentejo –, weil die Flut bis dort hinaufreicht. Unglaublich, welche Kraft die Gezeiten haben.«

Sie gelangten zu dem Dorf Foz de Odeleite, wo sich das Süßwasser des Flüsschens Odeleite in das brackige Wasser des Rio Guadiana ergoss. Weite Orangenhaine säumten den Strom. Sie passierten einige wenige Dörfer wie Alamo und Guerreiro, bis sie das Städtchen Alcoutim erreichten. Phönizier hatten es gegründet und einen winzigen Hafen angelegt. Aus dem Landesinneren, wo ein etwa achtzig Kilometer breiter Gürtel mit Erzen voller Edelmetalle, Kupfer vor allem, aber auch Silber und Gold, sich vom Atlantik bis zum Mittelmeer quer durch die gesamte Iberische Halbinsel erstreckte, schafften sie die kostbaren Erze herbei und brachten sie auf dem Rio zum

Meer. Teils waren die Erze schon vor Ort geschmolzen worden, das meistbegehrte Gold allen voran.

Von überall im Städtchen fiel der Blick auf die andere, die andalusische Uferseite, wo alles eine Dimension größer schien: die stolze Burganlage von Sanluca, die über einer weißen Stadt und einer saftig grünen Uferzone thronte, während sich das Umland karstig und abweisend gab. Fiel der Blick zurück auf Alcoutim, wirkte alles fast miniaturhaft, selbst die Burg wurde zu einer hübschen Spielzeugburg.

Nahe beim Ufer von Alcoutim und mitten im Strom ankerten etwa zwei Dutzend Segelyachten. Etliche Bootsleute, so erfuhren Lisa und Moa später von den freundlichen Einwohnern, verbrachten hier den ganzen Winter. Am Ufer saßen einige alte Männer und ließen beim Blick auf den Rio die Zeit zerrinnen. Ganz in der Nähe fanden die Frauen eine winzige Parklücke, und nach schweißtreibendem Rangieren konnte Lisa den Wagen dort abstellen.

»Uff, das wäre schon mal geschafft«, meinte Moa und klopfte ihrer Freundin anerkennend auf die Schulter.

»Wie heißt der Mann noch schnell, den wir aufsuchen wollen?«, fragte Lisa.

Moa schaute in ihrer Liste auf dem Smartphone nach. »Eusébio de Carmo«, antwortete sie. »Der Name erinnert an den bekannten Fußballspieler Pele, aber auch an einen Fado-Sänger. Ich frage gleich mal bei den Männern da drüben nach. Warte hier auf mich, allein kriege ich vielleicht mehr aus ihnen raus.«

In der Fotogalerie ihres Handys klickte sie das Bild von Senhor de Carmo an, stieg aus und ging hinüber zu den Männern, die anfangs nicht sehr erfreut über die Unterbrechung ihrer stillen Beschaulichkeit zu sein schienen. Aber Moa zog alle Register, sie ließ ihren Charme spielen und hatte sie so in kürzester Zeit für sich eingenommen.

Als Journalistin arbeite sie gerade an einer Reportage über verunglückte Menschen, ließ sie wissen, und nachdem sie den Männern etwas mehr darüber erzählt hatte, bat sie schließlich unumwunden um Unterstützung bei der Recherche über diesen Mann. Dabei präsentierte sie ihnen das Foto auf ihrem Smartphone.

»Schau doch, das ist der Eusébio«, ließ sich einer der alten Herren vernehmen.

»Ja, das ist er«, bestätigte ein anderer. »Hier im kleinen Alcoutim, junge Frau, kennt halt jeder jeden, anders als in Tavira oder Faro.« Dabei ließ er sich mit Genugtuung zurücksinken, verschränkte die Hände auf seinem Bauch und ließ die Daumen umeinanderkreisen.

Über Eusébios Unfall wussten natürlich alle Bescheid, sie erzählten Moa aber nichts Neues. Außer dass die kleine Gemeinde für ihn Geld gesammelt hatte und Eusébio Gott sei Dank eine gute Frau habe, die sich rührend um ihn kümmere.

»Soviel ich weiß, gibt es ja auch noch eine Tochter. Die wird die Mutter doch sicher unterstützen?«, versuchte Moa die Männer zu Aussagen über das Mädchen zu verleiten.

»Nee, die ist nicht mehr hier. Die ist jetzt im Ausland, in der Schweiz«, bemerkte einer der Männer ausweichend.

Ein anderer fügte hinzu: »Von der hat er wohl nichts mehr zu erwarten, die hat ihn ja sogar angezeigt.«

»Hat ihr aber nichts gebracht«, meinte daraufhin einer und grinste schadenfroh. Auch die anderen in der Runde schien dieser Ausgang der Dinge zu befriedigen. Das allgemeine Urteil war eindeutig für den Vater und gegen die Tochter gerichtet.

»Angezeigt?« hakte Moa nach.

»Ja, angezeigt. Wegen Vergewaltigung. Das muss man sich mal vorstellen.«

»Und Eusébio und seine Frau? Wohnen die hier in der Nähe?«, fragte Moa, ohne sich ihren Ärger anmerken zu lassen.

»Gleich da oben bei der Kapelle Nossa Senhora da Conceição. Seien Sie vorsichtig, wenn Sie mit Eusébio sprechen. Der gute Mann kann von einem Moment zum anderen fuchsteufelswild werden«, antwortete wieder der Mann, der sich bestens auszukennen schien.

»Und seine Frau?«

»Die nicht. Die ist eher das Gegenteil«, sagte er lakonisch.

Moa bedankte sich und wünschte den Senioren noch einen schönen Tag. Dann ging sie hinüber zu Lisa, die neben dem Auto auf der Ufermauer saß und in der Zwischenzeit die Dorfidylle interessiert beäugt hatte.

»Und? Hast du was erfahren?«, wollte sie gespannt wissen. Nachdem Moa ihr berichtet hatte, brachen sie auf.

Zur Kirche mussten sie nur den Hauptplatz Praça da República überqueren und fünf Minuten aufwärtsgehen, immer die höher gelegene, blendend weiß strahlende Kapelle vor Augen. Eine wäscheaufhängende Frau sagte ihnen, in welchem Haus die Familie de Carmo lebte.

»Lass mich noch mal. Leute zum Reden zu bringen ist immerhin mein täglich Brot«, sagte Moa und klopfte gegen die Tür.

Eine auffallend klein gewachsene Frau öffnete vorsichtig und blickte scheu zu den fremden Frauen empor. »Gelobet sei der Herr. Was wollen Sie?«

Moa strahlte sie freundlich an und stellt sich und Lisa vor. Dann erfand sie wie vorhin spontan eine neue Geschichte: »Wir schreiben eine Reportage über junge Menschen, die Portugal verlassen, weil es hier keine Perspektiven für ihre Zukunft gibt. Ihre Tochter, so erfuhren wir, ist in die Schweiz gezogen?«

»Ja, das stimmt. Weil wir da Verwandte haben. Die Schwester meines Mannes ist 1980 nach Bern gezogen.«

»Ich hoffe, Ihre Tochter hat in Bern gleich Arbeit gefunden.«

»Ja, sie bedient im Lokal der Verwandten – habe ich gehört.«

»Haben Sie gehört? Haben Sie denn keinen persönlichen Kontakt mehr?

»Nein.«

»Das ist aber schade. Nach dem Unfall Ihres Mannes könnten Sie ihre Hilfe bestimmt gut gebrauchen.«

»Es geht auch ohne sie«, sagte Senhora de Carmo tapfer. »Woher wissen Sie überhaupt von dem Unfall meines Mannes?«

»Wir haben es eben im Dorf erfahren. Es tut uns sehr leid. Wie konnte das nur geschehen?«

Die Frau schien über den Themenwechsel sehr erleichtert und wurde zusehends gesprächiger.

»Das weiß niemand, er ist ja ohnmächtig geworden dabei. Als er wieder zu sich kam, drückte er die Kurzwahltaste. Er erreichte mich sofort, zum Glück. Ich habe dann den Notarzt gerufen.«

»Wie gut, dass es heutzutage Handys gibt ...«, meinte Moa.

»Genau. Die sind wirklich Gold wert. Fotografiert hat er auch damit. Vor allem seine Zitronenbäume vor und nach der Bearbeitung. Das hat er alles dokumentiert. Immer. Er war ein gesuchter Fachmann, müssen Sie wissen«, sagte die kleine Frau stolz und schien um ein paar Zentimeter zu wachsen. Sie freute sich offensichtlich über das ungewohnte Interesse.

»Fotografierte er auch an dem Tag, an dem es passiert ist?«, fragte Lisa.

»Ja, auch an dem Tag. Ich habe mir die Fotos angeschaut. Bei einem ist sogar eine Person drauf, die ich aber nicht kenne. Das Foto ist ziemlich unscharf. Ich habe mich gefragt, ob sie den Unfall noch mitbekommen hat oder nicht. Wahrscheinlich nicht, sonst hätte sie ihm ja sicher geholfen.«

»Könnten wir das Foto bitte mal sehen? Vielleicht kann ich die Person für Sie erkennbar machen. Als Journalistin kenne ich da Wege und Möglichkeiten, Fotos nachzuschärfen.«

»Moment, ich hole das Handy aus der Küche.« Senhora de Carmo verschwand kurz, um gleich darauf wieder zurückzukommen. Sie reichte ihnen das stark zerkratzte Gerät.

»Darf ich?«, fragte Moa, nahm das Handy an sich und klickte die Fotogalerie an.

Lisa stellte sich auf Zehenspitzen hinter ihre Freundin und starrte auf das kleine Display. »Da, das letzte Foto.«

Es zeigte ein Dickicht aus Zweigen, behangen mit Früchten und Blüten. Im Hintergrund war undeutlich eine hoch gewachsene Gestalt zu sehen. Ein großer Sonnenhut verdeckte das Gesicht teilweise und beschattete den Rest so weit, dass die Person unmöglich zu erkennen war.

»Schade, da ist wohl nichts zu machen, da hilft auch Nachschärfen oder Aufhellen nichts«, sagte Moa.

»Maria, wer ist denn da?«, ertönte plötzlich eine gereizte Stimme aus dem Wohnungsinneren.

»Warte, ich komme gleich!«, rief Senhora de Carmo über ihre Schulter in die Wohnung gerichtet. Mit unterdrückter Stimme sagte sie: »Ich muss jetzt schnell wieder rein. Gehen Sie. Wenn mein Mann mitbekommt, dass ich mit Fremden spreche, ist die Hölle los. Gehen Sie!« Sie griff nach dem Handy und schloss rasch die Tür.

Wortlos schlenderten Moa und Lisa bergab in Richtung Ufer, wo der Citroën bei der kleinen Burg abgestellt war. Außer Sichtweite des Hauses blieben sie stehen.

»Immer dieser Strohhut …«, meinte Lisa.

»Das letzte Mal stellte sich heraus, dass darunter der Gärtner steckte. Ob er es diesmal auch war? Oder Hugo? Oder Diana? Alle drei sind von großer, schlanker Gestalt …«

»Und alle drei tragen breitkrempige Strohhüte …«, sagte Lisa nachdenklich. »Staatsanwalt Ricardo Calapaz ist übrigens auch rank und schlank und ziemlich groß«, fügte sie hinzu. »Vielleicht grämt es ihn ganz arg, dass die Vergewaltiger straflos davongekommen sind. Vielleicht bestraft er sie deshalb außerhalb der Legalität, wird damit in seinen eigenen Augen zu einer Art Zorro, einem Rächer der vom Recht Benachteiligten. Spinner gibt's doch überall.«

»Möglich. Und falls er, wie Diana vermutet, sogar schon einen Mord auf dem Gewissen hat, wäre das nur ein weiteres Betätigungsfeld im Zeichen seiner kriminellen Energie«, spekulierte Moa.

»Ach, ich weiß nicht, lauter Vermutungen, noch nicht mal Indizien, ganz zu schweigen von Beweisen. Wir tappen immer noch im Dunkeln«, meinte Lisa verzagt. »Schade, dass wir das Handy nicht mitnehmen konnten.«

»Das hätte uns nichts gebracht. Selbst wenn die Kripo mit Spezialprogrammen das Foto bearbeiten würde, wäre da niemand einwandfrei zu identifizieren. Trotzdem war das für uns jetzt erfolgreich, findest du nicht?«

»Erfolgreich? Wieso denn das? Von Erfolg können wir reden,

wenn wir wissen, wer die Attentate verursacht hat«, sagte Lisa verärgert.

»Stimmt. Aber das Bild beweist immerhin, dass Senhor Eusébio nicht allein war, bevor er sein Augenlicht verlor. Schade, dass wir ihn nicht selbst befragen konnten, wer sich ihm da bei der Arbeit in der Plantage genähert hatte. Und ob er mit der Person gesprochen hat. Womöglich würde er die Stimme wiedererkennen.«

»Du hast recht«, antwortete Lisa. »Aber ich glaube nicht, dass er uns Auskunft gegeben hätte. Genauso wenig wie Baptista. Die haben einfach Angst und schröpfen lieber die Unfallversicherung. So ganz sinnlos war der Trip nach Alcoutim dennoch nicht. Wir liefern Rui immerhin den Hinweis auf eine unbekannte Person am Tatort. Bestimmt wird er das professionell verwerten.«

»Wie gut, dass das Mädchen in Bern eine Zuflucht gefunden hat«, fügte sie hinzu, nachdem sie eine Weile schweigend nebeneinanderher gelaufen waren.

»Und wie traurig, dass seine Frau jetzt wie ein Blindenhund an ihn gekettet ist. Sie muss ihn nun bis zum Ende ihres oder seines Lebens füttern und führen, das hat sie nun davon, dass sie ihre Tochter nicht geschützt hat«, sagte Moa.

Lisa nickte. »Der grausame Rächer hat also nicht nur die Opfer bestraft, sondern ihre Frauen gleich mit. Ob ihm das überhaupt bewusst ist?«

## 20

In Portugal dreht sich alles langsam und sehr gemächlich. Vor allem die Amtsmühlen. Es dauerte bis Montag, den 4. Juli, dass Inspector-chefe Rui Fernandes auch bei Diana Marques amtlich werden konnte. Er traf Schlag elf Uhr in der Quinta da Figueira ein. Was er hier zu erledigen hatte, geschah auf Anweisung des Staatsanwaltes Dr. Ricardo Calapaz. Diana sollte zum Verhör ins Präsidium gebracht werden. Seit Rui Fernandes die Unfälle offiziell zu einem Fall für die Kripo erklärt hatte, war der Staatsanwalt in Zugzwang.

Er drückte den Klingelknopf am Eingangsportal gleich zweimal. »Inspector-chefe Rui Fernandes«, ließ er die Dame des Hauses über die Sprechanlage wissen.

Das schwere Eisentor rollte zur Seite, sodass er auf der kiesbedeckten Auffahrt bis kurz vor den überdachten Hauseingang fahren konnte. In der offenen Tür erwartete ihn bereits Diana Marques mit einem freundlichen Lächeln.

Während er sich ihr näherte, wusste Rui Fernandes nicht so recht, wie er ihr sagen sollte, was er seit Karrierebeginn bei der Kripo schon so vielen hatte sagen müssen. Die routinierte Floskel erschien ihm auf einmal in diesem Rahmen und angesichts der selbstsicheren Eleganz der reichen Dame nicht mehr ganz so passend. Folglich wirkte er wenig souverän, als er sie ansprach.

»Guten Morgen, Senhora Marques. Im Zuge der Nachforschungen zu den bekannten Unfällen haben wir einige Fragen an Sie. Ich muss Sie daher bitten, mir aufs Revier nach Portimão zu folgen.«

»Für diesen Bezirk ist doch Faro zuständig, mein Herr. Oder irre ich mich?«

»Nun, der Fall wurde in meinem Distrikt angezeigt, somit ist Portimão zuständig.«

Diana schluckte. »Sie wollen mich also verhaften?«

»Nein, gnädige Frau. Ich möchte Sie vorerst nur zu einem Verhör bringen. Von Verhaftung kann keine Rede sein. Sie können es ablehnen, mitzukommen. Dann werde ich jedoch eine richterliche Vorladung bewirken und Sie von uniformierten Beamten abholen lassen …«

»Nun gut, dann lassen Sie es uns schnell hinter uns bringen. Darf ich noch eine Jacke und meine Tasche holen?«, fragte Diana ein wenig herablassend.

Rui Fernandes folgte ihr ins Haus. Er sah gerade noch, wie im Treppenaufgang, der in das obere Stockwerk führte, der Schatten einer Person blitzschnell vom Geländer zur Seite huschte. Diese Person hatte ihr Gespräch mit hoher Wahrscheinlichkeit mitgehört.

Diana Marques steckte ihre Dokumente ein, folgte dem Inspektor und setzte sich in den Fond des Renault Megane.

Nach einer guten Dreiviertelstunde kamen sie in Portimão an, wo Staatsanwalt Dr. Ricardo Calapaz sie bereits erwartete, da er persönlich beim Verhör der Witwe seines besten Freundes anwesend sein wollte. Rui Fernandes führte ihn gleich in den engen Verhörraum, wo Diana Marques schon sehr aufrecht auf einem Stuhl saß und vor sich hin starrte.

»Dr. Ricardo Calapaz«, stellte der Inspector-chefe überflüssigerweise den Staatsanwalt vor, der Diana einen freundlichen und mitfühlenden Blick zuwarf.

Sie hob die Augen und nickte ihm zur Begrüßung kurz zu, um sofort wieder regungslos in sich zu versinken, als hätte man sie gezwungen, in einem absurden Theaterstück eine Rolle zu übernehmen.

Rui Fernandes nahm den Staatsanwalt zur Seite und berichtete im Flüsterton, was er dem ihm illegal zugespielten USB-Stick an Informationen entnommen hatte. Ricardo Calapaz stemmte die Hände in die Seiten seines edlen stahlgrauen Anzugs – eine Geste, die er häufig zu machen pflegte. Dabei klaffte sein Jackett so weit auf, dass Fernandes den Markennamen Versace entziffern konnte.

»Ich bedaure die Umstände, die zu unserem Wiedersehen

führen, sehr«, wandte sich Calapaz kurz darauf an Diana. »Wir müssen dich zu den sechs Männern befragen, die du von Luc Gautier hast fotografieren lassen, um sie in einer Ausstellung der Öffentlichkeit zu präsentieren«, fuhr er fort. »Was ihnen anschließend widerfuhr, sind für uns keine Unfälle, sondern Delikte schwerster Körperverletzung, die geahndet werden müssen. Den Täter oder die Täterin oder die Täter – es könnten auch mehrere Personen gewesen sein – werden wir wohl bald dingfest machen und zur Rechenschaft ziehen.«

»Hoffentlich. Das wäre auch ganz in meinem Sinne«, entgegnete Diana. »Aber ich habe zur Tätererfassung leider nichts Erhellendes beizutragen.«

»Du hast die Männer ausgesucht, die fotografiert werden sollten, das ist Fakt. Es zu leugnen macht wenig Sinn, weil es bereits bezeugt wurde«, bluffte Ricardo Calapaz.

»Das habe ich auch nicht vor«, sagte Diana Marques selbstsicher. »Ich bin jedoch der Auffassung, mit der Auftragsvergabe und dem Ausrichten einer Ausstellung keine Straftat begangen zu haben. Und um deiner nächsten Frage gleich zuvorzukommen, ja, ich habe meine Gründe, die Bilder auszustellen, möchte sie aber für mich behalten. Ich kann auch nicht gezwungen werden, sie preiszugeben.«

»Du hast sechs Männer fotografieren lassen, von denen jeder einzelne wegen Missbrauchs zwar angezeigt, aber nicht verurteilt wurde. Der Verdacht liegt daher nahe, dass du Selbstjustiz geübt hast, um die Männer büßen zu lassen.«

Diana zuckte zusammen, das Blut wich aus ihren Wangen. Dass sie nicht weiß wurde, verdankte sie ihrem tomatenroten engen Schneiderkostüm, das seine Farbe in ihr Gesicht reflektierte und in schönem Kontrast stand zu ihren pechschwarzen glänzenden Haaren. »Das ist eine wahnwitzige Unterstellung, die es zu beweisen gilt«, sagte sie.

»Wir wissen, an welchen Tagen und zu welchen Zeiten die Anschläge stattfanden, und haben eine Liste vorbereitet. Vielleicht kann gleich ein Datenabgleich erfolgen, der Sie eventuell entlastet. Bitte versuchen Sie sich genau zu erinnern.

Wo waren Sie zum jeweiligen Moment, und wer kann Ihre Aussage bezeugen?«, fragte Rui Fernandes und reichte ihr ein DIN-A4-Blatt.

Diana überflog die Liste und holte ihr Smartphone hervor. »Also gut. Am Mittwoch, 2. März, hatte ich um sechzehn Uhr dreißig einen Termin bei meinem Friseur in Almansil und war danach auf Shoppingtour. Sie können das anhand meiner Kreditkartenabrechnung überprüfen. Nächstes Datum: Samstag, 19. März, circa zwanzig Uhr dreißig. Ich hatte eine Freundin zu Gast. Am frühen Abend haben wir zusammen gekocht. Nach dem gemeinsamen Essen haben wir uns noch einen Film in meinem Heimkino angesehen. Meine Freundin kann das bezeugen.« Sie zog einen Füllhalter aus ihrer Handtasche und notierte auf einer ihrer Visitenkarten den Namen und die Telefonnummer der Freundin.

»Am Dienstag, den 29. März, gegen achtzehn Uhr dreißig war ich bei meinem Masseur in Loulé. Er wird es bestätigen, denn er macht es wie ich: Alle Termine, Treffen und Begegnungen werden eingetragen.« Diana lehnte sich sichtlich erleichtert zurück. »Ich denke, das war's. Kann mich Hugo jetzt bitte hier abholen?«

Der Staatsanwalt schaute mit gehobenen Augenbrauen den Kriminalinspektor an. Als der zustimmend nickte, sagte er zu Diana: »Ich nehme an, du sprichst von deinem Halbbruder Hugo Camacho?«

»Ja, von wem denn sonst?«

»Nun gut, kannst du mir bitte seine Handynummer geben? Ich werde versuchen, ihn zu erreichen und herzubitten.«

Während der Staatsanwalt den Raum verließ, wandte sich Rui Fernandes an Diana. »Von Ihnen brauchen wir jetzt nur noch eine freiwillige Speichelprobe. Danach können Sie draußen auf Ihren Bruder warten, während wir Ihre Angaben überprüfen.«

***

Dr. Ricardo Calapaz blieb sitzen, als es an die Tür klopfte und Hugo Camacho eintrat. Er hatte ihn gebeten, unverzüglich ins Revier von Portimão zu kommen. Von Kopf bis Fuß musterte er den schlaksigen Mann, der etwas linkisch vor ihm stand und sich um eine gelassene Haltung bemühte. Seinen Strohhut hielt er mit beiden Händen vor seinem Bauch und ließ die Krempe nervös durch seine Finger gleiten. Mit einer ausladenden Handbewegung forderte der Staatsanwalt ihn auf, auf der anderen Seite des Tisches Platz zu nehmen.

»Sie haben sicherlich mitbekommen, warum wir Ihre Halbschwester zu einem Verhör abgeholt haben.«

»Nein, keine Ahnung.«

»Nun, der Inspector-chefe hat mir gesagt, dass Sie das Gespräch, das die beiden an der Haustür der Quinta führten, von der Balustrade im ersten Stock aus mitverfolgten.«

»Ich wollte sehen, wer um diese Zeit klingelt. Seit dem Mord an Dianas Mann bin ich ja so etwas wie ihr Sicherheitsbeamter. Ich habe aber nicht gehört, um was es ging. Vielleicht erfahre ich es jetzt?«

Dass Angriff die beste Verteidigung war, machte sich Hugo routiniert zunutze und übersah dabei, dass er dem Staatsanwalt damit gleichzeitig ein Bild von sich vermittelte.

Der musterte ihn scharf und konterte ungerührt mit einer Gegenfrage: »Was wissen Sie über die bevorstehende Kunstausstellung im Castelo von Ferragudo, über die abgebildeten Männer auf den Kunstwerken und über die Attentate, die auf sie verübt wurden?«

Hugo senkte den Blick und betrachtete interessiert seine abgebissenen Fingernägel. »Die Ausstellung hat meine Schwester initiiert, die Kunstwerke habe ich noch gar nicht gesehen, deshalb freue ich mich auch schon sehr auf die Vernissage. Von den Unfällen habe ich im Radio gehört, eine Erklärung dafür kann ich Ihnen nicht liefern, wenn Sie das von mir erwarten.«

»Als *Sicherheitsbeamter*«, Ricardo Calapaz legte eine besondere Betonung in das Wort, »sind Sie wohl über alles, was Ihre Schwester betrifft, bestens informiert?«

»Darauf können Sie Gift nehmen«, bemerkte Hugo stolz und konnte sich ein selbstgefälliges Grinsen nicht verkneifen.

»Als ihr Bodyguard weichen Sie sicher nicht von ihrer Seite?«

»Nicht bevor der Mörder ihres Mannes dingfest gemacht wurde«, verkündete Hugo im Brustton der Überzeugung.

»Gut, dann können Sie jetzt Ihre Schwester nach Hause bringen.«

Der Staatsanwalt und Hugo verließen gemeinsam den Verhörraum.

Vor der Tür erhob sich Diana von einem Holzstuhl. Hugo hängte rasch seinen Hut an einen neben der Tür befindlichen Kleiderhaken und umarmte sie heftig, als hätten sie sich seit ewigen Zeiten nicht mehr gesehen. Diana befreite sich unwillig aus der Umarmung und schritt energisch in Richtung Ausgang. Staatsanwalt Ricardo Calapaz machte ihr mit einem raschen Schritt zurück Platz, sonst hätte sie ihn angerempelt.

»Entschuldige bitte die Unannehmlichkeiten«, rief er ihr nach. »Wir sehen uns dann bei der Vernissage.«

Hugo spurtete seiner Halbschwester hinterher und versuchte, seinen rechten Arm beschützend um sie zu legen, während der Staatsanwalt blitzschnell den Hut vom Haken nahm und unter sein Jackett klemmte. Damit hatte er unbemerkt Haare und Hautpartikel für eine DNA-Analyse gesichert, die ihm dringend angeraten schien.

Sein geglückter Coup erfüllte ihn mit großer Freude. Beschwingt eilte er zu Rui Fernandes, um ihm seine Beute auszuhändigen.

***

»Lass das!«, herrschte Diana ihren stürmischen Halbbruder an, der sie sofort losließ. »Wo ist das Auto?«

»Ich bin mit dem Mercedes gekommen.«

»Wo steht er?«

»Gleich gegenüber, ich bring dich hin.« Als Hugo das Eingangstor der Policia Judiciária öffnete, schallten ihnen die aufgeregten Rufe von Fotografen und Journalisten entgegen. Schützend stellte er sich vor Diana und tat, was er aus dem Fernsehen kannte: Er zog schnell seine Jacke aus und verdeckte damit seine Schwester vor den neugierigen Blicken und den vielen Kameras.

In gebückter Haltung huschten sie über die Straße. Hugo öffnete die Beifahrertür, und Diana schlüpfte ins Wageninnere, während Hugo, siegessicher in die Kameras blickend, zur Fahrertür um den Mercedes herumging, betont langsam einstieg und betont langsam losfuhr. Wie ein Star. Es war sein Tag. Sein Herz klopfte bis hinauf zum Hals.

Als sie auf der A 22 angekommen waren, kam Hugo auf den Staatsanwalt zu sprechen: »Für diesen Dr. Calapaz hast du anscheinend nicht viel übrig. Warum eigentlich?«

»Ach Hugo, das würde jetzt zu weit führen.«

»War er mal in dich verknallt?«

»Ja, aber ich habe mich für seinen besten Freund Diniz entschieden, und das hat er wohl bis heute nicht verkraftet …« Diana blickte verträumt seitwärts aus dem Fenster. Ihre hochhackigen Pumps hatte sie abgestreift und stützte sich mit ihren nackten Füßen am Armaturenbrett ab.

Hugo ließ nicht locker. »Hat ihn eure Hochzeit denn nicht kuriert? Hat er sich trotzdem weiterhin Hoffnung auf dich gemacht?«

Diana fuhr sich mit beiden Händen durch ihre Lockenmähne, schüttelte sie ein wenig auf und blickte dann wieder nach vorn. »Danach hat er mich nicht mehr anschauen können, und wenn, war sein Blick so krumm wie der eines geprügelten Hundes. Seitdem traue ich ihm nicht mehr über den Weg. Ich hatte sogar schon das Gefühl, dass er bei Diniz' Ermordung seine Hände mit im Spiel hatte, um sich den Weg zu mir freizuschaufeln.« Sie biss sich auf die Lippen und hätte den letzten Satz gern wieder zurückgenommen, aber dafür war es zu spät.

Hugo pfiff durch die Zähne. »Wirklich, das wäre ja ein Ding …«

»Bitte vergiss, was ich gerade gesagt habe, es ist ja nur ein

Gefühl und sollte daher auch unter Verschluss bleiben. Aber der heutige Tag war für mich sehr aufregend und unangenehm, da rutscht einem schon mal etwas raus.« Sie machte eine Pause und zündete sich eine Zigarette an. »Ich sah Ricardo zum letzten Mal bei der Beerdigung. Und jetzt heute wieder in dieser grotesken Situation. Das muss erst mal verdaut werden. Ich mag nicht weiter darüber reden.«

»Freust du dich auf die Ausstellungseröffnung?« Hugo drehte gespannt den Kopf zu ihr hin.

»Ja und nein. Die ungeklärten Begleitumstände belasten mich doch sehr stark. Hast du eigentlich eine Idee, wer hinter den Anschlägen stecken könnte?«

Hugo überlegte nicht lange. »Vielleicht Calapaz? Vielleicht will er dir damit imponieren und dich erobern, indem er den Rachefeldzug vollstreckt, der deinem Diniz nicht mehr vergönnt war, weil er ihn vorher aus dem Weg geräumt hat.«

»Was redest du denn da?« Diana war alarmiert. »Wie kommst du überhaupt auf Rachefeldzug? Und dass Diniz einen geplant haben könnte? Du machst mich ganz konfus. Was verschafft dir dieses Wissen?«

»Reg dich doch nicht auf, Schwesterlein. Alles nur Phantasie, nichts als Phantasie, wissen tu ich gar nichts.« Er grinste sie schadenfroh an und machte keinen Hehl daraus, dass er sichtlich genoss, sich ihr momentan überlegen zu fühlen.

## 21

Lisa und Moa saßen am nächsten Morgen auf der Küchenterrasse. Die diesige Luft kündigte einen heißen Tag an. Sie schauten zu, wie sich Jorge auf seinen alten Traktor schwang, um den Wald zu inspizieren. Um diese Jahreszeit und bei den herrschenden Temperaturen bestand akute Waldbrandgefahr.

Bevor Jorge losfuhr, sprang Foxy geschickt auf den engen Platz zwischen seinen Füßen und weiter auf den freien Beifahrersitz. Von dort sah sie ihr Herrchen verliebt an und legte den Kopf schief. Dann zog sie die Lefzen hoch und bleckte die Zähne. Das haute Jorge jedes Mal um, denn es sah aus, als lächele die Hündin ihn an.

»Gutes Mädchen«, hörten sie ihn sagen. Sie sahen, wie er ihren Hals tätschelte, Gas gab und losfuhr.

»Oh Gott, diese verflixte Ausstellung«, sagte Lisa stöhnend. »Wir müssen die Bilder aufhängen. Wir hinken mit den Vorbereitungen noch nicht hinterher, Moa, aber es wird höchste Zeit. Samstag, 16. Juli … Dieses Datum steht wie ein riesiges geschlossenes Scheunentor vor mir.«

»Immerhin noch elf Tage bis dahin. Also lass uns ganz ruhig drangehen«, sagte Moa gelassen. »Lass uns jetzt erst mal die Nachrichten gucken.«

Lisa schaltete den Fernseher in der Küche ein. Bilder von Staatsanwalt Dr. Calapaz und Inspector-chefe Rui Fernandes erschienen auf dem Bildschirm, im Hintergrund pittoreske Bilder vom Castelo Ferragudo. Man sah Hugo zum Auto huschen, seine Schwester geschickt mit einer Jacke abschirmend, Interviews mit besorgten Müttern wurden eingeblendet, unterbrochen von Werbeclips für McDonald's und Coca-Cola, Bier und Haarshampoo. Der Innenminister rief zu Besonnenheit auf, Statistiken zeigten die Zunahme von Missbrauch in Familien, ein Bischof versuchte, das Problem als ein Randphänomen einer übersatten Gesellschaft zu verniedlichen, ein Taxifahrer meinte, dass viel weniger passieren würde, wenn die Frauen öfter ein Taxi benutzen würden, und die schwarzhaarige junge Journalistin interviewte Straßenpassanten.

»Schalte diesen Mist aus«, sagte Moa entrüstet. »Das ist kein Journalismus, das ist Verdummung.«

Lisa kam dieser Aufforderung nur zu gern nach.

Kurz darauf luden die beiden Frauen die gut verpackten Bilder in den Citroën ein und fuhren schnurstracks nach Ferragudo. Glücklicherweise brauchten sie zum Aufhängen der Fotografien nur zwei Stunden, weil Burgbesitzer Dr. Coutinho wie angekündigt dicke Leinentücher vor den Wandgemälden und dem gigantischen royalen Wandbehang hatte anbringen lassen. Die Tuchbahnen waren an ausfahrbaren Bildwänden befestigt, was ein rasches Aufhängen mit versteckt angebrachten weißen Kabelbindern ermöglichte.

Als sie fertig waren, gingen sie an den Bildern entlang und ließen die Ausstellung auf sich wirken. Die Fotos präsentierten sich sehr ruhig, sehr schön, sie ermöglichten dem Betrachter eine intensive Kommunikation mit dem Bild. Die Show war eine ästhetische Meisterleistung. Es war kaum vorstellbar, dass diese Kunstwerke solch ein Desaster ausgelöst hatten.

»Und jetzt? Zurück zu den Ermittlungen?«, fragte Lisa. Ihre Situation glich einem vertrackten Schachspiel. Und der alles entscheidende Zug stand noch aus.

»Noch nicht«, sagte Moa, verließ den großen Raum und trat auf den Vorhof des Castelo hinaus. Lisa folgte ihr.

Die herrliche Aussicht auf den Rio Arade konnten sie jedoch nicht wirklich genießen.

»Jetzt gönnen wir uns was richtig Gutes. Wir fahren rüber zur Praia dos Caneiros und gehen beim ›Rei das Praias‹ den legendären Meeresfrüchte-Reis essen. Ich lade dich ein.«

»Ich habe gehört, dass man da mindestens eine Woche vorher einen Tisch reservieren muss«, sagte Lisa.

Moa sah sie entrüstet an. »Bin ich Journalistin oder nicht? Habe ich Verbindungen oder nicht?« Sie wählte eine Nummer auf ihrem Handy, sprach kurz mit einem Mann, lachte, nickte und beendete das Gespräch. »Komm schon, der Tisch wird gerade eingedeckt und der *vinho verde* aus dem Kühlschrank geholt«, sagte sie strahlend zu Lisa. »In fünf Minuten sind wir da.«

***

Glücklicherweise war der Medienrummel um die Ereignisse schnell wieder einem anderen Thema gewichen: dem Fußball. Die Europameisterschaft beherrschte schon seit Juni den portugiesischen Alltag. Andere Themen, die den Fußball nicht betrafen, flackerten daher nur kurz auf und erloschen ebenso schnell. Beim Finale hatte ein ganzes Land den Atem angehalten – und dann war das Wunder geschehen: Außenseiter Portugal hielt den Siegerpokal in den Händen. Jeder Portugiese, der mitgezittert hatte, hatte auch mitgewonnen.

Bis zur Vernissage hatte Rui Fernandes noch drei Tage Zeit, um das düstere Durcheinander des aktuellen Falles zu durchleuchten. Dem von Diana Marques in ihrem Tagebuch formulierten Verdacht, Staatsanwalt Dr. Calapaz könne der Mörder ihres Ehemannes sein, musste er nachgehen, auch wenn ihm nicht wohl bei dem Gedanken war. Er hielt Calapaz für einen durch und durch aufrechten Mann, der die Juristerei aus Überzeugung zu seinem Beruf gemacht hatte – und nicht, wie viele andere, aus Einfallslosigkeit. Einen Mörder oder einen Anstifter zu einem Mord konnte er beim besten Willen nicht in ihm erkennen.

Es war schon spät an diesem Abend des 13. Juli. Rui Fernandes gab seiner Frau Célia einen sanften Kuss auf die Lippen, auf ihre Stirn und noch einen etwas tiefer, auf den Ansatz ihres Busens, den der luftige Pyjama freigab. Sie verstand seine Zärtlichkeit als Auftakt einer Entschuldigung. Sie war es gewohnt, dass er gelegentlich auch nachts arbeiten und das Haus verlassen musste. Also zwinkerte sie ihm liebevoll zu, nahm seine Rechte, in der er schon den Schlüsselbund hielt, und drückte einen Kuss auf den behaarten Handrücken.

»Pass auf dich auf«, ermahnte sie ihn. »Wie wir beide wissen, wimmelt es da draußen nur so von bösen Menschen …«

»Du sagst es. Denen dürfen wir auf keinen Fall das Feld überlassen.«

Das Fußballfeld kam ihm in den Sinn, das Portugal kürzlich so herrlich zu verteidigen gewusst hatte. Besonders im Finale, eins zu null gegen Frankreich, und das ohne Ronaldo, der schon in der achten Spielminute schwer verletzt – ob mit oder ohne Absicht, sei dahingestellt – vom Spielfeld getragen werden musste. Vielleicht hatte das Team genau deshalb so überraschend stark aufgespielt. Die Spieler waren förmlich über sich hinausgewachsen, der Torhüter war einfach grandios, und Ronaldo feuerte seine Elf mit irrem Elan unermüdlich vom Spielfeldrand aus an.

Rui Fernandes pochte das Herz noch immer bis an den Hemdkragen, wenn er daran dachte. Portugal!, jubelte es in ihm, und er sah die Bilder vor sich, wie in seiner Nachbarschaft Tausende von Menschen ausgelassen gefeiert hatten. Die ganze Stadt war auf den Beinen gewesen. Er und seine Frau und die beiden Töchter natürlich auch, alle mit rot-grünen Fahnen ausgerüstet.

Was gefeiert wurde, war viel mehr als nur der Sieg in einem Fußballturnier. Es war Portugals Rehabilitation in einem Europa, in dem man die Portugiesen seit der Finanzkrise wie unmündige, leichtsinnige, eigentlich recht tumbe Wesen in diesem von einem eiskalten Finanzgebaren geprägten Kontinent darstellte. Einem Kontinent, den die Portugiesen einst federführend zu dem gemacht hatten, der er damals war: ein Machtzentrum. Ein die Welt umspannendes Netzwerk aus Handelsposten, bei dem das Militär eine untergeordnete Rolle spielte. Was zählte, waren nicht Kanonen, sondern diplomatisches Geschick, Persönlichkeit und Weitsicht.

Es tut verdammt gut, Europameister zu sein und damit allen zu zeigen, dass Portugal inzwischen zwar klein ist, aber immer noch Größe besitzt, dachte Rui Fernandes.

Er fuhr auf Staatskosten auf der Autobahn bis zur Ausfahrt

Loulé-Almansil. Am Nachmittag hatte er zufällig mitbekommen, wie Staatsanwalt Dr. Ricardo Calapaz sich mit jemandem zum Essen verabredet hatte. In dem Edelrestaurant »Casa Velha« oberhalb vom Quinta-do-Lago-Süßwassersee. Um zweiundzwanzig Uhr. Er hatte sich vorgenommen, Dr. Calapaz' Privatleben mal etwas genauer unter die Lupe zu nehmen. Keiner durfte davon wissen, nicht einmal seine Kollegen.

Er parkte sein Auto auf dem Parkplatz unterhalb des Restaurants. Seit er zum letzten Mal auf Einladung des Innenministers hier gewesen war – wann konnte es sich ein Kriminalbeamter erlauben, an die zweihundert Euro pro Person für ein Essen auszugeben? –, war das alte Farmhaus noch mehr herausgeputzt worden, wirkte wie ein über allem thronendes Prunkstück in diesem wohl begehrtesten und exklusivsten Golf-Resort Europas.

Im Umfeld der Edelkarossen, von Bentley über BMW, Mercedes, Audi oder Maserati bis Jaguar und Porsche, wirkte sein Megane wie ein Fahrzeug des Personals. In der Nähe sah er den mattschwarzen Citroën C5 stehen, das Understatement-Fahrzeug des Staatsanwalts.

Und jetzt?, fragte er sich. Warten. Auf seinem Handy hatte er eine tolle Schachspiel-App installiert, damit ließen sich locker mehrere Stunden überbrücken.

Kurz vor Mitternacht kamen sie heraus – Dr. Ricardo Calapaz und ein Paar, beide geschmeichelte fünfzig Jahre alt. Sie stiegen in den Wagen des Staatsanwalts ein, der Mann vorn, die Dame hinten. Dr. Calapaz schwang sich hinter das Steuer und fuhr los.

Rui Fernandes startete den Megane und folgte dem Wagen in sicherem Abstand. Keine zwei Kilometer entfernt bog der Staatsanwalt auf der von ausladenden Schirmpinien gesäumten Straße in Richtung Almansil hügelauf ab und hielt vor einer rosafarbenen Villa an, einem verschachtelten Prachtbau wie aus einem Hollywoodfilm. Zypressen hier, Palmen dort. Die drei Personen stiegen aus. Das Paar verabschiedete sich mit Küsschen links und rechts von Dr. Calapaz und verschwand durch die

Eingangstür, in der mit ergebenem Lächeln ein Diener stand, in das Innere des Hauses.

Dr. Calapaz stieg wieder in seinen Wagen und fuhr davon.

Rui Fernandes folgte ihm bis nach Vilamoura. Er beobachtete, wie der Staatsanwalt sein Auto direkt beim Yachthafen parkte, und suchte sich ebenfalls eine Parklücke in der Nähe.

Ricardo Calapaz schlenderte an der Kaimauer entlang und blieb vor der einen oder anderen mondänen Superyacht stehen, um sie genauer zu betrachten. Rui Fernandes folgte ihm in einem Abstand von nur dreißig Metern. Er fiel nicht auf, denn um diese Zeit – es war inzwischen etwa ein Uhr nachts – herrschte an der Marina Hochbetrieb.

Ricardo Calapaz bog von der Avenida zu der Seitenstraße Rua do Centro Tivoli ab und erreichte den exklusiven »Korpus Gentlemen's Club«, in dem er verschwand.

Rui Fernandes lief zurück und holte sein Auto, um es nicht weit vom Eingang entfernt erneut zu parken. Während er wartete, wendete er sich wieder seinem Schachspiel zu.

Nach einer guten Stunde sah er einen blendend gelaunten Staatsanwalt den Club verlassen. Er war nicht allein und offensichtlich sehr verliebt.

War Rui Fernandes überrascht? Eigentlich nicht. Dona Diana scheint ihre Unwiderstehlichkeit doch etwas überschätzt zu haben, dachte er amüsiert. Ricardo Calapaz hatte Diniz mit Sicherheit nicht aus dem Wege geschafft.

Der Inspector-chefe gähnte, startete den Motor seines Wagens und machte sich auf den Heimweg.

Eine halbe Stunde später erreichte er die Ausfahrt Portimão/Monchique und parkte den Megane nach weiteren zehn Minuten vor einem Mehrfamilienhaus mit über zwanzig Eigentumswohnungen im westlichen Stadtteil Alto Pacheco, sozialer Wohnungsbau, solide gebaut und großzügig geschnitten.

In schnellen Schritten nahm er die Stufen hinauf zum dritten Stock, öffnete die Wohnungstür und zog zuerst die Schuhe aus. Alles andere landete nach und nach auf dem Wohnzimmerboden. Auf leisen Sohlen schlich er ins Schlafzimmer und kroch ins Bett.

Célia stöhnte wohlig auf und umarmte ihn. Er drückte sich an sie, spürte ihren Körper und den seinen, fühlte, dass das Leben so verlief, wie er es wollte.

Rui, sagte er sich, du bist ein glücklicher Mann, und fiel in einen tiefen, seligen Schlaf.

***

Am Freitag, dem 15. Juli, einen Tag vor der Vernissage, war allen Beteiligten das Heranrücken des großen Moments sehr bewusst. Jeder verbrachte diesen Tag auf seine Weise.

»Morgen findet die Vernissage statt, und ihr geht seelenruhig laufen?«, wunderte sich Jorge, als Moa und Lisa in Schweiß gebadet von ihrem Morgenjogging zurück zur Quinta kamen.

»Warum auch nicht?«, antwortete Lisa. »Die Ausstellung hängt, alle Vorbereitungen sind getroffen. Also alles paletti.« Sie lächelten sich an. Jetzt konnten sie nur noch warten und aus diesen friedlichen Stunden das Beste machen.

Die beiden Frauen hakten sich beidseits bei Jorge ein.

»Komm mit uns rein, lass uns doch mal wieder zusammen frühstücken und dabei ein bisschen plaudern«, schlug Lisa vor. »Viel haben wir ja nicht voneinander gehabt in letzter Zeit. Wir müssen mal wieder unsere Beziehung upgraden, findest du nicht?«

Jorge stimmte dem nur zu gern zu. Gut gelaunt verschwanden die drei ins Innere der Quinta.

***

Luc Gautier wollte sich vor der Vernissage etwas Gutes tun und die unerfreulichen Ereignisse der letzten Wochen vergessen. Deshalb lud er Susana zu einer Fahrt an die Westküste ein. Er hatte vor, ihr dort einen der schönsten lauschigen Plätze nahe der Praia da Amoreira zu zeigen. Da gab es Dünenmulden, über die der Wind fegte und in die niemand hineinblicken konnte …

Susana war sofort Feuer und Flamme. Luc war im späteren

Verlauf auch ziemlich konzentriert bei der Sache, obwohl er, multitaskingfähig, immer wieder zu den Surfern hinüberschielte, die auf den hohen Wellen bei viel Sonne und gleichzeitig rauem Wind einen Höllenspaß hatten.

***

Zur selben Zeit saß Diana Marques an ihrem Laptop und verschickte geladenen Gästen per E-Mail Erinnerungen an die Vernissage. Sie fand es gar nicht so schlecht, viele ihrer engsten Bekannten und Freunde noch einmal kurzfristig darauf hinzuweisen, dass die Ausstellungseröffnung allen Unkenrufen zum Trotz stattfand.

Nach den hitzigen Presse- und TV-Berichten waren alle sehr gespannt. Einige hatten schon bekümmert angerufen, aber Diana hatte sie beschwichtigen können. Jedenfalls würden sich ihre Gäste mit Sicherheit an ihrer Installation ergötzen können. Und keiner würde herausfinden, worum es dabei wirklich ging. Es war ihr gelungen, die wahre Intention der Ausstellung für sich zu behalten. So blieb das Geheimnis der Ausstellung ihrem Gatten Diniz und ihr allein vorbehalten. Davon war sie überzeugt.

Obwohl … Hugos Andeutungen auf der gemeinsamen Rückfahrt von Portimão drängten sich ihr seitdem immer wieder ins Bewusstsein. Hatte er wirklich nur treffsicher geraten, was er da hämisch grinsend von sich gegeben hatte? Oder hatte er geschnüffelt? Sie hatte jedenfalls sofort das Passwort für ihren Laptop geändert und schaltete ihn seither immer aus, wenn sie ihn kurzfristig verließ.

Hugos seltsames Verhalten ihr gegenüber hatte ihr Rätsel aufgegeben, und sie nahm sich vor, gleich nach der Ausstellung mit ihm eine Aussprache herbeizuführen, die offenbar dringend nötig war. Zugegeben, sie, die Ehrgeizige, konnte ihm nur schwer verzeihen, dass er so wenig aus seinem Leben gemacht hatte. Dass er sich nun im gesetzteren Alter bei ihr als »Sicherheitsbeamter« niedergelassen hatte, dafür schämte sie sich jedenfalls mehr als er. Vielleicht hatte sie ihn das zu sehr spüren lassen …

Sie gähnte und tippte weiter. Sie war müde, aber glücklich.

***

Dr. Ricardo Calapaz nutzte den Nachmittag, um nach Quinta do Lago zu fahren und in den noblen Boutiquen des exklusiven Resorts einen schicken Anzug zu finden, den er bei der Vernissage tragen wollte.

Er liebte shoppen über alles und nahm sich immer viel Zeit dafür. Sollten doch andere das Fehlen eines Dresscodes in der Algarve als befreiend und angenehm empfinden – ihm fehlte dieser Code sehr. Ausgesucht schöne Kleidung, die den Anlässen entsprach, war für ihn ein wesentlicher Ausdruck der Persönlichkeit. Überall in Jeans und Sneakers aufzutauchen hielt er für das Zeichen einer fortschreitenden Geschmacklosigkeit, an der er sich unter keinen Umständen beteiligen würde.

Ebenso wichtig wie seine Kleidung nahm er die Gesichts- und Körperpflege. Darauf verwendete er ebenfalls viel Zeit und nur die allerbesten Produkte, um möglichst lange als gepflegte, attraktive und jugendliche Erscheinung wahrgenommen zu werden. Mit seiner griechisch geraden Nase – »phönizisch« nannte er es –, dem ebenmäßigen, wie gemeißelt wirkenden Gesicht und seinen pechschwarzen sehr kurzen Haaren gelang ihm das mühelos. Er wusste, wie er auf Menschen wirkte.

Sein Ankleidestudio neben dem Schlafzimmer war an drei Wänden mit Spiegeln vom Boden bis zur Decke verkleidet. Hier probierte er dieses und jenes aus, zweifelte angesichts des Spiegelbildes, hängte die eine Hose wieder sorgsam zurück, schlüpfte in eine andere, zog ein neues Hemd vom Bügel, bis er mit seinem Outfit rundum zufrieden war.

Mochte ein Bildhauer eine Figur, versteckt in einem groben Stück Stein oder Holz, einem Visionär gleich herausmeißeln, so hatte Ricardo bei seinem kreativen Schaffen kein anderes, fremdes Objekt im Sinn. Nur sich selbst. Sein Selbst galt es, typgerecht und nach allen Regeln der Kunst herauszustreichen. Den Anzug hatte er schon gefunden. Jetzt fehlten nur noch die Schuhe. Neue mussten her. Handgefertigte Lederschuhe, was sonst. Für sie zahlte er auch gern einen hohen Preis. Unterwegs nach Quinta do Lago und zu einigen edlen Boutiquen freute er sich schon auf die nächste Qual der Wahl.

***

Am frühen Abend saß Lisa mit Moa und Pablo in der Quinta-Küche. Antonieta bot ihnen dieses und jenes an, aber sie lehnten alles dankend ab. Auf nichts hatten sie Lust, zu groß war Lisas Anspannung vor dem morgigen Ereignis, die auch auf die anderen abfärbte.

Pablo stand plötzlich entschlossen auf. »Raus, Mädels, raus in die Natur! Kommt mit, ich zeige euch etwas, was ihr noch nie gesehen habt.«

»Wo soll das sein?«, fragte Lisa.

»Ich kenne da eine ganz besondere Stelle, nicht weit vom Leuchtturm Ferragudo entfernt. Da wird heute Nacht ein Wunder geschehen.«

»Ein Wunder? Meine Güte, du lehnst dich aber weit aus dem Fenster. Und woher weißt du das?«, wollte Moa wissen.

»Weil der Mond stark zunimmt. In wenigen Tagen ist er voll. Außerdem ist das Wasser jetzt schon ungewöhnlich warm, um die zweiundzwanzig, dreiundzwanzig Grad. Wahnsinn. Daher wimmelt es an der Küste nur so von Plankton, Kleinkrebsen und anderem Futter – ein Eldorado für Fische. Und damit hat das Wunder direkt zu tun … Lisa, nimmst du bitte einen Schampus mit, damit wir anstoßen können?«

»Liebend gern.« Lisa war sofort dabei. »Wann fahren wir los?«

»Die Sonne steht schon recht tief. Bis wir dort sind, brauchen wir bestimmt fünfundvierzig Minuten«, erwiderte Pablo.

»Hey, worauf warten wir dann noch?«, rief Lisa wie befreit. »Dein Wunder wird uns ablenken von all den Sorgen – das ist Gold wert, liebster Pablo. Unsere Rettung.« Dankbar fiel sie ihm um den Hals. Auch Moa drückte ihm ein Küsschen auf die Wange.

Eine halbe Stunde später fuhren sie durch Ferragudo, Pablo hatte schon das Abblendlicht eingeschaltet. An der Praia da Angrinha standen noch einige Autos und Jeeps. Das Castelo hob sich gegen einen orangefeurigen Abendhimmel ab. Schnell ließen sie diese Gegend hinter sich und näherten sich dem etwa einen Kilometer südöstlich gelegenen Leuchtturm.

»Schaut, da unten liegt die Praia dos Caneiros, jetzt fahren wir das steile Stück dahinter hoch. Die riesige Bauruine dort drüben gehört übrigens Michael Schumacher, dem Formel-1-Rennfahrer. Und die zweite stattliche Bauruine vor uns ist unser Wegweiser.«

Er bog rechts auf einen holprigen Weg ab und rumpelte dem etwa vierhundert Meter entfernten Meer entgegen, wobei er die Ruine eines uralten Rundturms anpeilte, der unmittelbar vor dem Felsabgrund aufragte. Gleich daneben stellte er den Nissan ab.

Die Frauen stiegen aus, vertraten sich die Beine und machten sich dabei ein wenig lustig über das angekündigte Wunder. Als sie sich jedoch über den Abgrund beugten, wurden sie sprachlos. Sie waren hingerissen von der wilden Schönheit dieses Klippenabschnitts, der sich vom Leuchtturm bei Ferragudo bis Carvoeiro hinzog. Von oben konnten sie einige lange Strände erkennen, die nur mit dem Boot erreichbar waren. Sie schlenderten am Klippenrand entlang.

»Was hat es nun mit deinem Wunder auf sich?«, fragte Moa schließlich. »Es sollte doch hier stattfinden, oder?«

»Ja, da unten. Da läuft es gerade ab. Jede Nacht, ein paar Wochen lang«, sagte Pablo.

»Was denn, um alles in der Welt?«, hakte Moa ungeduldig nach.

»Setz dich doch einfach mal ruhig hin und schau aufs Wasser. Du auch, Lisa. Beim Gehen und Quasseln fällt es einem nämlich kaum auf …«

Die Frauen zwinkerten sich amüsiert zu, setzten sich aber

brav nebeneinander auf einen Felsbrocken, der keine zwei Meter vor dem Abgrund als geniale Aussichtsbank diente. Das Wasser unter ihnen glitzerte im aufkommenden Mond. Sie schwiegen lange und schauten gebannt aufs Meer.

Moa schüttelte ungläubig den Kopf.

Lisa legte ihre offene Hand vor den Mund. Dann brach es aus ihr hervor: »Das sind ja Tausende, Pablo, das sind Millionen!«

»Milliarden!«, schätzte Moa angesichts einer riesigen Glitzermasse im Wasser, keine fünfzig Meter vor den Klippen.

Das gigantische Glitzerband bestand aus Fischen. Jeder einzelne war bestimmt an die dreißig Zentimeter lang. Sah man genauer hin, wurden es immer mehr. Die Glitzermasse dehnte sich Hunderte von Metern ins offene Meer hinaus aus, und glaubte man Pablo, reichte dieser überdimensionale Schwarm bis zur Mündung des Rio Arade.

Die Fische tummelten sich nicht in einem chaotischen Durcheinander, sondern bewegten sich in einer unerklärlichen Ordnung. Als wären alle eins. Unzählige Fische schlugen gleichzeitig einen Haken oder zogen kurvenreiche Bahnen, waren plötzlich reglos – alle im selben Moment. Die völlig synchrone Abstimmung der Bewegungen ließ den Betrachter alle rationalen Erklärungen vergessen.

Lisa war überglücklich. Die Begegnung mit dieser wundersamen Perfektion ließ selbst in ihr, der eher rationalen Frau, Saiten anklingen, die sie bisher nicht von sich kannte.

»Schaut doch nur, wie jeder einzelne Fisch im Mondlicht glitzert«, sagte sie begeistert. »Erst dachte ich, das Glitzern käme von der gewellten Wasseroberfläche, aber nein, es sind die vielen Fische. Und seht ihr, wie der Berg aus Fischkörpern immer tiefer reicht, je genauer du reinguckst? Das hört gar nicht mehr auf. Pablo, das sind ja wirklich Milliarden. Ich hatte keine Ahnung, dass es eine solche Masse an perfekten Geschöpfen an einem Flecken geben kann. Oh mein Gott, wie wundervoll!«

»Sag ich doch. Es ist ein Wunder. Und ihr habt geglaubt, dass es keine Wunder gibt. Und das ist ja nur eines von vielen … Wollen wir darauf unser Glas erheben?«

Lisa und Moa ahnten bereits, was jetzt kommen würde. Pablo ging hinüber zum Jeep und holte drei Gläser und eine Flasche portugiesischen Sekt aus der Kühltasche. Damit ließen sich alle drei wieder auf ihrer speziellen Aussichtsbank am Klippenrand nieder.

»Auf uns, auf die vielen Wunder dieser Erde – und nicht zuletzt auf die morgige Ausstellung. Prosit!«, rief Lisa in die Nacht.

***

Diana stand am Fenster ihres Schlafzimmers und beobachtete ein gestenreiches Gespräch zwischen Hugo und Zé. Die Männer spazierten dabei nebeneinander durch den großen Quinta-Garten, den Zé mit Hingabe pflegte und in einen saftig grünen blühenden Traum verwandelt hatte, der durchaus mit berühmten Gärten mithalten konnte. Sie sah ihnen eine Weile zu und gratulierte sich zum wiederholten Male zu dem guten Fang, den sie mit Zé gemacht hatte. Diana fragte sich, was Hugo wohl mit ihm verband. Sie hatte keine Ahnung.

Barfuß schritt sie über den schweren, weichen Teppichboden, der sich unter ihren Füßen wie frisches Moos anfühlte, zu ihrem meterlangen Kleiderschrank und schob die Türen auseinander. Welches der vielen Kleider, eines schöner als das andere, sollte sie wählen? Welches würde Diniz am besten an ihr gefallen?

Endlich war es so weit, das große Ereignis würde am folgenden Tag über die Bühne gehen. Wenn es nur schon vorbei wäre. Wenn sie sich nur sicher sein könnte, dass Diniz alles richtig fand, was sie in die Wege geleitet hatte. Sie wünschte sich nichts sehnlicher, als dass er stolz auf sie wäre.

***

Später am Tag saß Hugo am Computer und versuchte sich an einem Sudoku. Seit er Diana aus Portimão abgeholt hatte, hatte ihn eine unbändige innere Aufruhr, einer monströsen Welle gleich, gepackt. Ein Hauch von Ruhm und Rampenlicht, im Blitzlichtgewitter stehen, mit Fragen bombardiert werden, das alles hatte er bei dem Journalistenansturm vor dem Polizeipräsidium erstmalig erfahren, und dieses phantastische Gefühl, auch einmal im Mittelpunkt zu stehen, hatte ihn seitdem nicht mehr losgelassen. Er hatte Blut geleckt. Und morgen stand ein großer Tag an. Nicht nur für Diana und Luc Gautier. Nein. Auch ihn würde man wieder beachten, ihn, den Mann mit dem gewissen Nichts. Dafür würde er schon sorgen.

Er fuhr den Computer herunter. Er konnte sich einfach nicht mehr konzentrieren.

Am späten Nachmittag verließ er das Haus. Zé hatte die Arbeit im Bereich der Auffahrt anscheinend schon beendet. Jedenfalls war er nicht zu sehen. Für ihn hatte das wohlverdiente Wochenende bereits begonnen.

Hugo fuhr nach Loulé, um etwas abzuholen. Kurz vor neunzehn Uhr ließ er es einpacken, bezahlte in bar und eilte zu seinem Fahrzeug.

Unterwegs gönnte er sich in einem Restaurant ein knuspriges Spanferkel. Es schmeckte ausgezeichnet. Das Leben ist schön, dachte er. Es nahm langsam jene Formen an, die ihm lange, lange vorgeschwebt hatten.

Er trank nur ein Glas Rotwein zum Essen und keinen Espresso danach, er war aufgeregt genug. Gegen zweiundzwanzig Uhr erreichte er Ferragudo und parkte den Wagen an der Praia da Angrinha zwischen dem Fischerdorf und dem Burgberg. Im Mondlicht ragte das Castelo wie ein Märchenschloss auf.

Er näherte sich dem romantischen Bau von der nördlichen Wasserseite aus. Jetzt, bei Ebbe, war das ein Kinderspiel. Bei Flut aber wurde der Felsfuß hüfthoch von Wellen umspült.

Im Schutz der Dunkelheit stieg er die erste Treppe empor, bis er zu einem braunen Eisentor gelangte. Mit einem Dietrich aus seinem dicken Bund öffnete er es mühelos und stieg weiter hoch zum nach Südwest ausgerichteten Vorbau, in dem der Festsaal untergebracht war. Eine starke Taschenlampe und zudem ein LED-Strahler auf seiner Stirn machten die Orientierung einfach.

Rasch öffnete er die Terrassentür wieder mit einem Dietrich, was ihm als routiniertem Einbrecher problemlos gelang, und betrat den großen hallenartigen Raum, der vom Mondlicht nur dürftig erhellt wurde. Auch diese Tür schloss er nicht wieder ab. Luc Gautiers sechs Fotos hingen in gleichem Abstand und auf gleicher Höhe an den mit weißen Leinentüchern bestückten ausfahrbaren Bildwänden. Im Strahl der Taschenlampe bewegten sich die Leinentücher wie Leichentücher im Abendwind.

Hugo schaute sich genau an, wie die Fotos befestigt waren. In wenigen Minuten hatte er dann alles erledigt. Er ballte seine Hände zu Fäusten und boxte mehrmals über seinen Kopf wie ein Fußballspieler nach seinem Torschuss. Er musste sich geradezu zwingen, dabei keinen Laut von sich zu geben. Kurz danach verschwand er ohne Spuren zu hinterlassen wieder in der Dunkelheit dieser denkwürdigen Nacht.

## 22

*Einladung*
*»From Here to Eternity«*
*Vernissage einer Ausstellung mit Fotografien*
*von Luc Gautier*
*Samstag, 16. Juli, 20 Uhr*
*Castelo Ferragudo*

Die meisten dieser Einladungen waren per E-Mail verschickt worden. Eine kleine Auswahl der Gäste hatte sie, auf Bütten und mit Prägung gedruckt, per Post erhalten. Jorge meinte, Lisa könne normalerweise mit über hundert Gästen rechnen. Doch weil die Ausstellung im Castelo Ferragudo stattfand, würden es sich viele Leute bestimmt nicht nehmen lassen, endlich einmal hinter die Mauern des wunderschönen, von Geheimnissen und Legenden umschwirrten historischen Gebäudes zu blicken.

Der Sommer zeigte sich in seiner ganzen Fülle. Es war wieder ein sehr heißer Tag, doch um diese Zeit wurde die Hitze langsam erträglich. Es versprach eine wunderbare laue Sommernacht zu werden.

Am Abend strömten sogar noch mehr Menschen als von Jorge vorausgesagt in Richtung Castelo. Das mächtige Doppelflügeltor, das den Burgberg in Ferragudo üblicherweise abriegelte, war weit geöffnet, aber fast alle Gäste parkten ihre Autos respektvoll am Parkplatz außerhalb, der auch von den Besuchern des nahen Strandes Praia Grande genutzt wurde. Und so wandelten die vielen Ausstellungsbesucher zu Fuß zur Burg hinauf, gespannt darauf, was sie erwartete.

Auf dem Turm flatterte weithin sichtbar die Flagge der Besitzerfamilie im Atlantikwind. Damit wurde das Gebäude zu einer Art Heiligtum für alle, die immer noch den Hochadel verherrlichten.

Oben angelangt, erreichten die Gäste die Hängebrücke und

schritten zum Eingang, hinter dem sich der Burg-Innenhof ausbreitete. Hier waren die meisten Leute fürs Erste sprachlos wegen der grandiosen Aussicht auf den Rio, der landeinwärts im Sonnenlicht gleißte. Dahinter erhoben sich in blassen Lilatönen die Berge der Serra de Monchique. Südwärts grenzte der Atlantik das überwältigende Panorama ein. Einige Besucher klatschten begeistert in die Hände, andere zückten sofort ihre Kamera oder ihr Smartphone.

Der Hof war zur Nordseite hin von einem Hausflügel begrenzt, dem fünf schlanke, hohe Fenster eine Eleganz verliehen, die paradoxerweise in einem seltsam-harmonischen Einklang mit der Wehrhaftigkeit der Anlage stand. Die Fassade war von Efeu überwuchert, während in der Ecke zur Eingangshalle ein riesiger Bougainvilleabusch mit seiner überreichen Blütenfülle in sattem Lila die Aufmerksamkeit auf sich zog. Rechts davon befand sich die Burgkapelle mit ihrem wunderschönen handgeschnitzten und vergoldeten Altar aus dem 16. Jahrhundert. Neben ihr ragte der terrakottafarbene, von einem Zinnenkranz gekrönte Burgturm auf, glühend in der späten Sonne.

Die geladenen Gäste schritten zur mächtigen Mauer, die den Vorhof meerseits abriegelte, während unten am Ufer kleine Wellen am Felsfuß leckten und die laue Luft mit leisem Rauschen füllten, gar nicht einmal unangenehm unterbrochen vom Tuckern der vorbeigleitenden Fischerkähne.

Die Mauer war über einen Meter dick, wie an den breiten Schießscharten zu erkennen war. Von hier fiel der Blick auf die unteren Bereiche der Mauer, die direkt in den Fels überging. Dadurch sah die Burg wie aus dem Rio gewachsen aus.

Nur etwa fünfhundert Meter weiter südlich ergoss sich der Fluss, von langen, vor Wellen schützenden Molen beidseits getrichtert, in den Atlantik. Das Mündungsbecken wirkte dadurch wie ein großer See. Angler standen an den Ufern der sich bis zur Burg erstreckenden Strände, wovon der nördlich gelegene Strand Praia Angrinha bis unmittelbar zum Fischerdorf reichte.

Über dem Strand klebte das Dorf Ferragudo an einem weiteren Uferhügel, von Gassen und Treppen durchzogen wie ein

Körper von Venen und Nervensträngen. Aus der Höhe der Terrasse des Castelo betrachtet, lag dieses Panorama wie eine Spielzeuglandschaft im goldenen Abendlicht, wobei die Schatten zu dieser Stunde von Minute zu Minute länger wurden. Schon streifte die Sonne den Horizont im Westen, in wenigen Minuten würde sie nicht mehr zu sehen sein, doch würde ein orangeroter Himmel bestimmt noch eine halbe Stunde lang die Beobachter verzaubern.

Moa und Pablo schritten mit Tabletts zu den einzelnen Grüppchen und boten alkoholfreie Cocktails und Champagner an. Der nordamerikanische Musiker Cory Sea saß vor dem gigantischen Bougainvilleabusch und spielte auf seiner E-Gitarre Bossanova-Cool-Jazz vom Feinsten. Neben ihm standen Jorge und Joana, von Lisa von Weitem voller Liebe beäugt. Sie wusste immer noch nicht, ob die beiden jetzt wieder ein Paar waren oder nicht. Joanas Hand lag jedenfalls zärtlich auf Jorges Arm, und das ließ Lisa hoffen.

Diana Marques stand ebenfalls in der Nähe des Musikers und lächelte gut gelaunt zu Lisa hinüber. Endlich. Es war geschafft. Sie war schöner denn je in ihrem schulterfreien Sommerkleid. Sie wurde von zwei Männern eingerahmt, von Staatsanwalt Dr. Calapaz und ihrem Halbbruder Hugo.

***

Linker Hand von Diana hatte sich Hugo breitbeinig als Aufpasser aufgebaut und beobachtete alles wie ein Luchs mit gewichtiger Miene. Er war in Gedanken versunken. Mit Dianas Gästen hatte er so gar nichts gemein. Er besaß weder ihren Reichtum noch ihre Reputation. Von ihrem Erfolg war er meilenweit entfernt. Was hatte er nicht schon alles versucht, um zu Geld und Ehren zu gelangen, aber alles, was er je angepackt hatte, war im Sande verlaufen.

Diana hingegen konnte mit ihnen nicht nur mithalten, sie übertraf die meisten noch an Wohlstand und Besitz. Sein Schwesterlein hatte es geschafft, aus den armseligen Verhältnissen, in denen sie beide aufgewachsen waren, zielstrebig ihren Aufstieg voranzutreiben. Sogar in der Liebe hatte sie das ganz große Los gezogen. Und als wäre das nicht schon genug, hatte sie dann auch noch das Glück, Alleinerbin eines gewaltigen Vermögens zu werden. Wohingegen er überall leer ausgegangen war.

Tja, den Seinen gibt's der Herr im Schlaf. Und er, Hugo Camacho, gehörte ganz offensichtlich nicht zu den Seinen.

Um nicht vollends in Trübsinn zu verfallen und der in ihm hochsteigenden Galle Einhalt zu gebieten, griff er sich schnell ein Glas Champagner vom Tablett, das Moa gerade darbot, und schüttete es zu Dianas Entsetzen in einem Zug hinunter.

Staatsanwalt Dr. Ricardo Calapaz stand rechter Hand von Diana und beschränkte sich darauf, sie ab und zu anzustrahlen und kurz darauf wieder scheu zur Seite zu blicken. Immer wieder zupfte er nervös an seinem neuen Jackett herum, stemmte seine Hände in die Hüften, was, wie er zu wissen glaubte, ihm eine jugendlich dynamische Note verlieh.

Weil auch der Inspector-chefe in unmittelbarer Nähe stand, sah sich der Staatsanwalt gezwungen, einem distanzierten Vorgesetzten zu entsprechen, sonst hätte er selbstverständlich locker brilliert und sich weltmännisch um Diana bemüht, die ihn, so schätzte er, wegen des Verhörs im Polizeipräsidium etwas links liegen ließ.

Natürlich war allenthalben Spannung zu spüren. Wenn in diesem exquisiten Ambiente eine Kunstausstellung stattfand, würde sie mit Sicherheit Großartiges offerieren. Die Tür zum Saal war noch nicht geöffnet. Langsam machte sich Ungeduld breit. Es war einundzwanzig Uhr fünfundfünfzig.

Luc Gautier lehnte lässig an der Wehrmauer. Seine rechte Hand hatte er um die Hüfte der drallen Susana gelegt. Immer wieder strich er mit dem Daumen über den glänzenden Satin des eng anliegenden dunkelroten Kleides seiner derzeitigen Geliebten. In der anderen Hand hielt er eine seiner selbst gedrehten Zigaretten. Er war in überschwänglich guter Laune. Überall plauderte man, überall sah man lachende und fröhliche

Gesichter, man trank und prostete sich zu, scherzte und freute sich des Lebens. Luc Gautier, der Lebemann, war in seinem Element.

Eine Dame neben dem Fotografen unterbrach abrupt ihre Unterhaltung mit einer Freundin. Auch Hugo wurde aufmerksam. Denn Lisa schritt auf ungewohnt hohen Absätzen wie ein Model auf dem Catwalk durch die Menge hindurch zielstrebig zum Torbogen der Halle. In ihrem duftigen Sommerkleid gefiel sie nicht nur Pablo außergewöhnlich gut.

Mit einem Löffel schlug sie mehrmals gegen ihr Glas. Der helle Klang ließ die Gäste aufhorchen. Das Geplauder und das Klirren von Gläsern, das Lachen und Rufen verebbten binnen weniger Sekunden.

»Willkommen im zauberhaften Castelo von Ferragudo, liebe Gäste! Warum, so werden Sie sich fragen, veranstalten wir ausgerechnet hier eine Kunstausstellung? Nun, Dona Diana Marques hat sich für diese Kulisse ganz bewusst entschieden, weil sie schon einmal, damals, nach ihrer standesamtlichen Trauung, den unvergesslichen Rahmen abgab für einen stilvollen Sektempfang für liebe Freunde und Bekannte. Einige davon sind auch heute wieder dabei. In wenigen Tagen jährt sich die Ermordung von Dianas Ehemann Diniz Andrade. Ihm zum Andenken hat sie diese Ausstellung zusammengestellt. Dona Diana Marques sammelt Kunst. Die Fotografien des Künstlers Luc Gautier, den viele von Ihnen durch Ausstellungen in den Galerien meiner Tante Teresa und meines Vaters Jorge Guedes schon kennen, haben es ihr sehr angetan. Deshalb beauftragte sie ihn, zu diesem Anlass großartige Fotografien zu kreieren, die nicht zuletzt die zeitlose Schönheit der Algarve zeigen. Die Werke sind alle unverkäuflich. Mein besonderer Dank gilt Senhor Dr. João Pereira Coutinho, dem Besitzer des Castelos, und seiner Familie, die uns die Räumlichkeiten großzügig zur Verfügung stellen. Hiermit erkläre ich die Ausstellung – für eröffnet.« Sie hob ihr volles Glas und prostete den Gästen zu.

Die Besucher klatschten enthusiastisch und drängten in Richtung Eingang. Lisa öffnete eine Glastür und ließ die vielen

Gäste ein, die sich rempelten und vordrängten, als wäre ein Schlussverkauf angesagt.

Als fast alle im Raum versammelt waren, trat auch Lisa ein. Erwartungsfroh wanderte ihr Blick über die Köpfe der Besucher zu den Fotos. Sie schaute sich jedes kurz an – und zuckte zusammen. Mit Schrecken realisierte sie, dass jemand ein siebtes dazugehängt hatte.

In diesem Moment schob sich Luc Gautier an ihr vorbei. Sein süßlich-schweres Aftershave stach ihr in die Nase. Ihm folgten Diana, Hugo und Staatsanwalt Ricardo Calapaz.

Ein Besucher kam Luc Gautier ein paar Schritte entgegen und rief, während er mit ausgestrecktem Arm auf die siebte Fotografie zeigte: »Aber das sind Sie ja selbst, Monsieur Gautier. Damit haben Sie ein Selfie zum Kunstwerk erhoben. Welch grandiose Idee!«

Luc wurde blass. »Das ist kein Selfie, und das ist nicht von mir, und das gehört auch nicht hierher!«, rief er wutentbrannt und steuerte auf die siebte Fotografie zu, um sie von Nahem zu betrachten.

Die Gäste sahen ihn entsetzt an.

»Das ist eine Fälschung!«, rief Luc Gautier aufgebracht in die Menge. »Jemand hat gewagt, meinen Stil zu kopieren. Lisa, lass dieses Machwerk auf der Stelle entfernen, oder ich werde den dilettantischen, armseligen Abklatsch eigenhändig zerstören!« Seine Stimme überschlug sich vor Zorn.

Hugo, der bisher neben Diana gestanden hatte, erstarrte. Seine Haltung wurde stocksteif, als er zwei Schritte auf Luc Gautier zuging.

»Dilettantisch, sagen Sie? Armselig?«, fragte er laut. »Sie eingebildeter, selbstgefälliger Gockel! Dieses Bild ist von mir! Es unterscheidet sich keinen Deut von Ihren Werken, Herr Künstler. Das hat der nette Herr hier soeben sehr deutlich zum Ausdruck gebracht. Ihren Stil zu kopieren ist fast ein Kinderspiel. Jeder kann das, wenn er sich in die Software eingearbeitet hat. Ihr Stil, auf den Sie so stolz sind, ist nichts weiter als eine billige Masche!«

»Hugo, was fällt dir ein?«, zischte Diana Marques ihm leise zu. »Nimm dein Bild von der Wand, entschuldige dich bei Senhor Gautier und verschwinde. Ich will dich hier nicht länger sehen.« Sie versuchte, die Lage zu entschärfen und gleichzeitig dem Sturm unterschiedlichster Gefühle in ihr Einhalt zu gebieten. Sie rang sichtlich um Fassung.

Als Ausrichterin der Ausstellung sah sich Lisa gezwungen, einzuschreiten. Sie ging zur Wand, um das siebte Bild abzuhängen und es Hugo auszuhändigen.

»Lassen Sie das verdammte Bild hängen!«, schrie Hugo außer sich vor Wut. »Es gehört da hin. Es macht die Riege erst komplett – die Riege von Kinderschändern!«

Ein Raunen ging durch die Menge. Die Leute wussten nicht, was sie von der Sache halten sollten.

Luc Gautier hingegen wusste, was die Stunde geschlagen hatte. Seine Vergangenheit hatte ihn in dem unpassendsten Moment eingeholt, den er sich vorstellen konnte. *Merde.* Was nun?, dachte er.

Unterdessen schaute Hugo mit stolzgeschwellter Brust um sich, als erwarte er Beifall. Stattdessen erhaschte er Dianas fassungslosen Blick. Ein unsicheres Lächeln huschte über sein Gesicht. Es hielt ihn jedoch nicht lange davon ab, erneut das Wort zu ergreifen.

»Was Sie hier sehen, meine Damen und Herren, sind ausnahmslos Verbrecher. Sie vergewaltigten ihre eigenen Töchter – und unsere Justiz hat sie nicht dafür bestraft! Alle sind also Kinderschänder, auch unser Künstler hier. Alles ekelhafter Abschaum.«

Betretenes Schweigen machte sich breit, die Gäste waren tief erschüttert und schauten einander ratlos an.

»Meine Schwester hat die Ausstellung über Monate hinweg vorbereitet – als eine stille Anklage, eine sanfte Rache«, fuhr er fort. »Sie wollte die Männer bloßstellen, sie den Augen vieler aussetzen, aber ihr Vergehen nicht preisgeben. Das Wissen darum wollte sie nur mit ihrem verstorbenen Mann teilen. Es sollte beider Geheimnis bleiben.«

Beim Aufprall auf den Steinboden zersprang Dianas Glas klirrend in unzählige Splitter. Ricardo Calapaz konnte gerade noch verhindern, dass sie zu Boden sank. Er umfasste die Strauchelnde unter den Armen und gab ihr wieder Halt.

Hugo hatte das kleine Intermezzo gar nicht wahrgenommen. »Diese Saubande gehörte bestraft – und zwar hart«, sagte er ungehalten. »Sie hat inzwischen auch bekommen, was sie verdient. Alle bis auf ihn, diesen Künstler hier. Den habe ich mir für heute aufgespart. Komm her, du widerliches Schwein!«

In diesem Moment schritt Rui Fernandes auf einen Wink des Staatsanwalts ein.

***

Der Inspector-chefe war mit zwei Schritten bei Hugo, packte ihn am Arm und drehte ihn zu sich herum. »Hugo Camacho, ich nehme Sie vorläufig fest.«

Hugo sah ihn verwirrt an. Ein blödes Grinsen zog über sein Gesicht. Plötzlich riss er sich los, zog blitzartig eine Pistole aus einem Holster unter seinem Jackett und richtete sie auf Rui Fernandes, während er langsam nach hinten in Richtung Ausgang zurückwich.

»Mich nimmt niemand fest. Keiner rührt sich von der Stelle, sonst gibt es Tote«, drohte Hugo und gab zur Bekräftigung seiner Worte einen Warnschuss ab, der in der holzgetäfelten Decke stecken blieb.

Ein Aufschrei ging durch die Menge. Alle im Saal hielten den Atem an, bis Hugo plötzlich zur Tür sprintete und verschwand.

Rui Fernandes und Ricardo Calapaz nahmen sofort Hugos Verfolgung auf. Auch Luc Gautier, Pablo, Moa und Lisa rannten los. Hugo hatte mittlerweile einen kleinen Vorsprung gewonnen. Doch vor dem nächsten Tor musste er stehen bleiben. Mit einem kräftigen Tritt trat er die Eisentür auf und eilte weiter nach unten, bei jedem Schritt drei Stufen nehmend. Er gab mehrere Schüsse in Richtung seiner Verfolger ab, um sie zu stoppen, traf aber zum Glück niemanden.

Hugo erreichte die schmale Treppe, die von der Zwischenstufe der Terrasse zum Strand an der Südseite des Castelo hinabführte. Weil gerade Flut herrschte, landete sein letzter Schritt im dunklen flachen Wasser, das den Felsfuß des Castelo umspülte.

Fluchend versuchte er, so schnell wie möglich zum Strand von Angrinha auf der anderen Seite des Felsfußes zu gelangen, wo sein Fahrzeug stand. Er rannte durch das Wasser, schrammte sich das linke Bein an einem Felsen auf, fiel der Länge nach hin und schaffte es gerade noch, die Pistole über dem Wasser zu halten.

In seiner Rage hatte Luc Gautier die anderen inzwischen überholt und war Hugo schon so nahe gekommen, dass er ihn als schwarzen, mit den Armen schaufelnden Schattenriss sehen konnte.

»Bleib stehen, du Idiot!«, brüllte er und landete im selben Augenblick im Rio, rappelte sich wieder auf und trat wütend ins Wasser, als wollte er sich an ihm rächen. Laut fluchend rannte er Hugo hinterher.

Der blickte hinüber zum Strand, wo sein Landrover keine zweihundert Meter entfernt im Mondlicht zu erkennen war. Beim Laufen hangelte er den Zündschlüssel aus seiner Jackentasche. Er rauchte zu viel. Jetzt bereute er es.

Verfolger Luc Gautier erging es nicht besser. Auch er japste nach Luft, blieb ebenfalls stehen, hielt sich die Seite und schrie: »Du armes Würstchen, du reichst doch an mich nicht ran. Was du da fabriziert hast, ist kunstloser Schund!«

Hugo lief noch schneller. Die Türen des Jeeps hatte er nicht abgeschlossen. Er riss die Fahrertür auf, sprang in den Wagen und fummelte den Schlüssel zittrig ins Zündschloss. Der Diesel tuckerte, Hugo rammte den ersten Gang rein. Sofort grub sich das rechte Hinterrad in den losen Sand. Hugo schaltete auf Vierradantrieb um. Jetzt griffen die Reifen.

Der Landrover nahm Fahrt auf. Nach nur zweihundert Metern erreichte er die Landstraße, die Ferragudo mit Sesmarias und Carvoeiro verband, eine der schönsten Küstenstraßen der Region. Ein Blick nach hinten zeigte Hugo, dass Luc Gautier inzwischen am Parkplatz bei seinem R4 angelangt war. Auch Lisa und Moa hatten dort ihr Bike abgestellt und Pablo seinen Nissan. In ihren Fahrzeugen nahmen sie die Verfolgung auf. Inspector-chefe Rui Fernandes hatte ein Blaulicht an das Dach seines Megane geklemmt und jagte ebenfalls dem Landrover hinterher. Direkt hinter ihm fuhr der Staatsanwalt in seinem neuen Citroën, und auch Jorge hatte sich in seinem Citroën-Klassiker DS 21 an Hugos Fersen geheftet, der im Rallye-Stil davonraste.

Joana saß neben Jorge und beobachtete besorgt, wie sich ihre Tochter in die Kurven legte. Dianas Mercedes bildete das Schlusslicht der Verfolgergruppe.

Hugo fuhr durch Sesmarias, raste weiter nach Lagoa und bog auf die N 125 ab, bis er bei der internationalen Schule den Abzweig in Richtung Praia da Marinha erreichte, wo er nach einem Kilometer links abbog und auf einem kurvenreichen Sträßchen die Reifen quietschen ließ. Hinter einem Pinienwald ging es auf einer Hauptstraße rechts ab in Richtung Armação de Pêra. Nach wenigen Minuten bog er scharf rechts auf die Straße zur Kapelle Nossa Senhora da Rocha ab, eine Perle rustikalen Kirchenbaus aus dem 16. Jahrhundert. Dorthin zog es ihn, weil Diana und Diniz hier dereinst vor dem handgeschnitzten Traualtar gestanden und sich das Jawort gegeben hatten.

Er hielt geradewegs auf den Parkplatz der auf einem lang gestreckten Felsplateau gelegenen Kapelle zu, zog die Handbremse an, ließ den Motor laufen, sprang aus dem Jeep und rannte zum Ende des Plateaus. Soeben trafen Lisa und Moa auf dem Bike ein, nach und nach die Fahrzeuge der anderen Verfolger. Diana in ihrem weinroten Mercedes kam als Letzte an.

In sicherem Abstand blieben alle am Parkplatz stehen, um zu beobachten, was Hugo vorhatte. Er stieg über die niedrige Mauer am Ende des Plateaus und stand nun auf einem Flecken nicht gesicherten Terrains von nicht einmal sechs Quadratmetern Fläche direkt über dem Abgrund. Er hob beide Arme an, als wolle er sein Gleichgewicht halten. Hätte er es verloren, wäre er fast dreißig Meter tief gefallen, vielleicht auf Felsen, vielleicht ins Meer. Es würde allemal ein Sturz in den Tod sein.

Hugo hatte schon des Öfteren, immer an Tagen quälender Depressionen, hier oben am Abgrund gestanden und sich vorgestellt, wie er in die Tiefe trudelte und sein Elend beendete. Alle Sorgen würde er im Gegenwind des freien Falls hinter sich lassen, alle Enttäuschungen, alle nicht erfüllten Hoffnungen und Wünsche, alles, was schiefgelaufen war.

»Hugo!«, hörte er plötzlich seine Schwester rufen. Es klang, als befinde sie sich nur wenige Schritte hinter ihm.

Überrascht blickte er über die Schulter zurück, und da stand sie. »Hau ab«, rief er. »Lass mich allein!«

»Hugo, hör auf mit diesem albernen Selbstmitleid. Du bist ein erwachsener Mann, also verhalte dich auch wie einer. Steh ein für deine Taten und fange danach ein neues Leben an. Was willst du denn mit deinem Freitod erreichen?«

»Dich! Dich will ich erreichen! Ich liebe dich! Ich begehre dich! Ich bin verrückt nach dir, seitdem ich denken kann!«

»Unsinn, Hugo. Du liebst mich genauso wenig wie dich selbst. Sonst würdest du jetzt nicht hier stehen …«

»Dann kann ich ja springen.«

»Natürlich kannst du das. Du kannst aber auch den schwereren Weg wählen und dich der Polizei stellen.«

»Du bist eine elende Klugscheißerin! Ich will, dass du in der Hölle brennst. In jeder Sekunde soll dir dort unten bewusst werden, dass du einen Bruder hattest, der dich liebte – und dass du schuld an seinem Tod bist.«

Aufgebracht warf Hugo einen Blick zu den anderen, die noch immer am Rand des Parkplatzes standen, und fragte sich, worauf diese blöden Gaffer warteten. Wollten die alle sehen, wie er in den Tod stürzte? Das konnten sie haben. Gleich würden sie Augen machen.

Entschieden ließ er sich nach hinten fallen. War einfach nicht mehr da.

Diana schrie auf und hastete zum Klippenrand. Sie legte sich auf den Boden und robbte bis zur Felskante, um zu sehen, ob

Hugo ins Wasser gestürzt oder auf herausragenden Felsstücken aufgeschlagen war. Sie suchte die Felswand ab, so gut das von oben ging. Aber da war nichts. Das Meer war ziemlich ruhig.

Sie suchte die Wasseroberfläche nahe beim Ufer ab. Da. Sie sah ihn. Die nasse Kleidung erschwerte ihm das Schwimmen. Er sah nicht nach oben, rief nicht nach Rettung. Es sah so aus, als wäre er versehentlich ins Meer gefallen.

»Er lebt!«, rief Diana den anderen zu, die gebannt stehen geblieben waren. »Wir müssen ihn retten!«

Lisa und Moa schauten sich an. Sie wussten voneinander, dass sie ausgezeichnete Schwimmerinnen waren. Moa hatte an den Meisterschaften in New England teilgenommen, und Lisa hatte nach ihrer Entführung im letzten Jahr den Tejo gemeistert.

Geschwind streiften sie ihre Kleidung ab und rannten halb nackt zu Diana, die mit ausgestrecktem Arm nach unten zeigte, zu Hugo, der wie wild im Wasser strampelte, um von der schweren Kleidung nicht in die Tiefe gezogen zu werden.

Die beiden traten zum Klippenrand und checkten die Lage der Felsen. Dann traten sie ein paar Schritte zurück, um wortlos Anlauf zu nehmen. Was im Sommer viele Jugendliche als Mutbeweis darboten, wollten sie jetzt ebenfalls vollbringen: Sie sprangen weit hinaus und in die Tiefe.

Die Zuschauer am Parkplatz hielten den Atem an. Es war alles so schnell gegangen, dass das Geschehen unreal wirkte. Aber es war real. Als sie das Aufklatschen der beiden Körper im Wasser hörten, rannten sie zum Klippenrand und sahen gespannt zu, wie Lisa und Moa auf Hugo zuschwammen, ihn von links und rechts unter den Armen packten und bis zum nahen Strand von Vilarinha zogen, wo einige Fischer an ihren Booten hantierten. Sie eilten sofort herbei, um zu helfen.

Sie zerrten Hugo auf den Sand. Er war gerettet. Ob er wollte oder nicht. Diana rannte den Fahrweg vom Parkplatz zum Strand hinab.

Hugo war bei dem Sturz ins Meer anscheinend nichts passiert. Er lag auf dem Sand und blickte mit starren Augen in die besorgten Gesichter der drei Frauen, die sich über ihn beugten.

Er sagte kein Wort. Ihm war jedoch anzusehen, dass es in ihm rumorte.

Plötzlich sprang er auf, zerrte die Pistole aus dem Holster und drückte sie gegen Dianas Schläfe. »Los, den Weg da hoch zum Parkplatz!« An Lisa und Moa gewandt sagte er: »Ihr bleibt hier stehen, bis ich oben bin, ist das klar? Wenn nicht, peng, dann seid ihr schuld an Dianas Tod. Haben wir uns verstanden?«

Die beiden nickten fassungslos.

Beim Gehen drückte Hugo die Pistole fest gegen Dianas Schläfe. Sie schloss die Augenlider. »Die Pistole ist nass. Du hast keine Chance, Hugo. Mach die Sache nicht noch schlimmer, als sie ohnehin schon ist. Gib auf!«

»Ich? Aufgeben? Jetzt, wo ich dich in meiner Gewalt habe? Hältst du mich für total bescheuert? Weißt du, ob die Pistole nicht trotzdem funktioniert? Willst du, dass ich es dir vorführe?«

»Hugo, ich halte dich für seelisch krank und sehr gefährlich. Du hast mich ausspioniert. Du hast meine allerwichtigste Herzensangelegenheit zu einem grausamen blutigen Desaster ausgeweitet. Du hast heute meine Vernissage für eigennützige Zwecke missbraucht, um dir einen großen Auftritt zu verschaffen. Hugo, du hast alles getan, um mir zu schaden. Und das nennst du Liebe? Ich nenne es Hass.«

Diana hielt inne, sie spürte, dass sie langsam außer sich geriet. Deshalb atmete sie tief durch und fuhr dann ruhiger fort: »Ich habe schon bei unserer gemeinsamen Rückfahrt vom Polizeipräsidium nach Hause bemerkt, dass zwischen uns etwas im Argen liegt. Deshalb hatte ich mir vorgenommen, gleich nach der Vernissage mit dir zu sprechen. Hätte ich es nur früher getan.«

»Dass ich nicht lache … Ich bin dir doch scheißegal!«

»Nein, Hugo, das bist du nicht.« Sie hob ihren Blick. »Schau, da drüben steht der Kriminalinspektor und wartet auf dich. Leg die Waffe auf den Boden und geh zu ihm hin. Bitte.«

»Nichts da. Wir machen jetzt eine kleine Tour mit deinem geliebten Autochen. Du fährst, und ich sage dir, wo's langgeht.« Er fuhr mit der Pistolenmündung durch ihr Haar.

Diana gab auf und ging langsam und in kleinen Schritten auf ihren Wagen zu. Er befahl ihr, die Fahrertür zu öffnen, schubste sie hinein, hetzte zur anderen Seite und schmiss sich auf den Beifahrersitz. Mit der freien Hand zog er die Autotür lautstark ins Schloss. Mit der anderen richtete er die Pistolenmündung auf ihre Schläfe. »Fahr los!«

Diana drehte den Schlüssel, der noch steckte, und startete den Wagen. Sie fuhr los.

»Rede mit mir«, forderte sie ihren Halbbruder auf. »Ich will verstehen, was dich so gegen mich aufgebracht hat. Was hast du mir vorzuwerfen? Was habe ich nur falsch gemacht? Warum hast du diesen Hass auf mich entwickelt? Warum musstest du dich an mir rächen?«

Hugo kaute an seiner Unterlippe und rang sichtlich nach Worten.

»Dein blutiger Rachefeldzug an den sechs Vergewaltigern war in Wirklichkeit ein Rachefeldzug gegen mich, stimmt's?«, fuhr Diana fort. »Mich wolltest du treffen, nicht die. Oder?«

»Tu doch nicht so scheinheilig«, sagte Hugo aufgebracht. »Oder bist du wirklich so ahnungslos, du selbstbezogenes Miststück? Hast du denn gar nichts geschnallt? Muss ich dich wirklich erst mit der Nase darauf stoßen? Dann hör jetzt mal gut zu, vielleicht geht dir ja spätestens dann ein Licht auf.«

Er wechselte plötzlich in eine andere Tonlage und fuhr mit Fistelstimme fort: »Mein Liebster, Rachegelüste haben mich eingeholt. Grausame Vorstellungen und Einfälle, die mir bisher fremd waren …« Er warf einen prüfenden Seitenblick auf die entsetzte Diana und zitierte sie eiskalt weiter: »Immer häufiger stichelt in mir diese Stimme: Vergiss deinen Edelmut! Bestrafe sie hart, lass sie leiden, so wie sie ihre Opfer haben leiden lassen! Triff diese Männer mit voller Wucht! Lege ihnen ein für alle Mal das Handwerk!«

Weil Diana sprachlos in ihrem Schrecken verharrte, machte er in seiner normalen Stimme weiter: »Na, kommt dir das bekannt vor? Begreifst du's endlich? Dir zuliebe habe ich es getan. Du selbst hättest das ja niemals hingekriegt. Ich habe deine geheimen Wünsche verwirklicht. Ich wollte dir wieder gefallen und imponieren. Wollte dich wieder zurückholen – zurück zu mir, wo du hingehörst.« Er brach in verlegenes Gelächter aus, das in wirres Kichern überging.

Als Diana immer noch nichts herausbrachte, holte er erneut tief Luft. »Als Kinder und noch Jahre später waren wir immer ein Herz und eine Seele. Wir gaben uns gegenseitig Stütze und Halt. Von unserer Mutter war ja nichts zu erwarten, und einen Vater hatten wir nicht, nicht wirklich. Aber wir hatten uns. Wir gaben uns Liebe, Wärme und Geborgenheit, halt alles, was ein Mensch so braucht zum Leben. Wir waren glücklich miteinander, dachte ich. Bis zu diesem Tag …«

»Was meinst du, Hugo?« Diana fand langsam aus ihrer lähmenden Betroffenheit heraus, da sie ahnte, worauf Hugo anspielte. Sie umgriff das Steuer noch fester. Solange er keine Route vorgab, fuhr sie die Strecke zurück, auf der sie gekommen waren.

»Dem Tag, als dein Alter dich im zerrissenen Kleid zu Hause ablieferte. Ich wusste sofort, was passiert war. Von dem Moment an war alles aus. Du hast dich völlig zurückgezogen, abgekapselt von Gott und der Welt hast du dich, auch von mir. Und plötzlich stand ich ganz allein da. Du hast mich von diesem Tag an am ausgestreckten Arm verhungern lassen.« Hugo schluchzte auf und konnte nicht weiterreden.

Endlich fand er die Sprache wieder. »Ich erkannte dich nicht wieder. Du bist nur noch schnurstracks deinen Weg gegangen, hast zielstrebig nach vorn geschaut, weder nach rechts noch nach links. Mich hast du gar nicht mehr gesehen. Mich hast du einfach übersehen, du egozentrisches Scheusal!« Wieder wurde er von Schluchzen geschüttelt.

»Rede weiter, Hugo, lass alles raus«, flehte ihn Diana an.

Er heulte auf. »Du warst ein Ass in der Schule, und ich, ich drehte Ehrenrunden. Und warum? Hast du dich das jemals gefragt? War ich etwa dümmer als du? Keine Spur. Aber ich konnte mich aufs Lernen einfach nicht mehr konzentrieren, meine Gedanken kreisten nur noch um dich. Alle mochten dich, begehrten dich. Aber den blassen, unscheinbaren Hugo, dem du das Herz gebrochen hattest, hat niemand wahrgenommen. Er stand immer im Schatten seiner bildschönen, brillanten Schwester. Dein glanzvoller Aufstieg verlief genau entgegengesetzt zu meinem Abstieg.«

Hugo schlug mit der Faust auf die Ablage und stieß einen Fluch aus. Jetzt war sein Redefluss nicht mehr zu bremsen. »Später hast du dann auch noch dieses reiche Schwein beerbt, hast dir dazu noch einen erfolgreichen Mann geangelt, der dich über alles liebte, diesen blöden Diniz. Der hat dich mir endgültig weggenommen. Wie habe ich den Mann gehasst, wie habe ich ihn verflucht! Aber das hat alles nichts genutzt. Ihr wart weiterhin ein glückliches Paar, und ich stand außen vor, im Regen, wie immer. Bis ich ihn dann aus dem Weg geräumt habe. Ja, schau nur so entsetzt, das war ich, nicht Ricardo. Ich habe ihn eigenhändig erschossen. Ich habe ihn umgebracht, damit wir wieder wie in unserer Kindheit zusammenleben können. Nur wir zwei gegen den Rest der Welt. Ich habe es für uns getan!«

Diana erstarrte zu Eis. Ihr Bruder war ein Wahnsinniger, er hatte ihr das Liebste genommen, was sie gehabt hatte, und brüstete sich noch damit. Er hatte völlig den Verstand verloren, war Argumenten nicht mehr zugängig. Wie kam sie aus dieser Situation heil heraus?

Ein Blick in den Rückspiegel zeigte ihr, dass ihnen Lisa und Moa auf dem Bike folgten. Hinter ihnen hatten auch die anderen die Verfolgung aufgenommen.

»Bieg da vorn links ab«, sagte Hugo kalt.

Diana tippte den Blinker an, legte den zweiten Gang ein und bog ab.

»Mein Gott, wie korrekt du bist, Schwesterlein, sogar noch in dieser Situation machst du alles wie bei der Führerscheinprüfung. Lächerlich. Du bist wirklich ein Phänomen: immer die Regeln beachten. Kein Portugiese macht das. Aber du. Immer auf Sicherheit bedacht, sogar jetzt. Dabei gibt es keine Sicherheit mehr für dich, Diana. Und warum gibt es die nicht mehr? Weil ich jetzt das Ruder in die Hand genommen habe.«

Diana schüttelte kaum merklich den Kopf. Hugo hatte sich völlig verrannt, egal, was sie noch sagte, sie würde ihn nicht mehr erreichen. Sie ahnte, was er vorhatte, wusste, dass er, wenn ihm die Worte ausgegangen waren, erst sie und dann sich selbst erschießen würde. Daran hatte sie nicht die geringsten Zweifel. Er hatte keine Alternative. Wollte sie ihr Leben retten, musste sie handeln. Jetzt.

Entschieden riss sie das Steuer herum.

»Hey, was soll das, bist du verrückt geworden?«, schrie Hugo, als Diana scharf rechts in einen kleinen Pinienwald abbog und durch einen Zaun preschte. Er ließ die Pistole fallen und krallte sich am Türgriff und am Handschuhfach fest, um nicht gegen das Seitenfenster geschleudert zu werden. Er kreischte wie ein kleines Kind, als ihm klar wurde, was Diana vorhatte: Sie raste auf einen Baum zu.

Der Mercedes machte einen gewaltigen Satz in die Höhe, Hugo stieß gegen die Decke, seine Augen weiteten sich, denn unmittelbar vor der Frontscheibe tauchte ein Baumstamm wie in einem Alptraum auf.

Es krachte mörderisch laut. Das Auto wurde wie ein Spielzeug hochgehoben und überschlug sich seitwärts, bevor es liegen blieb. Der Motor lief noch.

Diana hatte sich während ihrer Aktion mit voller Kraft gegen das Steuer gestemmt und das Kinn fest auf die Brust gedrückt. Benommen stellte sie fest, dass sie noch lebte. Mit der rechten Hand fasste sie sich an den Kopf. Es roch nach Blut, ihre Hand war rot.

Die Fahrertür zeigte nach oben, das Fenster war zerborsten, die Frontscheibe ebenfalls. Diana kletterte über das Armaturenbrett nach draußen ins Freie. Ihre Bewegungen waren mechanisch, fast traumwandlerisch. Hinter sich hörte sie Hugo stöhnen.

Sie versuchte, mehr in dem dunklen Fahrgastraum zu erkennen, und beugte sich über das Armaturenbrett. Hugo schien unverletzt, konnte sich aber nicht rühren, weil er im völlig verbogenen Metallrahmen seines Sitzes eingeklemmt war. Es war, als wäre eine Falle zugeschnappt.

»Diana! Hilf mir, schnell, das Auto explodiert gleich!«, schrie er.

Diana nahm Benzingeruch wahr und wollte schon zurückklettern, doch da wurde sie von Moa und Lisa an beiden Schultern gepackt und hinter einen nahen Holzstapel geschleift. Keine Sekunde zu früh.

Aus dem zerplatzten Tank war Benzin auf den Waldboden und auf Teile des Autowracks geflossen und hatte sich irgendwo entzündet. Eine baumhohe Stichflamme explodierte mit irrem Knall und zerfetzte den Mercedes. Hinter dem Schutzwall aus Baumstämmen blieben Diana, Lisa und Moa unverletzt.

Von der Straße aus konnten die übrigen Verfolger sehen, wie die rötliche Stichflamme aus dem Pinienwald stieg. Eine dunkle Rauchwolke folgte kurz darauf, weil die Reifen und das umliegende Holz schon Feuer gefangen hatten.

Als zwanzig Minuten später Feuerwehr und Polizei eintrafen, war von Hugo nur ein schwarz verkohlter Körper übrig.

# 23

Am Tag nach den dramatischen Ereignissen hatte Lisa bei Diana Marques angerufen, um sich besorgt nach ihrem Befinden zu erkundigen. Sie hatte ihr vorgeschlagen, die Ausstellung ob der Umstände sofort zu beenden. Diana hatte dem nur zu gern zugestimmt. Sie vereinbarten, am kommenden Samstagnachmittag eine kleine Finissage anzuberaumen und dazu nur den engsten Freundeskreis einzuladen. Das Kunstereignis sollte schließlich einen würdigen Abschluss finden.

Als Diana Marques an diesem Samstag um siebzehn Uhr im Castelo eintraf, wurde sie von Lisa, Moa und Pablo begrüßt. Sie war elegant, aber unauffällig gekleidet. Man sah ihr an, was sie in den vergangenen Tagen durchgemacht hatte. Dass sie nicht ganz bei der Sache war, verwunderte niemanden. Sie setzte sich auf eine in die dicke Terrassenmauer eingelassene Sitzbank und blickte sinnierend aufs Meer hinaus.

Als Nächstes trafen Joana und Jorge ein. Seit Joanas Rückkehr in die Algarve wirkten die beiden wie ein Paar, das versuchte, die Freude daran, sich wiedergefunden zu haben, ein wenig zu verbergen, weil man doch schon im vorgerückten Alter angekommen war und Verliebtheit fast peinlich wirkte. Doch sie waren souverän genug, sich darüber immer öfter hinwegzusetzen. Nicht nur einmal sah Lisa aus den Augenwinkeln, wie Jorge seiner Joana einen liebevollen Kuss aufs Ohr oder die Schulter hauchte.

Auch Diana registrierte es und freute sich für die beiden. Sie war erleichtert, als Dr. Ricardo Calapaz ankam, weil sie sich vorgenommen hatte, Frieden mit ihm zu schließen. Auch ihn hatte die ganze Geschichte sehr mitgenommen.

Der Inspector-chefe Rui Fernandes durfte natürlich auch nicht fehlen. Er begrüßte alle der Reihe nach mit Handschlag. Er war blendender Laune. Immerhin war ein merkwürdig zerfahrener und unlösbar anmutender Fall zu einem erfolgreichen Abschluss gebracht worden. Dass dies mit teils nicht ganz legalen Mitteln und durch eine Frau, nämlich Lisa Guedes, herbeigeführt worden war, schmälerte seine Freude keineswegs.

Und Luc Gautier? Er drückte seine Susana an sich und sie ihre Hüfte an ihn. Als große Überraschung traf auch Dr. Soares aus Faro ein. Zielstrebig ging er auf Diana zu. Die beiden ehemaligen Kollegen begrüßten sich hocherfreut mit Küsschen links und Küsschen rechts wie gute Freunde, die sich schon viel zu lange nicht mehr gesehen hatten.

Lisa stand im Eingang zum Ausstellungssaal und schlug mit der Zeigefingerspitze mehrmals gegen ihr halb volles Weinglas. Sie wartete, bis Ruhe eingekehrt war. »Ich danke euch, dass ihr heute gekommen seid und zusammen mit Dona Diana und uns diese kleine Finissage begeht. Sie stellt den Schlussakkord für eine Ausstellung dar, über die wir alle noch lange reden werden. Danke!«

Alle klatschten, sogar Diana selbst. Während die Gäste miteinander plauderten, hängten Lisa und ihre Freunde die Bilder ab und verstauten sie vorerst in Pablos Jeep. Was später damit geschehen sollte, musste erst noch geklärt werden.

Inzwischen hatte sich eine gewisse Ratlosigkeit breitgemacht. Plötzlich hatte Pablo eine Idee: »Leute, es ist noch früher Abend. Ich finde, wir sollten noch nicht auseinandergehen. Lasst uns doch eine kleine Party feiern – warum nicht bei mir in Zibririnha? Die meisten von euch kennen den Ort noch nicht, da wird es Zeit, dass ihr mal das wahre Luxusleben in meiner *Villa rústica* über den Klippen der Westküste kennenlernt.«

Die anderen sahen sich überrascht an.

»Super, das machen wir«, sagte Rui Fernandes, der sich inzwischen längst dazugehörig fühlte.

Moa klatschte begeistert in die Hände, Diana lächelte und nickte, Lisa grinste in Erinnerung an so manche Nacht in Pablos Hütte, die er gerade als Villa bezeichnet hatte.

Jorge legte seinen Arm um Joanas Schulter. »Wir fahren aber erst nach Monchique und holen dort noch ein paar Würste,

Schinken und Wein ab«, sagte er. »Wir kommen etwas später nach …«

***

Pablo führte mit seinem alten Nissan die Kolonne an. Lisa und Moa hatten sich auf die Sitzbank neben ihn gesetzt. Es folgte fast die gleiche Formation, die vor einer Woche hinter Hugo hergerast war: Rui Fernandes in seinem Megane, Luc Gautier in Begleitung von Susana in seinem R4, der sich in die Kurven legte wie ein Motorradfahrer.

Bei der Ausfahrt Monchique bogen Jorge und Joana ab und fuhren nordwärts in die Berge weiter, während Pablo geradewegs Lagos und dann die Westküste ansteuerte, um bei Vila do Bispo in Richtung Norden weiterzufahren. Ihm folgten alle anderen, auch Dr. Soares in seinem nagelneuen weißen Ford-SUV und als Schlusslicht Ricardo Calapaz in seinem eleganten Citroën C5 mit Diana auf dem Beifahrersitz. Sie hatte Ricardo vorgeschlagen, zusammen zu fahren. »Dann können wir uns mal ungestört unterhalten«, hatte sie gesagt.

Als sie nebeneinandersaßen, wirkte Ricardo verlegen. Er schien Probleme zu haben, über das zu reden, was ihm schon so lange auf der Seele gebrannt hatte. Auch Diana fand keinen Anfang, ihm zu erklären, warum sie ihm nach Diniz' Tod so konstant aus dem Weg gegangen war.

So fuhren sie eine Weile stumm hinter den anderen her, bis sich Ricardo einen Ruck gab. »Erinnerst du dich an die Hochzeit in der Kapelle Nossa Senhora da Rocha? Als sich unsere Blicke trafen?«

»Ja, natürlich, ich habe diesen Augenblick nie vergessen, mir ist alles noch so gegenwärtig wie damals. Ich sah die Wut und die Verzweiflung in deinen Augen. Damit hattest du mir gewaltig Angst eingejagt, Ricardo. Diese Angst hielt übrigens bis vor Kurzem an. Das war auch der Grund, warum ich dir lieber aus dem Weg gegangen bin. Ich wusste bis zu dem Moment in der Kirche nicht, wie sehr du in mich verliebt gewesen warst.

Ich wusste nicht, dass dich meine Heirat offenbar an den Rand des Wahnsinns getrieben hat.«

»Ja, ich war sehr verliebt, unsterblich verliebt sogar.«

Sie schauten sich kurz an. Das Flackern in Ricardos Augen zeigte an, dass er sehr aufgeregt war. »Ich liebte, wie ich noch nie geliebt hatte. Aber nicht dich, Diana. Ich liebte Diniz – seit Jahren. Bei eurer Hochzeit hatte ich ihn endgültig an dich verloren. Ich war voller Hass und Eifersucht auf dich, ich fühlte mich entsetzlich, minderwertig und allein.«

Seine Worte trafen Diana wie eine Ohrfeige. Eine Ohrfeige, die sie sich jetzt am liebsten selbst gegeben hätte, weil sie ihn jahrelang falsch eingeschätzt und fahrlässig verurteilt hatte. Sogar eine Beteiligung an Diniz' Tod hatte sie ihm unterstellt.

»Oh Ricardo, es tut mir so leid, dich dermaßen verkannt zu haben. Es fällt mir jetzt wie Schuppen von den Augen. Auf einmal setzen sich einzelne Puzzleteile zu einem stimmigen Bild zusammen. Du hast Diniz geliebt, nicht mich. Oh mein Gott, war ich verblendet …« Sie schüttelte heftig den Kopf und schaute wortlos auf die Fahrbahn, bis sie sich wieder gefangen hatte. Sie atmete tief durch. »Weißt du, Ricardo, es ist mir in all den Jahren nicht ein einziges Mal in den Sinn gekommen, dass du Diniz geliebt haben könntest – und nicht mich. Warte, das stimmt nicht ganz. Anfangs dachte ich, wie so viele Kommilitonen, dass ihr schwul seid. Man sah euch ja auch immer zusammen. Aber als ich dann Diniz näher kennenlernte, war dieser Verdacht sofort verflogen.«

»Ja, Diniz war nicht schwul – sehr zu meinem Leidwesen. Wie oft habe ich versucht, ihn rumzukriegen, aber da war nichts zu machen. Und als er sich in dich verguckt hatte, war das Thema sowieso gegessen. Die Eifersucht auf dich hat sich im Laufe der Zeit gegeben. Ich habe eingesehen, dass es zwischen Diniz und mir nicht mehr als eine innige Freundschaft geben konnte. Notgedrungen habe ich mich damit abgefunden.«

»Ach Ricardo, ich bin ja so erleichtert, wir haben beide Diniz geliebt. Dann haben wir doch etwas gemeinsam, etwas

Verbindendes, nicht wahr? Wir sind so etwas wie Bruder und Schwester im Geiste, findest du nicht?«

»Kann man wohl sagen …«, meinte er und nickte amüsiert. Dieser Gedanke war ihm bisher noch nicht gekommen. Aber warum nicht? Er wollte ihr nur zu gern ein guter Bruder sein.

Begeistert fuhr Diana fort: »Ich freue mich so sehr, dich wiedergefunden zu haben. Und dass nichts mehr zwischen uns steht. Lass uns in Zukunft wieder viel Zeit miteinander verbringen. Ja?«

»Ja, gern. Ich bin auch heilfroh, dass sich die Spannung zwischen uns endlich in Luft aufgelöst hat. Diana, du kannst dir gar nicht vorstellen, wie sehr mich das freut.«

Sie strahlten sich beide an, befreit und zukunftsorientiert.

***

Kaum war Pablo hinter dem Dorf Carrapateira links zur Praia da Bordeira abgebogen und hatte bald darauf sein verstecktes Häuschen fast erreicht, stellte er den Jeep auf einem Platz neben der nicht geteerten Klippenstraße ab. Er stieg aus, eilte von einer den Weg säumenden Fackel zur anderen, entzündete sie und machte somit den steilen Abstieg hinab zu seiner *Villa rústica* ausreichend sichtbar.

Das war auch dringend nötig, denn Zibririnha war kein normales Dorf. Es war eine Ansammlung von mit Bambus gedeckten und somit perfekt camouflierten Hütten, die Fischer an einem Steilhang errichtet hatten. Die meisten Leute, die oben vorbeikamen, sahen nicht einmal, dass unter ihnen das Dörfchen mit dem zungenbrecherischen Namen überhaupt existierte.

Der Steilhang bildete die Südflanke eines Uferfelsens, der sich über einer raren Lokalität aus dem Meer bäumte: einem winzig kleinen natürlichen Hafenbecken, durch eine mächtige Felsensäule vor den wütenden Wellen des Atlantiks geschützt, ein Ankerplatz an einem Abschnitt einer Steilküste, an der sich schroffe Klippen und Felsentürme, von Wellen umtost, aneinanderreihten.

Pablos Hütte war die einzige, die dauerhaft bewohnt wurde, während Fischer der Umgebung die anderen Hütten nur an manchen Wochenenden nutzten. Der Zugang war nicht ungefährlich, man konnte abrutschen und abstürzen, die flackernde Beleuchtung war für Ortsfremde also geradezu überlebenswichtig.

Nachdem alle ihre Autos oben am Fahrweg abgestellt hatten, bewegten sie sich sehr vorsichtig auf dem steilen Pfad und felsigen Untergrund zu Pablos Hütte. Dort angekommen waren sie sprachlos angesichts der wildromantischen Kulisse. Von dem kleinen, durch eine niedrige Mauer zum Meer hin abgesicherten Vorplatz von gerade mal knapp zehn Quadratmetern Fläche hätten sie einen Kopfsprung ins unten brodelnde Meer machen können, was aber einem Selbstmord gleichgekommen wäre.

Lisa suchte in der winzigen Küche ein paar Gläser, und Pablo tischte auf, was er wohlweislich vorbereitet hatte: Wasser mit eingelegten Stücken von Salatgurken für diejenigen, die Alkohol verpönten, sowie Wein und Bier. Er hatte – wie könnte es anders sein – viele *percebes* parat, jedermanns Lieblingsspeise. Zudem hatte er einen edlen Reissalat mit viel frischem Hummer vorbereitet. Drei Hummer hatten ihm seine Fischerfreunde am Tag zuvor besorgt.

Natürlich war die beendete Ausstellung im Castelo Ferragudo das Thema Nummer eins. Luc Gautier sonnte sich in dem Bewusstsein, dass sein Bekanntheitsgrad tatsächlich enorm gestiegen war, was dem Medienrummel um die Ausstellung und ihren schrecklichen Begleitumständen geschuldet war. Etliche Sammler hatten ihn in den letzten Tagen telefonisch oder per E-Mail kontaktiert, um Bilder von ihm zu kaufen. Endlich erhielt er die Aufmerksamkeit und Anerkennung, die ihm längst zugestanden hatte, wie er meinte. Susana teilte diese Meinung und schmiegte sich eng an ihn.

Diana saß allein auf einem wackligen Stuhl an der Mauer und blickte hinab in die wütende Brandung. Als Dr. Soares sich auf die hüfthohe Mauer neben sie setzte, hob sie endlich ihren Kopf und lächelte den Mediziner ganz anders als kollegial an. Irgendetwas verband die beiden, zog sie an. Was das war, würden sie wohl ergründen müssen.

»Rui, gibt es irgendwelche Neuigkeiten bei den polizeilichen Ermittlungen?«, fragte Pablo, dem nicht entgangen war, dass der Inspector-chefe etwas auf dem Herzen hatte.

Rui Fernandes sah ihn dankbar an. »Ja, in der Tat. Wir haben gestern das Ergebnis der ballistischen Untersuchung der Patrone erhalten, die Hugo im Castelo abgefeuert hat. Sie war in der Holzdecke der Halle stecken geblieben. Sie ist aus derselben Waffe abgefeuert worden wie die Kugel, die Dr. Diniz Andrades Leben beendete. Hugo ist, vielmehr war sein Mörder.«

Diese Nachricht schlug ein wie eine Bombe. Entsetztes Raunen ging durch die Runde, bis alle mitfühlend ihren Blick auf Diana richteten, die ihr Gesicht jedoch hinter vorgehaltenen Händen verbarg. Obwohl sie es ja schon gewusst hatte, traf sie diese offizielle Verkündigung erneut bis ins Mark. Dr. Soares legte ihr spontan eine Hand auf die Schulter und drückte sanft zu.

»Außerdem haben wir einen kurzen Abschiedsbrief in Hugos Zimmer in der Quinta gefunden«, fuhr Rui Fernandes fort. »Er hatte anscheinend damit gerechnet, dass sein Wahnsinn in einer Katastrophe enden würde. Soll ich ihn euch vorlesen? Ich habe eine Kopie mitgebracht …« Er schaute um sich. Als er stumme, nickende Köpfe sah, begann er zu lesen.

*»Mein ganzes Leben lang habe ich Diana beneidet, gehasst und geliebt. Ich kann nichts dagegen machen. Ich habe es versucht. Mit allen Mitteln. Es will mir nicht gelingen. Meine Liebe erreicht sie nicht, und mein Hass zerstört sie nicht. Jetzt muss ich mein elendes Dasein beenden, denn nichts hat mehr einen Sinn. Wahrscheinlich hat es den nie gehabt.«*

»Und noch etwas«, fügte Rui Fernandes hinzu, als die anderen weiterhin schwiegen. »Auf Hugos Laptop fanden wir ein Überwachungsprogramm mit mehreren Video- und Tonaufnahmen aus Luc Gautiers Haus. Er hat ihn ausspioniert und ist ihm anscheinend auf seinen Fototouren gefolgt. Er wusste also, wo und wann er seine Opfer finden konnte. Dass er in allen sechs Fällen der Täter war, hat er Diana kurz vor seinem Tod gestanden. Darüber hinaus haben wir an zwei Tatorten Indizien gefunden, nämlich ein rotes Kopftuch, das Diana gehört, sowie Kippen von Zigaretten, die Diana ausgedrückt hatte. Offenbar wollte er damit seine Schwester belasten und uns irreführen. Die DNA der Haare aus seinem Strohhut, den der Staatsanwalt sichergestellt hatte, stimmt übrigens mit denen auf den Kabelbinderresten überein, die an der Unfallstelle bei Odiáxere gefunden wurden.«

Den Ausführungen des Inspector-chefe folgte ein langes Schweigen, das abrupt von Lisa beendet wurde. »Was geschieht jetzt mit den Opfern? Jetzt, da feststeht, dass sie definitiv keine Arbeitsunfälle erlitten haben? Welche Konsequenzen hat das für sie und ihre Familien?«

Darauf fand auf Anhieb niemand eine Antwort. Schließlich sagte Rui Fernandes: »Ämter und Behörden werden sich mit dieser Frage in den nächsten Wochen sicher ausführlich beschäftigen. Lasst uns hoffen, dass sie eine befriedigende Lösung finden. Den Opfern wäre zu wünschen, dass sie wenigstens keine finanzielle Not erleiden müssen.«

Wieder trat betretenes Schweigen ein, bis Moa etwas zögerlich zurück auf Hugo zu sprechen kam. »Ich habe gleich gespürt, dass mit diesem Mann etwas nicht stimmt. Verklemmt war er, schüchtern und unbeholfen, wie mir schien. Diese Grausamkeiten und den Mord an seinem Schwager Diniz allein durchzuziehen, hätte ich ihm aber, ehrlich gesagt, nie zugetraut. Wahnsinn – wozu Wahnsinn führen kann. Möge er in Frieden ruhen.«

Niemand wollte dem etwas hinzufügen. Das Schweigen lag wie eine Glocke über der Hütte von Zibririnha, auch wenn zwanzig Meter unter ihnen eine Welle nach der anderen brüllend gegen die Felsen brauste.

Plötzlich ertönte ein kurzes Hupen. Wenige Minuten später trat Jorge auf den Vorplatz.

»Hallo meine Lieben, ich dachte, es wäre angebracht, dass Joana und ich etwas mehr Zeit zu zweit verbringen«, sagte er feierlich. »Deshalb habe ich uns ein niedliches Extra-Zuhause besorgt. Kommt bitte mal alle mit hoch. Wir möchten es euch zeigen. Auch in der Dunkelheit ist es gut zu sehen.« Er hob eine dicke LED-Taschenlampe hoch und machte auf dem Absatz kehrt.

Neugierig geworden erhoben sich die anderen nahezu gleichzeitig und beeilten sich, ihm zu folgen.

»He, warte doch, du musst uns leuchten!«, rief Moa.

Oben am Weg stand Joana in Jeans und einem weiten gelben Baumwollpulli. Lisa freute sich auch diesmal über den lässigen Schick ihrer Mutter. Joana winkte ihnen zu und ging ein paar Schritte, ebenfalls mit erhobener Taschenlampe, voraus zu einer Einbuchtung im Fahrweg. Vor einem fast schon antiken VW-Camperbus Typ T2 Devon, von Kennern liebevoll Bulli genannt, blieb sie stehen.

»Ist er nicht bildschön?«, fragte sie und fiel Jorge um den Hals, der beim Hochklettern zur Straße außer Atem geraten war und jetzt neben ihr stand. Auch er richtete seinen Strahler auf den Bulli.

Von einem Moment zum anderen schälte sich der rote VW-Bus in seiner gesamten Länge, Höhe und Schönheit aus der Dunkelheit. Alle klatschten frenetischen Beifall.

»Hier, walte deines Amtes«, sagte Joana und drückte Jorge eine Champagnerflasche in die Hände. Der gab sie sofort an seine Tochter Lisa weiter, weil er wusste, dass sie die Flasche gekonnter öffnen würde.

Lisa ließ den Korken vorsichtig knallen und füllte die von Joana herbeigeholten Sektflöten, ohne dass auch nur ein Tropfen danebenging.

»Prost, ihr Lieben!«, rief Jorge. »Jetzt seid ihr uns erst einmal für ein paar Wochen los. Du kannst natürlich den DS 21 benutzen, Lisa. Aber behandle das Auto gut.«

»Wohin geht die Reise?«, wollte Diana wissen.

»Keine Ahnung. Wir lassen uns treiben«, antwortete Jorge.

»Quer durch Portugal. Ich war schon seit ewigen Zeiten nicht mehr oben im Norden, und Joana kennt diese Regionen noch gar nicht. Es gibt dort so unglaublich viel Schönes zu entdecken. Täler, Berge, Buchten und alles ist so herrlich grün. Überquere einen Hügel, und vor dir öffnet sich schon wieder eine ganz andere Landschaft, mit anderer Vegetation und anderem Gestein, anderer, simpler Architektur und anderen Baumaterialien – und nicht zuletzt auch anderen Menschen. Unser Portugal. Es ist ein großartiges kleines altes Land.«

Ricardo Calapaz erhob sein Glas und rief: »Auf Portugal!«

»Auf Portugal!«, kam das Echo aus allen Mündern.

»Auf den Europameister!« Das war natürlich Rui Fernandes.

Jorge nahm Joana zärtlich in den Arm. Sie schmiegte sich an ihn, ihr Kopf ruhte an seiner Schulter.

»Portugal ist ein Land mit viel Herz«, murmelte sie leise vor sich hin. Plötzlich kniff sie Jorge spitzbübisch in die Seite, sah ihn verliebt an und verkündete so laut, dass es alle hören konnten: »Portugal hat so viel Herz und so viel Seele, dass ich nie mehr von hier weggehe! Und von dir auch nicht!«

# Danke!

Die Geschichte ist, wie könnte es bei einem Krimi anders sein, völlig frei erfunden. Sollten Ähnlichkeiten mit lebenden Personen vorkommen, ist das völlig unbeabsichtigt.

Bedanken möchte ich mich bei Karin Droste, Bettina Huchtemann und Günter Weit, die das Manuskript kritisch lasen.

Mein besonderer Dank geht an Dr. João Pereira Coutinho, der mich durch sein Castelo in Ferragudo führte und sein Einverständnis gab, diese mittelalterliche Burganlage als eine der wichtigsten Locations im Roman zu nutzen.

Mein Dank gebührt darüber hinaus vor allem Astrid Sägert, die entscheidend dazu beigetragen hat, den Personen im Roman Profil zu geben und die Geschehnisse nachvollziehbar zu machen. In zahllosen Details haben wir um Formulierungen und eine angebrachte Darstellung von Emotionen und Sachverhalten gerungen. Ich freue mich jetzt schon auf den nächsten Roman, an dem wir zusammen arbeiten werden.

Nicht zuletzt bedanke ich mich herzlich bei meiner Lektorin Susann Säuberlich für die freundliche Zusammenarbeit und auch für ihre professionelle Qualität und Strenge, mit der sie inhaltliche und formale Fehler konsequent aufzeigte und ausräumte.